邱华栋——著

所有的骏马

All the Horses
on the Road

百花洲文艺出版社
BAIHUAZHOU LITERATURE AND ART PRESS

图书在版编目（CIP）数据

所有的骏马 / 邱华栋著. -- 南昌：百花洲
文艺出版社, 2024. 12. -- ISBN 978-7-5500-4993-2

Ⅰ. I247.5

中国国家版本馆CIP数据核字第2024T77K90号

所有的骏马

SUOYOU DE JUNMA

邱华栋　著

出 品 人	陈　波
策划编辑	陈　波　朱　强
责任编辑	罗　云　钟力津
美术编辑	方　方
装帧设计	纸　上/光亚平　万　炎
插　　画	雷子人
制　　作	何　丹
出版发行	百花洲文艺出版社
社　　址	南昌市红谷滩区世贸路898号博能中心一期A座20楼
邮　　编	330038
经　　销	全国新华书店
印　　刷	浙江海虹彩色印务有限公司
开　　本	889 mm × 1230 mm　1 / 32　　印张 15.625
版　　次	2024年12月第1版
印　　次	2024年12月第1次印刷
字　　数	340千字
书　　号	ISBN 978-7-5500-4993-2
定　　价	86.00元

赣版权登字　05-2024-190

邮购联系　0791-86895108
网　　址　http://www.bhzwy.com
图书若有印装错误，影响阅读，可与承印厂联系调换。

目 录

手上的星光

　　我和杨哭从东部一座小城市来到北京，打算在这里碰碰运气。我们都很年轻，因此自认为赌得起，更何况北京是一座轮盘城市，传说这里的机会就像退潮后留在沙滩上的漂亮小鱼儿一样多，我们来到这里也就在所难免。我们都是属于通常所说"怀揣着梦想"的那类人。我和杨哭除了梦想，便口袋空空、不名一文，但我们至少都对自己充满了信心。我们俩离开青春时代还不算太久，因此保留了足够的热情打算把剩下的青春年景在这城市中消耗掉，借以换取我们想得到的东西。我们能得到的是什么呢？当我们俩第一次站在机场通向市区的高速公路的巨大的立交桥——三元立交桥上，向我们即将进入的城市市区眺望时，涌现在我们心头的一定是一种十分复杂的心情。这座城市以其广大无边著称于世，灰色的尘埃浮起在那由楼厦组成的城市之海的上空，而且它仍在以其令人瞠目结舌的、类似于肿瘤繁殖的速度扩展与膨胀。我们俩多少都有些担心和恐惧，害怕这座像老虎机般的城市吞吃了我们，把我们变成硬币一般更为简单的物质，然后无情地消耗掉。这一切都是可能的，并不是每一个人都是成功者。在这座充满了像玻璃山一样的楼厦的城市中，每一个来到这里的人，必须尝试去爬爬那些城市玻璃山。肯定有人在这里摔得粉身碎骨，也肯定有人爬上了那些玻璃山，从而从高处进入玻璃山楼厦的内部，接受了城市的认同，心安理得地站在玻璃窗内欣赏在外面攀缘的其他人，欣赏他们摔下去时的美丽弧线。

　　有时候我们驱车从长安街向建国门外方向飞驰，那一座座雄伟的大厦，国际饭店、海关大厦、凯莱大酒店、国际大厦、长富宫饭店、贵友商城、赛特购物中心、国际贸易中心、中国大饭店，一一闪过眼帘，汽车旋即又拐入东三环快速路，随即，那幢类似于一个巨大的幽蓝色三面体多棱镜的京城最高的大厦京广中心，以及长城饭店、昆仑饭店、京城大厦、发展大厦、渔阳饭店、亮马河大厦、燕莎购物中心、京信大厦、东方艺术大厦和希尔顿大酒店等再次一一在身边掠过，你会疑心自己在这一刻置身于美国底特律、休斯敦或纽约的某个局部地区，从而在一阵惊叹中暂时忘却了自己。灯光缤纷闪烁之处，那一座座大厦、购物中心、超级商场、大饭店，到处都有人们在交换梦想、买卖机会、实现欲望。这是一座欲望之都，尤其是当你几乎每天都惊叹于这座城市崛起的楼厦的时候。这一刻我和杨哭都觉得自己渺小而无助，真的就像是一粒微尘。在这座城市铺开的辉煌灯光的下面，有多少从四面八方汇聚而来打算在这里成功的人？这座城市几乎能够包容一切，它容纳各种梦境、妄想和激情，最保守的与最激进的，最地方的与最世界的，最传统的与最现代的，最喧嚣的与最沉默的，最物质的与最精神的，最贫穷的与最富有的，最理想的与最现实的，最大众的与最先锋的，仿佛是一切对立的东西都可以在这座城市里存在并和平共处，互相对话、对峙与互相消解，从而构成了这座城市奇特的景观。我和杨哭不禁为这座庞大城市的包容性与吸食性而深深地震动了。

　　具体说到杨哭，这是一个很有趣的家伙。他身上总是体现了妄想的气质。我们都在南方一所老牌大学念书，在读书期间就已是好朋友。杨哭长得非常英俊，而且还略带些络腮胡子，身上颇有些硬汉气质。他喜欢穿格子西装，扎鲜艳的真丝宽领带，戴窄边墨镜，头发用摩丝打得发亮，梳着小背头的发式。在学校里他总爱把一些简单的事情弄得很神秘。那会儿作为政治系的学生，他成立了类似于政治家俱乐部性质的"灰衣社"，该社有几个在建国前就从哈佛大学毕业的政治、法律系著名教授做顾问，由杨哭担任社长。"灰衣社"的特征是，全体成员无一例外都穿灰色风衣，神色严峻地在校园里穿行。我曾听过一次他们举办的沙龙研讨，那次他们似乎讨论的是有关孟德斯鸠的"法的精神"的话题。我突出的感受是，这是一批小野心家，他们总想把握与掌握远远大于他们生命的东西，比如国家与民族的命运。我想在以空谈和妄想著称的大学校园里，这样的人总是为数不少。我就因此而认识了杨哭，并有些崇敬他。大学毕业那年我二十二岁，他二十三岁，对世界和事物充满了向往并有足够的耐心，便一起分配到了北京。我们要去的地方，分别是一所大机关和一家艺术剧院，我要去的地方是后者。而"灰衣社"的其他人则作鸟兽散了，旋即没了踪影。

当我们站在三元立交桥上眺望遥远的北京城区时，我想我们想在这里得到的不只是名利、地位，还有爱情和对意义的寻求。杨哭在大学期间一直很"老实"，连个女友也没有，而我则在一次令人伤心的爱情打击下多少显得有些灰心丧气。我们站了许久，我取出了巴尔扎克的《高老头》，我朗读了该部书中的一个充满了雄心的人物拉斯蒂涅，站在巴黎郊外一座小山上，俯瞰灯火辉煌的巴黎夜景时所说的一段话："巴黎，让我们来拼一拼吧！"拉斯蒂涅后来周旋于贵妇人的石榴裙边，从而爬上了银行家兼政客的宝座。

我朗诵完，我们相视大笑，那一刻在今天想来仍是那么滑稽与悲壮，随后，我们便钻进出租车，向城市进发了。在我们的视线中，那一幢幢大厦便迎面撞来。

二

回想起我们刚刚来到这座城市时的模样，以及随后就被迎面而来的生活淹没的窘态，一切都是那样始料不及。杨哭在大机关报到之后，旋即被派到延安地区去锻炼。他在那里待了八个月。在一封他给我的信中，他把这次锻炼称为有趣的下放。他要做的主要工作是每天晚上，和他所在的村子里的其他干部，趁着夜晚去围堵那些不愿意响应国家计划生育号召的妇女，捉住她们并将其送进医院强行结扎。"你可以想象在这个穷乡僻壤，那些农民除了白天面对黄土，晚上剩下的就是什么营生了。所以，这里有些村子超生很严重。虽然我为在夜间抓住那些妇女，听见她们发出杀猪般的嚎叫而感到于心不忍，但我想我们是对的。"他在信中这么说。八个月后，他终于结束了锻炼，我在一家临街的咖啡馆见到他时，发觉他已多少变得真像个村干部了。那天他从口袋里摸出一张照片对我说：

"我要追她。我爱上了这个女孩。"

我有点儿吃惊，因为过去杨哭是一个不容易对女人动情的人。我拿过照片，我发觉她并不漂亮，形象一般，但娴静、大方，有一种大家闺秀的气质。

"你知道她的父亲是谁吗？"胡子刮得发青的杨哭脸上充满了一种莫名的笑意，接着他说出了一个政界要人的名字。

我笑了笑："你已经由一个理想主义者变为一个现实主义者了。"

"不，我仍是一个理想主义者。"他不容置疑地打断了我的话，用深邃的目光看着窗外的街景。"有一位同事和我是情敌，我们俩展开了竞赛。"他自我解嘲地笑了，"你有什么新招数没有？教我两招，你是高手。"

我知道他并没有放弃在政治上谋求发展的想法。在大学里办"灰衣社"时萌发的雄心壮志依旧激励着他，他明白在这座城市中谋求政治上的发展，找一个有背景的女孩做老婆是一条捷径。这是他早就明白的道理。

在随后的约莫半年时间里，杨哭和他的一个年轻同事展开了与前途命运紧密相关的爱情追逐。出于对自己未来前途的宏观设计，他第一次十分投入地开始追求女孩子了。在几个月的拉锯战中杨哭却最终败下阵来，那个女孩闪电般嫁给了她的另一位追求者，杨哭的同事和情敌。

我和杨哭在这年年底一个大雪初霁的日子，在天安门广场上散步，迎着风很寒冷。不远处，人民英雄纪念碑巍峨挺拔，有些孩子在广场上放风筝。我们都竖起了风衣的领子，默然无语地走着。积雪已在迅速融化，长安街上六条车道上汽车川流不息，像一条生生不息的河流。遭受打击的杨哭看上去很冷峻，我到后来却哈哈大笑起来，我说：

"说说看，你是怎么失败的？"

"她说我的名字不好，有一个哭字，她说如果我考虑改名字，她就考虑嫁给我。她说这也是她家里人的意见。但我不会改名字的。"他恶狠狠地说，"我不会改的。"

我仍在笑，笑声都惊动了在广场上值勤的便衣，我说："你父母当初干吗要给你起名叫杨哭？"

他古怪地看了我一眼："就因为我生下来后从来不哭，我父母害怕我克了自己，就起了这个名字。我可不会为一个女人而改名字，那太可笑了。这是原则问题。"他挥了挥手。

"就这样将大好前程拱手相让了？"我说。

他淡淡地一笑。"另起炉灶呗。不过，我那位同事，在与她结婚两个月后，已调到更重要的部门去了。我不知道他的调动是否与此有关，但他现在所待的地方，对他在发展上非常有好处。"然后他突然骂了句粗话，"我得重新设计一下自己了。明年春天，我就不会再待在机关里了。"

至于我，在分配到那家艺术剧院后命运不济。我想这是一个不需要戏剧的时代，因为我们的生活中到处都充满了戏剧情节，几乎比戏剧本身更打动我们，那么谁还会在忙了一天后再到戏院看天天都在生活中出现的情节？我在单位报了到，被分配去管理人事档案，每天只需坐八个小时就可以了，一个月可以领到三百多元。要知道在北京这样的地方生活，这点钱连玩一个小时的老虎机都不够，可我偏偏就爱玩老虎机。半年以后，剧院更加不景气，我便从当作宿舍的办公室里搬出来，在一个朋友处租了一套小区里的房子住了下来。我辞去了工作，有一个星期我把自己关在屋子里想我会干什么，我终于决定靠写作发财和挣得爱情。我终于决定写作了。

这年春天，杨哭果然从机关中跳了出来，不知从哪里找来了几十万块钱，成立了"宏友公关广告公司"。由于他在那家赫赫有名的大机关待过一年多，认识的人很多，因此做这种中介公司生意还有底。出于对饭碗的考虑，我便应聘去一家报纸副刊当了编辑，在不坐班的大部分时间里，我都闷在屋子里写作。

有一天杨哭在亚运村附近的"太平洋明珠酒家"举办一个由某家信用社和中国影视老明星们联欢的活动，叫我也去一下，顺便在报纸上发一条消息。他开着他花不到十万块钱就买到手的一辆二手黑色流线型"凌志"来接我，他穿着一套深蓝色西装，扎一条灰色领带，衬衣也是深颜色的。"你会在那里看到一大群中国的老明星，一群黯淡的星星。"他笑了，杨哭似乎逐渐地具有幽默感来对付生活中平庸的东西。

我们钻进汽车，汽车驶入南三环，然后向东驶去。三环路修得不错，我们的车很快就到了亚运村的"太平洋明珠酒家"。远处，一幢幢高层公寓楼、阳光广场、惠普广场的巨型写字楼矗立着。我们走进酒家，发现人已经来了很多。我叫杨哭忙他的去，自己挑了个位子坐下来，观察着周围的动静。小厅里人头攒动，这原是白天可以当餐厅、晚上可以唱卡拉OK的地方，靠东面的桌子边，赫然坐着一大堆几十年间在中国影视界名震一时的人物，大多已白发苍苍，女士们也已肥胖臃肿不堪，只是皮肤依然保养得很好。我不由得叹息起来，心想杨哭这家伙不知用了什么招儿，把这么一大堆已遭受冷落的宝贝都搜罗在这里，为一个并不起眼的信用社开成立纪念会。我想这一定是钱的原因。作为承办这次活动的"宏友公关广告公司"，只要出一点小钱，就可以请动这些已经许久无人给他们付出场费的老明星，叫他们来给一家信用社的成立捧捧场。我知道杨哭一定请不动那些正在红得发紫的大明星，他们一张口保管叫杨哭真的哭出声来，虽然他声称他从来没哭过。商业法则已渗透进我们生活中的各个角落了，我想。

很快地，演出开始了，杨哭作为主持人之一，显得很持重潇洒。另有一个女主持，她的脸我常在中央电视台上见到，在联欢会上显得非常活跃；老明星和名导们一个个上台表演，节目实在不能说不错。老家伙毕竟是老家伙了。小厅里很热，我连续要了好几杯粒粒橙，不动声色地看着人们的滑稽表演，停了一会儿，我忽然看见一个女孩子手拿话筒走上台为大家唱歌，我不由得注意起她来。

她穿一条黄褐色的褶皱超短裙，裙子上还有一些虎皮斑纹。我琢磨这裙子很厚，因为在这初春的日子穿短裙恐怕还不太适宜。她上身穿一件白色贴身套衫，乳房小巧而浑圆。她有一双显得有些瘦瘦的腿，穿着一双奶黄色亚麻鞋。她长得很清纯，但目光中又流露出历经沧桑的一点忧郁。她的眼睛不大，但很清亮，流转不停。她举起话筒，向大家抱歉地说她今天感冒了，嗓子不好，只能唱一首音调较低的歌。然后她唱了起来，大厅里很闷热，她唱的是一首林忆莲的歌。歌名我想不起来了。总之当时客厅里乱哄哄的，谁都没有注意到这个歌女在唱歌。大家都在互相交谈，只有我在注视着她。唱到一句音阶较高的地方，她的嗓子发出了一声嘶哑的怪声，把几个埋头说话的老明星吓了一跳。"很抱歉，很抱歉，我的感冒让我的嗓子不太听话。"她尴尬地说。这一刻我感到她的眼泪都要流出来了。但她不，仍是坚持着唱完了她的歌。当她走下台时，一些纯粹是出于礼貌的稀稀拉拉的掌声响起来了。紧跟着上来一位家喻户晓的著名丑星，他为大家表演了一个小品，一下子吸引了所有人的目光。小厅里顿时鸦雀无声。丑星拿出了他的绝技，我没有看他表演，却一直看着那个嗓音嘶哑的歌女。她坐到酒吧台前的小圆椅上，有人递给她一

9

杯冰水，她在向那人点头致谢；人们没有再注意她。她坐在那里，似乎在稳定情绪，眼睛发亮，还有些潮湿。她胸部的起伏渐渐平缓下来，刚才不知所措的劲头没了。忽然她注意到我在看着她，那一刹那的对视约有三秒钟。她露出了一个非常迷人的笑，礼貌地冲我点了点头。由于相隔很远，我也点了点头。丑星表演完了，已过了吃饭时间半小时。杨哭宣布用餐，大厅里乱作一团。想见大家都有些饿了。我也端起了盘子，吃了起来，忽然又想起了那个歌女，四处张望着找她，却未见她的踪影，莫非她已经走了？用完餐，老明星们喜滋滋而又矜持地拎着纪念品陆续走了。我坐上杨哭的车子，说："你从哪儿找来这么多宝贝？我是说那批老明星。"

他淡淡地一笑，将汽车发动着，慢慢地上了快行道。"干公关公司的无非是拉拉皮条而已。信用社出一笔宣传费，我来组织明星、记者和场所布置，我就赚这笔活动费。新闻稿已放在你的纪念品里了，你自个儿翻吧。"

汽车在城市的大道上疾奔。后来他打破了沉默，笑了起来："你看那些老明星，过去多红火，可如今，只要花这么一点钱就可以请动他们。身价下跌喽。哈，真有趣。我从小看他们演的电影长大的。什么东西一近距离看，就再也不神秘了。"

我问："那个歌女也是你请来的？她好像真的生病了。"

"哈，不是，是她自己找上门的，说唱一支歌，只要给她五十元就行了，而且中午她还不在这里吃饭，这类流浪歌女北京很多。出于怜悯，我就叫她唱了一首。后来给了她钱，她就走了。"

我不再说什么。汽车上了安慧桥，视野顿时开阔了起来。奥林匹克中心、五洲大酒店、北京国际会议中心在四面矗立，每当看到这样开阔的城市景物，我的心便显得很激动。我是爱着这座肿瘤般膨胀的伟大的城市的，我想。我回忆起那个歌女和我对视时的一刹那的笑容，有些共同的梦想、愿望与漂泊刺痛了我，使我在感情上觉得和她是一类人。我想在这座大城市里，我再也不会见到她了，城市是一条混浊而肮脏的河流，所有人的面孔都将漂远。

三

我所居住的小区是一个庞大的小区。因为这里高楼林立，而且大都在二十层以上，以某种冷漠的姿势站在那里。有时候夜晚我回去，下了公共汽车，走在空寂无人的高速公路的边上，四周全是燃着灯火的小区公寓楼，那明亮的灯光，在黑暗之中，使你感觉仿佛来到了外星的某个城市。这绝对不是夸张的说法。虽然那时候孤独已经侵袭了我的心，但我依旧震惊于这座城市的雄伟和庞大。我的写作不太顺利，其原因在于我正努力写一部长篇小说《荷兰的风车》。我想这不是一个过于抽象的名字，我告诉与我合作的书商，我已充分地考虑了他所提议的一些商业性因素，但我一旦写起来，小说往往自己就成就了自己——它像一匹挣脱了缰绳的野马一样，自己向着我已无法驾驭的地方狂奔。我会成功吗？这不好说。我到底想获得什么？我想到现在还没有一个姑娘愿意嫁给我。我宁愿为了爱情而写作。这样想着，我写作的劲头又大了。

但我听见门口有人在争吵，像是女人的尖厉的声音。我打开门，发现我对面的屋子门口，有一个中年妇女，在把一个上身穿黑褐色条绒夹克的姑娘向外推：

"你走吧，没钱就别赖在这儿，走吧走吧！"

我的眼睛突然亮了。我发现她正是上次我在太平洋明珠酒家见到的那个歌女，那个因患感冒而嗓音嘶哑的姑娘。她今天穿的可是一条十分漂亮的牛仔裤。她还有一个美丽的小屁股，这是我在一瞬间发现的。

"怎么啦？发生了什么事？"我说。

她俩停下了拉扯，一起回头看倚在门边的我。她似乎觉得我有点儿面熟，但她并未回忆起来。那个中年女人恶声恶气地说："说笑话，住我的屋子连租金都要赖的人，我还是第一次见到。你见过这样的人吗？"

我明白了。"她欠你多少钱？"

"三百元。说好一个月三百元。她一分钱也不给我，可她都已经住了一个月了。"

"我给你，"我果断地说，"你现在要吗？"

那个女人和那女孩都愣了一下，女人说："当然，这样的话，她倒可以继续住在这里了。"

"那么好吧，"我转身进屋，取出三百元钱交给了那个女人，"让她留在这里住下。"我说。

中年女人接过钱，松开了那女孩的胳臂。那女孩不解而又有些感激地看着我："谢谢你。我一定会还你的。"

"不用，"我淡淡一笑，"我们见过面，在太平洋明珠酒家。"

"哈，"她笑了，"我想起来了。不过那天可真尴尬。你是去……"

"我是记者，那次活动是我的朋友组织的。"

她冲我挤了一下眼睛，非常地灵动、新鲜、活泼。"不过，我先收拾一下东西，待会儿我再和你聊聊。"她说完，也冲那中年妇女——房东笑了一下，就走进了她的屋子。那女人拿着钱，看了我一眼，停了一下，她问我："要是她再不交钱，我就找你好了？"

"好吧，"我笑了笑，"不过她肯定会付房租的。"然后我回到了我的屋子。

我继续写作，可老是卡壳。问题出现在什么地方？我不知道。我想很多人在写作时也一定遇到过这种情况。然而门被敲响了，我打开了门。

"嗨，你好。"那个女孩笑吟吟地站在门口，她已换上了一条漂亮的白底碎花的裙子，"我可以进来吗？"

"进来吧。"我愉快地把她让进门，我这时才意识到也许我的屋子过于乱了。至少我的臭袜子就不应该丢在沙发上。

"噢，米莫·巴拉第诺的画，我也喜欢他。"她端详起屋角我挂的一幅画来，"真棒，《朱丽叶的马车》。"

　　"坐吧，喝点什么？我这里有各种饮料。"

　　"那就来点儿椰奶汁吧——有吗？"她眯起眼睛看我的样子真动人。她还会耸动她的小鼻子头。

　　"有的。"我说完，打开冰箱，为她倒了一杯椰奶汁，我则倒了一杯啤酒，呷了一口。

　　"蛮不错的，我是说你的房子。"她端着杯子，两只眼睛迅速地在屋子里扫了一遍，对我说，"也是租的？"

　　"噢，单身汉，太乱了。说实话我并不懂生活。"我由衷地说，我注意到她的左眼角有一个半月形的小伤痕，尽管它极不容易被察觉，"是借租朋友的房子。"

　　"啊，忘了介绍我自己了，"她掏出了一张名片，递给了我，"你呢，哥们儿，你叫什么？"

　　我接过来名片，发觉她的名片印得很别致，天头上一行黑字——在路上流浪的一只猫，中间是两个圆头字——林薇，下面却并无电话、住址和BP机号码，又写着几个字——在路上，没有家。

　　我笑了笑："你一直在路上？为什么不停下来？我叫乔可，你叫我老乔好了。"

　　她吸了几口椰汁："你也不太大，干吗要叫老乔？"

　　"习惯呗。我的朋友都这么叫我。上次在太平洋明珠酒家，第一次见到你，忽然有一种很亲近的感觉。因为我觉得我们都是浪游的人。"我说了实话。

"你的日子比我好过多了，"她顾盼生辉，又懒懒地打了个哈欠，"我知道当记者的都是些什么人，到处蹭吃蹭喝，而且还有红包拿，说捧谁就捧谁，人人都怕你们，记者已经成为社会公害了。"她咄咄逼人地对我说。

"你这是庸俗社会学的观点。"我毋庸置疑地反驳她，虽然我并不喜欢这个行当，可我也有维护行业荣誉的起码的权利。

"算是吧。"她又打了个哈欠，真的像一只猫那样。然后她站了起来，很随便地在我的屋子里走动，随手翻翻我那乱七八糟的东西。她忽然看见天花板上有一幅正对着我的床的裸女画，笑了起来："真够色情的，每天一醒来就看看裸女——记者都这样？"

"单身汉都这样。"我说，"说说你吧，我倒想了解你——为什么要一直在路上？"

"职业习惯？"她偏头问我。

"不是。是我个人的好奇心。"

"噢。不过，我现在饿了，我倒想先去厨房做点儿吃的，你有什么吃的吗？"

"应有尽有。"我说，"全在冰箱里。"

"太好了。"她兴奋地说，"看来我要露一手了，乔可，你待会儿就会傻了的。"她说着，就冲进了厨房。

我又坐在了椅子上，心情杂乱地翻着巴尔扎克的作品，我的屋子突然地充满了一个灵动女子的身影和声音，多少叫我有些手足无措，我就在那里胡乱翻着杂志，听着厨房里她轻快地一边哼着歌，一边做饭的声音。约莫二十分钟，她居然炒了三个菜，并且连蒸好的米饭都一起端了出来。我真的有点儿傻了。

"这荷兰豆还不错吧？"她喜滋滋地问我，仿佛我就不能不说不错一样。

我尝了一下。"真不错。"我真心说道。我打开了一瓶长城红葡萄酒，给我们俩一人倒了一杯。"为了相识干杯。"我说。她又挤了一下眼睛，然后我们干了一杯。

她顿了一下，问我："你为什么要为我垫付房租？"

我迟疑了一下："我觉得我们都是一类人，都是在路上。我也是这样的。"

她乐了："就为这个？"

"对。就为这个。"

"噢。我很感动。不过这么说有点儿假模假式。"

"你来这个城市多久了？"我问。

"四个月。"

"靠什么生活？"

"唱歌呗。天天去酒吧、饭店、舞厅唱歌，有时也去录音棚打拼，挣钱养活自己，否则就要挨饿。你尝过挨饿的滋味吗？"

"到目前为止还没有。"

"养尊处优？"

"不，我一直有饭吃，也仅仅是温饱而已。"

"哦，"她叹了口气，"可我就不同了，我在南京出生，九岁就拉二胡，后来在上海音乐学院学习作曲专业。没毕业，我就跑到广州，在那里开始唱歌，一个酒吧一个酒吧地唱，有一次真的饿坏了。世界真是个圆，我绕了一圈儿，来到了北京。北京真是个好地方，我想也许我会在这里成名的。"

"有人帮你没有？"我问她。我知道她这个行当得有人包装她、捧她，她也应该拜一个名人为师，而且还要进入一些圈子，总之得学习一些艺术社会学的东西才行。

"帮我的人不多，不过，我也习惯了。我感到我的运气就要来了。知道嘛，我在拍一部叫《红尘情缘》的电视连续剧。"

"是张艺谋导演的吗？"

"不，"她的神色黯淡了，"要是他导就好了，可他从来不导电视剧。"她又乐了，"知道嘛，我在这部戏中演一个上海滩的电影明星，三十年代的。"

我发觉我们边吃边聊，已将饭菜一扫而光。我仔细地看着她："告诉我，你来到这个城市，是为了什么？"

"为了成功。这很简单。你呢？"

"我？"我愣了一下，"我突然有点儿糊涂，我打算靠写作挣钱与成名，再娶个好老婆——如果不是痴心妄想的话。"

"那可太累了。真的。当个作家可真太累了。而且在这个时代，不会再有傻女孩去爱一个作家了。"她同情地说，"你在写什么，作家？"

"在写一部长篇小说。"

她像一只鹿一样跳了起来。"我要看一看。"她走到写字台前，去翻我那一摞手稿，"我喜欢马尔克斯的小说。"

我说："算了吧，否则我会不高兴的，你别动它。"

她停下了手，回头看着我："我倒认识《当代》杂志的几个编辑，就是化名周洪的那几个人。要不写完了叫他们看看？说不定会卖个好价钱。现在什么都能卖钱了，哈。"

"但愿。"我说，"要不，我们出去走走吧。"

这时天已黑了下来，我的提议得到了她的赞同。我们一同下了楼。夏天的气息一天深似一天，走在庞大的小区中，我再一次地感到了这座城市令我恐惧的魅力，它就像一个黑洞一样吸食所有的光线、理想、梦境与时间。"你看，我们仿佛置身于一座外星城市。"我说。

她转身看着周围的一幢幢灯火明灭的大厦和公寓楼。街上人很少，仿佛只有我们两个走在空寂的大街上，四周尽是吞噬人的黑暗与楼厦。一些汽车飞快地驶过高速路，拖过一道道灯光的弧线。她哼起歌来了，曲子很好听，停了一会儿，我问她："是一首什么曲子？"

"《忧伤的夏娃》，我自己写的，好听吗？"

"好听。"我说。

"谢谢。"在黑暗之中她的眼睛闪亮了一下，也许她还很少听到真诚的赞扬与鼓励，所以对我的赞同萌发了感激。我们又回到了单元楼内，她打开门，倚着她的房门对我说："谢谢你，真的，否则我今天就被赶走了。你夜里几点睡？"

"三点钟。我习惯夜里写作。"

"好吧，祝你写得好，我可得早早上床睡觉。"她又打了个懒懒的哈欠，"那么晚安，乔可，顺便说一下，你那三百元，我会还你的。"

"不必了。"我说。然后她冲我摆了摆手，就进她的屋子了。我停了一下，逐渐习惯了楼里的黑暗，然后才掏出钥匙打开了门。

四

我渐渐地被一种叫孤独的虫子撕咬着，没有成功，没有女人和金钱给我增加自信。我多少有些仇恨这座城市。我来到这里就是为了索取的，可到目前为止，它连一个子儿都没有给我，它充分地蔑视着我这个穷光蛋。我常常想，拥有梦想的人在这样的时代里简直就没法活了。与我相反的是，杨哭的生意却非常红火，他与外省的许多中小城市的市长们都很熟，凭借着这层关系，替他们在北京城里召开各种招商洽谈会和新闻发布会或者搞到领导的批文，进项是以十万元为单位进账的，杨哭在什么时候都是一个能够迅速适应环境的家伙，我对他可真是又敬又恨。

有一天他像个疯子似的猛呼了我六遍，我的BP机险些都从我的腰上蹦下去。我给他打了电话，他告诉我要我和他一起去中国大饭店跳舞。"好吧，你他娘的来接我吧，我就在屋子里等着你。你打断了我写一部伟大作品的思路，你得赔我钱才行。"

"今天晚上赔你一个姑娘，我出钱。"他笑着挂了电话。

我坐在屋子里生闷气，忽然想起来我对面的林薇，我似乎有好久没见到她了，她的门也像个庙门一样关得紧紧的。以往她每天都要在门口丢个垃圾袋，可这一段时间却没有，她跑到哪里去了，这只一直在路上的野猫？

后来门被人粗野地敲响了，我知道是杨哭那小子，他有时候就像个没受过大学教育的年轻人。

我没让他进门，提起一件西装外套，就跟他走了出去。来到单元门口，我忽然看见一辆乳白色的奔驰SL600跑车，我当即有点儿傻，我说："这他妈是你的车？"

他得意地戴上了墨镜："不，是我借的，一个做生意的朋友的。咱们先在环路上兜兜风，我得试试这辆车。"

"真他妈棒。"我打心眼儿里说。

我们的车像是一艘巡洋舰一样平稳地驶上了中国大饭店高高的停车坪。下了车，装好了车篷，我们便向那巨大的耸立着的饭店大厅走去。自动门开了，我们走进了大堂。这是一家十分气派的五星级饭店，处处都显示了凝重的奢华气派。杨哭整理了一下衣服，耸了耸肩："咱们得吃点东西，去百花餐厅吃鲑鱼子如何？"

"好吧，那玩意儿可有点腥。"我说。我们来到了百花法餐厅，任由杨哭像煞有介事地点了几道菜。全是欧式菜，我都叫不上名字，吃起来味道有点儿怪。我们每人还喝了一杯加冰块的XO。杨哭慢慢地品着酒说："我一定要自己拥有一辆奔驰SL600型跑车。"我喝不惯洋酒的奇特滋味："我只要一辆手扶拖拉机就行了,可拖拉机他妈的不让上长安街。我还指望着有朝一日用它带着来京看我的父母上街兜兜风呢。"

杨哭听得笑了起来,他下巴上的胡子胡乱地抖动着。"慢慢来。记住,这个世界是公平的。没有付出,就不会得到。你得拼命去操这个世界才行。"他真粗鲁。

吃完饭,我们又在大堂酒吧吃了大碗冰淇淋,这种大碗冰淇淋由二十五勺冰淇淋构成,简直棒极了。我和杨哭话不多,只是在各想各的心事。来到这座城市两年时间,我们的变化已非常之大,心境、观念、目标、环境和想法都已变了许多。我知道杨哭出身于一个小干部家庭,这使得他身上凝聚了一种小生产者企图爆发的全部愿望。我知道这种东西一旦强烈爆发,是很可怕的;可杨哭也许并没有意识到这一点。也许他刚刚有了几十万块钱,就打算醉生梦死,还想拉着我不成?

我们来到迪斯科舞厅跳舞时,那里已非常地热闹了。灯光昏暗,音乐的节奏非常强烈,我不能听到这样的音乐,一听到我浑身就跟上了弦或者触了电一样,剧烈地抖动起来。我不知道我机械地跳了多久,总之我感到累坏了,回到了一边的沙发上,杨哭优雅地看着我,为我要了一杯扎啤。

这时,忽然听到一首仿佛幽灵唱的歌从乐池那边传来。声音凄美,忧伤。我敢打赌这曲子我是听过的,对,就是那首《忧伤的夏娃》,这歌是林薇曾经哼给我听过。我愣住了。我往歌声传来的方向看，可我只看见灯光昏暗之处，有一个穿黑色裙子的女人的影子，她一动不动地唱着，直到我感到心都碎了。这毫无疑问是一个忧伤之夜，所有的苦痛一起向我袭来。

我站了起来，向乐池方向走去。我刚刚走进舞池，一声鼓响，震天动地，迪斯科的曲子又响了，很多人拥了过来，像浪头一样挡住了我。我奋力前行，拨开人群，却发现乐队前面并无一人。她已经消失了。

五

我确信我遇到了某种危机，一种沮丧深深地袭击了我。大饭店之夜的光线、气息，那些在酒杯和超短裙里晃动的欲望，让我坚持的梦想有所消解。我忽然不想写下去了，因为我写的是一部同样令人沮丧的小说。早晨醒来，我的嘴里弥漫着一种苦艾的味道。头疼得厉害。我爬起来，洗漱完毕，就下了楼去到前门附近的一个地方玩老虎机。我带了不多的三百块钱，让小姐给我调了机器，我就随便坐在一台老虎机前玩了起来。原先我总是站在一边，看看哪个机器玩的人输得多，等他走了我就接着玩，结果总能小有盈余，可今天我有一种憋足了劲把钱都输光的愿望。但很奇怪，只要我按动按钮，保管有多一倍的分数从机器里显示出来。我投进去的越多，它吐出来的也越多。我很生气，我就不停地朝里面塞硬币，它就不停地吐，我的眼前很快就堆了一大堆硬币，其他的人都羡慕地看着我。

游戏机店老板走了过来，他是一个大胖子，身体像只垃圾桶，他恼怒地拍了一下机器："妈的，今天它是怎么了？"他这一拍，我放进去的一枚硬币便再没吐出来。我兑换成一元硬币，就用一个塑料袋把一大堆硬币都装好，不打算玩了。袋子沉甸甸的，这使得我不得不又换了一个布袋子。我把它搭在肩上，就像《阿里巴巴和四十大盗》中的某个人。人海苍茫中，我像一件漂浮物一样走在大街上，我比他们都漂得更远，不知怎么，我钻到了地铁的通道里。有一个并不算丑的女人迎上前来伸手要钱，我忽然问她："你为什么不回家？"

她愣了一下，看我痴目瞪眼的样子，忽然有点儿害怕，拔腿就跑了。"嘿，我给你钱，可你得告诉我，你为什么不回家？"我追上去又对她喊。她一下子钻进人群中就不见了。我从布袋中掏出一把硬币，向一群乞讨的小孩扔去："拿了钱回家！拿了钱回家！你们为什么都不回家？"

我在大街上整整逛了一天。我的布袋里还有一半的硬币。我给了那些没有回家的人一些，但后来他们不敢再要了。我想我是出了一点小毛病，但不知出在了哪里。我神色茫然地叫了一辆出租车，叫司机拉我回住处。城市太大了，每张脸都在漂浮，我会漂到哪儿呢？我仰脸看那些玻璃大厦，心想我假如去爬这些玻璃山，摔下来时也一定很好玩儿。

我进了单元楼，路过林薇的门口，并没有打算去敲响她的门。我倒是想和她聊聊，但我迟疑了一下还是直奔我的房间。我掏出钥匙去打开门，发现有一个信封插在门把手里。我想一定又是各类狗屁直销广告。从中抽出一张字条儿，字条儿上的字写得很有特点，圆圆的，每个字儿都像一只蜷着身子的懒猫：

> 晚上我要搞一个party，冷餐会，就在我房间里，请七点钟准时来。
>
> 林薇

我打开门进去，将肩上的布袋扔在沙发上，里面的硬币发出了一阵哗哗响声。然后我煮了一些面条，胡乱吃了几口，就沉沉地睡了一觉，连一个梦也没做。

到了傍晚，看看天色渐渐暗下来，我换上了一件休闲服和圆领T恤衫，在胸前别了一朵玫瑰花，又拎了一瓶香槟酒，在七点钟准时敲响了她的门。

门打开了，伸出了她烫得乱蓬蓬的脑袋："啊哈，你是第一个，快进来吧。"她快活得就像是一只金丝鸟儿，胸前系了一面镶有唐老鸭的布围裙，打着赤脚，可见正在厨房忙活。

"你好像变老了，我是说留了这种发式。"我进了门，把香槟酒递给她。屋子里有一种淡淡的清香。

她把嘴一噘，嗔怒地看了我一眼："应该说点儿好听的，你。我今天过生日，知道吗？你这坏家伙，要说发式，还应该怪那个唐导演，拍《红尘情缘》非得留这种发式。不过你很潇洒，我是说这件休闲装，再配上那朵玫瑰花。"

我跟她走进了屋子。这是一套两室一厅，屋子里充满了一种女人的气息。一台简易的CD机和一大堆CD唱盘摊在茶几上，墙上挂着些牛头、吉他、大幅北欧雪山风景、健美女郎，以及从外国杂志中心插页上取下来的构图新颖的广告画，总之一切显得那么乱七八糟和不谐调。床上扔了一些蝴蝶翅膀一般绚烂的衣裙，和一些内衣之类。

"啊呀，乱得不得了，快帮我收拾收拾。会调鸡尾酒吗？"她一边整理床上的东西，一边问我。

"恐怕不会。怎么，今天有很多人要来？"

"对，"她的眼睛骨碌碌转动着，"有很多人。"她又忽地皱了一下眉头，"不过你可能不太喜欢他们。"

正在说话间，门被敲响了，她抢步上前开了门。进来了一个拿着一束花，拎着一个奇大的蛋糕的大胖子，长得像一头天山深处的哈熊，肚皮都快把皮带绷断了。他一看见林薇，眼睛就眯成了一条缝，左手放下蛋糕，右手把花塞进她怀里，就张开怀抱要拥抱她。恐怕还要吻她。但一刹那他忽然发现屋子里还站了一个人。那个人就是我，那张开的怀抱在半空停了一下，又收回去了。"哦，这位先生是？"

"乔可，一家报纸的副刊编辑。"我笑着抢先伸出手来。林薇跳到了一边："乔，这位就是名震中国的唐导演，我就是他一手发现的。"

我想起来唐导演导演的那些大型的历史题材的连续剧，我还听朋友们说他新近在东郊买了一幢带花园、草坪和室内游泳池的别墅，花去了他几十万美元。这是个大腕。

"哦？唐先生真是慧眼识才，要为中国影坛再贡献一个巩俐了。"我握了握他的手，迅速松开。

唐导搓了一下手，仿佛我的手上沾满了泥巴似的。"这话说来倒很有趣，有一天我在西单附近溜达，发现她正在那儿等52路公共汽车，那顾盼生辉的样子实在有些情致，是个演员的坯子。于是我就亮出身份，把她拉到西单劝业场边上一个咖啡厅，就这样为我的戏敲定了二号女主角。"

"想不到唐导演还真是一个有眼光的星探。"我说。

这时候林薇嚷嚷着叫我们拼桌子，将几张方桌从窗户到门排成了一溜，铺上了一块桌布。我和她便将各种冷餐沙拉、水果和酒摆上了桌子，唐导撅着他的胖屁股在往蛋糕里插蜡烛。"是二十三，还是二十四？" 他回头问林薇。

"二十三。噢，都二十三岁了，真可怕，一天比一天老了。"林薇忧愁地说。

门又被敲响了。我无法详述那天的情景，总之从那一刻起，几乎每隔一分钟门就被敲响一次，进来了一大堆各色各样的人。他们大都拿着一束花，拎着礼品盒，有一个家伙还带来了一个牛脚掌那么大的蝴蝶标本做生日礼物。他们进来时都曾打算和林薇亲热一下，但都又发现了在场的其他人，脸上的惊愕稍纵即逝，旋即带着戒备地互相打量起来。我看得出林薇跟他们都很熟悉。人到齐了，我数了一下，他们一共接近二十个，除了其中一位姓金的中央音乐学院的教授以外——他是林薇拜的老师，其余的看上去和林薇的关系都不同寻常。我不禁为林薇担忧起来。通过介绍，我才发现这些人竟然大多数都赫赫有名：有捧红了不少歌星的音乐经纪人，有歌词作家，有写肥皂剧的名剧作家、大饭店总经理。还有一个把头发染黄的小伙子，据说是一位高官的儿子，本人是检察官，他有一副英俊的外表使他也客串演了不少戏。还有意大利和日本驻华大使馆的文化参赞，以及北京大学一个喜欢对各种文化现象指指点点的青年评论家。还有几个美国小伙子，也许一同爱上了林薇。他们都声称喜欢林薇的歌并且都在北京语言学院攻读汉语。这样一大堆人都凑在一起，不能不令我感到震惊。我心想，林薇干吗不在外面找个地方搞party，非要在她住的地方开冷餐会？

这些人乱哄哄地说着话，很快他们互相的戒备都消除了，就近找到了各自感兴趣的话题聊了起来。林薇一会儿冲这个挤挤眼睛，一会儿又向另一个抛飞吻。冷餐会开始了。

这些客人兴许从来不愿意拘束地坐着，不一会儿他们就端着酒杯，三三两两地坐在屋子的各处聊了起来，倒把林薇撇到了一边。我和唐导连干了三杯。他这个人一喝酒脸就红。他后来拉住我悄悄地向我抱怨说："本来我以为她只请了我一个人来。"我笑了。我说："我也是。"

他耸了耸肩，把脖子向后仰去，斜视我："这么说你是我的情敌？"

我摊开手："不不，我和她只是一般朋友。我就住在她斜对门，是邻居。"

他说："那你可得替我看好她。她是一个演艺的好苗子，我得把她捧红了。"他深深地吸了一口气。

"我也想把她捧红了。你不觉得她天生就是一个唱城市民谣的好手吗？"忽然有一个又瘦又高的人涨红脸插进来说。我认出来他就是那个著名的音乐经纪人，自己开了一家唱片公司，专门包装各种歌手，制造歌星。

"我赞同你的观点，杨先生。我听过她唱歌，真的棒极了。"我说。

"当然。"杨经纪人瞥了唐导一眼，"由我策划的林薇第一张个人城市民谣演唱专辑《流浪在路上的猫》马上就出来了，我估计会让大陆演艺界地震一场。"

"不见得吧，"唐导的胸脯像个风箱似的鼓了起来，"城市民谣与摇滚乐不在一个层面上。我依旧看好'黑豹'和'唐朝'。"

我知道杨先生是大陆城市民谣的理论发言人和培育者，两个人也许会唇枪舌剑地干起来的，为了转移他们的视线，我说："你们看，那边三个美国小伙子正在对林薇发动跨国攻势，情况不妙啊。"

果然，那三个美国小伙子个个眼睛中含着无限柔情地包围了林薇，正听林薇在讲广州的小吃。唐导咳嗽了一声，挪动身体走了过去，杨先生迟疑了一下，也跟了过去。我笑了笑，就走到那个意大利文化参赞面前大谈起意大利文学来，从萨福、但丁一直谈到了卡尔维诺，直聊得参赞的眼睛都直了。我疑心林薇怎么会和这样一个地位较高的在中国的意大利人关系这么好，以至于他几乎是屈尊就驾地来到这里参加她的生日party。林薇真的是一个了不起的女孩。我低估了她。她绝对能出得起三百元房租。

接下来的情形就有些混乱了。那个青年检察官把墙上的吉他取下来，为林薇唱了一首歌。大家都一块哼着。其间三个美国小伙子还把沙拉抹到了对方的脖子上，使他们看上去像是几棵又呆又傻的橡树。临了那位意大利人优雅地拉了一段托赛尼的曲子。那个日本人朗诵了几首可能是歌颂青春永驻的俳句。大家都喝多了，这期间林薇的脸也红扑扑的，在他们之间来回走动，像一只蜜蜂。我去洗手间，结果走到了另一间屋子，打开灯却发现有一屋子的画，满满的围着墙壁一圈儿。我惊呆了，因为那些实在是太美了。它们几乎都像是树叶的叶脉的放大图，充满了女人的直觉和最自然的对宇宙的把握与渴求。一种原生的质朴的神秘的美震动了我。我摇动喝得有些发昏的头又回到了众人之中，心想莫非林薇还是一个天才的画家。

而这时已是深夜，伴随着一首进行曲，众人正纷纷离开房间。我和林薇走出门，送他们下了楼。站在单元门口，我看见有各式各样漂亮的小汽车——这一刻我几乎是永远难忘的，各种名牌轿车都停在那里，像是一次贵族聚会。来客们一一钻进汽车，而后打亮车灯，离开了那里。一个华丽而又简朴的party就这样结束了。黑暗之中，最后一辆汽车——那是一辆六缸的凯迪拉克轿车——的尾灯在黑暗的大街上拖过一道线，而后消失在被巨大的耸立着的楼群包围的高速路上，成为盛筵结束的最后一个音符。

我们都在黑暗之中站着，头顶是无比灿烂的星空。许久，我听见林薇叹了口气，她把一双手伸出去，仿佛要在黑暗中握住什么一样，在努力地向前伸去。

"在干什么？"

"手上的星光。你看，我手上的星光在跳跃。"她说。

回到屋子里，各种水果和酒类的腥甜气息还没有散去。我脸上的表情沉重了起来，孤独感再一次地俘获了我。"你怎么啦？"她摆弄了一下裙子的下摆，"是不是觉得我这个人交往很多？"

"有一点儿。"我说。

她顿了一下，扶正了一个"黑风"牌酒瓶，她看着我，几乎是一个字一个字地对我说："可这是一个男人的世界，对不对？"

我没有去看她的眼睛，我说："那屋子里的画，是谁画的？"

她吐出口气："啊，是一个叫廖静茹的女孩画的。她是一个流浪画家，我们住在一起的。我想问一句，你是不是对我另有看法？"她不愿意被岔开话题。

我眯起眼看她，发现她好像很认真："不，没有。"

"这就好。"她又叹了口气，"一个人在外面混，可真难，这是一个男人的世界。"她的话调中有一种凄清和冷漠是我所陌生的。

"所以要好好地利用好男人们。"我看着她，然后我们忽然大笑了起来，笑得那样开怀、那样悲怆。她把头发散开，像个魔女一样追着我，用蛋糕甩向我的头上。我则用香槟喷她，我们两个人围着桌子跑着、追逐着，像两个疯子那样玩闹着。

忽然门被撞开了，一个男人搀扶着一个女孩进来了。"她是在这里住吗？"他说。林薇口中啊呀了一声："是的，她怎么了？"

"她喝醉了，在我的酒吧里，我送她回来。"他说。

林薇和我扶住那个脸色蜡黄的女孩。我估计她就是那个流浪画家。我发现她的后脑袋上垂了十二条小辫子，非常好看。她长得很美，脸庞很圆润，眼睛闭着，嘴里呼出甜丝丝的酒气。

林薇谢了那个小老板。我一个人把她扶进她的屋子，让她躺在床上。林薇进来帮她脱了鞋，我们两个就站在那里，听着熟睡的她发出了猫一样的呼吸。

"你知道她为什么要喝酒吗？"我问。

"她来北京一年了，可连一幅画也没卖掉，这一屋子的画，你瞧瞧，大家都是苦命的孩子，对吧？"

"恐怕是的。"我百感交集，停了一会儿，我说，"我有点儿头晕，我先回去了。生日快乐！林薇，我想在这座城市你一定会得到你想要的东西，而且青春永驻。"

"谢谢。"她笑了笑，由衷地感到高兴，伸出手拍了拍我的脸蛋，"回去吧宝贝儿，你也会成为伟大作家的。"

回到我的屋子，我一个人呆坐在写字台前，铺开稿纸想写点儿什么，可坐了许久也写不出一个字，我重重地丢下了笔，关了灯，来到了阳台上，头顶上展悬着一片在幽蓝幕布上闪烁的群星，仿佛在旋转与低语。停了一会儿，我伸出手去，向前远远地伸过去，试着去握住那一缕星光。那一缕也许并不存在的星光。

六

在接下来的这个星期六，我和杨哭一起去保利大厦剧场看法国雷吉娜·肖碧诺大西洋芭蕾舞团的一场现代芭蕾舞剧《圣乔治》。在打电话给他的时候，他问："你带情人吗？"我说："根本没有，你带？"他不否认，他说，为了逃避生活的无聊与紧张，这是必要的游戏。

我们的汽车在东便门附近的一个高级住宅小区接到了杨哭的情人——她叫罗伊，英文名字叫"露丝"，而且看上去她的确像一朵正在怒放的极其性感的红玫瑰。她穿着一件深红色的旗袍，怀里抱着一只白色的小狗，那狗身上的毛长长地披散下来，它倒是挺安静的。她戴着紫边褐色太阳镜，亭亭玉立在小区的出口处等我们。

我下了车，请罗伊坐在前排，我则坐到了后排，罗伊转脸在车内冲我友好地笑了笑。我注意到她的胸部异常丰满，身体浑圆、成熟，如同一枚熟透的桃子带来的那种气息，刚才弯腰进车时，那旗袍开衩处，她的大腿洁白无瑕几乎是完美无缺。她有着成熟女人的魅力，这种魅力是已经经过男人恰到好处的滋润才会具有的。她还有一种典雅高贵、雍容的气质，这种贵妇人般的气质难免不把才二十六岁的坏少年杨哭吸引住。我想她同样也从长胡子的美少年——如果二十六岁不算太大的话——杨哭那儿找到了久已逝去的青春的激情与甜蜜。这就是当代城市的情感，以当下为主流精神，以欲望为核心，迅速、火热、刺激、偷偷摸摸而又稍纵即逝。

杨哭这家伙开车总是很野，趁没有警察注意的时候他喜欢玩玩高速蛇行，穿行在有三条车道上的高速公路上，汽车钻过建国门立交桥，立即向北一直开去。几分钟后，便到了东四十条豁口，拐上桥向工人体育场路走了一段，杨哭找了个地方把车停下来。我想我的肚子饿得咕咕乱叫，我们就在亚洲大酒店的右边一家非常干净整洁的快餐店随便吃了点儿东西，我要的是椰汁炒饭，杨哭要的是西式番茄汤和小圆面包，而罗伊和她的狗，则吃的是一种有粉条和肉块的汤。那条小狗并不淘气，非常地听话。

"它叫什么？"我问。

罗伊轻放下勺子："它叫麦格，麦格麦格，向他问好。"然后那条小狗果然用友善的目光打量着我，一边发出了一阵呜呜的轻吠。

杨哭却皱着他的眉头在想什么心事，停了一下，他魔术般地从手提袋中取出一枝玫瑰递给了罗伊。"你和它，加起来是两朵玫瑰，"然后他又迅速地把脸转向我，"乔可，你知道这座城市他妈的有多少条宠物狗吗？"

"有六万多条。"我说，"我看过一则报道。"

他的眼睛一下子发亮了："我琢磨兴许能从养宠物狗的人身上发点小财。搞个'爱宠物大联欢活动'怎么样？把全城喜欢宠物的人都弄到一起，搞一次评比，评出最有魅力的宠物狗王，发巨额奖金，十万元。但每位参加者得交两百元参赛费，这么一算，有一万人参加我就可以赚他一百多万。"

但罗伊似乎对他的宠物联欢计划不感兴趣，她的嘴角浮起了一丝带着爱意的嘲笑。"你呀，专心做两年你的公关公司业务吧，小男孩毕竟是小男孩，就喜欢瞎想。"

我们走出快餐店，从亚洲大酒店前面走到对面去，来到了褐色的像是两块立起来的巨大的长方形巧克力的保利大厦门口。灯光已经亮了，不时地有出租车和汽车在侍者的引领下开进大厦前面的平台，打扮入时、气度不凡的男女们从中走出。音乐彩色喷泉的哗哗流水声盖不过人们喧哗的声音。更多的男女们像是热带鱼群一样向这边拥来。有很多金发碧眼的外国人也站在大厦前面和大厅之内，三五成群地在聊天。演出时间到了，大家向入口处拥去。我发觉罗伊在那么多靓丽的女人中间，仍然是鹤立鸡群。她的皮肤非常好，杨哭曾说，她是一个美容师，与丈夫一起经营一家美容院。她得益于自己的美容师职业，我想，她至少隔一天就做一次全套皮肤护理。

保利大厦剧场是北京少有的几家现代化剧场之一，我们坐定，灯光分层次在天顶打亮，我发现这个剧场的灯光很棒，大概有二十排的排灯在天顶上密布着，可以把打在舞台上的灯光变得匀称、细微，层次分明。不久前在这里举办的一个八十年代初红透中国的女歌星的演唱会上，这里的灯光就以其完全超越于当晚的歌声的美妙变幻而叫几乎所有的人目瞪口呆，因为这里的灯光可以变化出海滩、海浪、天空、沙漠等各种幻觉，加上舞台布景，使那个女歌星的歌唱变得微不足道。

灯光变暗了，一群身着奇形怪状衣服的人在有着原始人气息的音乐伴奏中一个个走上台来，排成各种奇妙的队形。法国肖碧诺芭蕾舞团的现代舞剧《圣乔治》上演了。

我不太懂法国芭蕾舞，更不太懂法国现代芭蕾舞，我注意到舞台上的十二位演员好像并没有踮起脚尖。这出戏好像是一出与宗教有关的戏，总之灯光、布景、音乐仿佛把我带入中世纪以前的一个洪荒时期。那个时代里虎豹狼虫还和人类一起分享世界，基督的血与光还没有照亮更多的人，因此，这出有着古罗马艺术风格的造型剧首先是使我感到了恐惧。公元十一世纪至十三世纪，古罗马艺术风格风靡欧洲，它渗透到立柱、门楣的装饰浮雕以及宗教和民间装饰中。在幽暗的灯光中我目睹了一次中世纪造型的狂欢。

忽然在我右前方的一个外国小孩儿洪亮地哭了起来，他可能是被吓着了。

我还看见杨哭将自己的右手放进罗伊开衩的旗袍里，在那里温柔地抚摸着，而她则专心致志地看戏，并未阻止。演出结束，杨哭带着几乎是压抑不住的喜悦，要带罗伊去亚运村的五洲大酒店的包房，而我则只好打的回家。我忽然想起来一件事，就是林薇曾经拜托过我的，帮帮那个一幅画也没卖掉的女流浪画家廖静茹。我拉住了正要钻进他的黑色"凌志"的杨哭：

"有一件事，我对门住着一个画得很好的女流浪画家。她有一屋子的画，明天去看看，买她两幅怎么样？拔根毛帮帮穷人。"

杨哭扎紧了他的领带："长得漂亮吗？"

"很漂亮，而且她还像波斯人那样扎了十二条小辫子。"

"好极了，我明天一定来。我得走了，"他诡秘地笑了笑，"别拖延我的时间。"

我松开拉住他袖子的手，他钻进汽车，把它发动着。罗伊向我点头告别，我在车窗上拍了一下。汽车的红色尾灯一闪一闪地消失在车流中了。我停了一下，就走到马路对面的港澳中心大厦下面，在那里等候出租车。

七

早晨醒来，我忽然被一种透明的快乐给融化了。我回想起昨夜我做的梦，梦中的我回到了少年时代，和我最喜欢的一个女孩奔跑在草地上捉蜻蜓。这个矫情的梦顿叫我高兴了起来。我兴致很高地起床，把屋子打扫了一遍，哼着我最喜欢的一首美国乡村歌曲，又煎了两个鸡蛋，然后换上了一件干净的衬衣，就出门去报社上班。我路过林薇的房间时，敲了她的门。没人应声，就在她门上贴了一张字条，告诉她有人来看廖静茹的画，叫她们最好待在屋里。我看见她们的黑色垃圾袋放在门口，就顺手提着下了楼，堆放在单元门口的垃圾道出口，骑上我的破自行车，去报社了。

到了报社，我发现报社的人都忙得像是被惊扰了巢的蜜蜂。我也坐下来赶紧编稿发稿。有一个电话是找我的，我便接过话筒："谁呀？快说，正忙着哪。"

"是我，林薇。我看见你留在我们门上的字条了，其实我刚才还没起床，等我起来，你已经走了。"

"怎么那么懒，真像一只懒猫。"

"哈，告诉你两件事，第一件是我签约啦！"

"签什么约？跟谁签约？"这年头人人都他妈的要签约。

"跟杨先生啊，那个音乐经纪人，你见过的。而且我的第一张城市民谣专辑马上由他包装推出，快点，替我高兴一下！"

我干干地哈哈一笑。"第二件事呢？"我漫不经心地问。

"我得到了一只猫，具体说是那个日本人送我的一只波斯猫，哇，好棒的，又白又美的一只大猫。我叫它乔可，怎么样这名字？"

"算了吧。你不如叫它瑞德，就是路上的意思。终于有个小东西天天陪你了，祝贺你。晚上回去我一定去看看那只猫。"

"我刚才已经打电话告诉廖静茹了，她刚找了一家广告公司，在那里搞美术设计。她非常高兴，喂，你那个朋友是阔佬吗？"

"半个阔佬。住在五洲大酒店，开有一个公司，有一辆二手'凌志'车，账户上还总有那么百八十万的来路不明的钱。"

"OK，太好了。那么晚上见。要准备点儿什么吗？"

"要几瓶蓝带啤酒就可以，那家伙喜欢喝啤酒。"

"好吧。"她挂断了电话。

我在崇文门等着杨哭。我站在一大群好像是从全国各地来的盲流、打工仔和打工妹中间显得很滑稽。同仁医院门口似乎永远都聚满了想到北京混口饭吃的外省农村青年。尤其是那些女孩，一看你就会知道她一定是打工妹，神情装扮总与城里人不同。他们为什么要一窝蜂地离开家？城市是不属于他们的，城市这个大机器迟早也要把他们碾个粉碎，或者重新把他们挤到边缘去。城市对谁也不怜悯，除了那些有先天优势和聪明过人的家伙。杨哭的车从东单方向迅疾地开来，在我身边停下。"妈的，你怎么找了这么个地方与我见面？"杨哭在车内拽了拽领口说。他打扮得像是个美国新派青年。他浑身上下的全套打扮都是欧洲名牌。我估计不下两万元，光是那双皮鞋大约就值七千元人民币。我在王府饭店的名牌廊中见过的。

"这里离我的报社近，离我住的小区也近，一直向前开就行了。你什么时候变得爱挑剔起来了？"为了刺激他，我说，"你这套西装不怎么样，要是再配上一套'杰尼亚'，那就棒了。"

杨哭似乎没听见我说话。绿灯过后，汽车一直向南开去，我注意到他的眼圈儿有点发黑。"昨天和罗伊折腾了一夜？"

"差不多，我想我真的被她给俘虏了，"他沮丧地说，"我离不开她，今天一天，在公司处理业务，我的眼前总是她在晃。"

"你在哪儿勾搭的她？"

"一次美容之后。她的美容院开在西直门附近。她丈夫又去了香港做生意，我已经觉出她的可怕了。她就像是一个冒着热气的沼泽，让我陷了进去。是她勾引的我。"

"是陷进她的两腿之间了吧。"我下流地说道。

"你和我能不能保持绅士之间讲话的风度？！"他冲我咆哮了起来。

"得了，得。"我说。

我敲了敲林薇的门。门打开了，是廖静茹那颗扎了约莫有十二条小辫子的脑袋。她似乎很警觉，见是我们，立即笑了笑："你是乔可，进来吧。"

我一步跨了进去："林薇呢？"

"她在写歌呢，我们一直等你们来。"

我向她介绍了小阔佬杨哭，我忽然发现杨哭的眼睛亮了一下，这种闪亮稍纵即逝，但已被我捕获到了。他的左手抖了一下，中指上那枚硕大的戒指不经意地贴住了裤缝。他抖出了一张名片："我叫杨哭，是乔可的好朋友。我是来看你的画的。它们在哪里？"

这时林薇从另一间屋子里走了出来，她将头发染黄了，看上去仿佛是烧焦了的一棵山毛榉。我乐了："你看上去像刚从火海中出来。头发是怎么搞的？哪儿着火了？”

林薇不乐意地噘了一下嘴。“我还以为你会夸奖我呢。我可不太高兴了。”她看见了杨哭，眼睛睁大了，“乔，这就是你的阔佬朋友？”

杨哭这时一直盯着廖静茹，他不耐烦地冲林薇摆了摆手：“画在哪儿？我要看画。”

廖静茹说：“跟我来吧。”杨哭立即跟着她向前走。林薇冲我挤了一下眼睛，又做了一个杀头的手势。“他那人就那样。”我小声对她说。她拉着我的手，也跟进了廖静茹的房间。刚迈进房门，她又悄悄地对我说：“你的这个朋友倒怪英俊的。他是个花心大萝卜吧？”

我耸了耸肩，正要说话，却听见杨哭发出了某种异常惊奇的感叹。这种惊叹声是我从前从来没有听过的，仿佛发自他的心灵最不为人知的一个布满了蛛网的小角落。廖静茹出去给我们端来了几瓶小瓶装蓝带啤酒。我接过来喝了一口。杨哭却一幅幅仔细地看了起来。杨哭的父亲是一生从事油画创作却并无建树的默默无闻的一个中学美术教师，因此杨哭对画有着天生的鉴别力。我发现廖静茹有些紧张。我这时才注意观察起她来。她的美是一种娴静的美，身材丰润，眉目之间有着一种南方女子的温存、宽容与含蓄。她身着一条拖地长裙，图案非常复杂，裙子上缀满了各种木质饰物。她的打扮很有味儿，只是她的目光——我确信我从她的目光中看到了一种火焰。这种类似于水底的火焰，清澈冰冷却又熊熊燃烧的火焰，显示了她内心深处的梦想。一个女人拥有这样的目光，与她姣好的面容有些不大谐调，是可怕的。

"怎么样？"我问杨哭。我不太懂画，但我从她的画上看到了女人的艺术直觉所结构与把握的世界。这个世界是魔幻的，疯狂的，超现实的，美的。我想我很喜欢她所用的色彩，大都很鲜艳，但突破常规的线条让这些画充满了魅力。我从脑子里搜寻了半天，也没有找出一个可能引起我的艺术联想的大师的名字。

杨哭转过身，从口袋里抽出一根雪茄点着，然后眯起眼睛问："都是你最近画的？"

廖静茹不安地搓了一下手："是的。大约都是这半年多画的。"

"我想买两幅，只是我出不了很多钱，"杨哭局促不安地说，"每幅四千元，我要两幅，八千元可以吗？"

廖静茹睁大了眼睛，也许她还从来没有用画换过钱。她说："是真的吗？你要花——八千元买我两幅画？"

"对。不知小姐芳龄？"杨哭含着雪茄笑眯眯地问。

"她二十三岁了，怎么样阔佬，和小姐配一对如何？你还没有女朋友吧？"林薇忽然兴致勃勃地插了一句话，我却看见杨哭的脸一下子红了，这在以前可是从来也没有的事。杨哭可能忽然觉得自己抽雪茄的样子过于傲气，他忙捻灭了雪茄："那我就挑两幅。乔可，你去把我的密码箱取来。"我去取来了他的密码箱。他有些慌乱地打开箱子，从中取出了两沓百元钞票，叫我数了八十张，递给了廖静茹。然后他挑了两幅画。那画约莫有一张小方桌那么大。

"我挑两幅画幅大的。"他说，"这样不算亏。"

廖静茹的脸涨红了，她接过钱，停了半天才说："要不要喝点啤酒，杨先生？"

"不，不了，我该走了。不过，如果你愿意的话，我倒可以替你另找一个大一点的画室，钱由我来出，而且我想在丽都假日饭店为你包一个走廊展卖作品，你的画有这个实力。愿意吗？"这蜂拥而至的好事恐怕叫廖静茹真的有些不知所措。"让我想想吧。"她慌乱地说。

"好吧，想好了通知我，我走了。"杨哭拎着画框，大步向外走去，到了门口，忽然想起了什么，转身对不太高兴的林薇说，"林小姐的头发在我看来是最美的。"他挥了一下手，示意我送他。廖静茹扑到门口，扶住门楣，想说什么但没有说出口。我们已走下了楼梯。

我和他走在昏暗的小道上。我们都沉默着，停了一会儿，我说："你今天好像有些不正常。"

他停了一下，看了我一眼。"我爱上了她。你可能感觉到吃惊，我确信我第一次感受到了物欲之外的爱情。我发誓要帮助她。"他几乎是恶狠狠地说，"你也得帮我，给我拟一个详细的报纸宣传计划，我来出钱。"停了一下，他又说，"我明天就请丽都假日饭店的经理吃饭——也许让他帮忙为她搞一个画展。"

我为他的冲动大感不解。"你疯了。"我说，"不值得为她这样做。"

"不，我没有疯。我从她的画中读到了我童年时体会到的东西，一种与死有关的冥想、孤独、逃亡和幻觉。我没法不喜欢她。"他痛苦地说。

"那罗伊呢？"

这时他已打开了车门，他摇了一下头："去她的吧，我不会再去找她了。记住，拟出宣传计划给我。"他把车开走了。黑暗中我耸了耸肩，不明白到底发生了什么。莫非他真的发疯了？

我慢慢地向回踱去，在门口我看到一个人的影子，初时我以为是廖静茹，但后来我辨认出来是林薇。"我们走走吧。"她说。于是我们一起走到星光之下，一幢幢高层住宅楼在我们身边像机器巨人一样耸立。"她呢？"我问。

"她激动得趴在床上哭呢。她还从来没有过这样的运气。你这位朋友是不是另有所图？"

"不，"我断然否定，"他是一个正派人。他父亲是一个没有成功的'美术工作者'。跟我讲讲她吧。你怎么会和她住在一起？"我岔开话题。

"我们在半年前，一同在中国音乐学院附近的一幢小平房里租住，就那么认识了。后来我找了这个地方，就又一同搬了来。她这人除了画画，别的什么也不想干。喂，乔，我演的《红尘情缘》快拍完了，本周六一起去唐导的别墅玩玩如何？绝对好玩，你会见到很多名人。"

"好的。"我说。我们便不再说话。我确信我这一刻听到了这座轮盘一样的城市吱吱转动的声音，这种声音在呼唤着人们下注。城市在大地之上旋转着，把机会和成功顺便抛给一些幸运的人。城市同时也是一个磨盘，把那些失败的人的梦想一点点碾得粉碎。这一刻我忽然感到自己很可怜，走在星空之下，我想哭，但却发不出一点声音。

直到今天，我依然忘不了这个时代那奢华、如同梦境般的一夜狂欢。它似乎凝聚了这座城市、这个时代的所有欲望的集结和欢乐的极限，以及这个时代如同泡沫一样的梦想和愿望。我和林薇到达"伊甸园山庄"别墅区的时候，天已经黑了。"伊甸园山庄"坐落在北京向东去的郊区，山庄的入口处那一团花朵簇拥中，石雕亚当和夏娃裸着身子，以某种在我看来显得颇为可笑的姿势站在那里。我们坐的出租车拐进山庄的小路，在第18号别墅前停了下来。林薇穿一件黑色旗袍，这使得她的大腿时隐时现，颇具诱惑力。她的前胸上别着一枚花朵饰针，头发也已重又染成了黑色。我站在一大群像一座座巨大的陵墓一般的欧陆园林式别墅区中，心中涌上来一种激荡的感情。这里是有钱人住的地方，是这个时代的一个脚注。我知道这些别墅每平方米至少一千六百美元，每一幢得花几百万美元才能买得起。

林薇快活得像一只兔子，她摁响了院子外的门铃。有一只像牛犊一样大的纽芬兰犬猛地冲我们狂吠了起来。幸亏有链子拴着它。林薇的脸色微白。我发现这座别墅的独立花园里的花开得异常茂盛。门开了，唐导那胖胖的身体晃了出来。"啊哈，我亲爱的林薇小姐，噢，乔大编辑，我真高兴你们能来，你们已经迟到了。"

他打开了院门，我们跟着他进去。我不太喜欢他那像鲇鱼一样紧盯着林薇的目光。唐导穿戴得很随便，但他那件圆领T恤衫可能值七千元人民币，脚上那双多半是真货的鳄鱼牌皮鞋也价格不菲。我们跟他穿过花园，走上正门台阶，他让我们进去。这一刹那感觉的刺激扑面而来。首先我发现屋子里已经到处都是人在走动，红男绿女打扮入时，而且男人们都扎着鲜艳的领带，女人们像蝴蝶一样斑斓、美丽。那室内游泳池中，碧波起伏中几个身穿三点式游泳衣的漂亮女人在嬉戏。在巨型室内盆栽植物边上，那沙滩桌旁，台阶上下，吊灯下面，有很多人在三五成群地交谈。我觉得很多人似乎很面熟，我确信我见到了很多经常在银幕上和电视屏幕上露面的明星。那个许久以前我在一个联欢会上见过的著名丑星也在场。他虽然扎着蝴蝶结可看上去仍然像个小丑。另有几个是我的同行，是其他一些大报及电视台、电台的记者——他们是经常奔波于饭店和新闻发布会之间的小群落。我看见音乐经纪人杨先生也在。他穿一套白色的西装，除了领带是红的，其余一切连皮鞋和袜子都是白色的。这个沙龙聚会带给我的感觉，那种光线、气氛、人们谈话时的声音，男人和女人身上散发出的香水和脂粉气息，都使我想起美国四五十年代的一些场面。这个party是唐导专为他的新作《红尘情缘》搞的。这部由林薇出任二号主角的反映二十世纪三十年代上海的灯红酒绿以及南京的大兴土木的电视剧即将由中央电视台播出。当林薇出现在大厅里时，立刻吸引了很多人的目光，有些女人在窃窃私语，似乎在谈论着有关她的话题。我忽然有一种恍若隔世的感觉，我不知道林薇会有什么样的感觉。这个流浪在路上的猫，从中国音乐学院附近的破平房起步，到今天似乎是专为她开的酒会，这其间的距离要走多远？要付出多少努力？我的目光缭绕在那些穿着网眼裤或是十分性感的露背式女礼服的女演员身上。林薇则快活地端起一杯白葡萄酒，向杨先生走去了。

我找了个安静的地方坐下来。我习惯在热闹的时候冷眼旁观，做一个好观众，尤其是我第一次参加这样一个似乎由演艺界上流人士参加的颇具档次的酒会。我这样一个无名之辈最好不要引起任何的注意。我慢慢地啜饮着一杯橙汁，忽然有个瘦高个子有点儿醉醺醺地朝我走过来："喂伙计，你好像是演过《血流成河》的那个男主角吧？那部电影真有趣，杀得真是他妈的血流成河，而且电影特技不错。香港的电影工业的确发达。现在又在搞什么电影啦？"他似乎十分确定我就是他所说的人。我从座位上站起来，微笑着说："先生是？"

"啊，我是一个玩具商，你玩过电动玩具吗？我专门在大陆加工玩具然后再卖到美洲去，从香港转口。唐胖子的《红尘情缘》我投了不少资。我是这部戏的制片人。"他的脚有点儿站不稳，"这套房子真他妈不错，对不对？可唐胖子的汽车不提气，一辆破皇冠，要是一辆大凯迪拉克就他妈的过瘾了。你觉得呢？"

我正要说话，忽然听见有人一声惊呼，原来是一个女士笑嘻嘻地把唐胖子给推到游泳池里去了。这一招对唐导来说恐怕有些始料不及。他十分尴尬地像头鲸鱼一样从水池中站起来，一边抹脸，一边冲大家憨笑。他那件七千元的T恤衫牢牢地贴紧了他的肚子。正在这时，我发现林薇——她不知什么时候已经站到了楼梯上，并且换上了一件红色游泳衣。我的眼睛亮了。她的确非常美，比美国好莱坞的女明星碧姬·芭铎还美。她娇笑着，冲下面喊了一声："接着我！"便纵身跳了下去。

我目睹了这一次美丽的下坠。她跳到了唐胖子前面，刚好被唐胖子用手从水中捞了起来；这个美妙的动作引起大家的一阵掌声。酒会开始进入高潮了。

我的情绪忽然变得有些阴郁。我端着加了冰块的拿破仑XO，在人群中穿梭。我几乎跟任何一个人都不熟悉。那个玩具商已捉住了一个漂亮的女孩在谈他的玩具事业。大家都找到了谈话的对手。有的屋子里有人在打麻将赌钱。还有一个长发画家在楼梯上冷笑着俯瞰芸芸众生，一边用炭笔画着速写。他站在我身边对我说：

"多么棒的酒会啊，人人像一朵朵腐朽的花朵。你觉得那几个女演员漂亮吗？"

"漂亮，漂亮极了。你干吗把她们都处理成骨架？"我抱着有些发晕的头说。他的画纸上尽是骨架在走动。

他不屑地看了我一眼："女人再美，终究是要腐烂的花朵。不如一开始就叫它腐烂，变成骷髅。"

我忽然有些气恼，我不再理他，找到了那个音乐经纪人杨先生，和他聊了起来。我发现他的脸色很不好。他看见我就对我说："你不觉得林薇和唐胖子有点儿那个？"他一边吸着气一边说。

"没看出来。"我故意气他。他看了我一眼："你是她什么人？男朋友？"

"不，我和她只是邻居。她的专辑进行得如何了？"

"马上就上市。妈的，我录了几十遍才做好了这个唱片。可要是她情愿和唐胖子待在一起，我就会生气的。"他生气地说。也许他真的爱上了林薇。因为林薇是个精灵鬼，善于在男人之间周旋。这时我突然发觉林薇不见了。她会跑到哪里去了呢？我觉得我的舌头有些发硬。我恐怕真的喝多了，在这样的气氛之中我没法不沉溺于酒中。我端着一高杯啤酒，到处找林薇。我在楼上一间关着的门上敲了敲，然后推开，发现有一对裸体男女正在激烈地做爱。我尴尬地说了声"对不起"，赶紧关上门走了。有些人正在离开别墅，酒会已接近尾声，可还有很多人都留了下来。因为到处都是房子，你可以随便找一间屋子，醉倒在地毯上一觉睡去。我终于找到林薇。我发现她正坐在楼上一盆大芭蕉之类的玩意儿旁边愁眉苦脸。她不知从哪儿找了件长过膝盖的花格衬衣穿在身上。她看见我，有点儿眼泪汪汪地对我说："我想我的猫了。乔，我的猫独自在家它会受不了的。它怕孤独。"

我安慰她。"不要紧 廖静茹会照料它的。"我坐在她身边，鼓起勇气拾起她的手，凝视着她，"常常来这样的场合？"

她也看着我，许久，她说："乔，你是个很单纯的小伙子，真的，我怕我，都有点儿喜欢上你了。这个世界太大，太可怕。"她叹了口气，拍了拍我的手，"你是个单纯的小伙子，你不该在今天喝那么多酒。"

我忽然觉得我有点儿爱上了她。只是一刹那,一股水流冲过心田,我感到很冲动。我揽住了她的腰,用嘴唇向她的小巧的嘴巴上盖去。她似乎迟疑了一下,就接受了我的吻。但我想我已喝得半醉了,后来我也不知怎么和她进了一个房间。这个房间里到处都是镜子,在旋转的黑暗和眩晕中,我和林薇睡在一起。黑夜像棉花一样包裹着我,我记得在昏昏沉沉当中我在她散发着檀木香气的耳畔说:"搬到我屋里和我一起住吧,不要再漂泊了。"但酒精和她的甜美的肉体很快让我陷入了麻木的混浊状态。我感到我在渐渐缩小,小得如同一粒胚胎,在她的身体里沉沉睡去。

八

在那个奇特、热闹,宛若一场十八世纪梦境的别墅之夜过后,我和林薇便离得很近了。我甚至都不太相信我们之间已经发生的一切。第二天,阳光像雨一样打在我们的身上,我们起来,互相凝视并且微笑。林薇在当天就要去七个城市进行她第一张专辑的宣传活动。我知道这些活动由无数个party、电台电视台专题专访、MTV制作、演唱会所构成。临走前,她把她屋子里的钥匙交给了我。"乔,帮我看好我的瑞德——如果你不嫌它闹得慌,最好叫它和你一起住。它跟我一样也怕孤独。"她忧伤地拍了一下我的肩膀,"也许我回来就要和你搬在一起住了,要是你没有忘记你昨天晚上对我说的话。"

我把头探过去，轻轻地吻了她一下："一定要成功。"

她晃了晃脑袋，笑了一下，又有点儿想哭，但她拎起了她的旅行包："好啦，再见。"然后她一跳一跳地消失在阳光下了。我注视着她的背影消失，嘴上如同冰凉的阳光一样的吻还存留了许久。

在随后的几天之中，我的写作劲头非常旺盛，进展顺利，似乎我的生活中出现了一种召唤我的东西，我不知道这是不是林薇带来的。那几天，那个梳着几条漂亮的小辫子的廖静茹接受了杨哭的建议，搬了出去。杨哭在北京最漂亮的小区——望京小区给她找了一间奇大的光线充足的房子当画室。杨哭在和她说话时，忽然变得像个小男孩一样腼腆和谨慎，这是从来没有过的事。他真的变得像是一个傻瓜。有一天他跑到我屋子里来，跟我拟定了一个详细的计划，用媒介来帮助廖静茹成功。"问题的关键在于，最好在中国美术馆和国际艺苑画廊举办两个她的个人画展。我认识国际艺苑画廊的总经理，一个对美术非常有眼光的鉴定家。得请他帮帮忙，当然，前提是廖静茹的作品的确有些东西。"我说。

我看见杨哭的眼睛发亮了，他松了领带："好吧，得要多少钱？"

我说了个数字。"干吧！明天就开始。"他说完，走到窗前，凝视着对面一幢尚未竣工的摩天大楼，"你看，又有一座玻璃山耸立起来了。你做过爬玻璃山的梦吗？我就做过，我爬呀爬，可这玻璃山太滑，后来我就给摔下去了。摔了个粉身碎骨。"

我走到他跟前："告诉我，杨哭，你是否真的不带任何功利目的地爱上了她？"

他转过身，看着我认真地说："是的。在此之前，我真的从未爱过女人。我没有爱上罗伊，我只是迷恋她的肉体。可廖静茹，让我体验到了爱的本身，它的确是不需要回报的。"

我停了一会儿，叹了口气："我可能……也爱上了那个歌女，林薇，你不会吃惊吧？"

他吃惊地看着我，想说什么又没有说出口。"我听说过她快要红起来了。也许我们俩都疯了。你要当心。"

我想至少是杨哭已经疯了。我们请国际艺苑画廊的总经理柳先生吃了一顿饭，在明珠海鲜酒楼。那一顿饭花去了杨哭六千多块。杨哭同样也投资把廖静茹装扮了起来。她的衣着透露出活泼、典雅而又性感的风格。在柳先生看她的画的过程中，廖静茹羞怯得像个农村姑娘。柳先生四十开外，留板寸，本人就是一个成名的画家。但他经营画廊颇为成功，他的画廊甚至成了中国大陆画家走向国际的一个重要途径。他看毕了她的画，沉吟了许久，他对杨哭说："她是有天赋的。我想我们成交了。你就叫她选作品和做标准的画框吧。"

出乎我的意料，在为期十五天的展览中，廖静茹的那些画获得商业上的巨大成功。有不少外国人，包括来华使节、三资企业老板，用美元买下了她的十八幅作品。总收入有数万美元之多！而北京新闻界的各报刊，尽管在我的尽力组织下，也未造成什么大的声势，其中几家报刊还登了批评她的画"不值一文"的批评文章。但廖静茹非常高兴，她那张满月般的脸上都是微笑。她见到杨哭向他投过去感激的目光，杨哭则倒像个大傻子一样乐呵呵地笑。画展结束那天，我们一起去香格里拉饭店，由杨哭做东，吃了一顿法式香煎鳟鱼和马来西亚椰浆饭。我感到从郊区的破平房起步的流浪画家廖静茹的身上发生了某种变化。这种变化类似于一个农村姑娘在城里站住脚跟之后的变化。而杨哭身在其中，无从察觉。拥有几万美元的廖静茹，接下来会变成什么样子？那天杨哭给她戴上了一枚价值不菲的钻戒，称那天为他们的订婚之日。而廖静茹在稍显羞涩的时刻，戴着钻戒的指头在明亮的灯光下微微抖了几下。远处，传来了大堂小提琴四重奏的音乐。杨哭幸福得像个赶着了鱼汛的渔夫，不住地咧嘴在笑。

在林薇不在的日子里，我经常用她留给我的钥匙打开她的房门，立刻林薇身上那种淡淡的香气就扑鼻而来，仿佛此刻她就在这房间里一样。

一天上午我在街上走，忽然听到有一家杂货店里在放林薇的歌。我走进音像书店，发现林薇专辑出版的招贴已到处都是。而且，由她担任主角之一的电视剧也播放了。看来她终于实现了梦想。可相对于这个宇宙，甚至是这个地球，到处都是风雨雷电、战争、污染和死亡，她的成功又能给世界带来些什么呢？我不禁为人的梦想的局限与短暂而悲哀起来。招贴画上的她忧郁、性感而又美丽。

有一个晚上，我在她的屋子里写作累了，顺势在她的床上躺了一会儿。我在枕头下面摸着了一个很硬的东西，我取了出来，发现是一个笔记本。我翻了一下，发现里面记录的是时间、地点以及一长串的人名。那些人名有好多我是听说过的，有一些在演艺圈还鼎鼎大名。看来林薇已经进入那个圈子。可她记这么多精确的时间、地点干什么？仅仅是记录一次次简单的会面吗？我猛然想起来也许不该看她的私人记事本，就又放回了原处。那一夜，我写得很晚，也很困，后来就在她的床上睡着了。

　　我不知道是什么时候醒来的，我只感觉到有一个很温暖的东西贴在我的怀里。我以为是那只白猫瑞德，但我发现不是。"傻瓜，是我。"是林薇轻微的喘息声。她和黑夜一样悄无声息地回来了。我非常高兴，我说："我发现北京到处都是你的城市民谣唱片。你成功了。"

　　灯光显照之下她非常动人。"是的，我的梦想成功了，还要我和你一起住吗？"

　　"要。只要你觉得我还不错。"我说完，我们拥抱在了一起，并被性爱的狂欢所席卷。

　　第二天我醒得很迟。我的头痛得厉害，我发现她早早就起床了。她怀里抱着那只猫，正坐在写字台前看什么东西。我起来，走到她身边："在看我的小说？"

　　"对。我已经看了一大半了。"

　　"感觉怎么样？"

　　"不怎么样。我觉得小说总得有点儿实在的故事、人物才行。你的东西写得太虚了，也许这就是现代派？我可不喜欢。我喜欢那种一看就放不下来的小说，可你的这东西，我硬着头皮读到现在。"她仰起脸说。

这一刻我真想打她的屁股，也许我压根儿就不该叫她看我写的东西。我捏了捏拳头。

"你想揍我？"她警觉地说，"好啦，去洗脸吧。反正你靠写作肯定不会发财的，你死了那条心吧。"她也不管我的脸色如同死灰，哼着歌抱着瑞德去收拾床铺了。我站在那里一动不动。她在收拾床，忽然问我：

"乔，有一件事不要向我撒谎——你看了我枕头下的那个笔记本了吗？"

"我翻了一下。"我说。

"你怎么能——能这样！"她的语调听上去显得好像受到了羞辱，非常惊讶、气恼与激动地说，"你，你最好给我出去！"

我转过脸看她："请再说一遍，小姐。"

她几乎是咆哮起来，连瑞德都吓得从她的怀中逃走了。

"你给我出去！立刻就走！"

"明白了。"我说，我朝她耸了耸肩，"请允许我拿走我的裤子。"我取下裤子和T恤衫，就直接走出门去。她在我身后重重地把门关上了。我的心一沉，我知道我的一个白日梦做完了。我不明白她为什么要发那么大的火，但我想我们之间一切已完了。她嘲讽了我的小说。我翻看了她的记事本。这个世界有时候倒真的挺公正。我提着裤子在门口愣了一会儿，发现别的房间有人从窥视孔正在观察我，就慌忙向我的屋门逃去。

九

从那天以后，我便再未见到林薇。有时候我走下楼梯时路过她的门口，看见照旧有垃圾袋堆在那里。又过了几天，她那里连一点声音都没有了。一天，我在报社上班时从报纸上读到那个姓杨的音乐经纪人要和她打官司，因为她突然和他解约了。在报上杨经纪人说："合约是有法律效力的，在我包装并推出她之后，她却突然单方面解约。我想她一定会受到法律的惩处的。"我从他的话中听出来一些恶狠狠的成分。那天晚上回到家中，我去敲了半天她的门，但没人应声。后来我碰见了那个房东。"她已经走啦，和那只猫一起走的。她说她搬到王府饭店去住了。你恐怕再也见不着她了。"她幸灾乐祸地说。

有一天罗伊忽然打电话叫我到她开的美容院去。我走进去，发现美丽的少妇罗伊显得有些憔悴和黯然神伤。我还从来没有做过美容，对像雨后的蘑菇般冒出来的美容院我熟视无睹。她一看见我进来，摁灭手中的烟头："乔可，我来给你做一次美容吧，全套皮肤护理。"

"男人也可以做吗？"我心虚地说。

"哈，现在都是男人在做美容，比女人还多。进美容室吧。"罗伊的身材简直棒极了，她领我进了美容室，叫我在镶了镜子的屋子里的床上躺下来，然后她开始给我按摩头部。

"放松，放松点儿。"她说。

"哎，你找我有什么事吗？与杨哭有关？"

"我已经有半个月都没有看见他了。我琢磨他是否找到了更有意思的事去做了。"她冷冷地说。

我沉默了，过了一会儿，我说："他可能不会再来找你了。"我想我得把实话告诉她。

"是吗？"她的语调听上去很镇定，她的大眼睛中盛满了少妇才有的温和宁静，"为什么？"

"他喜欢上了一个流浪女画家。就这么回事。现在他可能，可能和那个叫廖静茹的女画师同居在亚洲大酒店吧，我想他真是鬼迷心窍了。"我有些残酷地说。

我感到那按摩的手停住了。我坐起来："怎么了罗伊，这有什么令人吃惊的吗？"

她嘴唇有点儿发白，但保持了镇定。她摸出一根烟抽了起来，额头上的皱纹难看地构成了一个"凸"字。"我还想着和丈夫离婚嫁给他呢。昨天我和我丈夫已经说过了，我丈夫同意我离婚。"她冲我干干地笑了笑，"没什么，不过很抱歉，我的美容恐怕做不下去了。我有点儿晕头转向。"

"没关系。我也跟你一样难受。"我想起了我提着裤子在楼过道中狂奔的情景，"都是伤心人。"然后我忽然滔滔不绝地大谈起这个时代来，以及这座城市，这座漂浮了一千万人的睡梦与欲望的城市，"归根结底，这就是城市的感情游戏规则。我们都得服从它。"

罗伊呆坐了半天,她站起来,但突然发狂地举起了一把椅子朝墙上的镜子砸去。我呆住了,看着她一下又一下地砸碎那些有着她美丽的人形的镜子。她一边挥舞着椅子,长发在空中飘散。她痛快地砸完了,拍了拍手,表情灰暗:"好啦乔可,看来我不太想开美容院了。你走吧。"

我离开了那里,不由得诅咒起杨哭来。我惊奇地发现这个世界人的关系几乎是由互相伤害的链条构成的,一个伤害另一个,他又被下一个伤害,就这样一直伤害下去,组成了一个环,一个由无数个自寻烦恼的男人和女人所组成的巨环。

打见了罗伊那一面之后又过了一个星期,我接到了杨哭的传呼,就赶忙赶到亚运村去接他。我下了出租车,在一阵眩晕中我用手挡住那强烈的秋日阳光,我觉得有个东西被风送过来贴在了我脸上。我拿下来,发现那竟是一枚秋天的树叶,今年秋天来临的第一枚树叶。杨哭站在不远处的汇园公寓的台阶上向我招呼。他戴着墨镜,穿着一套浅灰色的西装,他永远都是一副白领打扮。我向他走了过去。

"去打打保龄球,到康乐宫去,我有话对你说。"他对我说。他的脸刮得发青,身上香水味儿很浓,他越来越像个资产阶级了,这两年他的变化够大的。我想,也许我也一样。

"秋天来了。"我说,"咱们得照顾好自己。"

"对,他妈的秋天来了。"他也说,"注意别着凉。"

我们走进康乐宫,买了票,绕过音乐喷泉,走向地下游艺厅，在保龄球场换了鞋，然后开始打保龄球。我很喜欢打保龄球，尤其喜欢运用十二磅重的球。那球把目标全打倒的感觉当真是摧枯拉朽，令人心醉。我们俩用了一个球道。我发现杨哭的脸色有些异样，显得很严肃。他击球的动作过于凶狠，仿佛把很多仇恨都发泄在掷球上了。但他的准头不行。我估计他的心有点儿乱。罗伊不再理他，罗伊的丈夫发誓要杀死杨哭。我曾经在照片上见过罗伊的东北籍丈夫，那是个纺织品批发商。难道杨哭怕死了吗？勾引罗伊时怎么没有想到呢？我对杨哭的处境有些幸灾乐祸，不过好歹他总算捞着了一个女人。他不是说他爱廖静茹爱得发疯吗？我们打了两局，他一共才得了一百四十分，而我打了三百多分。杨哭笑了笑："今天你是超水平发挥了。"

我们来到快餐厅要了一份快餐。吃饭的时候杨哭忽然开口说："他妈的，廖静茹闪电般嫁给国际艺苑画廊的柳经理了。她抛弃了我。"他的脸红通通的。

我停下筷子，看着他。他很镇定，只是不安地看了我一眼："好在我受伤害还不太深。毕竟我跟她睡过觉。你能不能告诉我他妈的女人们都是怎么回事？"他控制不住自己，吼叫了起来。

我想起了被他抛弃了的罗伊。我猛然敲着桌子冲他咆哮起来："你他妈的能不能告诉我你自己是怎么回事？"

他愣了一下，干笑了一下。"也许都是我的问题。我也许是个浑蛋，可女人是现实主义者。廖静茹把她的小辫子变成了染黄了的鬈发，像个假外国娘儿们。她变化真大。她简直像扔掉一个垃圾袋一样扔掉了我，就因为柳老头可以让她去欧洲待几年，妈的。"他沮丧地又吃了一口饭，"可我觉得恶心。我的那枚钻戒，天，哈，订婚。"

"你先恶心你自己吧，"我恶狠狠地说，"这种事是你自找的。你不是发誓你找到了爱的感觉了吗？"我讥笑起他来。讥笑他真令我快活。

"那种感觉是真的，"他痛苦地说，"不过的确是一场欲望的游戏罢了。不过你呢？对，你像个傻子一样喜欢上了那个歌女，那只流浪在路上的脏猫。"

我黯然神伤："她已经搬到王府饭店去了。"

"而且我还知道她该滚出北京了，"他这会儿兴高采烈，"她和杨经纪人的官司打输了，在北京娱乐圈已混不下去了。没人愿意与她合作。她马上要滚蛋了。反正她也喜欢在路上。这是杨经纪人亲口对我说的。这座城市让她成名，同样也可以让她滚蛋，滚得远远的。"他冷冷地说。

"我想再打两局保龄球。"我忽然感到有一种力量需要发泄发泄，"我必须再打两局保龄球。"

十

那是一个大雨侵袭的日子，城市的暴雨像一面巨大的抹布一样洗刷着城市。我站在阳台上默默地眺望远方城市中的雨幕场景。已经是秋天了，某种肃杀的气氛已经笼罩在我的心中。我的小说已经写完了，昨天拿给了那个给我定金的西北最大的一个书商。他用挑剔的眼光看完我写了几乎半年的长篇小说，临了说："还得再加点儿商业内容，这部稿子我要了，但你得再加一万字进去，全是与性有关的文字就行。我再付三千元怎么样？"他那双金鱼眼与西北汉子的宽脸庞极不相称。我真想揍他，但我说："他妈的，好吧。"我无可奈何地说。既然有人喜欢，那么我就再加点儿性描写，满足所有狗杂种的欲望。

我站在阳台上看大雨扫荡城市，忽然，我的BP机狂呼我。电话号码没见过。我去楼下打了个电话。"喂，谁在呼我？"

"是我，林薇——在路上流浪的猫。我要离开这座城市了，来送我吗？要离开了才发觉只有你一个人还算朋友。"

"在哪儿？"我的心怦怦乱跳。

"王府饭店。"她接着又说了一个房间号。

"我马上就来。"我说，然后迅速地挂断了电话。

我拦了一辆出租车，汽车在雨幕中杀开一条道向东单方向疾驶。司机给我大谈汽油涨价问题。我一个字也听不进去。我在想林薇终于要离开这里了，可她会到哪儿去呢？汽车拐进东单，又向左拐进一条较窄的路，然后停在了王府饭店门口。这是一座有着古典建筑风格的五星级饭店。我匆匆走进大堂，直奔电梯，来到了六楼，敲了敲一个房间的门。

"进来吧。"林薇打开门，脑袋在门后面隐现。我一脚跨进去，立即感到某种凄凉的气氛。屋子里乱糟糟，到处是音乐磁带、唱片、CD机，打开的皮箱，胡乱扔在床上的衣裙，以及满脸忧伤的林薇。她改变了发式，把头发剪得很短，像个葫芦瓢一样扣在脑袋上。

"怎么啦？官司输了就不待在这座城市了？"我问她。她穿一条洗得发白的牛仔裤，丝丝缕缕的裤脚垂在赤脚上。

她脸色黯然，一丝倔强和顽皮的笑浮起来："没法儿再待下去了。姓杨的把我的名声弄糟了。这是一个男人的世界对吧？我马上去香港，我得去卫视中文台替他们干活儿了。我当个节目主持总还可以吧？"她说，然后喊了一下四下嗷叫乱窜的白猫瑞德。

"也许还不错。可我弄不明白，你为什么就想在路上，不建个家什么的？"我逼视着她，"停下来别再动弹！"

"没有人真心对待我。当然，除了你。我们是好朋友，对吧？你不会记恨吧？那次我叫你——那场面的确有点儿尴尬，拿着衣服离开了我的屋子。"

我苦笑了一下："不会的，我翻看了你的私人记事本，说实话，我没看到什么。"我现在想起来潜规则的事了。

"这就好。"她叹了口气，"我得收拾东西了，帮我一起收拾吧。"

于是，我就躬下腰帮她收拾，我在皮箱里捡到一张照片，照片上的她站在以一幢破平房为背景的场地上笑着，那样单纯。我知道那是她来北京的起点，中国音乐学院附近的破小平房，有一种悲凉的东西在房间里蔓延开来。后来她收拾完了。"我会怀念这座城市的。还有你，乔可。你那么单纯。"她笑了笑，"一直是个可爱的大男孩。你好像与这个时代格格不入，像英国的‘愤怒的青年’作家群。"

"我不像你，融入得那么深。"我幽怨地说。

"那部小说写完了吗？"她把裙子塞进了皮箱。

"写完了。不过书商说还要再加一万字性描写，说是为了商业上的考虑。这个时代需要这个。"

"你加吗？"

"加，我已经拿了人家的钱了。"

"有个问题我弄不明白，就是作家也是给什么钱就写什么东西？"

"不全是，"我沉吟了一下，"但已有一部分人这样了。在这样一个价值多元的时代，干什么都是社会的填充物罢了。作家也一样。现在就走吗？"我自嘲完毕，提醒她。

"对，现在就走。不过，我得再看一眼这座城市。"她跳到窗户前，向外面凝视。雨幕中她能看见什么呢，我想。她约莫站在那里有五分钟。房间里的空气似乎凝固了，凝固在一团忧伤的气氛之中了。我忽然觉得不好受。

"好吧，走吧。"我看见她转身，眼睛里含满了泪水，但没有流下来。我帮她提上皮箱，她拎着一个大袋子，我们就这样下了楼。那只猫一跳一跳地跟着我们。

我们来到了王府饭店门口。"噢，还有瑞德，只是我不会再带上它了，乔可，你愿意养它吗？"她招呼瑞德，把它提起来递给我，脸上有一种极沉痛的表情，"我是在一个垃圾箱附近看见它的。当时，它也在四处流浪。"

"好吧。"最终我说。雨下得非常大，几乎像瓢泼一样。她把瑞德放到我怀里，一刹那我发现瑞德露出了十分凶狠的目光。出租车开了过来，她拢了一下头发。"我这就走啦，"她悲伤而又欢快地说，"走啦。"然后她快速地亲了我一下。我像个雕像一样站在那里。我帮她把行李放好，她钻进了汽车。我看见她在汽车中不停地向我挥手，挥手，直至雨幕把我们互相隔开，推远，看不见了。

我抱着瑞德站在那里，停了一会儿，瑞德忽然发起狂来，它在我怀里愤怒地撕咬着我，在我的手背上抓出了血痕。我放开了它，它一跳一跳地冲进雨幕中，嚎叫着也消失了。它重新成了流浪在路上的一只猫，我想。

在一个非常晴和的日子，我和杨哭坐着车去通县看地皮。他在那儿买了一块地皮打算自己盖楼。在汽车里好久，我们都没有说话。我们好像都变得深沉平静了。后来我说："她走了。"

"谁走了？"他眼看着迎面撞来的立交桥，问我。

"林薇，一星期前她走了。去了香港的卫视中文台，当节目主持人。"

"反正也没法混下去了。走了更好。你不是，曾想和她同居来着吗？"他露出了滑稽的笑容。

"有一天我翻看了她的一个记事本，那个奇怪的记事本里记了很多时间、地点和人名，然后她就把我赶出了她的房间。我便再也没法和她亲近了。"

"哈，"他用奇怪的眼神看着我，"那我必须告诉你，那都是——都是和她发生性关系的人的记录。有一个著名的第几代导演曾经和她睡过，也发现了那个本子。那个导演是个著名的大花心，也吃了一大惊，给她起了个外号叫'小脏孩'。我琢磨你再仔细看下去，那记事本里还有你吧。"他讥笑起我来，"'小脏孩'，这绰号真棒。"

我沉默了。看来这都是真的。我沉默了好久，说："你原本就知道这件事——那个记事本？"

"娱乐圈谁都知道。所以，她没法待了。"

我忽然想起了廖静茹："廖静茹情况怎么样？"

他忽然眉飞色舞："那个小婊子？她把老柳给甩啦，你猜她嫁给了谁？嫁给了一个纽约派诗人，同时也是个画家，去美国发展了。她真厉害。他妈的真厉害。"

"真厉害。"我由衷地感叹道。我想起了她眼睛里的火焰。

汽车飞速钻入国贸桥立交桥，向通县方向开去。周围的城市高楼在向后退去。我们又陷入了沉默，汽车到达八王坟时，我忽然觉得有一辆蓝色的桑塔纳轿车一直在跟着我们。我从后视镜中看到有一个戴着墨镜的汉子在开着车。停了一会儿，我说："杨哭，有人在跟踪我们。"

"真的？"他像是不信似的回头去看，"那辆蓝色桑塔纳吗？"

"对。是那辆。最近你没跟黑道上的人物打交道吧？"我有些担心地说。杨哭最近的确赚了不少钱。

"没有，我从不跟流氓地痞来往。"他说。那辆汽车紧紧地咬住我们不放，我们开多快，它也开多快，如影随形。"真他妈的，真的在跟踪咱们。"杨哭一转方向盘，汽车猛地拐上了通往鹅沟村的一条便道。我们看见那辆桑塔纳也紧跟了上来。

"我明白了，那个人是罗伊的丈夫，一个纺织品批发商。他要杀了你。"我对杨哭说。我们的汽车一直开到了通惠河的边上，这里全都是农田村庄，根本就没有路。而且杨哭的"凌志"发动机发出了一种十分不耐烦的吼声。汽车向东一拐，我们没命地沿着通惠河边一直向东开去，汽车就像在石头上滚动一样，颠得我前仰后合。可那辆车一直跟着我们。汽车发动机在到达一片榆树林时，突然怒吼了一声，停下不转了。完了，我想。

我们赶紧下了车，看见那辆桑塔纳在尘土飞扬中向这边驶来。我拉着杨哭的手没命地向前面的农家村舍跑去。我们翻身进了一个猪圈，几头乌克兰大白猪对我们哼哼着。我看见远处那辆桑塔纳车停在"凌志"的后边，下来了一个壮汉，手中拿着一条双管猎枪。他一枪托敲掉了我们汽车的左后视镜，又认真地向前后轮胎各开了一枪。我们听见那轮胎撒气的声音。那家伙朝我们这个方向望了一会儿，没有发现我们，这才上了车，在尘土飞扬中沿着河边开走了。

我和杨哭都惊魂未定。我说："这就是你勾引罗伊的代价。他差点要了你的命。"

他沮丧地低下了头。"我再次重复一遍，是她勾引我的，他妈的。我们的车开不回去了。"他哭丧着脸，"我怎么总是栽在女人手里？"我们翻出了猪圈，小心翼翼地向汽车走去。

十 一

不知不觉第一场大雪就下来了。我的长篇小说也修改完毕。书商付了钱，就把稿子拿走了。我想我干成了一件事儿，心里很高兴。但我又想如果市面上到处都是我的那本加了一万字性描写的书，这倒同样也令人感到恐惧。凡是流行的东西必定也死亡得快。但我打算让自己轻松轻松，就沉浸在老虎机游戏中。可我输了很多钱。有一天上午，我回到住处，发现有一个头发半白的女人在我们的楼道中走来走去，显然在寻找什么。她那满是皱纹的脸上堆满了疑惧。我从她脸上看到了一丝熟悉的东西。我猛然想起来了，她也许是来找林薇的。我说："大妈，您是找林薇吧？"

她吃了一惊，脸上又现出了喜色："对，正是。我是她妈妈。这丫头，离开家三年了也未回家。我按照几个月来她给我寄钱的地址，找到了这里。可她的门紧锁着。这丫头跑到哪儿去了呢？"

我把她让进了我的屋子，并给她倒了一杯水。我说："她已经去了香港，这她没写信告诉您？"

她放下手中的一个包。"她从来不给我写信。我也从工厂退休了。她去了香港干什么？那可是个花花世界，"她犹疑而又吃惊，"野丫头，几年了一直不回家，只是常给我寄钱。我也老了，要钱又有什么用？又有什么用。"

我说："大妈，你来找她干吗？"

"叫她回家。总在外浪着，也不嫁人，那么大的丫头了。她还有个弟弟，马上要结婚，总得叫她回去看看。"

我问："那么，她父亲为什么不出来找她？"

"他六年前就死了。就是她父亲，天天揍她，从小教她二胡，她才学会了唱歌。我不知道她来北京靠什么生活？拉二胡吗？"

我想，林薇已经彻底地忘掉她的家了。不过，她总还没忘了给母亲寄钱。然后我对她讲起了林薇在这座城市的奋斗，成名，以及去香港做主持人，只是我没有讲她的"小脏孩"的绰号。她听得很认真，脸上竟然荡漾出幸福的笑。"这孩子从小就有出息。她爸打她从来不哭。要是她爸爸不死，也会为她高兴的。不过，她恨她爸爸。"她叹了口气，眼泪在眼圈儿里打转，后来她在那个黑皮包里摸索了一会儿，取出了两张照片，"你看看，这是她几年前在家照的，我怕认不出她来了，就带上了照片。可她为什么不回家呢？"

我接过照片。一张是她站在红艳艳的夹竹桃花前照的，另一张是在船舷边，她偏着头在笑。看上去只有十六岁，那样单纯、美丽、清爽和自然。我不禁为她的变化而感到了震动。

"她变了吗？"

"变了，变得胖了点儿，还有就是发式也变了。她已经长大了，大娘，你不用为她多操心。"

她收起了照片。"长胖了就好。我就怕她变瘦了。你刚才说她还演过电视剧，我怎么没看到？这丫头有出息了，却再也不回家了。"她流出了眼泪，坐在那里愣了一会儿，拿起包，说，"我回去了，你要是见到了她，叫她一定回家去。她再不回家，只怕我的眼睛瞎了，再也看不见她了。"然后，她走出了房间。我一直送下楼，看着她消失在大雪之中，走进了更远的一片空茫。

那年的圣诞之夜，我和杨哭穿戴齐整，一起到新世纪大酒店的瑞典"帝梦"牌桑拿浴室洗了桑拿浴。在大堂酒吧随便吃了点东西，就到饭店的舞厅参加圣诞化装舞会了。这座四星级的饭店像一块银制物体般耸入天空。不知为何，到了年终，在我们心中涌起的只是一种空茫和疲惫的感觉。这个城市叫我们经历了太多，也叫我们付出了很多。生活中有一种迅速流变和沉闷的东西毁坏着我们年轻的心。有些东西，是远远超越于我们生命之外并无法去把握的。比如这个轮盘城市转动的节奏。我们对很多东西已失去了兴趣。生活变得简单了，也更麻木了。我甚至都变成了不读书的平面人。我已经从报社辞了职，在一家音像出版社工作。每天都沉浸在让人短时间沉醉的音像制品享受中。我有一段时间看到林薇在香港卫视中文台上，她真的变瘦了，而且还学会了用嗲声嗲气的调子说香港普通话。她一出现在屏幕上，总是说："这里是卫视中文——台！"然后将手向旁边一指，一边冲你做鬼脸。她依旧是可爱的，但也有疲惫之色。不久她又从电视上消失了。我一个在大地音像制作公司的朋友说她已去了东南亚，在那里发展。后来有人在澳洲也见过她，说她开一辆二手的庞蒂亚克车在悉尼的街上出现过。后来再也未有她的一点消息和音信了。她真的是一只在路上流浪的猫吗？

　　我和杨哭走下舞厅，在入口处一人选了一个面具。我们选的是老态龙钟、满脸持重的老人面具，加入了那场圣诞之夜的化装舞会之中。这是一个假面的海洋，每一个人的真实面孔都消失在假面之后了。我几乎看不见一个人的脸。也许这就是城市的象征，充满了假面人和在假面后面转动的眼睛。城市本身就是一个巨型的假面舞会，在这里，一切的游戏规则被重新规定，你必须学会假笑、哭泣、热爱短暂的事物、追赶时髦。你必须以冷漠的态度对待一切事物，因为这里的一切都转瞬即逝，再也没有了永恒和停止不动的事物。连哭泣都成了游戏，已丧失了哭泣本身的深刻内容与实质。

　　我们跳了一会儿，又到红狮酒吧去喝饮料。这里的快餐很好，我们每人要了一杯"黑风"，并加了冰块，坐在那里啜饮。酒吧里人很多，很多情侣在悄声低语。杨哭忽然看见不远处有一个穿黑色大衣的女人在独自喝着一杯葡萄酒。"那是罗伊，我敢打赌。"他对我说，他的眼睛亮了一下，但显得又有些犹疑，然后他还是站起来整理了一下礼服走了过去。

　　"罗伊，圣诞快乐。你过得好吗？"

　　"我不认识你，先生。"

“可你的老公差点儿打死我。用打野猪的双管猎枪。”

“我不认识你，先生。”

“你是罗伊，我是杨哭，难道这还有错吗？”杨哭怪笑了几声，“是你在中国大饭店的舞厅里让我握住你发抖的手，那时你说你的婚姻遇到了危机。”

“你可以走开吗先生？我不愿意无故被打扰。”

“可你现在却装作不认识我了。我能请你喝一杯吗？”

然而我看见这时罗伊站了起来，她把手中的酒一下子泼在了杨哭的脸上。然后她昂首走出了酒吧。我看见殷红的葡萄酒顺着杨哭的脸流了下来。他站在那里僵了许久，才掏出手绢擦了擦。他抱歉地对我说：“请等我一下，我得上一趟洗手间。”他快步向洗手间走去。

我跟了过去，我推开洗手间的门，却听见他在哭泣，他真的是在哭泣。杨哭真的哭了。我拍了拍他的肩膀：“行了，行了老兄，这本来就是一场游戏。”可他仍在哭，而且把水都泼到了地上。厕所里那个老员工不停地用墩布擦他脚下的地面。后来他终于洗完了脸，我给了那个员工五块钱小费，扶着杨哭走了出来。我们决定出去走走，我们刚一跨出新世纪酒店的大门，就听见圣诞夜的钟声响了。我们决定到教堂去看看，就冒着大雪，向西直门方向走去。在我们前面，毁灭与新生的力量和时间一起在等待着我们，等待着我们以城市为战场与它交锋。

环境戏剧人

一

1

    我总是觉得我像是一粒灰尘一样飘浮在这座城市的上空。加上令人怀念的学生时代，我在这座北方大城市已经生活六年多了。我和城市就像是两个骗子一样互相提防，而又不得不互相信任。出于对我的怜悯，这座城市给了我一个"戏剧人"的角色，让我还能够在它的巨型手掌的夹缝间生存下去。但我知道，它随时都可能一下子把我掐死。每天，当我和我的戏剧人伙伴们穿行在日新月异地变化着的街道，像某种呕吐物那样，在城市的口腔和牙齿间流动不已时，我无法拒绝那些日益地长高的各种饭店、大厦、写字楼、购物中心、超级商场以及欧美快餐来威压我们。我毕业于中央戏剧学院，我是一个满腔怒火生活在城市中的人。我只做先锋戏剧，我是一个环境戏剧人。我将我的戏拉出了舞台，彻底地改变了舞台与观众和演员之间的静止关系，从而可以把戏剧放到社会的各种环境去演出。因为每天发生的各种现实事件已经超出了我们的想象力。在这个他娘的什么都在解构的时代里，戏剧的真正精神早已萎缩，已退化为乏味无聊的、充斥在电视台上各个电视频道的肥皂剧。除此之外我们还能干些什么？面对更多的沉湎于物欲的人们，二十五岁的我忘不了大学时代阅读菲茨杰拉德的《了不起的盖茨比》中的一句话："每个人的青春都是一场梦，一种化学的发疯形式。"而我，却仍想要找到我青春的最后寄存地，我的爱达荷。你说我也许是一个镇定的疯子吗？

"你看到那些玻璃杯了吗，那些在大堂吧台上放着的一排玻璃杯？你不觉得它们发出的亮光有一种让人心醉神迷的感觉？"龙天米慵懒地对我说。

她像一只已经厌倦了美食的波斯猫那样打了个哈欠，胸部的乳房跳了两下。

我们坐在凯莱大酒店的二层咖啡厅里。凯莱大酒店是一家四星级酒店，它像一块幽蓝的砖头一样竖立在建国门立交桥的边上，与边上日本佬盖的长富宫大饭店相互辉映。这里的咖啡和西贡菜都不错，我正在喝着一杯维也纳冻咖啡。可和龙天米坐在一起我忽然感到了绝望。这座城市以它某种不容更改的法则在修改与毁坏着我们，让我们无地自容。

"没有，我什么也没有看见。"我说。我看见龙天米哼着一首十分没劲的歌在吃她那份蛋糕。我和她认识已有多年，还是在戏剧学院三年级的时候，因为共同主演一部莫里哀的喜剧，在那天晚上戏演完了之后，我们之间的戏倒是接着又演了下去：在一阵道具乒乓作响声中我们拥抱着倒在了幕布上，在一阵激烈的节奏中我们——于是我们就成了情人。从那一天起，我从来没有想过要全部拥有，也一刻没有完全拥有过她。但我想我是爱她的，如同其他爱她的男人一样。现在我坐在凯莱大酒店咖啡厅的深蓝色玻璃幕墙之后向外窥探。在我眼前出现的是东便门立交桥，一列火车正缓慢地通过那里，那种节奏谨慎而又坚定地向北京站方向而去。再往南则是东花市高级住宅区，那里住了不少有钱人。我看见有很多漂亮的私家车沿着一幢幢欧式的公寓楼一字儿排开，浑身闪耀着这个时代铜臭气十足的光芒，那么幽暗而又令人伤心。远处，国际饭店、鸿基大厦和其他高楼直逼我的视线，让我有一种推倒积木似的强烈愿望想推倒它们，因为它们给了我一种十分压抑的感觉。我现在仍然感到这座带给我激情和梦想的城市是如此陌生。

"我们为什么要回到你所说的爱达荷？它是一个什么鬼地方？"龙天米忽然斜着眼睛看我。要在平时，我会觉得她的这类斜视美丽异常，而且我还会为此吻她那么几下。可在今天我实在恼火透了。"我不知道，姑娘。我不知道我们为什么要回到爱达荷。你不觉得你的这种提问十分没趣吗？爱达荷是他妈的美国的一个农业州，有很多漂亮的奶牛和农场，当然还有很多像奶牛一样有着大乳房的漂亮姑娘。"我恶狠狠地说。

"够了，闭嘴吧。"龙天米忽然幽深地看着我对我说，"你变了我再也不想见你了。我想我讨厌你，你这个粗鲁的浑蛋。再见！"她扬起她美丽的下巴，站起身就朝外走。我也跟着站了起来。我可没打算要失去她，这是我始料不及的。她走得飞快，我喊了一声，她也不停下来。我一直认为她不错，这不仅因为她是我的好伙伴，还在于她一直想和我回到我所说的爱达荷，这样的女人在这座城市里已经越来越少，更多的女人则喜欢养宠物、戴假发、假乳与假臀，以一切假物来毁灭可怜的男人们。就在今天之前，我每一次和龙天米互相拥抱着沉睡在城市的黑夜里时，我们的肉体和灵魂都可以感受到那种再也回不到爱达荷的恐惧。

"嘿，嘿嘿，你最好停下来。"我走出咖啡厅，对她疾速走动的背影说。她根本不理我，向右一拐，就消失了。我连忙又跟了过去，推开了一间屋子的门却发现是一间四面全是镜子的化妆室，龙天米已经不知去向。莫非她躲到了镜子后面吗？我强作镇定地冲里面两个美国大美妞耸了耸肩就走了出来。站在凯莱大酒店布满了镜子的楼梯上我神色茫然，我想我真的失去了龙天米，我是否也该像推积木一样把凯莱大酒店也推倒？

2

深夜我乘坐一辆出租车向方庄方向赶去。我已经有一星期没有见到龙天米了。我想她这次真的想离开我了。我知道作为表演系的"戏子"她拥有不少男人，但离开我仍叫我无法接受。汽车经过天安门广场时我放眼望去，在广场上晃动的人们像被风吹动的落叶一样一个也不剩，因为北京的深秋已是相当寒冷。我想我今天必须见到龙天米，我要和她谈一谈。

我们还有许多环境戏剧需要她演，我们要共同去寻找我们的爱达荷。可我们的爱达荷是个什么地方？汽车由崇文门一直向南开去。十五分钟后，我在方庄小区一座立交桥上下了出租车。

我打算步行走到龙天米的住处去。这时风很大，我不得不竖起了衣领。我和龙天米在学院毕业的两年多时间里都没有家，只是有时候把对方的怀抱当作了家，短暂的家。我打算在大风吹起来之前赶到她那里去，因为天气预报说今夜有8级大风。

我走在空寂无人的大街上，我四周全是耸立着的高层住宅楼。它们全部耸立在黑暗的天空之中，没有一个人在大街上走，我甚至疑心我来到了某个外星城市。每一座楼都像是一座变形金刚，仿佛随时要把我吃掉。已经起风了，我加快了脚步。这座城市就从来没有信任过我，可我一直在一厢情愿地向她撒娇。我迟早得扑进她这个后娘的怀里彻底地撒一回娇。我觉得自己作为一个自由职业者活在这座城市里十分悲壮。

我来到了龙天米租住的那幢公寓楼。在北京没房子就等于你像是一条流浪的狗，谁都可以因此而给你一棍子。我胡乱想着，敲了敲门，里面没有应声。

我推了推门，发现门并没有上锁。我一走进屋子闻到了龙天米那令我十分熟悉的气息，但我忽然发现屋子里已经站满了人。我看清楚他们都是我的伙伴，一群都市中的老鼠，我的环境戏剧的主要操作者。他们是罗朗、马加、林格、乔可、施伯格、周娜、陈红和皮皮，只是我没有看见龙天米。他们像是一群雕像一样呆立在那里，仿佛在注视着什么。

我走了过去："怎么啦朋友们？难道你们是在默哀吗，一句话也不说？"我一把拨开他们，这时我看见那张床，那张龙天米平时睡眠用的床罩的中间，有一摊赫然醒目的血迹。血已经变黑了，但仍散发出一种神秘的甜腥气息。我俯身摸了一把，手上黏糊糊的，血仍是湿的。我顿时慌了起来。

"《死去的新娘》——未完成的环境戏剧第一幕。演出到此为止，默哀三分钟结束。"留着一条小辫的罗朗看了我一眼无情地说，"我们可以走了。"

我像一条垂头丧气的狗一样垂下了头。我不能相信床上的血是龙天米的。她还要和我一起去寻找爱达荷，她可不该只留给我一摊血。她为什么不对我和世界都保持足够的耐心？我悲愤地揪住了罗朗的衣领："你这个狗杂种，她不会死的，你知道吗？！她在哪儿？"

"可她至少是失踪了。平静一点胡克，不要发怒。我们可以分头去找。"乔可在一边说。"可你们都是心冷似铁的狗杂种。"我骂了一句，然后坐在床上，伤心得说不出话，他们却都像塑像一样一动不动。难道这也是一台戏？我忽然有些迷惑了。但我的龙天米确实失踪了，也许她再也不会回来了。

二

我确信龙天米没有死去，原因之一是我深深地爱着她。但面对这座庞大的城市我什么也不能相信。我收起了那面沾有可能是龙天米的血的床单，收下了她所有的遗物。在这个茫茫的世界中我必须独自前行。我向这个城市撒娇还没有撒够，我决定继续地撒下去。我走在灯红酒绿的闹市区，走在阳光广场、伯爵中心那宽阔的豪华楼厦地带，我想我会在哪里再找到她？难道她在和我一同主演一出环境戏剧吗？以中国当代的城市为背景，以我的寻找为主题，也许找到了她，我们共同主演的《回到爱达荷》环境戏剧就算是演完了？龙天米留下来的东西有一支玫瑰色的口红，一个画满了奇怪的符号和对话的记事本，以及一条火红的围巾。我记得她有三个冬天都曾经围过这条火红的围巾，远远地看上去仿佛有火苗在她的肩头跳跃。我翻阅着她的记事本，我确信她爱过很多男人。我从来没有要她告诉我，但现在我想我只有找到这些男人，才能找到她。可这些男人会是谁？他们会躲在这座迷宫一样的城市的什么地方？我站在电视塔的旋转层俯瞰这座无比广大的城市，不由得唏嘘了起来。

　　我在龙天米的紫皮记事本里发现了唯一的一个电话号码。这个电话号码出现了三次，分别在她杂乱无章的记事页的不同页码上出现过，而且旁边都注明了一个"林"字。我想也许这是我真正走进龙天米隐私生活的唯一一个入口了。于是我拨通了那个电话。

　　"你好，这里是唐汉民事事务调查所。"

　　"请问，请问你们是干什么的？"迟疑了一下我又问道。

　　"我们是一家私人侦探所，专门进行私人委托的各种民事事务调查。"

"那么这里有一位林先生吗？"我一字一句地说。我得到的回答是肯定的："我就是。"

"我正要找你，我遇到麻烦了。"我说。

"那么你来吧，我们面谈。"他给我说了地址，然后约好时间，就挂断了电话。

这个时候我在猜想龙天米也许已经真的死了，也许就是这个姓林的干的。可听上去姓林的是一个私人侦探。我约莫听说过这座城市里已经出现了私人侦探，只是我没有想到我会有一天与他打交道。我在裤腿上绑好了一把匕首。我拦了一辆面的，就向钟鼓楼方向而去。

我按照地址来到了钟鼓楼背后的一个胡同，到了一幢二层小阁楼的门前。我看到了阁楼前挂着的那个牌子。然后我上了楼，我走了进去。

屋子里一共只有两个人，有一台电脑，有一个书架，上面堆着各种百科全书与法律全书，有一套《福尔摩斯探案集》，还有一本波德莱尔的《恶之花》——我在大学期间曾深深地喜爱过他。我还注意到了地上铺着的红色地毯以及一部录音电话。然后我才把目光集中到了他们身上。在一张无所不包的军用北京市地图的前面，有一个眉目英俊而又略带些冷气的男人正看着我。

"你就是林先生？"我问道。

"是的，有什么事需要我们办的？"他问我。他的助手，一个戴眼镜的小伙子正在用电脑操作。

"我要找一个人。一个女人。她失踪了。她叫龙天米，我约莫知道，你与她联系过。"我不动声色地说，我清楚地看见他微微震动了一下。

"……我认识她。她一度是我的客户。大约在一年以前她叫我帮助查一个男子的情况。就这些，怎么，你说她失踪了——你是她什么人？"他有些不大自然地耸耸肩。

"我是她的男朋友。她只留下了一条带有血迹的床单。我是在她的记事本里看到这个电话号码的。"我说。

他深深地看着我。"晚上你有时间吗？我们在中国大饭店的大堂酒吧见面，我再将一切都告诉你。"

我忽然有些想拉住他的手的愿望，因为他是一个私人侦探，他真的会帮我找到龙天米。但我说："好吧。"然后就出去了。

我来到中国大饭店时已是华灯初上。大堂酒吧金碧辉煌，有一位小姐在弹钢琴，在散开的沙发座上，很多外国人和中国人坐在那里聊天。要是在往常，我一定会找到一个我认为最漂亮的外国妞然后不停地朝她挤眼睛，可今天不行。我等了一会儿，我看到林先生穿一件黑色夹克衫，像个便衣一样走了过来。

"要点儿什么？"我问他。

"一壶红茶。"他坐下来说。我在猜他是否可能属于佩带手枪的那种私人侦探。

"我要一杯皇家咖啡。"我对服务员小姐说。

"你真的要找到龙天米？"他看着我。

"是的，因为我和她要演的一出戏《回到爱达荷》必须由她主演。"

"你们认识多久了？"他问我。他有一口漂亮的牙齿。

"有五六年了吧。我们算是大学同学，一同演了从莎士比亚到莫里哀、从肖伯纳到皮兰德娄的很多戏，我们是好搭档，很好的搭档，在很多方面。"

"同时你很爱她。"他一直盯着我说。

"是的……你好像也爱过她？听你的口气。"

"……有一段时间是。你真的想通过她接触的男人来找到她？"他的眼睛里甚至有一种嘲讽的神情。咖啡和茶上来了，他在他的茶里加了牛奶和砂糖，我什么也不加。

"对。"我果断地说，"因为她失踪了，剩下了一条床单。"

"好吧，"他耸了耸肩，递给我一张纸片，上面有五个人的姓名、电话、地址，"你就一个个地去找吧。不过有两个人我没有写上去。其中一个是我，因为用不着写上去了。另一个是她的一个情人，就是她在一年前曾经委托我调查过的那个人。那是一个商人，或者说是一个危险人物，一个与黑道有广泛联系的骗子——但法律还抓不住他的把柄。他就住在这家饭店里，我注意到他的奔驰560有三个月没有在这里露面了。你不能直接去找他。"

我仔细地看着那张纸片。"好吧。"我说，"随便问一下，这些名单你是怎么搞到的？"

他看着我，深深地笑了："老兄，在她委托我调查那个男人之后，我调查清楚了那个男人的全部背景，并且劝她离开了他。那一段时间她已开始吃含有毒品的饼干了，但我促使她离开了那个男人。我也就是在那个时候成了，成了她的情人。她是一个很美的女人，那么高雅，眼睛那么美，那么深奥，不是吗？在我爱上她的同时，我发觉她还有其他男人，就用我的职业手段调查了出来。只是我从来没有将这个名单派上用场。现在它有用了。她真的很美，对吧？"

"你觉得她哪里最美？"我问他。看来这个私人侦探的确深爱过龙天米，一种妒意涌上我的心头。

"她的眼睛、嘴唇、声音、笑容、姿势与话语，一切。"

"太对了。"我伸出手来与他握在了一起。我们因为是一个女人的共同的情人而变成了亲和的人，但关键是我要找到她。"你的私人侦探——民事事务调查所挣钱吗？都干些什么？"我平静地问。

他坚毅地笑了笑："我是军人出身，我做过生意、写过诗，上过法律专业的大学。我一直想干私人侦探，于是我就干上了。我接的生意很多，有委托我们调查丈夫或妻子外遇情况的，有委托我们寻找失踪者的，也有委托我们调查一些生意人的商业信誉、还贷能力和背景的。我很喜欢干这个。这座城市也需要我。我们一共四个人，据我所知上海也有一家私人侦探所。不过，我总有一种预感，你可能永远也找不到她了。她是一个不断变化的女人。她干什么都不会停下来。你为什么非要找到她？"

"为了'回到爱达荷'。"

"你说什么？"他又问我，显然他没有听清，但我不想再重复一遍了。我确信他是一个可靠的人。我啜饮着皇家咖啡，看到那些白种女人挺着健康的胸部在我身边走动。在这个爵士音乐节奏城市里我常常感到迷茫，有几个神色冷漠的男女坐在离我们不远的地方。"他们是一群骗子，这个城市著名的骗子。"林对我说，"你要是遇到麻烦了，就呼我。"他递给了我一张名片，"在前面呼119代号，我就知道了。"他微笑着站起身。

"祝你好运。"他和我握了握手，然后走了。我继续坐在那里听音乐。我又要了一杯矿泉水，呆坐了半个小时，这才走出了中国大饭店。有一个女人跟着我，我走上汽车停车坪时她对我说："先生，请问你要我陪陪吗？"

"不，小姐，我要回家了。"我礼貌地对那个靠操持皮肉生意生活的漂亮女人说。在黑暗中我真为她感到难过，可我知道她感觉自己比我过得幸福多了。这就是这个时代的生活逻辑之一。我大步走向黑暗。远远地看去，中国大饭店和国际贸易中心的庞大建筑像一座钻石山一样闪着幽美的光芒，像积木一样不真实，它那么傲慢，又那么庄重、豪华、凝重和美丽，像界碑一样成为这个城市生活的标识，一座幽暗的钻石之山。

三

1

我把龙天米的头像用电脑印在了我的一件T恤衫上。龙天米的笑十分沉静而忧郁，她的一绺头发遮住了一只眼，仿佛在偷窥着这个世界。我想一定会有人看见过她并且把她的消息告诉我。秋天里的寒意从大地深处升起，我打算去昆仑饭店的迪斯科舞厅跳跳舞。在这座城市我已习惯了用孤独的舞步跳舞。我在夜晚十一点的时候走出寓所，叫了一辆出租车，向东三环方向驰去。由国际贸易中心立交桥开始一直向北，是重要的使馆区，因而那里的高档酒店、商场和写字楼十分众多，充满了一种傲慢自大的奢华气派。汽车在昆仑饭店门口停下来，我下了车，走进了昆仑饭店，直奔舞厅。

我曾经来过这里几次。这里的迪斯科舞厅相当不错。在十点以前，在这里出没的人是以学生模样打扮的年轻人，到了晚上十一点以后，在这里出现的人就非常奇特了。我喜欢这个舞厅里弥漫的快活和自由气息。这里外国人很多，留各种奇怪发式的"艺术家"们也很多。我想我在深夜来到这里是为了深入城市孤独的睡梦，从另一个方向把快僵死的心灵惊醒。我先是喝了一罐百事可乐，然后我就加入那狂舞的人当中去。在舞厅中间，灯光变幻中，每一个人都似乎像是被狂风吹动的树枝，又像是某种电动玩具。有一瞬间我甚至以为我来到了地狱，因为十一点以后，仿佛全城的各种怪人都来到了这里。这里集中了这座城市的一些奇特的景观，你可以凭打扮、气质，推测哪些人是同性恋者、妓女、骗子、富商、艺术家、失恋者和城市孤独症患者。我花一百元门票进来也是为了加入他们的行列。我在城市的手掌中越陷越深，多像一个攀岩者一样在它的手掌中向上爬，可我随时会掉下去摔死。我必须进入一个新的社会阶层，在这样一个社会迅速分层的时期，我必须过上舒适的生活。我想这是很多我们这样的年轻人的想法。可每一次出入大饭店，我总是有更强烈的失落感，因为那里没有一件东西会真正属于我。华丽气派的灯光和富丽堂皇的空气吗？即使是这些东西我也一刻未曾拥有过，如同我未曾拥有过龙天米全部的爱情一样。

就在昨天，我从电视上看见一个非常漂亮的女窃贼，她被抓住之前从北京的大饭店里偷了一百多万！当时我在电视机前感叹：一个多么漂亮的女窃贼！可她却偷了一百多万。其实她原本可以嫁给一个普通人，比如嫁我这样的自由艺术家，但我知道那不是她的想法，那同样不是很多女人的想法。中国的女人真的已经发生了天翻地覆的变化，可男人们却对此毫无察觉，这不能不说是一个悲剧事件。

我感到浑身发热，我脱掉了西装外套，把它和我的双层棉风衣一同扔到了一边。一个骨盆宽大黄头发外国妞用她的胯骨撞我，然后我就挺起下身去撞她。舞厅里光线变幻得非常奇异，我想我一定是在地狱里和死于欲望之海的男女们在共舞。有一会儿我觉得我像一条快死的鱼一样喘不上气来，于是我闪出了舞厅，逃脱了那个麦基山一样的美洲胯部，逃向了旁边的饮料供应处。

我站在那里喝一杯矿泉水，我浑身都出汗了。T恤衫上的龙天米和我一起幽深地看着世界。这时我忽然看见一个身穿白西装的人从一边的黑暗处走了过来。他的头发很长，但扎成了一团束在脑后。他扎着蝴蝶结，像个绅士艺术家，但他跑到这里干什么？他在大堂酒吧坐着也许更好。我这么想着时听到他沙哑着嗓子对我说："她是谁？你认识她？"他指着我T恤衫上的龙天米问我。

　　"嗨，我认识你，"我说，"你就是那个在美国叫响的画家何哲伦先生。"我一下子想到私人侦探给我的那五个人的名单中也有他。何哲伦是著名的"海上画派"中的一员，他那怀旧气息颇浓的古典绘画让美国一个庞大的财团看中了，以每一幅画不低于一百万人民币的价钱收购去，从而把他包装并抬举了起来。"至于她，龙天米，是我的朋友。我也在找她，我们在共同排练一出戏，可她却失踪了。"

　　"她是一个骗子，不是吗？"他走过来逼视着我说。

　　"噢？是吗？我可没听说过这种事。"

　　"她骗了我三幅画，非常棒的画。然后她跟一个老头儿跑了。那时候我刚好在美国。"他有些愤然，然而绅士般的修养使他在发怒时也很有风度，他看上去已像个美国人了，"她原本说过要和我在一起。"

　　"她当过你的模特儿，是吗？"我问。

　　"是的。我那幅《雅歌》中左边第三个女人就是她。"

　　我想起了那个穿旗袍弹一种古琴的女人。看上去何哲伦似乎对龙天米是恨爱交加。我说："我们干吗不去大堂坐一坐？这里太吵了，这里是疯子待的地方。"

"我一直在这里等一个朋友，可他却没来。"我们向外走的时候他说。我发觉他有一种魅力，一种这个时代的魅力，这种魅力是由金钱烘托出来的，以博大的艺术根基为基础的那种魅力。我们在大堂酒吧坐下。我要了一杯茶，他要了一杯热咖啡。

"何先生，你要找着了她会把她怎么样？送交法庭？"

"不不，"他摆了摆手。年届不惑，可他那张脸依然十分光鲜，"我要为她画一幅像，我曾经答应过她的。至于那三幅画，就都送给她好了。她是一个给我带来了丰富灵感的女人，我怎么会恨她？"

"但她失踪了。只留下了一面有一摊血迹的床单。"我说，"不过，我确信她还没有死，只是在城市浪游。"

我看见他的眼睛亮了一下："她在半个月前从亚洲大酒店给我打过一个电话。啊，我还有她的房间号码。要不我们现在就去找找她？我后天就要去美国了。我很想见她一面。你也是吗？"

"OK！"我激动地说。

我坐进了何哲伦的那辆"宝马"车。以前我曾经搭乘过一个在欧洲流浪的著名诗人的妻子（她是一个有名的画家）的"宝马"车。我知道北京有不少被外国佬看好的艺术家都有了还不错的汽车。我们的汽车一直向南，由兆龙饭店路口向西拐，经过城市宾馆和工人体育场，来到了东四十条道口。在车内我们谁都没有说话。我想何哲伦大可不必对龙天米念念不忘。也许他靠再给她画一幅像才能赚更多的钱吗？他已经是一个成功的家伙了。我们停好车，穿过马路，向亚洲大酒店走去。

我们乘电梯来到了十楼。我跟在步态敏捷的何先生后再向前走。沉静的灯光打在走廊中厚厚的地毯上。我们没有发出什么声音。我跟着他在一间房门前停下来，他敲了敲门，没有应声。然后有一位服务员小姐过来了。

"有一位叫龙天米的小姐还住在这里吗？"我问。

"噢，她早就走了。她在这里住了三个星期，先生。"

"好的，谢谢。"我和何先生都有些沮丧。我们向电梯走去。这时候我的心情也十分复杂，我忽然发觉我的寻找之旅毫无目的。我找到她是为了全部拥有她的爱情吗？不，在这个破碎的时代里情感本身早已瓦解，那么我还为什么要找她？我的寻找只是寻找本身，只是我还没有对寻找本身绝望。我们下了楼，穿过大堂，走了出去。我看得出何哲伦情绪似乎十分低沉。我们坐进了他的汽车，他把手放在方向盘上，过了一会儿："你觉得我似乎有些可笑，是吗？"

"不，不不。"我说。汽车里黑暗一片。

"我是她成长的见证人。我和她父亲是好朋友。1977年，她父亲就死了。那一年她才七岁。我就经常地开始扮演她父亲的角色了。她十四岁那一年第一次进入我的绘画，这时候她开始越来越美了。然后，她十七岁那年，那年我们突破了两代人的情感——你明白我的意思吗？"他的眼睛似乎潮湿了，在黑暗中闪着微弱的亮光，我点了点头，"我是第一个把她变成女人的男人。男人是让一个女人成长起来的好学校。两年以后，她去上了戏剧学院，离开了上海。我想，我想后来她想疏远我。但1988年我在美国成名之后，来到北京见了她一面。这个时候她已经完全是一个女人了。她告诉我她对我的感情十分复杂。去年我们又见了一次面，她的变化已令我十分吃惊。然后有一天夜晚，她拿走了我以她为主题的三幅画，悄然离开了我。从那以后我再也没见过她。我想她是恨我的。她总是希望我给她补偿，对吗？"

"不知道。"我冷冷地说，"您去哪儿？"

"名人广场。我在那里买了房子。要搭车吗？"他说。

"不，我去坐地铁。"我说，"谢谢。"我打开了车门。这时他忽然送给我一张巨大的手写体名片，像半个信封那么大，我是拿在手里才知道这是一张名片。"如果你见到她，请她给我打电话。我想让她到美国上大学。费用我全出，如果她想读电影学硕士的话。告诉她我想她。对了，忘了问你……"

"胡克。"我说，"我叫胡克。"

"胡克，如果你也喜欢她，那就让她变成一个好姑娘。她谁也不嫁，可这不是办法。再见吧。"他忧伤地发动着汽车，又向我摆了摆手。汽车向二环路口方向驶去，消失在保利大厦下的阴影里了。我站在那里愣了一会儿。我想，我必须干点什么才能重新获得勇气。我拦住了一个人对他说：

"要打架吗？我要揍死你！"

"不，我是一个胆小鬼。"那个穿风衣的人耸了耸肩，闪开了道路说。

　　我笑了起来，笑声在冷风中旋即被碰碎，飘入了夜空。我突然想起来这么晚已经没有地铁了，就向一辆出租车招了招手。我并不觉得我十分开心，但我漠然地笑了。我为什么要笑？

2

　　我和我的伙伴们又回到了我们的母校。几年前我们从这里离开，现在我们又回来了。我们不太爱怀旧，但一看到那幢爬满了爬山虎、诞生了无数个明星的宿舍楼，我们都情不自禁热泪盈眶。我们在戏剧学院的"黑匣子"剧场演出了《马拉萨德》。在这出戏中，主角是那个关在监狱里的色情作家萨德，而他则在监狱里排练着写法国大革命主将马拉生平的《马拉之死》。这部戏的一部分演员扮演看"萨德"排练《马拉之死》的法官、看守长和狱卒们。我扮演看守长，我坐在那里一动不动，看着乔可扮演的萨德在一个大铁笼子里表演《马拉之死》。在这部戏中戏里，我既是局外人也是局内之人，既是演员也是观众。我忽然对萨德发生了浓厚的兴趣。这个情色作家要是活着，他会对我的环境戏剧怎么看？也许他会赖在有那么多漂亮女孩的戏剧学院里，哪里也不去的。这天晚上我们演出完毕，回到宿舍楼里，我忽然看见宿舍楼门前的操场上有一辆三轮车。

　　深夜，我和马加带着绳子和滑轮从宿舍楼中溜了出来。我打算把这辆三轮车用滑车吊到高高的篮球架上去。我们干得很顺利，在黑暗中那辆被我们吊在半空的三轮车像某种海生动物——

比如章鱼一样无奈地慢慢旋转。我们就感到非常快乐。在这个充满了艺术疯子的校园里我没法不干充满戏剧含义的事。我想明天一大早一定会有很多俊男倩女从楼里出来大吃一惊。他们还会把它放下来吗？

我们还演出了由卡夫卡的小说《地洞》改编的一出环境戏剧。就在我们的校园里，我们搭起了台子，做了一个很大的"洞穴"，然后所有的观众都围坐在"洞穴"一圈边上向下看。施伯格扮演了一个由人变成的大甲虫在"洞穴"里痛苦地蠕动，自言自语，直到最后。他的自言自语变成了歇斯底里的号叫，那种现代人被异化的场景深深地打动了从"洞穴"的周围向下看的家伙们。我知道我们这是最后一次回到校园，作一次凭吊，然后我们就将出发远行。我打算要在全国很多地方表演我们的环境戏剧。我们马上要去南京表演《谩骂观众》。我还计划去新疆和内蒙古去表演环境戏剧《大坂》和《金牧场》。因为我曾经非常喜爱张承志，可后来我发现我们这一代与他有很多不同的想法，尽管他好像被很多人看作一个圣徒，可我仍要去"大坂"和"金牧场"看看，看看那里还剩下多少能让我们这一代人捡回来的东西。我们原来就是怀疑一切的。

四

1

我相信我可以找到龙天米，在寻找她的过程中我才发觉我真正地开始接近一个人。我过去跟她在一起的日子里，更多的时候像是一个幻影一样，或者就是戏中人，而我的寻找却贴近了她的生活本身。我想何哲伦是她生命中的第一个男人，他原本应该做她的父亲的。他的出现使我情绪十分复杂。到了深夜我一个人踩着旱冰鞋在二环路上飞奔，我脸色十分忧伤，成了一个追逐自己影子的人。这座城市即使在夜里也不停止转动，它的楼厦仍然像荒草一样在拼命往高里长。我甚至都能听到它们拔节生长的声响。我打算给名单上的第二个人打电话。他叫段郎，是个记者。我认识这座城市的很多记者，他们的打扮介乎工人和流浪汉之间。他们吹捧名人，参加新闻发布会拿各种红包。他们本身就是平面人。有些人像一个个链条拴在城市的腰部，像嗅觉发达的狗一样盯着这座城市中随便哪一间屋子里随时扔出的骨头，然后冲过去疯抢个不停。

"你好，我是段郎。"

"我叫胡克。我是龙天米的一个朋友，她失踪了。我想你可能知道她……"

"我什么也不知道。"他粗暴地挂断了电话。

可我确信他知道她的去向。这座城市这么大，你要站在一个路口等一百年，你等的那个人都不会出现。做个麦田里的守望者在这个年代多么不合时宜。我又一次拨通了电话：

"我要和你聊聊，段郎先生。她好像死了。"

"那么……好吧。我晚上要去打保龄球，咱们在球场见面吧。"

"去哪里？国际饭店的保龄球？"

"不，去丽都假日饭店，那里的球道多。我已经打电话订了球道了。那里还有游泳池，我们可以一起游游泳，老兄。"

我在丽都假日饭店的保龄球室找到了段郎。这是一个面如美玉的男人。他那一头很长的头发像是流动着的某种东西，他有一种白领的风度，一种知识界的优雅与城市新贵结合的气质，与大多数记者不太一样。他脸色很白，嘴唇很薄，嘴角总是浮起一丝轻蔑的嘲笑，仿佛是面对整个世界似的。"你到底想知道些什么？"我换了鞋走到他身边，他不耐烦地问我。我挑了一个十三磅重的蓝色球，拉开架子将球抛了出去。老天爷，我打了一个全中。

"真棒，老兄。"他赞赏似的拍了我一下，然后也将自己的球抛了出去。他的动作非常标准、优雅，胳臂的甩动有力而又从容。

"你是她什么人？情人？这个世界上到处都是情人。"他斜视着我，又挑了一个十四磅重的黑球对我说，"她昨天来找过我。真的，她怀孕了。"

我不能不为之而震动。这么说她还没有死，她活着，只是，只是她怀孕了。

"她想知道谁是她孩子的爸爸。我和另一个男人中的一个。哈，我否认了。"他皱起眉耸了耸肩，"不是我那会是你吗？"

　　我突然感到了痛苦。我没有想到会是这样。她在寻找她孩子的爸爸，我在寻找她，为了和她一同主演一部环境戏剧。我看见段郎又打了一个全中。他球技不错，真的不错，可我再也无心打了。

　　他不再和我说话，专心地打起了他的保龄球。看上去他非常轻松，跟其他十九个球道上的球手们一样轻松。我用手托着下巴看他在打。一局空了，他成绩不错。

　　他用手巾擦了擦手："我出汗了，我去游个泳，你去吗？"我点了点头，跟着他走了出去。

　　"我在两年前就跟她认识了。那时候她刚刚主演了一部电视剧，我是在新闻发布会上认识她的。我见她第一面只是觉得她非常漂亮，有一种出身艺术世家的华贵的美。于是我一边发动新闻界的朋友捧她，一边真的，投入地爱上了她。那会儿我刚刚被一个女孩抛弃，我不顾一切地爱上了她。"段郎一边换衣服一边对我讲，"可后来，大约半年以后我发现我们的感觉刚好相反，在我一开始对她那么认真的时候她却对我不认真，只是把我当成个朋友，可后来她真的开始喜欢我的时候我已对她失去了兴趣。但她是个疯女人。她非要纠缠着我。你可能知道，她上了那个戏之后，由于和另一个女星角逐一个大导演拍摄的要在国际上获奖的巨片失败后，她高不成低不就，干脆就息影了。你知道漂亮女人可以靠男人活着，可我一点儿也不喜欢她。但我推不开她，论说我把她当情人就可以了。真是好极了。"他冷冷地笑了，顺着扶梯走下了水池。水很清，在灯光的折射下发出晶莹的宝石一样的光芒。我抬头可以看见不远处大堂外走动的人们。

他开始游了起来，我在池边上走着以便和他保持一致。"她昨天是怎么见你的？"我问。

"她找到我就告诉我她怀孕了，她说那个孩子可能是我的，"他由自由泳改成了仰泳，"但我说不是，因为我采取了安全措施——你一定懂得这是什么意思。可她坚持说是我的孩子，非要把他生下来。我说，生下来就算认我当爹我也不养，我最多算个中产阶级，她满可以在手术之后嫁个有钱人过上好的生活。"他在水中将自己稳住，"好的生活。对吧？"他看着我。

"有道理。"我不动声色地说。

"可是，后来她哭了，然后她就跑了。"

"就这些？"我问。

"对。"

"她没说她要去哪儿。她不会自杀吧？"

"她会自杀？不不，不会。你认为她会吗？你更了解她吧。但我和她却失之交臂了。我当初对她那么认真，她却有其他男人。她伤害过我。但现在不会了。"他平静地说，"她是一个真正的戏子。"

我找了个地方坐下来，看着段郎像一条白鱼一样在游泳池中遨游。他代表城市中另一种人。这种人曾经有过梦想，但现在已变得非常现实，还加上一些知识白领的玩世不恭。他可以蔑视他曾经想珍视的一切，因为他不可能再得到它们了。停了一会儿，他爬了上来，用浴巾擦干身体。他的身材非常健美。

"你对她怎么看，老兄？"

"我越来越不了解她了。我想找到她去演一出戏，但我发现我找不到她。她在镜子里消失了。"

"你好像挺爱她？原谅我说出那个俗词儿。"

"算是吧。我接触女孩不多。"我说。

"那你打算怎么办？接着找？"他开始穿衣服。

"对。"

"你想登个寻人启事，我倒可以帮忙。不过女人是一阵风，谁也抓不住。我们是为自己活着，男人有很多不幸，这笔账都应该算在女人身上对吧？我劝你歇歇手，还是多挣些钱吧。"我们一同向外走，"你是怎么知道我和她的事？"我告诉了他那个私人侦探给我的名单。

"真厉害。也许我会请私人侦探帮帮忙调查一下我现在的女友是否有其他男人。老兄，别相信爱情，我只奉劝你一句。"他悲天悯人地在大堂中拍了拍我的肩膀说。我笑了一下，然后他走了，给了我一张名片。

我站在那里呆了很久，然后我也离开了那里。

2

这不是在演戏，这肯定不是。我们从来没想到过要感动你们，因为我仍连自己都已经感动不了。我们难道是在演戏吗？我们来到这座南方城市，没有任何目的。我们不渴望交流，我们对你们很失望，观众们。因为你们太愚蠢，以为来看一场戏剧表演就能够从中获知一些什么，但我想你们不能够。你们和我们一样一无所获，所以，这不是在表演。我们不表现人生，我们不表现梦想，我们不表现生活的内容，我们就是你们，我们生活在一个无戏剧的戏剧时代，你们挑选我们来谩骂你们，于是今天我们就谩骂你们。

你们看不到你们想看到的东西，我知道你们是窥视狂，是镜子之外的人。但你们看不到光线，看不到戏剧冲突，你们听不到独白，也看不见布景。你们看见的只是我们，一群毫无目的说话的人。没有台词，没有第一幕和第二幕，没有第一场和第二场，没有独白，没有旁白，没有时间，没有空间，只有我们站在你们面前。我们的心跳和你们的一样，我们说的话也是你们平时要说的，我们走来走去，我们的每一种表现与你们的一模一样，那么你们为什么还要来看我们表演？你们不是愚蠢至极就是聪明过分。你们看不到后台，再也没有新的角色加入，就是我们这些人，站在一起七嘴八舌地谩骂你们。

你们可以愤怒！可以站起来向我们吼叫，甚至可以敲打地面和椅子，你们这时候如同戏剧里的人一样，这时候你们才是真实的，这才是我们要的戏剧效果。你们不要沉默，你们每一个人都是幽闭的人，都是窥视狂，现在你们就在现场，你们不会听到任何讲述，我们不想与你们交谈；因为你们就是我们。我们不表演一点儿情节。这不是空地上的彩排，我们什么也没有演。这同样不是骗局，因为你们买了票，你们看到了你们自己的展览、你们内心的处境。我们什么也没有虚构，没有模仿，没有表演的动作。我们不表演悲剧，也不表现喜剧。我们描绘什么了吗？不，我们什么也没有说出。为什么不站起拍着椅子向我们怒吼？

我们不是现代派，不是古典主义者，不是现实主义者。我们也不是浪漫主义者，更不是新历史主义者，甚至不是后现代。我们不想打动你们，我们不哭、不笑，我们只是说话，来到一个陌生的城市我们只是不停地说话。你们听到的全是骂人的话，因为我们是环境戏剧论者。你们僵化如同干尸，我们等你们，你们才会从现实生活的状态下剥离出来。你们好像很吃惊，因为预先没有任何兆头说明你们将挨骂，但你们挨骂了。你们不能无动于衷，你们似乎越来越生气，只需一点火星。你们就要爆炸，但你们仍沉默着，在黑暗之中一动不动地用心听我们在谩骂你们。

五

1

我在那张纸片上又勾掉了一个名字。我已经勾掉了两个名字，他们是何哲伦和段郎。他们像是燃烧的星星一样曾经划过龙天米生命岁月中的一段夜空。我在逐渐地接近她。我发现我从来没有了解过她，但现在我好像了解她一些了。这都是与成长相关的一些想法。我们的《谩骂观众》在南方一座城市取得了非常好的效果，但我必须找到龙天米。我忽然对第三个人的名字愣了一下，因为这个名字分明是一个女人的名字：凌青衫。我知道她是一个在八十年代初期曾经红遍中国的女歌手，不久前她还举办过一场怀旧晚会。她已经三十多岁了，可在那场晚会上还非要把自己打扮成纯洁的小姑娘。我突然想起来有人说她是一个同性恋，难道龙天米和她是那种关系吗？

我是一个异性恋者，我对同性恋持不喜欢也不感兴趣的态度，我不喜欢双性恋者。我知道这座城市哪些地方有同性恋出没，我知道他们的聚会场所是哪些公园、哪些酒吧、哪些地铁车站的厕所，以及哪些饭店的舞厅。但我无法接受龙天米是一个同性恋者这样一种猜测。我想我必须找到凌青衫把这个问题弄明白。我对此不想不明不白。我对龙天米有一种十分难以割舍的感情，因为我们有五六年的时间都在一起，那种共同成长的伤痛与欢乐简直刻骨铭心。

我请朋友查到了凌青衫的地址。这是一片位于燕莎购物中心背后的风景秀丽的高级住宅区。成群的别墅合理地分布在一面大湖的岸边，杨柳轻轻飘拂过那些闪着亮光的私家车。我按照地址到了一幢四层高级住宅楼。到了二楼，我按了门铃。

"你是谁？你要找谁？"门开了，一个女人问我。

"我找你，凌青衫女士。我是你的一个崇拜者。"我戴正了我的棒球帽说。

"那么进来吧。"她的声音听上去还是很亲切的。

我走了进去。我跟在散发着奇特香气的她后面走进了她的房间。我无法详述她的奢华的房间里的一些布置，那巨型盆栽植物、布置在房间各处的大镜子，甚至在天花板上也安有镶花玻璃镜，以及一群闪着荧光的波斯猫——它们足有二十多只！凌青衫扭动着她那在宽大衣裙中的美妙躯体，引我来到了客厅。

"你不会是记者吧？我最讨厌记者了，因为他们到处散布我是个同性恋，借以败坏我。一个女人成功不容易，对于我来说尤其如此，是吧……先生。"

"胡克，我叫胡克。"

"是吧，胡克先生？"然后她咯咯笑了起来，"你不会是个记者吧？"

"我不是。我喜欢你的歌，从十年前到现在一直都是如此。"我盯着她说。她依然显得那么年轻，化妆很浓，眼睛睫毛一根根分开。十几年前，她由一个丑小鸭般钢琴手变成了一个大红大紫的通俗歌手，然后在八十年代后期又突然消失。我知道她去了一趟美国，在东部和西部的大城市待过，直到去年回国后又搞了一个大型演唱会。从某种程度上讲，她的歌声是与很多人的青春有联系的，几乎一代人都可以从她的歌中听到过去。"你一定认识这个人。我在找她。她失踪了。"我把龙天米的照片递给了她，她接过来仔细地凝视着。

"不，我不认识她，胡克。"

"你肯定认识。"我说。

"你是她什么人？"她好像不太愉快。

"我是她男朋友和伙伴——我们一同演戏。但她却不见了。她失踪了。"

"她告诉我她喜欢一个男人就是你？"她忽然变得恶声恶气了，"会是你这样一个满脸粉刺的家伙？"

一阵风把窗帘掀开，又把它吸回来。"对，是我。"我仿佛真要把她逼疯似的说。

"她失踪了？不可能。不过我已经有一年没有见到她了。她离开我已经一年了。"她低下头，取了一根摩尔抽了起来。那一群波斯猫闪着宝石一样的眼睛令人恐怖地盯着我。看上去凌青衫简直像个女猫王。她似乎非常痛苦地想起了一些往事，一些可能是龙天米带给她的往事。

"是的，我是一个同性恋，我承认我爱过她。可她不是，在最后的时刻她离开了我，然后我伤心地去美国待了一年。你到底想要知道些什么？"她突然冲我吼了起来。

我倒了两杯矿泉水，递给了她一杯。她发怒的样子仍是美丽的，只是我觉得她缺乏自制力，也许这是在她家里。在舞台上她永远都是那么甜美可人，充满了令人怀旧的感伤。我明白了，龙天米曾经是她的好友，但她因为她是同性恋而离开了她。这事情就这么简单吗？她停了一会儿，去取来了一盘磁带，把它交给了我。"既然你是她的男友，那么你把这盘磁带拿走吧。我不再恨她了。"她笑了笑，"生活着本身就已不错，更何况我还能在很多人面前扮演一个公众形象。我也不想再见到你了。我想平静地生活，好吗？"

"好极了。"我把磁带装进了口袋，"你的猫是世界上最好的猫。"然后我就转身走了。

我到我的住处打开录音机，把那盘磁带放了进去。我听见了龙天米那带有磁性的声音。我非常激动，坐在黑暗里一动不动。

"……凌，我想我是喜欢你的，可我没想到你和我的关系会成为这样。我也没想到你会为我而备受煎熬。我没有体验过这样的感情，也不会再有这样的机会了。但我想我对你的感情不是那种爱，而的确是一种友谊，一种情谊而已，我多么喜欢你呀，我喜欢你单纯的歌声，喜欢你清纯的脸庞。可那天晚上，我们睡在一起时你却像个男人那样吻我舔我，而且，你抚摸我，弄我……让我浑身着火了一样。我十分惊慌，我从来没意识到会这样。可这一切发生了，并且——并且似乎不好收场。当我后来死命推开你时，我看见你像搁浅的鱼一样悲伤，我无法成为你的同性恋伴侣。因为我有一个男友，我非常爱他，我爱他胜过一切。但我不可能属于一个女人，我自己就是一个女人。我是一个性别意识很强的人。我理解你，仍旧像过去那样喜欢你，但我必须离开你。我觉得那样很难受。我洗了一天澡也洗不去你的气味，你的舌头带来的一切。但我必须走了，因为我心中装着另一个男人。再见，凌，你原本就比我幸福……"

我站在窗前，没有开灯，看着外面的城市夜景。城市的灯光像海洋中浮动的亮点，在黑暗中浮游。这的确是一个无比广大的世界。如同人性是深渊一样，这个世界也是那么广大、躁动不安而又神秘非凡。这座城市的下面掩盖了多少秘密？如同现在奔逃向大街的人们的睡梦。城市是一座布满了镜子的迷宫，就像凌青衫的居所，到处都是镜子，你可以在每一面镜子中找到自己，虽然角度各异并且破碎不堪，但你试图要再把自己拼接起来已是如此困难。我能够一点一点地拼接起龙天米的形象吗？我感到城市是一条大船，带着我向着黑暗的海洋不停地漂浮而去。

2

我们打算穿越那一片森林。我们一共有三百多人，但演员只有我们十几个人。我们以那片森林为我们这出环境戏剧的环境，我们分别扮演罗宾汉、歹徒、美女、农夫、守林人和强盗们。我们打算在穿越这一片真正的森林的过程中表现英国历史传说中的侠盗罗宾汉的全部事迹，尾随我们而去的其余人既是观众也是演员，他们可以任何一种角色和方式来穿越这一片真正的森林。这一片真正的树林离北京并不远，但这是一片真正的树林，因此刚好作为我们的演出场所。我在很久以前就说过，我们只做环境戏剧，我们的人是罗朗、马加、林格、乔可、施伯格、周娜、陈红和皮皮，我是胡克。我们可以装扮成随意的人，我装扮成罗宾汉。我们抢劫富人，救出美女，杀富济贫。我们穿行在这样一片真正的树林里，舞台消失了，或者说舞台重现。还有比一片真正的树林又能表演侠盗罗宾汉这一主题吗？我想没有。我注意到其余的人都兴高采烈，他们把穿越这样的一片森林当作了一次真正的郊游，一次冒险。他们的角色是变动的，是游客，是顽童，同时也是英国二十世纪的匪徒与侠士。你们可以扮演你们想扮演的任何人！只要你们和我们一起穿越这一片森林。谁在哭？又是谁在半路里杀出？谁是强盗？谁是演员与真正的观众？我们不知道，我们只是在穿越一片森林。

在这片广大的背景中，我们的《侠盗罗宾汉》的演出十分成功。我们用了一整天在那片森林里演出了我们的环境戏剧。这部共分四幕的戏剧以罗宾汉的传说为情节构架，只是观众同时又是演员，他在看这出戏的时候也在演着这出戏，而我们这几个人是主角。我们都是在不知不觉中穿越了一片真正的森林，获得了在剧场中完全得不到的体验与享受。没有一个人迷失方向，也没有一个人受伤，没有一个人没有穿越森林。在这样一次返源之旅中，在与林木亲和的探寻过程中，我们似乎找到了人类游戏的起点，在那里同时也是戏剧精神的真正源头，那是一种类似天真的儿童的嬉戏，那是冒险与寻找，那是躲避与发现，那是穿越与迷失，那是一种过程，一种向源头的挺进。我们终于穿越了那片森林，同时也完成了我们的四幕环境戏剧《侠盗罗宾汉》。此时已经是深夜了，我们走出了那一片森林，现在我们面前的却是城市的夜景。城市以其广大无边的灯光以多棱镜体四面折射的楼厦向我们漂移而来。那种阔大静谧简直是无与伦比的。所有的灯光由近及远地散开，如黑暗大海洋上的渔火，无边际地铺开。我仍愣在那里许久，有人说："这是一座多么可怕又伟大的城市，这是北京吗？"

六

1

从远处看，那片别墅区星罗棋布在一面大湖的边上，足有几百幢之多。这是北京最大的一个高级别墅住宅区。那像珠宝项链一样串起来的别墅透露出一种奢华的气息。每户平均都有三百多平方米的私人花园，这些别墅分为美国草原型、北欧浪漫型、巴洛克型、地中海型、北欧传统型、乔治亚庄园型等六种款式，一些私家车安静地停在道旁。四周十分安静，你几乎听不到任何响动。向远处看，京城大厦、希尔顿酒店、京广中心和中国国际贸易中心大厦的伟岸身躯赫然挺立，清晨的太阳喷薄而出。

从这片别墅区向北，则是一个中档偏高的小区，这里的楼层数都不算高，最高的只有五层，家家都装了空调。我站在那里眺望了一会儿温榆河畔的别墅区，然后信步向那座小区走去。我来这里找一个人。他叫吴造宝。我确认他是一位老人。也许他见过龙天米。我猜不准他和龙天米会是什么关系。龙天米为什么会认识这样一个老人呢？

我按响了门铃。许久，门开了，是一位瞪着一双深陷的眼睛的老人，他至少已有六十岁，但人看上去非常睿智。"你找谁？"

　　"我找这个人。她失踪了。"

　　我把照片递给了他。他接了过去，端详了一会儿，然后问我："你是她什么人？"

　　"我是她的同学。我们一同演戏来着。可她在不久前突然失踪了。"

　　"你怎么会找到这里？"老头儿更加警惕了。他围着一条花格子围巾，手抖了一下。

　　"在她的记事本里有您的地址。"我撒谎道。

　　"那……进来吧。"

　　我走了进去。我敢打赌他一定是一个人生活。从他的打扮上看，我猜想他是一个老干部，已经退休了。职位不高不低，也曾经有过权势，但现在，他拥有的只剩下了孤独。我想他已经习惯孤独了。

　　"她是我的干女儿，小伙子。她为什么会失踪？她会跑到哪里去？去月亮上吗？两年前她曾经告诉过我她想到月亮上去。这真有趣，可她现在却不见。我认识她的时候她刚刚毕业，有一天我去公园打太极拳，发现有一个女孩在背后带着笑模仿我打拳。她就是龙天米，她是个可爱的姑娘，于是我就认她作干女儿了。后来她来看我的次数越来越少，我老伴去年死后，她就再也没有来过了。你是说她失踪了？"我忽然发现老头儿泪光涟涟。

　　"吴伯伯，您现在一个人生活？"

　　"我雇了一个小时工，她定时帮我做饭。我儿子和女儿都在国外，每星期打一次电话。你说她失踪了？她会到哪儿去？她有一年时间没有来看我了。一个多好的姑娘。她教会我表演哑剧。她现在还演哑剧吗？"他眯起眼睛看我。

"不，她没有再拍电影、电视剧了，也没有再在舞台上表演哑剧了。她和我一起做环境戏剧。只是她突然就不知去向了。她最近来过吗？"我问。这个老人头发已经花白，穿一件银灰色西装，透露出一些活泼的气质。我注意到各个房间都摆有电视机，在起居室、厨房、厕所都有电视机。他在每个房间都安装电视干吗？这个老人的举动令人质疑。

"那些电视……"我指着在我视线之内的三台彩电。"我天天靠看电视打发时间。我可以肯定地回答你，她最近没有来过这里。她至少有一年没有再来了。就这样。我可以送客了吗？"他不容置疑地说。

"好的，再见，吴伯伯。"我收起了龙天米的照片，起身告退。我没有让他跨出客厅的门，径直向走廊尽头的门走去。这套房间由一套三居和一套两居构成，简直像迷宫一样。我走得很快，然后我大声地说："走啦！"我就打开门。但我躲在门旁边的一株巨型盆栽植物边，把门哐地关上却并没有真正出去。我总觉得吴先生的眼神里有一种神秘的东西与龙天米的失踪有关。我在黑暗之中躲了一会儿。从曲曲折折的走廊尽头那边传来了老头儿的咳嗽。停了一会儿，约莫是十分钟，我确信——那是千真万确的，我听到了龙天米的说话声。声音很小，我听不清，但她的音质我是能辨认清楚。我蹑手蹑脚地向起居室走过去。我悄悄从门后探出头，我看见的令我惊异。

龙天米出现在他的起居室的那台电视屏幕上。"……好啦，你现在已经起床啦，你应该先收拾好床，对就是这样。然后你就走向洗手间到那里去刷牙。你必须用五分钟来刷牙，因为你抽烟抽得太厉害……"吴老头儿关掉了电视，从起居室走出来，走向洗手间，又是开电视的声音，"好啦，现在你来到了洗手间。你要从小台上拿好牙膏，从下面往上挤，不要用力过大。对，你就这样把牙膏涂在牙刷上，然后轻轻地刷，左边和右边用力都要均衡，你要一下一下地刷。刷完后再来洗脸，水要用温水，最好是不烫手。你的动作要轻……"

听到吴老头按照电视屏幕上龙天米的指示在刷牙洗漱，听到龙天米那令人亲切的声音，我扶住门框百感交集。他没有发现我，我敢肯定他并没有他所说的那个一年以前才死去的夫人。也许有的话，不是死了就是远走天涯。他是一个真正的孤独的老人。我猜想在一个偶然的机会他和龙天米相识，龙天米那代表生命全部的蓬勃朝气的声音和面容，以及她浑身洋溢着的青春的感觉，都让这个孤独的老人获得了对鲜活生命的再认识。我不敢猜想他们之间是一种什么样的关系，但我敢肯定他们一定都从对方那里获得了什么。一种是对父亲般情感的寻觅与发现，对历经沧桑的敬畏；一种是对曾经青春年代的回忆。我突然明白从小失去父亲的龙天米是多么孤独，她所要的她的少女时代全都没有。她的内心之中一定有一种深深的对父亲这种感情的眷恋。但她找到了吗？

"现在你来到了客厅，你应该先喝一杯水。茶或者矿泉水都行，你最好喝矿泉水……"他打开了客厅里的那台巨型画王电视，"你应休息一小会儿，做几次深呼吸。我只给你十分钟的时间，然后你就得自己煎鸡蛋了。这一切你都得自己动手，这本身就是生活的乐趣。这样你就不会总觉得离你惧怕的死亡太近。你先打好鸡蛋，点好火去煎。鸡蛋不要超过两个，因为每个人一天只能吸收两个鸡蛋的蛋白质营养。煎的时候油要热……"厨房里响起了吴老头搬动碗碟的声音。我明白吴老头为什么要在每个房间都放一台电视机了。因为他有录像装置可以让龙天米一套指令都从屏幕上发布出来。他对龙天米想必有一种深刻而独特的感情，这是老年人最渴望而又无法替代的情感。这是一种什么样的情感呢？我说不清楚。龙天米像一朵云一样飘过了一些这样那样的人的生命瞬间，留下了这样那样的印痕。这一切都是这座吞噬一切的城市带给她的。就像这个老头儿，他被城市孤独症所袭染，不愿意见任何人，只靠回忆生活。他一定曾经有钱，而且现在也还有钱，但他对世界的喧嚣已经真正地厌倦了。他宁愿靠一个女孩对他从起床时开始发布指令起，按照规定的程序来生活，一天天都是这样。可龙天米你在哪里？我迫切地要找到你并和你谈谈，谈谈对生命的全新认识，对戏剧精神的真正把握，对爱的多层理解，以及对这座绞肉机一样的城市的看法。你不该躲起来不见我，或者干脆躲在电视屏幕里去了。我靠在那里想了半天，然后悄悄向门口走去。龙天米的声音越来越小。我打开了门，闪身出去然后又轻轻关上。我重新走到小区边上的停车坪上时，太阳已经高高地升起，新的一天真正开始了。世界重新呈现了仿佛蜂巢遭到袭扰的忙乱场景。

2

我们来到了新疆寻找大坂。我们要从穿越一个真正的大坂来完成我们的环境戏剧《大坂》。大坂是新疆天山和其他巨型山脉上通过的道路在最高处的交接点，一个翻越山脉之处，如同马背一样的地方。翻越大坂在前理想主义者那里是一次英雄举动，可在我们这些也许应该称之为后理想主义者的年轻人看来，意义已经不相同了。我们是在寻找，但我们深刻地怀疑，寻找本身都是无意义的。穿越了大坂又能怎么样？我们打算来看看老一代理想主义者心目中的大坂。于是我们就来了。

我们来了。我们坐着汽车沿着蜿蜒盘旋而上的道路向天山山脉深处进发。炫目的阳光刺得我们的眼睛都快流出了眼泪，我看见有一些黑色的鹰在盘旋，在高飞。在悬崖之上，一些如同白色的围棋子儿一样的山羊在攀缘，一些骑着红色或黑色走马的哈萨克牧人在山道之上疾驰。他们身穿黑色的条绒衣服，脸盘宽阔、黑红，眉宇间透露出一种冷峻的气息。那遍山的塔松像一座座密集的小塔一样，笔直地伸向天空。天空呈现一种仿佛被漂白过之后的蓝，那种蓝的感觉的确让人心旷神怡。在蓝色的尽头是一条雪线，天山山脉的一些高傲的山峰戴着冰雪王冠，冷漠地在晴空下矗立。我们坐在车里不由得有些敬畏大自然了。我们生长在都市，像都市中腐烂的工业花朵和老鼠一样被城市所追赶。我们也曾盼望我们自己翻越一个什么大坂，我们来了，我们一共九个人。我们是罗朗、马加、林格、乔可、施伯格、周娜、陈红、我和皮皮。我们是一群戏剧人，我们打算在九十年代翻越一次大坂，打算让这次翻越具有九十年代性。

"你们走上去吧，汽车出故障了。"满脸横肉的司机气急败坏地对我们说。我们租的这辆车像牛在喘气一样地停了下来。我们打算步行上山。我们九个人一起下了车，我们是六个男人三个女孩。我们一出汽车，一种清凉的风就企图把我们带走。这是远古吹来的风，古朴而又巨大。我们都在哆嗦。大坂就在前头，就在前面两里路的地方，我们决定步行上去。

后来，我们就来到了大坂。这是一片开阔的地方，仿佛是横空劈下来一刀似的山体在这里凹下去一块儿，连接新疆南北疆道路的山口，这里就是著名的拉库次克大坂。几间砖房散落在公路旁边，那是一个饭馆、一间杂货店和一个养路站。这里没有一个人，但我们可以听到巨大的风声，正通过这海拔数千米的峰顶。我们呆立在那里了。

"这就是大坂？"罗朗摇晃着肩膀从远处向我走来，他的脚不停地踢着可口可乐的废弃易拉罐。这里到处都是可口可乐易拉罐。到处都是。这就是大坂？我有点呆住了。我一边踢着那些发出了后殖民主义气息的易拉罐，一边向山口那边走去。我们沿着道路来回走了两遍，在理论上我们已经穿越了大坂。但大坂已经被可口可乐罐子给占满了。马加在一堆易拉罐上痛痛快快地撒了一泡尿："我们的《大坂》就这样结束了。收场吧。"之后，我们九个人列队再一次横穿大坂，顶着大风向山下的汽车走去。我们也喝了饮料，并在那里留下了易拉罐。过去的大坂已经不存在了。而在我们四周，天山山脉像一条巨蟒一样延伸开去。但我们已穿过了大坂，留下了我们的可口可乐易拉罐。

七

1

私人侦探林先生给我的名单上只剩下一个名字了。我想我必须去和他谈谈。我来到了南方的城市深圳，走在并不宽阔但整洁漂亮的大街上，我感觉到这座城市与北京有多么明显的不同。在这里人们的生活节奏更单纯，更快，每一个人都有一个目的：赚钱！赚钱！我伫立街头那女人长筒袜广告牌下看着人流汹涌。到了夜晚，游荡在大街上请你邀她陪看电影和过夜的女人很多。深圳的确是一个年轻的城市，在所有灯红酒绿和电脑工业后面，人们的生活变得平面和简单了，而北京则是一座包容一切的城市。深圳就像一个年轻的阔佬一样打量着每一个来到这里的男人和女人，叫他们义无反顾地拿出自己最拿手的活儿来。

有一天我站在建行门口，忽然看见一个非常漂亮的女孩站在人行道上割腕自杀。她那么美丽，但她一边割一边跺着脚大声地喊："你怎么还不死？你怎么还不死？"她使劲用刀片割着手腕，地上溅开了美丽的血之花。但我发现她周围的人像流水一样哗哗地来去走着，没有一个人——真的，没有一个人去阻止她。她那么漂亮，老天爷，我可不愿意她死，我赶忙用旁边的公用电话打了个电话给医院："这里有一个人在自杀。你们赶快来车吧。"我挂断电话时那个女孩还站在那里。她的血越流越多，可这座快节奏的城市没有一个人拦住她。她快要变成一张苍白的纸了。管公用电话的那个高颧骨的人向我要一块钱，我真想揍他个稀巴烂。我扔给他两毛钱，听见救护车呼啸而来的声音，就转身离开了那里。

　　我到一个干净漂亮的纯白色建筑小区，敲了敲位于一幢白色塔楼的十六层的一个门。门自动开了。"请问韩良英先生在吗？"我说。没有回音。我走了进去。门又自动关上了。我发觉我进入了一个广告设计人的屋子。这套三居室的房间的内部设计非常别致，雪白的墙壁上挂着各种现代美术平面设计。我立刻明白韩良英是一个平面设计师。我曾经看见过他给龙天米设计的电影海报，那种感觉简直棒极了。但我没有发现屋子里有人。

　　"你是谁？"一个声音从阳台方向传了过来。

　　"我是一个戏剧人，从北京来，来找一个人。"我走过去说。

　　"找谁？"

　　"找一个朋友，她叫龙天米。"

　　"哦，三天前我见过她。她来这里找另一个男人。"

　　"那么你知道她去哪儿了吗？"

　　"不知道。你叫胡克是吗？我看过有关你的环境戏剧的报道。那同样也该算行为艺术吧？"

我走了过去。我终于看清了他。他躺在阳台上改装的一个高座浴缸里，浴缸里全是泡沫将他淹没着。他手里拿着一副望远镜，正在眺望玻璃窗外广袤的城市风景中的人与物。也许他天天都这样从高处窥探城市与人。

"对，也许吧。龙天米在找一个什么样的男人？"我又问。

"那个人好像是一个商人。你找她是为了一同演出一出环境戏剧对吧？"

"对。那出戏叫《回到爱达荷》。"

"没有爱达荷。真的没有，我们回不去。"他在浴缸中放下望远镜对我说。我看见他有一绺山羊胡子，挂在他坚毅的下巴上，但他的眼神却是幽闭和残酷的。我明白他是一个城市幽闭症患者。他一定不愿意见人，与人进行各种直接的接触，他宁愿天天躺在浴缸里，用望远镜从高处看他们。"阳台上的阳光真好。"我说，"但爱达荷，是有的。"

他深深地凝视着我："你好像很……很爱龙天米？"

"是的。但我们是更好的合作者。"

"你知道她来这里干什么吗？"他讥讽地看着我。

"知道。"

"她怀孕了。她来找那个可能使她怀孕的男人。那个男人不是我，也不是你，你不觉得悲哀吗？"

"不。"我说。

"可我悲哀。两年前在北京的时候我多么喜爱她。那时候她刚刚拍了几部电影，还没有被男人和城市宠坏。但后来她令我太伤心了。我因而远走深圳。我变得讨厌男人和女人。我只喜欢远距离用望远镜观察他们。你是我半个月来面见的第一个。"

"我感到很荣幸。"

他把手一挥，指向阳光灿烂下广阔的城市："你看这座城市，它已越来越使人在欲望之海中变成平面人。因此，我成了一个良好的平面设计师。在这座城市没有钱你什么也别谈论，甚至爱情。爱情同样也在被购买、被标价、被转让、被出租、被展览、被包装。这座城市是一座奇迹、一座虚幻的城市，但它美丽，它让人活得简单、干脆、快速。我憎恶北京自高自大的气质，我更喜欢这里。但我惧怕人，我害怕与人握手、交谈，我宁愿一个人对自己说话……"他望着窗外说。

"你知道龙天米在找谁吗？"

"一个男人。伙计，一个可能使她怀孕的男人。"他又笑了起来，"看上去她好像想要这个孩子。也许她突然悟到了一切不过很空，只有孩子对于女人才最重要。也许等她找到了那个男人，会和你认真地演好每一场戏。"

"可她现在在哪里？我怎么才能找到她？"

"不知道。真的不知道。她只和我喝过一次咖啡，在南海酒店咖啡厅。她好像变得虚弱而又疲惫了。你也许会在大街上碰见她。"

"好吧，韩先生，再见。"我转身向外走。

"我们都应该悲哀！"他在我身后喊。但我已走了出去。我想这个幽闭症患者肯定会继续幽闭下去。城市已叫他开始怀疑人本身，他对人性深处的东西既惧怕又厌恶。他还会继续待在他的浴缸里。他还会用望远镜看见我吗？

我走过建设银行门口时没有发现那个昨天自杀的女孩流的血。城市清洁工昨天就清洗掉了它，如同擦掉一块痰迹。我感到这座城市像个野心勃勃的年轻人那样在走动。它会像擦掉一块痰迹一样地淹没龙天米吗？

我坐在晶都酒店的大堂酒吧喝意大利咖啡，我听到了大卫·西尔维思的《去地球》在大堂酒吧中回荡。这是一部让人感到渺小的八十分钟的"宇宙音乐"的大制作。我感到了我的单一生命如同一粒灰尘一样在无边广阔和冷漠的宇宙中飘游，我感到自己在这个宇宙中无依无靠，成为一个小分子在飞动。我忽然看到一个穿蓝色裙子的女孩子从我身后走过——我从大玻璃窗上发现的。我确信她是龙天米，但当我站起来并转过身时，却发现她已经消失在楼梯处了。我追了过去，却看不见她。我想我都快疯了，但我仍旧找不见她。我来到了大街上，在灯火辉煌中沿着大街飞奔起来。

2

我刚刚从深圳回到北京，就听说了林格完成了他的著名环境戏剧《风葬》。我在深圳没有找到龙天米，但我感觉她已经离开了那里回到了北京。林格在我们一起上大学时就表演过环境戏剧《纸葬》。在戏剧学院宿舍楼门前的篮球场上，他用纸将自己"下葬"了。他躺在那里一整天，听到了各种各样的议论，获得了另一个观察人类、思考人的角度。

在我们大学毕业前的最后一个冬天，他又在校园里举办了《冰葬》。他用冰给自己垒了一个坟墓，让自己在里面睡了一个上午。我还记得那天他出来时脸色通红，他穿了不少衣服也被冻得够呛。这个热衷于埋葬自己的人一直梦想着要葬于风中。但他不知道如何才能葬于风中，在宿舍里他曾经给我谈过这个想法，说他找不到良好的形式，因为风太无形了。

我回到北京，我们在"阿尔弗雷德酒吧"见面了，但少了林格。这个戴眼镜的儒雅少年第一个死于环境戏剧。当我们坐在一起时，我发现没有他，就知道他已经死了。

"他找到《风葬》的形式了吗？"我问。

"找到了。他离去那天北京刮起了大风。"罗朗说。

"他穿上了他的那件深蓝色风衣。"周娜说。

"他左手拿着一支彩色小风车。"乔可说。

"他说他要去内蒙古，那里有刚刚南下的大风。"马加说。

"你猜他拿了一本什么书？是一本叫作《金牧场》的书。他说那部书可以指引他如何进入草原。"皮皮说。

"他留下一封信说他终于可以完成《风葬》了。信上说随风而去。随风消失是这出戏的结局。"陈红说。

"他已经离开北京九天了。他完成他的作品了吗？"施伯格问我。

我拿出了铁路时刻表，我计算了一下，我说："他肯定已经完成了他的作品。他已经葬于风中。"

"那么我们庆祝他这次环境戏剧的最终完成。"罗朗举起了杯子。我觉得这一刻好像十分寂静，静得我能听到世界上只有一个人在走，只有一个人在哭，只有一个人在怀念，只有一个人，最后的一个人愿意葬于风中。但不久以后，酒吧里的墨西哥音乐立即淹没了我们八个人。

八

1

面对着这么浩大的城市和世界，这一刻我真的感到了绝望和茫然无助。似乎所有的东西都在离我远去，所有的东西都在崩溃。我依旧没有找到龙天米，也许她已经被这个世界淹没了。可我们还有一个戏没有演完，即我说过的《回到爱达荷》。我们一定要回到爱达荷去。我们离开那里已经很久了，但我们却一直没法回去。有一天我乘坐一辆出租车行驶在东三环的路上时，忽然从玻璃窗中看见一个穿红色风衣的女人从"硬石"酒吧中走出来。她飞快地在风中走着，向燕莎购物中心方向走去。我认出来她就是龙天米，我立即叫出租车司机下桥向右行驶，但我在车中发现她上了一辆夏利出租车，汽车绕过立交桥开始向南去了。我叫出租车司机紧紧地跟在后面。我终于找到你了，龙天米，这一次你不会再在我眼前消失啦。我们的车紧紧地咬住前面那辆红色夏利。那辆车没有上国贸桥，而是向西向建国门方向开去。我们的车拐过路口时我发现那辆车已经拐向了中国大饭店高高的停车场。

我们跟了过去。我们的车停下来的时候，她已经闪身进了自动门。我付了车费紧紧地跟了过去。我走进中国大饭店的大堂里没有发现她的影子。我乘电梯下楼，四处寻找仍看不见她。我又重新走进了镜子与迷宫之中。难道我永远也找不到她吗？

我想起了私人侦探林先生。我用大堂边上的唯一一个可以使用的磁卡电话呼了他。我按他的嘱咐呼了"119"。一分钟后，我拿起了电话。

"喂，你好胡克，我是唐汉民事事务所林，有什么事？"

"我找到龙天米了，我刚才跟着她进来，却找不到她了。我不知道她在哪一个房间，我在中国大饭店。"

"那五个人你都找到了吗？"

"找到了。"我说。

"我告诉你第六个。那个人叫万欧，是一个危险人物。他是一个黑白道上都走过的人，主要做外贸生意。但据我所知现在他惹了黑道上一个叫熊四的人。他'借'了熊四九百万却不还了。你不要去找他。"

"可这与龙天米有什么关系？"

"龙天米认为，认为她怀的那个孩子可能是万欧的。但万欧不会对她客气的，他是一个冷酷的人。他曾经杀过人。"

"万欧住在哪个房间？"我平静地问。

"……在1618号房间。我说胡克你最好平静一些，等我过去，我立即过去好吗？"

我挂断了电话。我俯下身摸了摸绑在腿上的匕首。我打算一个人去找大富豪万欧。我在自动门外可以看见他的奔驰560就停在外面。我要和他谈谈。我确信龙天米去找他了。她为什么要去找他？我想不通。我冷静地乘坐电梯缓缓上升，这一刻我觉得自己像一个杀手一样冷静。我在电梯的镜子中看见自己像一块岩石一样镇定。我按了一下电梯门，向外走去。走廊里的地毯又绵又软，我向1618号房间走去。我想也许我会杀死那个叫万欧的人的，如果那个孩子是他的种的话。直到今天我发现我受不了这个。我直愣愣向前冲去。我敲了敲门。门没有开，但从隔壁房间出来了两个戴墨镜的壮汉。他们从两个方向向我逼来。这时门忽然开了，我在那一刹那看见龙天米一脸泪水地冲了出来，我说："天米！天米！天米！"

她没有理我，依旧向电梯方向跑去。我这时头上重重地挨了一击，我头晕眼花，被一把推进了房间。

我摇了摇发晕的脑袋，看清楚坐在我对面的那个年轻人。他穿一身白色的西装，纤尘不染非常干练。他扎一条圆圈图案的领带，手中拿着一支雪茄。他简直像一个阿拉伯王子。

"你就是万欧吧？"我问。

"是的。"他典雅地笑了笑。

"你是使龙天米怀孕的人？"

"……也可能是，也可能不是。"他平和地说。

"请你把她还给我。"

"她自己已经走了。"

"你为什么欺负她？"我大声地说，"让她哭泣？"

"我想欺负谁就欺负谁！我讨厌女人你明白吗？她们只该成为我的附属物。你是谁？你这个臭小子想教训我吗？你今天还想直着走出去？"他朝我走过来，用手中燃亮的雪茄向我的脸上刺来，"她是一条母狗，你明白吗？我讨厌她，就这样，让她滚得远远的。我很忙，我要做生意，我不为任何人负责，我只为我自己负责，明白吗？"他盛气凌人地收回了雪茄，"何况她要价太高，想让我要了她。这太可笑了。"他走回了座位，"你最好也滚吧。"

我俯身去拔那把刀的时候旁边的壮汉击了我一闷棍。这是在1618房间里，我倒了下去，我内心清楚地数着他们用皮鞋踢我的次数，我的肋骨发出了尖锐的嘶叫。后来我记得有人进来了。那好像是林先生带着几个人。但我已经被打昏了。

一周以后万欧就被熊四杀死并把尸体沉入了北大到清华的一段蓄水沟里。那个凶狠的花花公子就这么死了。只是我忘不了他穿着一套优雅的白色西装冲我发怒的样子。我弄不明白龙天米怎么会和他在一起过并且会认为她肚子中的孩子是他的？她喜欢他哪一点？她到底是一个什么样的人？城市摧毁了她多少美好的东西，从而使她像一朵云一样从一个男人那里飘向另一个男人，而她又从中获得了什么？她是在和男人们周旋吗？她是在向男人们复仇吗？她被城市改变了多少？我和她还能够继续去演我们的环境戏剧吗？我感到了一种深深的绝望，我觉得我的寻找是失败的。我的环境戏剧是不成功的，那样只会让我更迷茫。我对人性产生了深深的怀疑，对爱情已经失望，对城市充满了复杂的感情。我知道我们的戏就要结束了。那一出《回到爱达荷》，也快结束了。因为我从一开始已经上演了，只是我到现在才有所察觉。我明白这一切的时候，突然觉得有些晚，但我已经毫无办法了。

2

我乘坐出租汽车向方庄赶去。我确信龙天米还没有死去。我到达她的住处时那里已经有七个人了，马加、罗朗、施伯格、乔可、周娜、陈红、皮皮全站在那里了。我拨开众人。龙天米躺在床上，这一次她确确实实躺在那里。只是她真的已经死了。我明白这也许是《死去的新娘》的第二幕，只是我来得太晚了。

我说："你们都出去吧。"他们一个个都走了出去。我坐了下来，像一个猎人看一头他猎的豹一样看着龙天米。她很安详，像一只美丽的沉睡的蝴蝶，有一种安眠药的气息扑鼻而来。我沉浸在黑暗中看着她，感到她是那样熟悉，而又是那样陌生。我想我永远也回不到爱达荷了。只要离开了故乡，生活在改变一切的城市中我就永远也回不去了。龙天米就回不去，她因此而沉入了睡眠。我想我们要回到的爱达荷不是美国的那个农业州，那是一个理想之地，在那里到处都是草地，连悬崖边都站着一排稻草人，它们不停地守望着孩子们别掉下去。但是我们已经回不去了。城市已经彻底地改变与毁坏了我们，让我们在城市中变成了精神病患者、持证人、娼妓、幽闭症病人、杀人犯、窥视狂、嗜恋金钱者、自恋的人和在路上的人。我们进入都市就回不去故乡。

　　我坐在那里一直凝视着龙天米安详的面容。她再也不会和我说话了。停了一会儿，我从口袋中掏出了她曾经遗留下来的那支玫瑰色的口红，我一心一意地给她上了口红，我泪水夺眶而出，我一点点地给她冰凉的嘴唇涂上她最喜爱的口红，我知道等一会儿医院的人和公安人员就会匆忙地赶来，把她从睡眠中抬走，抬进另一种黑夜，那里比现在更冰冷，更孤独，也更凄清。我给她上了最后一次口红。我代表她生命中所有的男人给她上了最后一次口红，因为在这样可怕的城市里，如同回不到爱达荷一样，我们永远都不能卸妆，并准备再一次登场。

生活之恶

一

1

他们俩一同从建国门地铁站里钻出来的时候，天已经黑了。不远处的长富宫饭店、国际大厦和凯莱大酒店、九京旅游大厦共同构成了这一地域华美的城市夜景。还是大学时代，尚西林和眉宁就喜欢在夜晚到这里闲逛，这里的夜晚以其动人的奢华之美震撼着他们，他们尤其喜欢在高高的半空明灭的那些楼厦的灯光，它们像一粒粒钻石一样闪耀，仿佛某种可望而不可即的财富那样叫他们向往。再向东，赛特购物中心、国际俱乐部、贵友商场、京伦饭店、建国饭店和中国国际贸易中心依次排开，出入这些地方的人们华服盛装，表情镇定而又傲然，成为某种生活的象征。

在整个大学时代里，尚西林都和眉宁在一起。作为政治系和东方语言系的优秀学生，他们在进校不久就确立了恋爱关系。学习乌尔都语的眉宁长得非常像一个中亚的美女，皮肤黝黑而且恰到好处，她笑的时候犹如潮水在轻轻荡漾而去，叫几乎所有看见她的男人都怦然心动。

"你的笑容中有一种玉碎瓦全的美。"有一天尚西林对她说。他非常爱她，四年多以来他像守护着一株精美的植物一样守护着她。有一点非常难能可贵，那就是在大学四年里他们都能够对对方保持忠诚，互相爱得发疯但又深沉宁静。有不少倩男丽女企图插入到他们之间却纷纷以失败告终。在不久之前的那个夏天，尚西林被分配进市政府某机关当上了秘书，而眉宁则留在了一所理工大学当上了图书馆外语部的工作人员。

从毕业那一天起，尚西林就有一种强烈的愿望想赶紧把眉宁娶到手。尚西林来自江苏一座小城市，而眉宁则来自云南昆明。他们像无根的植物一样在心灵上互相依靠，但从刚刚开始工作的第二天起，尚西林就觉得自己快要失去她了。

尚西林忽然不相信这样一个事实，那就是，整整四年之中他和眉宁竟然没有在一起睡过觉。他只是吻过她，在夏天她穿着单薄的连衣裙子时，出于激动他隔着裙子抚摸过她的乳房。当他曾经试图把手伸进她裙子下面时，她严厉地制止了他，而后又温存地在他耳边说："会有那一天的，因为我的全部都是你的，你要有足够的耐心。"

尚西林相信自己有足够的耐心，他也相信眉宁会最终属于他。因此在黑夜中冲动之际他便以手淫来解决问题，在想象中一遍遍地与眉宁合二为一。只有一次，那是一个夏天，校园里十分燥热，在校园西面那面著名的湖泊的东侧小丘上的树林中，他把她的手引向自己的下部，在她畏畏缩缩的抚摸中，他一泻而出。他吻着她发烫的脸，却非常不知所措了。他守护着她像是守护着一件精美绝伦的东西，对完美的渴望让他处在两难的处境中。

分配工作之后他就住在机关办公室里，用几个大柜子把他的床和办公区隔开。在北京，房子是一件大事，他天天看报纸的时候都在想，总不能和眉宁盖着报纸睡在街上吧？

"咱们到赛特购物中心去看看吧。"眉宁挽着他说。他点了点头，空气中有一种清凉的气息叫他感到了寒冷。就在不久以前的学生时代，他还是那么喜欢建国门外地区的奢华与国际气息，那时候他可以省下一个月的饭钱来请眉宁在这里刚刚开业的比萨饼店吃上一顿，为此他有好长时间省去了吃早饭的支出。但那种简单的快乐现在已经荡然无存了。

"我不喜欢你照镜子。作为男人为什么总是要照镜子？镜子是属于女人的。"乘坐缓缓上升的赛特购物中心的电梯时，她嗔怒地小声说他。他这时不停地看着电梯边镜中的自己：那个人表情漠然，了无生气，如同一截铁轨一样冷冰冰。他耸了耸肩，用手在她的腰间上下滑动了一下，表示道歉。来到华男贵女和外国人出入的赛特购物中心，尚西林感到了一种前所未有的压力。他们像往常那样从最高层开始向下一层一层地逛。在逛商场的时候，他总像个保镖一样跟在她后面，看她对自己感兴趣的东西仔细品评与触摸。他弄不清女人为什么会对物质的东西如此着迷？

而对于眉宁来说，她爱尚西林已经至深。有一次她梦见她亲手杀死了他，所以那天醒来之后她被吓哭了。她喜欢尚西林又瘦又高的体型和忧郁的神情，但她从来不对他说很多甜言蜜语。她知道尚西林渴望她的身体。在赛特购物中心逛悠时她从心底里产生了一种即将做新娘的幸福。那种幸福感她过去从来没有体验到这么强烈的程度，那是一种让她飘浮起来的又麻又热的感觉。我就要把身体给你了，可你还不知道呢。在"花花公子"品牌展廊中浏览时她偷偷看了他一眼暗中想。那一定要非常隆重，因为他已等了四年，从她十七岁等到了二十一岁。他们走过那色彩华美的一个个精品廊时，他的脸色却渐渐暗了下来。这期间眉宁试了一件七千零一十八元的大衣，那件深色大衣眉宁穿上简直漂亮极了，他在一瞬间看见她流露出想拥有它的表情，内心抖动了几下，但她还是拉着他的手走开了。在美国西部风格的"万宝路"系列服装廊时，眉宁非要他试穿那件深蓝色的标价两千余元的夹克，尚西林终于忍不住了，他猛地把手一甩："还是你来试吧！"扭头向下走去。

眉宁一下子慌了，她弄不明白发生了什么。她跟过去的时候他已经上了电梯。她越过两个阿拉伯人抢到他身边："怎么啦西林？难道你不喜欢那件衣服？"

他脸色阴沉："我饿了，我想去吃点儿东西。"

眉宁又挽起了他的胳膊，歉疚地把脸贴了一下他的肩膀。"好吧，咱们就去吃东西。咱们到楼下底层去吃日本鳗鱼面好吗？我请你吃。"她粲然地朝他笑了一下，这样美丽的笑叫他又觉得自己太不应该这么发火。他也挤出了一丝笑容。他们来到了地下一层的餐厅。在她的执意要求下，他只得让她去付账买那二十五元一碗的日本鳗鱼面，因为她抓住他的手腕的劲太大了。他坐在那里漠然地看着在周围进餐的男女，他们每一个人的脸上似乎都洋溢着幸福表情。可只有我是沉痛的，他望着几个从咖啡苑走出来的美洲女人想。眉宁端来了日式鳗鱼面，小心翼翼地递给了他。他其实根本没食欲，因为机关食堂晚饭的红烧肉是相当扎实的。他硬着头皮吃了起来。

"你好像不爱吃这面。"眉宁托着下巴幽深地看着他。

"不，我很爱吃。"他说完，又吃了一口。

"那件'万宝路'夹克就是非常适合你，你穿上它会增加勇武的气质。你有点儿太瘦弱了。"

"你这是在挑剔我？"他忽然怒火万丈，冷冷地盯着她，"我不喜欢你这样对我说话。"

"我从来没有挑剔过你，这你知道。但那件衣服真的适合你。"眉宁仍旧幽深地看着他说。

"可我买不起，我干吗要试？"他的脸上露出了古怪的笑，"而且我也没钱娶你，你要愿意走现在就可以滚蛋，好在你还完完整整。"

这一句话叫眉宁呆住了，她怔怔地看着他，像一尊印度木雕一样宁静而又茫然，两行泪水涌流了下来。"你不该这样说，不该这样说。"泪水一下子哗地向外涌了出来。

他这才明白伤害了她。他伸出手抓住她的手，但那只手在剧烈地抖动。他认真地吻了一下那只手："真的，我的确没钱娶一个好姑娘。我们总不能盖着报纸睡在大街上吧？请原谅我，我真的不喜欢再来这里了。"

他们走出赛特购物中心的时候她已停止了哭泣。她又将头贴在了他的肩膀上。这样的肩膀那样瘦弱，要是穿上"万宝路"品牌的夹克真会英武一些。她明白了作为男人的他的压力。是的，我们没有钱。也许慢慢就会有的。一切都是慢慢才会有，房子、票子、车子、孩子和位子，对一切都应保持足够的耐心。不远处楼顶的拿破仑XO的灯箱广告变幻多端，但他们沉默地向地铁站走去。眉宁这时在想，如果我现在有了三十万块钱呢？那样我们还会盖着报纸睡在大街上吗？

2

从北京东三环向北，是著名的使馆区。一百多个国家的大使馆分布在三到四个大区域里，而在其间和周围密布的则是气派豪华的星级饭店、娱乐中心、酒吧和超级商场、楼群。在一条由南向北的河流边上，又矗立起一座崭新的小区，小区的公寓楼群是那种堂皇富丽的欧陆式建筑，古典风格的宽大的雕栏阳台，尖拱形的窗户都非常典雅庄重。吴雪雯就生活在这幢高楼的十二层。从这间屋子的窗台上望出去，北京城灯光辉煌，更广大的黑暗弥漫在地面和城市上空。吴雪雯躺在双向水流的豪华浴池中，哼着一首台湾流行歌曲。她只露出了一个脑袋，那些白色的泡沫和水流一起旋转在她的身体周围。她忽然听见自己的蝴蝶犬巴比在呜呜地叫唤，似乎因为她把它关在门外而分外委屈。"巴比，巴比？"她叫了它两声，"我就来了，巴比。"她跳出了浴池，关闭水流喷泄口。这种瑞士豪华小型浴池能模仿自然水从两个方向送来水流，的确非常舒服。她用浴巾擦干净身体，把浴巾系在腰间，就打开浴室的门，向客厅走去。她的桃子一样巨大的乳房微微下垂，乳晕很黑。"巴比？巴比！"她赤着脚走在地毯上，却听到了电话铃声。

她快步走了过去，拿起了电话："嗨，是我。"

"我刚从东欧回来，给你带回来一些好东西，什么时间来取？"电话那头的那个男声说。

"噢，罗东，你回来没有在俄罗斯的国际列车上被抢个精光真叫我惊奇。你在哪儿？"

"我在王府饭店大堂酒吧。"

"……好吧罗东，我半小时以后就去。"

"我很想你。"

"我也是。那么待会儿见。"她挂断了电话，却浮上了一层嘲讽的笑容。我才不想你呢，她轻蔑地想。我讨厌你们这些臭男人。但我喜欢你们围着我转，轻易地送给我你们花很多年才挣到手的东西，尤其是钱。吴雪雯去卧室找了一件睡衣穿上了，巴比一颠一颠地跟在她的后面。她站在一面大镜子前，凑上前发现自己的眼睛有一点儿肿。都是因为刚刚哭过，所以她才去洗了澡。当她从一堆在街头邮政亭买的杂志中挑出一本，发现封二的《作家生活》栏中，何维穿着一件灰白色休闲西服冷峻而又深沉地凝视她时，过去的生活迅速地击溃了她，她情不自禁地哭了起来。她永远也忘不了那个男人，正是他改变了她的生活态度，让她真正像云一样浮在半空，再也找不到坚实的感觉了。他们在大学二年级认识并相处，一年半以后分手。他们两个人像锋利的兵器那样互相伤害过。她尤其无法忘记的是当她怀孕之后躺在一家私人流产诊所，由那个经验丰富的妇产科大夫把她的双腿架起来分开，并用冰冷的器械伸进她体内向外吸时的那种痛楚，仿佛全部内脏都在一种绞痛中打算从子宫中涌出来。那一刻她一遍又一遍地念着何维的名字，她知道她只会为他痛楚这最后一次了。一个月后，当他终于说出"和你在一起，你会把我彻底毁了"的时候，她立即离开了他。

她从此开始了向男人的游戏与征逐。当然，就分手而言，他和她个性不合也是原因，但他是她第一个男人，她认识他时还未谙世事。但一年半以后，她觉得自己已经历尽沧桑。在随后两次感情强烈的付出之后，她发觉情感完全是一场空，只有从男人那里得来的其他东西才是实实在在的。所以她已经认不清自己交了多少个男朋友。她总是能在适当的机会到来时甩开他们，这一切，只是为了在内心之中向何维复仇。对于感情而言，这个世界上真正的花心之人，其实是不存在的，感情是一次性消耗掉的东西，在一个人身上消耗完毕就不会再有。因此，她凝视着何维在封二上的彩色巨幅照片时爱恨交加。何维仍旧生活在这个城市，他是一家杂志社的记者，在文学上名气已越来越大。她经常能够从杂志上读到他的东西，那些城市题材的作品全是关于破碎情感的描述。她一直想找到一个充分蔑视他的机会，可那机会会来吗？

她打开了音响，英国乐队808邦的《联邦90》立即充满了整个屋子。她非常喜欢这首完全由节拍构成的曲子，那种节拍仿佛色彩在有节奏地重组与变化，叫她在地毯上轻轻跳动。这时她的脑海中浮起了罗东的那张脸，那是一张坚毅的犹如古罗马斗士的脸，非常英武，在中国人中间十分难寻。她微微笑了，她打算彻底摧毁这个男人的斗志。从某种意义上讲，罗东是那种靠自己奋斗、白手起家的成功者。他以借款五万元，从1990年起家做一种儿童食品，现在他已成了期货界一个好手，资产已逾两千万元。但问题是罗东爱上了她，非常动情地爱上了她。可我要摧毁你。男人并不是神话，男人个个都是纸老虎，她一边给自己倒了一杯牛奶，一边随着那节拍轻轻在屋子跳着。

　　她已经不止一次地看见外表坚强的男人在她面前流泪，把自己辛辛苦苦挣得的一切都拱手给她。靠着这些男人们她租住进这豪华公寓楼。她已不再缺钱，但她在内心之中更看不起男人们了。她打算在今天晚上彻底地摧垮罗东，让这个外表坚毅的英俊男人欲哭无泪。有一点她想不明白，为什么罗东三十岁了却并不了解女人，还像个小男孩那样对她痴情万端？他说他过去没有爱过别的女人，但我却并不爱他。她把巴比轰到了一边，打开了一个衣柜。她满意地欣赏着自己的藏品：在那个大柜里，陈列着很多男子用的各色内裤，有三角裤、美式子弹头型内裤等等五花八门，颜色不一。这些都是和她过过夜的男人们的东西。她总是在和一个男人睡过觉后，把他的内裤藏起来，收集为藏品。这些东西已经不少了。她满意地看着它们，从中间取出一件白色纯棉的弹力三角裤。这是罗东留下的，这条非常白的内裤让她想起了他笨拙的动作，他臀尖冲撞她时的样子总像个农民在挖掘大地。他的一切行为都由她引导，否则，他总是畏缩不前。

她笑了笑，把它又放了回来。她开始穿衣服，她一件一件地穿起来，花边内裤、吊袜裤、乳罩、罩衫。她选了一套紫色的西装套裙穿上了，又披上了一件风衣，戴好了墨镜，把巴比关在了卧室外面，就匆匆下了楼。黑暗使整座城市漂浮起来，她非常喜欢黑暗，因为黑暗比白昼更真实、更纯粹、更美。她坐进了出租车，汽车旋即向西驶去。

她走进王府饭店的大门时感到眼前金碧辉煌。在北京所有的几十家四星级以上的饭店里，她最喜欢王府饭店带给她的感觉。这种高贵豪华的气派你一进它的大堂就可以体会到，你甚至几乎可以看见向下两层和向上三层的所有楼层。那种辉煌的灯光，不停地擦地板的员工，以及各种奢华摆设都叫她头晕目眩。她走进去的时候发现有不少男人的目光被吸引了过来。是的，一年前她就是个自由职业者了，她大学毕业后分配到一家公司，但一个月后她就走了。她向大堂酒吧走去，感到那种奇特的光线笼罩着她，这使她走路的感觉又轻又飘。她看见在一个角落，打扮得像个绅士似的、扎着黑色蝴蝶结的罗东已经看见了她，并站起来远远地向她招手，脸上有一种典雅的好像刚从欧洲带回来的笑容。她也笑了，她轻快地绕过盆栽植物，她一边笑一边想，罗东，我是来摧垮你的。她迈着808邦乐队的音乐节拍，披着金碧辉煌的灯光向他走去。

3

他伏在黑暗之中没有动。他可以感觉到她的手开始在他的背上轻轻滑动，从脖颈下开始一直向下直到他又瘦又硬的臀部，她那只手既游移不定却又显得坚定不移，她的鼻息也变得急促了起来，然后那只手试探着攀缘过他的腰，像蛇一样游进了他的两腿之间，并且她迅速地贴紧了他。他的后腰可以感到她下腹部三角区那毛发耸立的压力和潮湿的气息，这是午夜一点。她知道他没有睡着，或者只是在打瞌睡。但他仍旧不转过身来，无动于衷。

黄尚和妻子梁小初结婚已经八年了。他现在越来越难以容忍和妻子躺在一张床上。三个月以前妻子说想买回来一张水床的时候，黄尚差一点儿当场晕倒。每当夜晚来临，他就可以闻到妻子梁小初身上那种温热的母鸡般的气息，这种气息叫他十分难以容忍。

他根本就没有料到生活竟然是摧毁与折磨他的漫长过程，他根本没想到婚姻会像绞索一样慢慢地把他的脖子套住，一双看不见的手在暗处使劲地勒紧他。他一直想不清自己怎么会爱上这个散发出母鸡般气息的平庸女人？

他和她的姻缘开始于九年前他的一次散步。那时候他还在读大学四年级，有一天中午他走在校园里忽然听到走在他前面的两个女孩子在笑，其中一个女孩儿笑得那么爽朗动人，那笑声明亮清澈极了。他从来就没有听到过这么美好的笑声，感到仿佛是上帝猛然给了他一击。于是他就尾随她而去。几个月后，他们成了热恋的一对儿。

　　直到现在他仍不明白的是，那天笑得那么好听的女孩，会是这个天天和他同床共眠的已毫无魅力可言的女人吗？那种笑声与现在她发出的笑声已是如此不同，使他感到自己好像陷入了一场骗局。那么谁是安排这个结局的人？上帝吗？他为此懊恼不已。婚后三个月，他就对她厌倦了，无论从生理上还是从心理上他都厌倦了她。他尤其不喜欢她把温热而又渴望被爱抚的颤抖的身体贴紧他。他确信自己和梁小初的确有过近一年的幸福时光，这一年时间里她都是那样美丽、纯情，笑声比所有的阳光还晴朗，她的魅力像花朵一样散放着浓香。然而结婚以后，这一切迅速地变成了责任、义务和要求，他忽然发现自己成了个不停地被她要求的人。她要求他忠诚，在大街上看别的女孩一眼都让她怒火万丈；她要求他每月必须把钱交出大半；她要求他负担远在贵州老家她父母亲一家人的生活——他曾经去过那个她出生的贵州偏远的县城，她父母连一块钱都当大票子用，一百元足够他们一家六口天天吃鸡鸭鱼肉。他倒不在乎负担一点钱，但他总觉得她像一把老虎钳子一样用力地钳住了他，并且用力地捏紧，他疼极了也不敢吭一声。

　　黄尚在一家行业报社当编辑，工作轻闲又不坐班，所以他被勒令干很多家务，而他最讨厌的就是洗碗洗衣服，可这一切成为某种义务让他不可能撒手不管。工作以后，男人在社会上的定位与发展显得更为竞争激烈，他所在的行业报纸扩版以后发行量锐减。作为一个部门的主任他同样负担着很多工作责任，他从来没有想到，三十出头就已心事重重，而这时，女儿琳琳总算拉扯到六岁了。

最令他感到可怕的是，他居然渐渐地对妻子的身体产生了厌倦。和妻子的性生活对于他已越来越是一场折磨，一次无休无止的战争，并且没完没了。但妻子的性欲却越来越旺盛，甚至像吃饭一样每天都想和他进行一下子，每一次他压在妻子身上，妻子的双腿就像钳子一样夹住他的腰，叫他刹那产生幻觉：自己仿佛被夹在了一把巨大的老虎钳子中间，再用一点儿力他就会尸分两截鲜血四溅。他立即会瘫软下来退出她的身体。他的身体的背叛遭到了她的强烈反应，她仍像钳子一样夹住他不放，用力厮磨他想把他激活或者磨成粉末，每当这个时候他就痛苦万般。

在结婚之前他对婚后生活的庸常琐碎已做了种种预测和心理准备，可一旦结婚后他发现生活其实更为庸常琐碎，那简直是一张铺天盖地的大网兜头向他盖来使他无法脱身。他觉得自己仿佛陷入了泥沼，半个身子怎么用力挣扎也挣脱不出那吸住他的泥沼。

在黑暗中他可以听到不远处三环路上汽车飞驰而过的声响，那种声音像某种马蜂一样忽来忽往。他仍旧一动不动地躺在黑暗中。他发觉她坐了起来，从他的身上迅速地跨越了过去来到了他的对面。

"我知道你没有睡着。你别装。我知道你讨厌我，可我是你妻子，我有权利要求你！"她躺下来面对面冷冷地对他说。

他知道装不下去了，睁开了眼睛："我今天没兴趣。我要睡觉。"

　　"不，不行。我需要你。你两个月都没碰我一下了，我都要疯了。"她急促地说，开始把下身贴向他。他想向后缩，但被她紧紧地拥住了。她拿过他的手，把他的手放在自己的乳房上。他用力地推开了她，平躺在床上。但她坐了起来，像一只巨大的夜蝙蝠一样向着他俯冲下来。他只好束手就擒了。但他知道，这是一场战争，他不想要败下阵来。她一次次俯冲下来，他紧紧地闭上了眼睛，脑海中映现出反映第二次世界大战的影片《德黑兰43年》的片段：大群的德国飞机俯冲向英国伦敦上空，在那里投下了成吨的炸弹。这使得他随着她的动作而颤抖了起来。他感到了自己渐渐来了激情，但他不想在这场战斗中输掉，他竭力压抑住自己的冲动。大片大片的黑云向他俯冲而来，她的喘息像热空气一样掠过他的头顶，这一刻他觉得自己仿佛回到了童年，那时候他像鸟儿一样自由自在，像影子一样在道路上腾越。然后，他的身体一震，一股热流涌出了他的体内，涌向了她身体内部的岩浆汇合处。她像被击中的猎豹一样伏在他身上浑身震颤了起来，发出了婴儿一样的渴求、哀告与哭声。

　　他觉得自己输了，他像搬开一个垃圾袋一样搬开了她，从她身体下坐起来。这时候他觉得自己恶心得不行，有一种十分想吐的感觉。他穿上拖鞋冲向了洗手间，那面大镜子中映现的是一个男人苍白的脸。他呕了半天却什么也吐不出来。他害怕把女儿惊醒，就又回到卧室，开始穿衣服了。

"你要干什么去?"她的声音突然含满了恐惧与威胁。

"我要出去走走。"他穿上了裤子,把脚伸进皮鞋,他穿上衬衣,披上了西装,他到处在找他那条斜纹领带但是找不着。他干脆不再去找它,而是向外走去。

"你要到哪儿?你要到哪儿?你不能走,你得把我也带上!"她的声调十分慌乱,但他已经走出了门,把门重重地关上了。

他在大街上叫了一辆出租车。夜已非常深了,出租车司机被他的脸色吓坏了。"去哪儿?"他一下子被问住了。这么晚我去哪儿呢?"就去天安门广场吧。"他说。司机叫他坐进了车,开始狐疑地打量起他来。他一句话也不说,司机更加怀疑起他来。汽车开到东单附近时,司机说:"车没油了,你下车吧,我不收你的钱。"他下了车,给了司机二十块钱。车开走了之后他才明白司机把他当成了一个恐怖分子,以为自己要去广场干恐怖活动。他苦笑了一下,我不过是婚姻锁链上的一个小丑而已。他沿着东单向东四方向走去。走到利兹·简购物中心,他忽然又停住了脚步,他向回走到丁字路口向西望去,不远处,台湾饭店、和平宾馆、王府饭店构成的饭店群灯光辉煌,他还看见很多人从House Disco中走出来。这是午夜的北京,到处仍有狂欢的人。他过去听说这里经常有妓女出没,但他不知道妓女是长什么样的人。他站在风中发现有两个老人在向路人乞讨。他给了他们一块钱,打发他们走了。他心乱如麻,如同一个渴望被领回家的孩子那样站在那里。他忽然看见有一个穿露式背心和弹力短裤的性感女孩叉着腿从他身边走过。他猜测她就是妓女，就在她身后吹起了口哨，并且快步跟了上去。快走到王府饭店的大门门口时，他追上去激动地说："和我过夜行吗？随便把我带到哪儿去都行。"这一刻他的心跳得厉害，他只是不想回家。那个女孩用涂得鲜红的嘴唇冲他嘁嘁："王八蛋！你把我当什么人了？流氓，再不走我叫人了！臭流氓！"

他愣在了那里，一阵凉风袭来使他哆嗦了一下。这一刻他真想号啕大哭一场。停了许久，他望着王府饭店金碧辉煌的灯光，转身向回走去。他只好向家走去，他打算步行回家，因为他只能回这一个家。

二

1

"嗨！罗东你变得更英俊了。我们有一个月没有见了吧？"吴雪雯坐下来之后对罗东说。小姐走过来问要什么，罗东优雅地打开了饮料单。"来杯什么，雪雯？"

"我来一杯血玛丽。"吴雪雯晃了一下脑袋，把坤包放在手边的小桌上。"我要一瓶巴黎矿泉水。"罗东说完，合上了那个单子。小姐走后，罗东双手交叉，像个英国人那样将上身向她倾斜过来。她注意到他身上穿的是意大利名牌"胡利奥"牌西服，隐隐泛出光亮的那种。

"你好像真的像个有钱人了。这次去挣了多少？"

"八十万，你猜我给你带来了什么？"罗东笑眯眯地看着她。他的笑很像布鲁斯·威利斯，但待会儿我就要叫你的笑要变成坏蛋汤米·李·琼斯的脸。她想。

"猜不出来。化妆品？时装？"她挑了一下眉毛。

"不光是这些。你会大吃一惊的。"罗东耸了一下肩膀。这时小姐已经端上来了她要的一杯血玛丽和他要的小瓶巴黎矿泉水。小姐小心地给他倒好，就转身走了。这时罗东顺手在椅子边拿起一个密码箱，微笑着看着她把它打开。他从中取出了一个小盒，他慢慢地打开它，从中取出来一件东西。她的眼睛一下子睁大了。那是一串由九十九颗玉珠组成的翡翠塔珠链，和一对大马鞍戒指。它们是那么晶莹美丽，放出了绿莹莹的光亮。他站起来把珠链戴在了她的脖子上。"喜欢它吗？"

"当然！"吴雪雯的确喜欢这一串翡翠塔珠链，它戴在她身上简直与饭店的那种华贵的灯光相互辉映。这是有身份的人的标志。"当然很喜欢。这是送给我的吗？"

"是的，宝贝儿。"罗东满意地坐回去，将身体晃了一下，换了个姿势斜对着她，"因为，"他深情地看着她，"因为我是爱你的。我这是第二次说这句话。"他变得庄重起来，"还有这对马鞍戒指。"他屏住呼吸，小心翼翼地拉过她的手，把它戴在了她的中指上。它硕大透亮，颜色比项链的颜色更深，仿佛有一种深不可测的华丽之光蕴含在其中。吴雪雯觉得自己浑身笼罩在一种光芒之中。可她知道，摊牌的时候到了。

"我要你嫁给我。"他盯着她一字一句地说，"我苦干了这么多年，从一个穷小子干到今天，只是想娶上一个好女人。我喜欢你能和我一起生活。"

对于罗东来讲，他一直都在期待着这样一个时刻。他出身农民家庭，考上北京一所名牌大学之后毕业留在了一家研究所里。但他只干了两年，就辞了职借款五万元，开始自己干了。他饱尝贫穷的滋味，那时候他由于一个偶然的机会认识了一个北京舞蹈学院的女孩，那个女孩那么美丽如同一朵水上的莲花。当他向她求爱时她立即拒绝了他，因为他太穷了。她当着他的面坐上了一个三十多岁的"买办"的奔驰280轿车。那是他最受刺激的一天。从那天起他发誓要拥有财富，因为只有拥有了财富他才可能去任意选择自己想过的生活。现在，他有钱了，真正打算过稳定的家庭生活了。

她看着他，目光十分幽深。这一瞬间她甚至可怜起他来，因为他奋斗的全部结果只是为了得到她的爱。她立即对他所取得的辉煌不屑一顾起来。可怜的男人，她想，我就是要以这样的方式来蔑视你们。得到一个心，然后撕碎了当面再还给你。哈。

"你并不了解我。"

"不，我已经相当了解了。我们认识已经一年了。我很了解你，你是一个好姑娘，你适合做我的妻子，你也会成为我的好妻子的。"他急切地说，"我希望你和我一起分享财富和金钱。"

她这时笑了起来："罗东，你真的不了解我。我是一个很好的演员。我让你受骗上当了。我一点儿也不喜欢你。"

"你在胡说些什么？"

"真的。我其实是一个婊子。我真的是一个婊子，"吴雪雯平静地说，她看了一眼在座位之间走来走去的服务小姐，"真正的一个婊子。我靠喜欢我的男人们活着。就是这样的。你怎么了？"她说，"你好像很吃惊？"

罗东愣住了。他以为她在开玩笑，因为她在他面前扮演的一直是一个十分活泼可爱的姑娘，那样单纯、明亮、快活，仿佛在她眼睛里从来没有什么忧愁，但她说出"婊子"这个词简直是脱口秀一样自然。他听到自己的心猛地抽搐了几下。"你在说些什么？"他压抑住从腹腔中泛起的腥气艰难地说。

"我不想再跟你做游戏了。我必须跟你摊牌了。当然我并不讨厌你，你很善良，罗东，可这没用，我就是那种靠男人活着的人。你唾弃我吧。你现在可以发怒，如果你没有风度的话，你可以大声吼叫叫屋顶的吊灯都掉下来。你好像已经在发怒的边缘了，是吗？"她的笑有些讥讽的含义。

"可、可为什么你不选择我，我现在算是个……成功的男人。可这是怎么回事，这，你说的这些……"罗东说话已经前言不搭后语，他实在无法接受这样的现实。他期待了整整三十年（当然也没那么久），打算用口袋里叮当作响的金钱娶回一个漂亮姑娘的时候，却反而遭到了拒绝。这到底是怎么回事？

"罗东，你真的不了解女人。其实中国男人都还不太了解女人。女人已经发生了巨大的变化，她们不再是附庸，不再愿意只当个家庭主妇。当男人的观念中还以贤惠、通达、坚忍和漂亮来要求女人时，女人自己早已将这扔在了一边。男人们进步吗？从来没有。可女人们变化了，她们更想成为爱自己的人，而男人们对此一无所知。这就是悲剧的根源。"她甚至这一刻都敬佩起自己的观点了。

"可这一切与我和你有些什么关系？"罗东已经有些承受不住了，他像个狮子一样低声地吼了起来。

"我不是你心目中的那种女人，你期待的那种。这不够了吗？我是为自己活着的。好啦，我把话说完了，你可以把这翡翠塔链拿回去，虽然我的确喜欢它，还有这对大马鞍戒指。"她把它们取下来，放在小盒里推给了他。

他控制住了自己。这一刻他仍没弄明白到底是怎么回事。这一切发生得太突然叫他措手不及。"不，给你的东西你就收下吧。"他挥了挥手，感到胸闷，"不要羞辱我。"

"那我就谢谢啦。罗东，咱们还是好朋友。我从来不跟男人画句号，只是逗号。我们还是朋友。如果你愿意，我会做你的一个情人——只是我还有我的其他生活。那么我走啦，如果你没有其他事的话。"吴雪雯收起了东西，将身子侧向他问。

"好吧，再见。"他竭力让自己平静地说。

"我不愿意伤害你太深，罗东，你也不容易，混到今天。请原谅我。"她站起来，俯过身在他的额头上亲了一下，转身向酒吧外面走去。望着她的背影在大堂那富丽堂皇的灯光中晃动，他感到自己有些晕眩，弄了半天自己只是被玩儿了一把。他脸上的笑都冻成了薄冰，如果这时谁要碰他一下，他的脸就会裂成无数块。他没有忘记那串由九十九粒碧绿的翡翠塔链珠组成的项链和那一对大马鞍戒指一共值十八万元。这一刻他非常想站起来把王府饭店所有的玻璃都砸个稀巴烂，甚至把这豪华气派的饭店彻底毁掉，但他一直坐在那儿一动不动。小姐又走了过来，收走了他眼前的巴黎矿泉水瓶。他说："小姐，来一杯不加冰的威士忌。不，要两杯。"

2

尚西林觉得自己和眉宁之间的关系悄悄地发生了一些变化，这种变化如同沙漏一样在悄悄进行，沙子随着日光的西移而漏掉，时间改变了一切。他觉得眉宁似乎离他越来越远，如同她已经穿上了那件七千零一十八元的大衣。就在昨天，他告诉眉宁，他想自己清净清净，请她给他半个月的时间，因为刚刚参加工作，各方面的关系需要协调，因而生活过于忙乱。眉宁从他的话中似乎感觉到了一些什么，但她没有往更深的地方去想。她想不到尚西林想通过一段时间不与她接触，而重新思考与她的关系。他当然是爱她的，但除了爱，他又有什么其他东西呢？一个男人，必须通过征服世界来征服其他的东西。可我怎么去征服世界呢？做一个小"官僚"一步步向上爬吗？这一段对于尚西林来说是他怀疑自己的时刻。他总觉得，只要和眉宁在一起，他就会受到一种莫名的压力的威胁。可失去她呢？这也是他不能想象的。他只想一个人待一段时间，找到重新定位了之后再获得新的开始。而对此，眉宁也是这么想的。

罗东从没有像现在这样精神处于极度的紧张之中。他确信自己被一个女人耍了一把，因为他的的确确付出了全部的情感。往常，每天晚上，他都会在他的记事本上写一个她的名字，现在，"吴雪雯"这个名字已快有四百个了。他还把她的照片珍存于随身携带的心形八音盒里。他在心中不断重现的都是她的名字，他经常梦见她。可她现在却说自己不过是一个"婊子"，这能不令他发疯吗？

很多人都注意到一个非常英俊的男人身着"胡利奥"品牌的西装，在王府井南口的麦当劳快餐店和东四路口的粤海皇都酒店之间走动，脸色铁青。他让自己处身于人的水流中，看到那一张张面孔像是浮在河面上的花瓣一样在身边漂动。所有的面孔都渐渐远去，只有我一动不动。在这一段约一千米的商业繁华地段他来回走了两趟。这几天他根本无法去关心他的期货生意，业务全交给了另一个人。他只觉得有一种强烈的怒气需要发泄。也许应该把账算到这座城市身上。他想起了吴雪雯的那句话："女人也是为自己活着的。"这难道就是真理吗？这是一切爱情烦恼的根源吗？他神色茫然地走在人群之中，内心悲凉的水轻轻晃动。

他走到了美术馆东侧的那一片街边花园里。有一个流泪的摇滚歌手一边弹着吉他，一边吹着口琴在唱他的流浪摇滚。很多人坐在那里听，有两个美国大女孩儿也坐在那里听。那个摇滚歌手的嗓音嘶哑悲凉，但又有一种高亢的金属声音蕴含其中。他听了一会儿，觉得自己心乱如麻，总是挥不去吴雪雯的影子，便向中国美术馆方向走去。他发现那里正在举办罗中立和何多苓的画展。他非常喜欢他们的画，就买了一张票走了进去。

眉宁在隆福大厦旁边的小摊上给自己买了一件风衣。这件米黄色的风衣花去了她月收入的一半。这是她第一次一个人上街，以往都是尚西林陪她一块出来买。她的心情十分愉快。这是下午的时光，空气中有一种慵懒的气息，让她站在东四人行道边捂住嘴打了个美丽的哈欠。她那么美丽，很多男人在经过她时都看她几眼，但她对此却浑然不觉。

现在她站在罗中立的一幅油画面前沉思。这是罗中立从欧洲学艺归来的首次大型画展，风格已经陡然有变。在她看来，他的画已经增加了很多原始主义的梦幻气息，与亨利·卢梭的原始超现实主义有很多相通的东西，只是故乡在罗中立的笔下进行了更为浓烈的强调：妇人粗大的臀与腿，男人和女人的凸出的巨眼里有一种热爱生活的质朴的光。罗中立似乎找到与世界对位的观照故乡的新方法。她一幅幅在看，手中提着那个衣袋，但她总觉得好像有人在看她。她向左侧扫去，看见有一个十分英俊的男子，他身着有隐格的深色西装，扎着一条圆形图案的领带在看她。她愣了一下，因为他实在太英俊，只是眉宇之间有一种凄楚和凶气。她慌忙把头扭过去，继续去看那些画。她注意到他的确一直在注意她，她走在哪里，他就会悄悄跟着她，离她七八米远装作在看画，不时地注视她一会儿。

眉宁的脸色有些微红。以前她遇到过这种情况，可她从来没见过这么英俊的男子。他走路的步子、姿势都有一种经过训练的欧洲式的绅士风度。她无心去看何多苓的画，决定离开这里，就快步向外走去。

下午的阳光已散出黄昏的瑰丽气息。她从高高的台阶上向下走去时稍微有点儿慌。因为尚西林不在她身边。她走在美术馆前面宽阔的空地上时听到从背后传来的一个声音："小姐，请等一下。"

她转过身看见了那个人那张苍白的脸，这张脸因为痛苦而变形了，但他脸上仅有的一丝笑意则仍是典雅的。他已经走到她身边："对不起，我……我失恋了，我心里太乱，我可以……可以请你和我一起走走吗？"

她看到的是一副男人求助式的可怜的目光。她下意识地点了点头。她无法拒绝他并不非分的要求，仅仅是一起走一走而已。"那么，我们向那个方向走吧。"他用手朝沙滩方向一指，然后他们就并肩走了过去。当罗东发现眉宁的时候，他为她身上某种奇特的气质所吸引。他知道自己必须与她聊聊，否则自己会发疯的。于是他和她搭话了，并且没有遭到拒绝，这使他如释重负。在向沙滩方向走时他开始断断续续地讲自己的经历与奋斗，以及令他不知所措的失恋。不一会儿，他发现他们已经来到了故宫后面的筒子河边。黄昏的光芒从城墙上射过来铺在了水面上。

"其实你没必要为她感到伤心。她不在意你，你就不应把她放在心上，那不过是自己伤害自己。你可以忘掉她吗？"后来她说。

"试一试吧。已经不早了，如果你同意的话，我们一起吃晚饭好吗？我很感谢你陪我聊了半天，我心情好多了。"他诚恳地说。

"好像……好像不大方便。"她说。

"我希望你能帮我一回。"她从他严肃的目光中又读到了不容推辞的含义。她点了点头，但立即又后悔了。

他们坐出租车来到了香格里拉大饭店。而在此之前，眉宁还从来没有在五星级饭店吃过一顿饭。一进饭店大堂，她就为大堂内柔和的光线所吸引。有钢琴师在演奏音乐，在大堂酒吧，很多人在巨型盆栽植物边上的座位上交谈与进餐，气氛是幽雅的。她发现他的气质在这里特别合适。他带她来到了意大利餐厅，在那里，在约莫两个小时的用餐时间里，罗东耐心细致地给她上了如何吃西餐的一课。

她并不习惯吃西餐，但她为餐厅里的那种优雅气氛所迷醉，她非常喜欢这里。可她深深地知道作为大学图书馆的工作人员，她不可能拥有这样的生活。对于她来讲，只要能迅速地拥有一套房子，能和尚西林结婚就足够幸福了。她情不自禁地把自己的烦恼告诉了他。

"我的朋友在万科公司搞房地产，我可以请他帮帮忙。你长得非常美，真的，我在欧洲见过像你的女人。"他真诚地盯着她赞美道，"我刚从那儿回来。"

隔着桌子她低下了头："谢谢。现在好点儿了吗？在美术馆时你可真是六神无主，脸都白了。"

"好多了。不过，如果你愿意，我想请你再陪我三天时间可以吗？你愿意去哪儿咱们就去哪儿。和你在一起我轻松多了。"

这个时候她的脑子猛地跳出了一个大胆的想法。她确信他是一个有钱人，一个有不少钱的大款。也许他能帮助我实现拥有一套房子的想法。在他的邀请下，他们一起来到香格里拉饭店的仙乐都迪斯科舞厅。他为自己要了一杯汤尼水，而眉宁则要了一杯矿泉水。在吧台边的高座吧椅上，他和她面对面坐着，他的心情爽快多了。他一直在观察眉宁，发现她的确还是个单纯的姑娘。他甚至还判断她是个处女。那天他们一起跳了一会儿迪斯科，她十分快活，望着MTV上那个黑人歌星，她这一刻觉得自己的心情十分舒畅。当香港歌星黎明也出现在这个舞厅里时，她发现时间已是晚上九点了。"对不起罗先生，我得回家了，因为时间有点儿晚了。"罗东点了点头。他们去存衣处取了外衣，向外走去。"我真想听黎明唱一首歌，可是时间太晚了。我得回宿舍了。"她抱歉地说，"我已经想过了，还可以再陪你两天。明天是星期六，后天是星期天，我都没事儿。"

"好极了。我明天早晨去接你，但现在我一定得送你回去。"罗东说。他们来到了大门口，侍者按了一个电钮，立即从下面开过来一辆皇冠，他们坐了进去。眉宁的兴致很高，她的确十分开心，并且留恋五星级饭店的光线、装饰及其华美的感觉。罗东半张脸隐在暗处，微笑着听她说话，这时他突然明白了自己的处境：只有征服一个女人，他才能战胜自己的心理障碍。他确信自己是恨女人们的。他把手伸过去握住了她的手，他想他就要通过征服一个女人而彻底蔑视女人和战胜自己了。他轻轻地笑了起来。

"你好像不再痛苦了。"她抽回他握住的手说，"我为你感到高兴。"

3

吴雪雯处在一种十分兴奋的情绪之中。她为自己又一次战胜了一个男人而激动不已，更何况罗东还是那种暗地里自以为是的男人。她一遍一遍地回想着那天在王府饭店的酒吧里她说出自己是个婊子的时候罗东震惊与痛楚的表情。她叫他由天空中直接摔到了地上，在一瞬间摔了个不知所措。这就是男人，貌似坚强的男人。她在屋子里笑起来。巴比正在盯着鱼缸里的金鱼，吴雪雯仍旧听着808邦乐队的节拍音乐在跳舞。她为自己感到了骄傲。短短两年，她就仅仅以自己是个漂亮女人而赢得了很多东西。这包括有在银行的六位数字的存款，各种衣服、化妆品和首饰。这些都是男人们给她的。她尤其喜欢罗东送给她的那由九十九颗翡翠珠串成的塔链，以及那一对一元硬币大小的大马鞍戒指。她一瞬间甚至替罗东悲哀了起来，她想过上一个月等他已将她从脑子中驱除了之后，再请他一块去玩儿，可他还会和我在一起吗？

现在，她觉得自己是真正自由的，不属于任何一个人，只属于她自己。她对自己的现状十分满意。女人必须学会聪明地发扬自己的优势。她想起了何维，那个第一个也是最后一个伤害她的人，她现在还只有他这一个人没有被蔑视和逾越。她已经蔑视了很多男人，可何维对于她仍是一座山峰。我要向你挑战，她想。她清楚自己的藏品中唯一缺少的就是何维的一件内裤。她记得大学时代他一直穿他母亲给他做的大蓝布裤衩，那种蓝布裤衩已经很少见了。她想找何维见个面，她有两年没有见到他了。她想了五分钟，拨通了她知道但从来也没打过的他的电话。

"你好。何维在吗？"

"我就是。你是谁？"他说。

"我是你的老朋友，听出来了吗？吴雪雯，对，正是我。我想跟你见见面，一起吃晚饭好吗？"她一边说一边仍能感到自己的心在怦怦乱跳。何维的声音仍有一种强烈的质感与磁性，那么好听。

"……好吧，我们有两年没见面了吧？"他平静地说。

"对呀，所以我想见见你。有个事儿我想请你帮忙。我请你去北京饭店吃谭家菜，今天晚上七点，在北京饭店二层的谭家菜苑见面，好吗？"

"好的，见面聊，再见。"他挂断了电话。

她也放下了电话，又打开了她的那个大衣柜，她想，我的藏品将完美无缺了。她笑了起来。

她看见何维从门口向她走过来，神色宁静。他冲她摆了摆手，就大步走了过来。他变化不大，依旧显得深沉老练。他在一家叫作《东方》的文化杂志当编辑，但他的小说越写越好了。在很久以前的大学时代，她曾经点着灯为他一晚上抄好了一部中篇小说。她看见他出现难免有些激动，但她克制住了自己，露出了雾一样的微笑。

"你变得漂亮多了，而且这条裙子相当漂亮。"何维坐下来说。

"谢谢夸奖。这两年过得好吧？也不给我打电话。"她装作幽怨地说，"你就那么忙？"

"我混得很一般。"

"我在一家杂志的封二见过你的照片，非常棒。"

"那得感谢摄影师。他是我的好朋友。你过得怎么样？"他眯起眼笑着看她。她无法正视这样的眼神，这样深沉、宁静而又睿智的男人的目光。她曾经拥有过这样的目光，但她又失去了它。

"我过得更不错，可能比你好得多。"她挑衅地说。小姐走了过来，她翻了翻菜单，点了蚝油鲍片、干烧海参、红烧熊掌、凤尾大虾，后来又加了一个黄焖鱼翅。他微笑着看着她。他明白和她分手之后，她总想表现出过得比他好的样子，他知道这些菜加起来是他一年的工资收入，但他仍不动声色。他太了解她了。这个好强的女人什么都没变，只是，只是真的变老了，再也没有那种单纯、明亮的心境和面容了。小姐写完菜单，她微笑着看着他："我过得肯定比你好。我有钱了。"她从坤包中取出一个钱夹，用手一捻，从中捻出了一沓花花绿绿的票子。何维看清楚它们是美元、日元、英镑和其他外币，一共有十几种，里面真的没有人民币。"我连人民币都不花了。"

他不动声色地看着她："你是过得不错。这一点我确信无疑。"

"可在很久以前，你说过和我在一起我会毁了你。"她冷冷地说。

"过去的事情不要提了，好吗？我想知道你约我有什么事。"何维平和地问她。

她笑了一下。"哈，是这样——我说了你别生气。我有一个癖好，就是搜集和我睡过觉的男人的短裤。但现在还差你的一条。我想——原谅我的直率——我想用两千美元买下来你的那一条。我想知道你还穿那种蓝布大短裤吗？"她有些恶毒地笑了，"还穿吗？"

他愣了一下。这时小姐正在迅速地上菜，黄焖鱼翅、红烧熊掌……小姐走开后，他看见她还在冲自己恶毒地笑着。

"你不必这样蔑视我。"他说，"这没必要。"

"不，我没有开玩笑，我说的是真的，而且我现在就给你钱。"她从钱夹中抽出一沓百元的美钞推了过来，"请了却我的一个心愿。这是我对你的最后一次请求。"

他仍旧看着她："你不必以这种方式蔑视我。你一直都想战胜我，你这个人太好强，我理解你。我们过去认真地爱过，也彼此伤害过。也许你恨我太久，直到今天都不能逾越我，这一切我都理解。只是你没必要以这种方式来蔑视我，实际上你今天真正蔑视的恰恰是你自己。不过，说实话我的短裤还值不了那么多钱，这简直是世界上最贵的内裤了。"他说。

"请答应我。"她说。

他这时忽然有些冲动，不知为什么，他也觉得现在她对生活的态度与选择全与他有关。是他，叫她在十八岁的时候去做了人工流产手术并且彻底地没有了自尊。他到今天才明白那件事会对一个女人影响这么大。他觉得吴雪雯仍是那么脆弱而又可怜，这一切仅仅因为她恨他。他向她俯过身去。"雪雯，真的，你这是在蔑视你自己。我就弄不明白你为什么要这样对待自己？是的，和我的分手对你刺伤很大，使你仇恨一切男人，你便向很多男人宣战，一个又一个地去征服，撕碎他们的心，并从他们那里得到你想要的东西。这一切仅仅是因为你恨我，你觉得是我伤害了你。可你却一直在伤害你自己，你有真正的尊严吗？有真正的作为一个女人的幸福吗？没有。你仍浮在半空，成了男人手上传递的气球。可这样的生活快乐吗？我看你并不快乐。雪雯，为什么你不停下来，认真地选上一个好男人嫁给他？为什么你不想生一个孩子，做一个真正完整的女人？生命中有很多责任和义务是需要我们坚忍地承受的。而你正在变成一个城市空心人——这毫无意义。我可以接受你对我的蔑视，而且明天我就会把短裤通过邮局寄给你，而且不要一分钱。只是这最终被嘲笑的人仍是你自己。你为什么不想去选择过一个好女人该过的生活？你没有理由把账都算在我头上。因为你自己有选择的自由。你应该有选择正常生活的勇气。好啦，我走了。"何维站了起来，"下回我请你吃饭吧。"就大步走开了。

她坐在那里看着一口未动的发凉的菜，忽然觉得他的话触到了她的痛处。到今天，她忽然发现她仇恨的他只是一个想象中的人，一个虚影。是的，也许他是对的。只是我自己选择的生活，我仍旧没有战胜他。她悲伤地哭了起来。

　　回到了寓所她有一种前所未有的失落感。她把那些所有的内裤都扔到了浴室里，用剪子剪了个稀巴烂，点着了火烧了起来。那一个个男人和火焰一起闪现而又飘远，她一直在哭，她想自己的确一直在输，并没有赢过一回。她对此震惊极了。我从来都没有赢过！她哭得一塌糊涂，她让那些内裤烧成了一堆灰，放水冲走了它们。她站起来走到窗台边，看着漂浮着的由灯光构成的北京，也许我真的该换一种活法了。我有选择真正女人生活的勇气吗？

三

1

　　那天晚上黄尚花了三个小时从王府饭店又走回了家。他到家的时候妻子仍在哭泣，见他回来也不理他。他觉得自己累坏了，就躺在床上一觉睡去。快到中午的时候他才醒过来，这时梁小初已经去上班了。琳琳也在幼儿园。他一个人做了一碗面，草草吃完就赶到报社去发稿编稿。

　　报社忙乱得像个马蜂窝，记者们像马蜂一样出出进进。同事们都在一边干活一边交谈着最新的新闻，哪个地铁站有个外地盲流因精神紧张而把一个女少校推到了地铁轨道上，哪个地区法院审判完犯人之后被人劫了法场，哪个省的一个村子又出现了新的"南霸天"无恶不作等等，以及有关最新领导人提升的话题。报社本身就是一个新闻源。可黄尚觉得自己身上有一种强烈的鸡窝气息。他害怕同事会闻到这种气味。实际上，他身上什么气味也没有。他已陷入一种偏执想象中。他不能容忍这样一个事实：昨天晚上他被妻子强奸了。同事小杜在大谈他出差到青岛，暗中调查那里的"三陪"情况，其他几个年轻人在起哄，说小杜一定被陪得人仰马翻了。小杜乐呵呵默认了，还一个劲儿说青岛姑娘漂亮性感，乳房和臀部如何丰满。

　　黄尚一边画版一边在想自己到底怎么陷入了泥潭。他实在想不出十分确切的理由，妻子并没有叫他厌烦的具体原因，但他被一种厌烦，对婚姻生活的厌烦彻底笼罩了。那是一种氛围、一种情绪，你根本就无法摆脱。过了一会儿，小杜走了过来。

　　"老黄，晚上有空吗？"

　　"干吗？"

　　"去燕莎附近的硬石酒吧玩儿去。我给你找个姑娘，我发现你最近好像有什么不顺心的事，显得有些心事重重。你也该轻松一下了。你可能压力太大了。"

　　"好，好极了。我去。"黄尚立即答应了下来，这使他有一种如释重负的感觉。小杜和他说好了见面的时间、地点，就走开了。

黄尚立即给妻子梁小初打个电话："我晚上有事，回去可能比较晚，不要等我吃晚饭了。"

　　"你去哪儿？"她十分警觉。

　　"有一个新闻发布会我要去一下。"

　　"你骗人！"她在那边吼了起来。但他挂断了电话。

　　下班之后他和小杜在燕莎购物中心边的停车场入口见了面。小杜真的带来了两个漂亮女孩，全是H大学旅游管理系的。他们一起去附近的一家餐馆吃了韩国烧烤，小杜对一个长得非常像碧姬·芭铎的女孩说："老黄今天可交给你了，他最近压力太大，你得陪好他。"

　　黄尚笑了笑："咱们主要是跳舞。'硬石'的环境怎么样？"

　　他们来到了"硬石"俱乐部。这是一家欧美风格的娱乐场所。"碧姬·芭铎"拉着黄尚立即拥入到那些跳舞的人群中。酒吧里的光线暗淡，来这里的人都穿着随便而自由，还有一些"嘎浪士"打扮的外国人在这里玩。黄尚知道，"嘎浪士"是继嬉皮士、雅皮士、朋克之后又一个"新潮一族"，他们穿着随便，一副吊儿郎当的样子。黄尚一边和那个女孩跳着舞，一边觉得自己仍放不开。已经是三十六岁的男人了，他觉得自己与这个环境完全不相适应。"碧姬·芭铎"把她热乎乎的身子贴紧了他，他都可以从她的开胸式裙子那儿顺着乳沟一直看下去。有一个外国妞还拿屁股撞了他几下，并冲他做鬼脸。黄尚跳了一会儿，总是觉得放不开，索性回到座位上，打算坐一会儿喝点儿饮料。

他要了一杯扎啤，这是那种德国产的黑啤酒，泡沫很足，口感相当好。他把目光放开去，仔细观察在这里狂欢的各种人，北京的确是一个有包容性的开放城市，因为你在这里可以找到各种各样的人。他忽然看见左侧的沙发座上，坐着一个模样非常清纯的女孩。她一个人坐在那里在喝一杯橙汁，瞪着一双秀丽的大眼睛在看着其他人。这一瞬间他似乎看到了自己多年以前的那个影子，那时候他为一个女孩爽朗的笑声所吸引并尾随而去。这个女孩坐在那里的样子唤起了他久远的感情。他坐在那里想了五分钟，然后握着扎啤杯，向她走了过去。

吴雪雯心乱如麻。就在今天早上，她收到了何维给她寄来的那条内裤。她拆开包裹一看，发现仍是那种手工缝制的蓝布短裤。这使她再一次为久远以前的感情所袭倒，她把这条蓝布短裤挂在如今已空空荡荡的那个大衣柜中，远远地端着装满了葡萄酒的高脚杯凝视着它，心中却涌上了一种十分亲切的感情。她回忆起自己和何维度过的那些如诗一般美妙的日子。在那些个日子中，她觉得自己的每一个毛孔都快活得张开了，每一片叶子都为他们而绿。她在想，也许我真的该选上一个好男人嫁掉。她决定只收藏这一件作为藏品，因为看见它，她的美丽的少女时代的风就会扑面而来。

但是如何选择？怎样选择生活？她感到了为难，让自己产生尊严感和羞耻心并不是一件容易的事情。她走出门，拦住一辆出租汽车，叫他开到了燕莎购物中心。每当她心烦意乱的时候，她就会到燕莎购物中心去，在各种商品的刺激下让心境平和起来。她在那里逛了一个小时，选了一支英国产的玫瑰色口红，就决定去"硬石"酒吧坐一坐。当她坐下来二十分钟的时候，一个三十多岁的稳健的男人朝她走了过来。

"你好，小姐。你是一个人来的？"黄尚有些拘谨地问。他坐在了她对面。

"是的。我没来过这里，感到好奇，就进来了。因为这酒吧的外面屋顶上悬了一辆真正的轿车，真有趣。"

"我也是第一次来。"他说，"你非常漂亮。你很像我妻子年轻的时候。"

她笑了起来。他觉得她的笑声竟然同他妻子九年以前的那种笑声一模一样，笑声单纯、明快，仿佛这个世界真的没有任何哀愁，又仿佛露珠轻轻滚过早晨的植物叶片。一种清新的感觉从他九年前的记忆中迅速复苏了。

"谢谢夸奖。你妻子她现在还漂亮吗？"

"不漂亮了。因为她变成了一把老虎钳子企图钳死我。"他迟疑了一下说。他的脑海中闪过了妻子的腿夹紧了他的情景，脸上痛苦地抽搐了一下。

她觉得他十分老实，几句话就已将实际处境和盘托出。她不由对他有一种同情。被婚姻的陷阱捕获的可怜的壮年男人。

"你不再爱她了？"

"是的。"

"为什么？"

"因为我觉得，"他停顿了一下，"我会被她毁掉的。我连一点生活的勇气都没有了。"

"那咱们去跳舞吧，我教你一种新跳法，你刚才跳得也太笨了。放松点儿，好吗？"她热情地抓住了他的手，一股电流涌过他的全身。

那天晚上他在"硬石"酒吧玩到了很晚，甚至把小杜和"碧姬·芭铎"都扔在了一边。他只是一直和她在跳舞、喝酒，心情快活了很多。这一天晚上，他们都确信他们之间将发生一些什么。吴雪雯在想，也许自己的生活的新起点已经来临了。他目送她上楼之后像个年轻人那样哼起一首十分流行的曲子来。

2

当眉宁打扮停当，从屋子里走出来时，罗东穿着齐整，戴着一副墨镜，正靠着他的汽车在朝她微笑。这情景使眉宁想起了她看过的一部美国电影《漂亮女人》，影片中的那个亿万富翁也是这样等待他的"灰姑娘"的。她微笑了起来。

罗东靠着的这辆车是一辆崭新的尤诺斯500型汽车。这辆紫红色的流线型汽车豪华而又极具现代感。罗东自己有一辆桑塔纳，但他不喜欢那辆车，这辆尤诺斯500是他向一个在外企当"买办"的朋友借的。

"呀，这车真漂亮！"眉宁由衷地赞美道，"你的气色不错，罗东先生。"

"上车吧公主，咱们要去玩儿个痛快。先去世界公园怎么样？"

"好的。我一直想去看看呢。"她上了车，就坐在他的右边，"这车真棒。是你自己的？"

"不，是借一个朋友的。"他沉稳地发动好汽车，将这辆紫红色挂黑牌的家伙开向了大道，"我昨天晚上梦见你了。"他转过脸认真地对她说。

"噢，那可不好。"她说。她担心自己的口红涂得太艳，但他并没有说什么。

"我很少梦见女孩子。"他把目光收回去，凝视着前方。树木、行人在迅速后退，他们的汽车箭一样向前冲去。

"我倒梦见过男士，只是总梦见那一个人。"

"肯定不会是我。"他十分失落地说。

眉宁忽然觉得她身不由己地在做着可能背叛尚西林的事情，但她觉得罗东的邀请简直无可回避与抗拒，如同她无法抗拒他所代表的那种生活，那种和五星级饭店争奇斗艳的灯光一致的生活。但她知道自己不可能走得太远，因为，她和尚西林已经形成了一种秩序，这种秩序一旦不存在她将手足无措。给生活中找到一些插曲，生活也就更丰富。何况尚西林也在独立思索，重新定位自己的一切。

"你为什么不结婚？也许你太优秀了。"她说。

"我爱上的女人却偏偏不愿嫁给我。她们总说我会是个花花公子。可我不是。你看我像吗？"他说。他在给眉宁讲述他的失恋经历时编造了一个美丽的谎言，把自己装扮成个对爱情忠贞不渝却遭到了不信任的形象。

"不像。你像一个白手起家干到一定层次的绅士。你的风度太棒了。真像是在欧洲待过的人。"她由衷地说。

　　这天他们去了世界公园游玩，在由全世界搬来的几十处仿真或微缩景物前流连。罗东不失时机地在上一个台阶时抓住了她的手，眉宁并没有将手抽回去。中午他们在一家朝鲜风味的餐馆吃了饭，下午他们就把车往回开了。

　　罗东把车开到了长城饭店门口，并在那里停了下来。他非常喜欢这一地区，这一地区高级饭店、写字楼和公寓、商场林立，他在这里有一种被提升了的感觉。但在他心中蠕动的仍是一种伤痛，一种压抑不住的强烈的报复欲。只有战胜了一个女人，他才战胜了所有的女人，同时也就战胜了自己。他陪她先去燕莎购物中心逛一逛。在燕莎购物中心的三楼，她又看见了不久以前和尚西林一起在赛特购物中心见到的那种大衣，那件七千零一十八的大衣，在这里标价六千八百八十八元。她试了一下，的确非常合适。这时他要为她买下来，她坚持不受。他拉住她的手用眼睛凝视她："你不要回绝我。"

　　她摇了摇头。她这时朦朦胧胧地觉得自己希望得到一件更大的东西，也许就是从他这里得到的。但她不知道他们之间如何开始，如何讨价还价，可那种愿望却越来越清晰了。她知道，罗东想勾引她。这里面不排除他喜欢她的因素，但她分明从他的目光中读到了另外的一种东西，这是一种企图征服与发泄的复仇愿望。他们走出了燕莎，仍旧到长城饭店，吃了那里刚刚推出的一种德国风味自助餐，但她不喜欢吃那种兴许只有德国人才嚼得动的牛肉。这期间罗东的兴致非常高，他看她的眼神渐渐地温存起来。后来，他终于在餐厅昏暗的灯光中把手放在了她的腿上。

"眉宁，我想跟你说一件事。"

"什么事？你说吧。"她也认真地说。

"我要你陪我一晚上，明天晚上。我知道你还从来没有过这种经历，所以，你开个价吧。"他平静地说。

眉宁终于等到了这一刻。这正是她朦朦胧胧期待的时刻。她死死地盯着罗东，发现他那张脸正热切地盼望着她答应下来。这也许应算作是一次桃色交易。她这一刻头脑有些乱。她把头低下去。"明天上午我给你一个答复，我得想一想，我的心现在很乱，真的很乱。"

这时罗东明白，他已经得到答复了。他挥了一下手说："我送你回家吧。那件大衣我已替你买了下来，在我的车里。我让商场的人员给送出来的。我真的很喜欢你，但是我们都不会永远属于对方，因此来做一次交易。你是一个聪明女孩，真的，我非常喜欢你。"他站起来整理了一下他的黑色蝴蝶结时说。

实际上，眉宁在晚上回家没多久就找到了答案。她需要一套房子。她觉得，如果用贞操来换一套她必须花十年才挣得到的房子是值得的。直到今天，她才明白自己原来是一个现实主义者。更何况，她可以把房子作为礼物给尚西林，他们就可以因为有了这套房子而结婚了。这是她在刚刚从大学毕业之后的秋天里做出的第一个重要抉择。天亮的时候，他们约好了在国际饭店门口见面。当罗东戴着墨镜下了他的尤诺斯500型轿车，以一种典雅的微笑向她走来时，身着那件三百元的米黄色风衣的眉宁也迎了上去。她镇定得像个生意场上的老手那样说：

"我答应你。我要一套房子，一套两室一厅的房子。"

"好的。"罗东爽快地答应了，"你觉得万科城市花园怎么样？"

"我看过他们在《中华工商时报》上刊发的详细广告。我喜欢那个位置。"她说。

"好吧，我们立即就去把你看中的房子买下来。"他笑着说，"现在。"

她觉得自己正在干的这件事像一个童话，但的确发生了，而且接着一种她自己无法解释也无法逃避的逻辑发生了。她一瞬间为自己走到这一步而神思恍惚起来，但她旋即又明白，这是真的。

而当她答应了他时，他立即就释然了。他也马上进入到了惯常就有的，一种生意场上的状态。他觉得这是值得的。他必须通过得到她而战胜懦弱的自己。他斗志昂扬。重新坐进汽车之后，两个人像是心照不宣的同伙那样什么话也没说，他们都在期待着交易的完成，以及那一刻的到来。

他们来到了万科城市花园北京房地产开发总部。他们用了一个上午的时间看房子、办理买房的各种手续。由于罗东的老朋友在那里负责，所以一切超乎寻常地顺利。由眉宁亲自挑选的一套九十余平方米的房子的钥匙交到了她的手上。在此之前，罗东的老朋友在办理手续的过程中还笑着说："是给情人买的吧？狡兔三窟啊。"

"不，"他严肃地说，"我是为了结婚用的。"

他们的汽车驶向丽都假日饭店的时候已经是下午了。一套
房子到手之后的眉宁并不显得轻松，她忽然有些紧张起来。他们
一起在明亮的丽都酒店登记了一套房子，罗东微笑着拉着她的手
走向了游泳池，仿佛是为了比赛前的热身运动一样，他打算游上
一个小时的泳。饭店里的室内小型游泳池碧波荡漾，水呈一种透
明的蓝色。他和她向游泳池走去时她忽然想，尚西林在干什么？
有快两个星期没有见到他了，再次见面，他会离开吗？一旦他知
道了真相会怎么想？我是为我自己还是为他这样做的？我是得到
的东西多还是失去的东西多？我是在游戏还是在做一笔好交易？
我有勇气进行下去吗？但她还是坚定地走向了游泳池。当她穿着
泳衣出现在游泳池边时，早已等在那里的罗东，立即为她青春而
又饱满的身体所惊呆了。她笑着如同一棵结满了桃子的桃树一样
走了过来说："咱们下水吧。"

3

尚西林现在考虑的是自己如何能够像个成功的男人那样拥
有自己的事业。到了社会上才发觉自己一无所有，不仅没有钱，
也没有权力、荣誉感和其他任何让他能感到骄傲的东西。他这时
候突然觉得，自己如果什么都没有，连眉宁也会很快失去。而如
何发展自己，这才是他要认真考虑的。

和他在一个科室的科长是一个三十五岁的女人，叫梁小

初。不知为什么，过去十分温和的她这一段时间变得有些焦躁起来。以往她非常关心他，因为他刚刚来到政府部门工作，什么事都不知道如何下手去干，她就耐心地给他从头教起，而且还仔细地给他讲了一下处理和局里各种的人际关系和历史矛盾纠葛。但现在，她总是坐下几分钟就开始给她的老朋友打电话，说话声音很低，而且有时候说着说着就流下泪来。他估计她遇到了什么事。几天以后，他悄悄把这事儿告诉了平时很喜欢他的刘副处长，刘副处长说："她丈夫要和他离婚，现在都已经分居了。可她不同意离婚。这事儿我们已经知道了。"

他听了挺意外，因为梁科长给他的感觉是内外都是一把手，无论工作还是持家都很在行。那她的丈夫怎么还要与她离婚？难道婚姻真的是一座围城，进去的人想出去，出去的人想进来？他不禁想起了眉宁。已经有三个星期没有见到她了，现在他越来越想她，但他想自己一定要坚持到一个月时再见她。因为他已经决定一生向仕途发展了。

有一天中午吃完饭，梁小初坐在他对面忽然发起呆来。这一段时间她明显地老了一些，眼睛下面呈现出一些黑影。她其实是一个很有风韵的女人，腰身浑圆、皮肤也很白，为什么她的丈夫会不喜欢她？他忽然有些同情起梁科长来。他说："梁大姐，这一段时间你看上去好像不大舒服。应该到医院看看去，不能迁就自己了。"

他关切的话让她愣了一下。"谢谢，小尚。我最近家里有点儿事。孩子的事儿。"她掩饰道，"孩子病了。我怕是肝炎。

有了孩子以后，孩子就成了生活的一切内容了。"

"哦。看来成个家也挺烦心的。"

"还没有对象吧？"梁小初忽然十分感兴趣地说，"对了，我给你介绍一个女朋友吧。说实话，你要真想在机关干，有一条捷径是可以走的，那就是，找个有背景的人家的女儿。我可以给你介绍一个，这个女孩她爸是咱们市的一位副市长，而且她父亲才四十多岁。她妈妈和我关系不错，我们住一幢楼里。怎么样，有兴趣吗？我给你约个时间见见面。"

"好，太好了。那您就约好时间让我们见个面，我很感兴趣。"尚西林显得兴趣很大地说。

梁小初果真迅速地给他们约定了时间和地点。这是三天之后的下午四时，在东单公园门口。尚西林三点半就来到了公园门口，神色十分慌张。他还从来没有见过副省、部级干部的女儿会是个什么样子，这让他有一丝兴奋，又有一丝畏惧。梁科长说的是对的，找个有背景的有利于在北京的发展，尤其是在仕途上发展。而和眉宁在一起，两个人除了互相依靠，别无他助，一切只能靠自己白手起家来干。那样太苦太累。他正在那里胡思乱想，忽然看见从东单方向走来一个高个子女孩，戴着一顶花边帽子，穿一条麻质长裙没至脚面。他断定那个女孩就是她。他走上前去。"你是王梅吗？"他急促地问。他看见她长着一双很冷的眼睛，而且她小巧的嘴巴嘴角向下，看上去有些乖戾。

"我是。你叫尚西林？"

"对。咱们……去公园走走吧。"他紧张地说。她盯着他看："你好像挺紧张。别这样哥们儿，这可太没劲了。我其实不愿意来，可我妈非让我来不可。咱们认识了就会成朋友了，我朋友很多。我妈没叫人告诉你我已经二十四岁了？"她撇了撇嘴角问他。他们已经走进了公园。

"没有，是我们单位梁大姐——她是我的顶头上司，介绍我来的。你好像挺开朗。"他觉得自己的心情平静下来了。

"当然。喂你知道东单公园是个什么地方吗？这里是同性恋聚首的地方。我妈给我说了这个约会地点时我就直想乐，我疑心你也许是个同性恋。哈，对不起，我是说着玩儿的。"

"我听梁大姐说你在医院工作？"他问道。他们找了个椅子坐了下来。空气中渐渐浮起来一些灰尘。

"对，我在同仁医院心脏监护科。每天都要在我的眼皮底下死一个。天哪怎么有那么多死人？我已见了七百多个了。我对死都麻木了。我对同性恋倒是十分好奇。我看过同性恋的录像带——那种毛片。你看过吗？"

"没有。"他老实地承认。

"真傻。对了，昨天晚上我和几个朋友一起去昆仑饭店的迪斯科舞厅跳舞来着，我带的一个漂亮男孩发现有个男的直冲他抛媚眼。他告诉我那是一个'鸭'，可我又跑过去看了一眼那家伙发现他一点儿也不漂亮。要是漂亮的话那倒可以交个朋友。你说他长了一脸雀斑还在那里瞎抛什么媚眼？简直是神经病。喂你对同性恋什么看法？"她十分有兴趣地看着他。这时他觉得屁股底下有针在扎他一样难受。

"没看法。"他说。

"而且我还见过露阴癖的男人。有一天我走在一个胡同里，忽然有个男人迎面走了过来，露出了他的下身那玩意儿，我倒吓了一跳，然后我跑开了。你说这年头怎么男人个个都有病似的？"

他再也忍不住了，霍地站起来就向外跑去。他一下子被吓住了，他疯狂地向大门口跑去听见王梅在他背后喊："你这人真没劲！开个玩笑就吓成这样，你还是男人吗？"他不敢回头，撒开腿跑了起来。这一刻他非常想见到眉宁。他觉得他现在、将来，以至到永远都是爱着她的。眉宁眉宁，我想见你你在哪里？他坐出租车赶到了眉宁的宿舍，门上了锁，她会去哪里了呢？我会失去她吗？他害怕得像一只兔子一样在路上狂奔起来。

四

1

那一刻随着夜晚的加深终于来临了。他们一起游了泳，又去打了一局保龄球，在意大利餐厅吃了细面条，一起回到八层他订的房间里时，她发现夜已经完全笼罩了外面的一切。她又到浴室里冲了个澡，这一刻她觉得有些忧伤。她爱惜地抚摸着自己身体的每一个部位，细心地抹去身体上凝聚的那一颗颗水珠。她纳闷罗东的精力为什么那么好，游了一个小时的泳了却仍能再打一局保龄球，而且用的是十五磅的球。罗东轻轻地哼着歌，躺在床上翻开一本画报。她披着浴巾走出来时，首先发觉那张双人床非常宽，可以并排至少睡六个人。罗东这时已经换上了睡衣，见她出来，就坐了起来。他在她的嘴唇上亲了一下，柔情似水地说："我还得再冲一个澡，等我一小会儿。"然后他就走进了浴室。

眉宁让自己的身体缓缓张开着躺在了那张床上。那一刻就要到来了，她觉得自己有些紧张。她能听见浴室里罗东在吹口哨，似乎很轻松。我已经躺上了祭坛，我要平静一些，她对自己说，这不过是一场交易，我一生中要做的唯一一次交易罢了。她摸了摸在枕边坤包里的房间钥匙，内心之中的感情十分复杂。这个时候罗东出来了。他披着一个大浴巾，头发也已烘干。他向她走了过来。她盖着浴巾躺在那里安静得像是一枚蝴蝶。他试图从她看他的那一双黑亮的眼睛中读到什么东西，但他发现那里只有一种十分空洞的光芒。

他笑了笑，坐在了床边看着她。停了一会儿，他从一个地方取出来一块白布，铺在了她身体下面。有一刻他的手触到了她的身体，她像触电一样震颤了一下。然后，他抖落了自己的浴巾，像个影子那样向她俯身而来。

她闭上了眼睛。她感到他轻轻掀开了盖在她身上的浴巾，她觉得自己这一刻像一枚死蝴蝶一样被钉在了标本木板上。她有些怕，这是一种真正的恐惧，这种恐惧促使她要哭出声来。但是不，她感到了他潮湿而又温热的嘴唇从她的额头开始，一点一点地向下梳理而去。她闭紧了眼睛。床头灯温和的灯光使她觉得沐浴在黄昏奇丽的光芒之中，而她仿佛正躺在一片草原之上。他的嘴唇在她的乳房处停留了许久，他温柔而又渐渐带着激情地吻着她的胸部，她听到了自己体内海浪的声音。那是一种真正的海浪，由远及近，滚滚而来。她感到自己的呼吸急促了起来。然后她感到他在向下细细梳理而去。当他到达目的地时，她的身体猛地震了一下，身体像弓一样绷了起来，她微睁开眼说："不……不不……"但他已经强硬地分开了她的双腿，仿佛发现了她身体上真正的宝藏那样在那里热切地流连。她在头晕目眩中关掉了床头的灯，让自己漂浮在一种真正的黑暗中。这时候她的意识之中出现了洪水决堤的情景，洪水汹涌，以一股不可阻挡的气势冲垮着大堤，冲垮着她身体里的所有障碍。她禁不住发出了强烈的，以哀告、痛楚、激动和眩晕交相混杂的呻吟，正是在这种夹杂着哭声的呻吟声里，他生命的树干进入了她的身体里。他感到她浑身在轻轻颤动，肌肉很紧，他停止了前进，只是用手轻轻地抚摸，他感到她一点点地放松了，仿佛一团棉花一样绵软，无穷无尽地在他的身体下面铺开，如同大地一样广阔而又温暖。

他在迷乱中对自己说：好！他终于开始向自己宣战了。他伏在大地之上许久都没有动，他可以听见自己体内和她体内岩浆交相融汇的声响。她的喉咙里那种嘶哑的呻吟微弱了。然后，他开始前进了。

他像钟摆一样摆动在黑暗之中，像个农夫那样挖掘着大地，挖掘着她。他在脑海中再一次映现出和吴雪雯在一起做爱的情景：她紧紧地板住他的后部向自己猛烈撞击，仿佛她像深渊一样深不可测。而这时的眉宁却像已经溶化了一样，浑身向上翻腾着火焰。她的头随着他的动作一左一右地摆动，他看不清她的脸，只听见她的呻吟与压抑住了的嘶叫。这是一场真正的厮杀，一瞬间罗东感到自己是在和吴雪雯做爱，他像个巨大的铁锤一样一下又一下地撞击着她，让她从生命的底部战栗，向他投降。

他不停地向着顶峰攀缘而动，他的内心充满了一种狂喜，这是即将战胜自己、彻底地逾越一个障碍的时刻，这是他作为男人真正体验到男人的锋芒的时刻。以前他从来没有在女人面前有过这种体会，但现在他有了，他就由此可以战胜女人带给他的自卑、懦弱和胆怯了。他像个稳重的农夫那样一下又一下地锄着大地，而大地在他身下颤抖。那火山喷发的一刻也将来临。

而实际上，眉宁这个时候忽然恨起尚西林来。她觉得他是那么懦弱，从来没有强行要求她这样做过，可其实她内心之中一直有一种渴望被他强暴的隐秘愿望。但尚西林一直没有那么干。现在她把在她身体上面蠕动的这个男人想象成了尚西林，可她微微睁开了眼睛发现那个人不是，是一个叫罗东的有钱人，一个以一夜的代价与她签了契约的人。

在黑暗中她看见了罗东的脸。这张在白天是那么儒雅的脸如今已经变了形，他仿佛在进行一场真正的战斗，而她的身体就是他的敌人。她这时忽然用手抓住了枕头，她死死地抵抗着体内那最后一次洪峰的来临，她觉得这一刻罗东和她是真正的仇人，彼此代表了男人和女人这人类有史以来就有的性别在厮杀。从这种意义上来讲，她就对自己的选择充满了肯定，因为千百年来女人都是以身体为代价和武器来和男人们战斗的。这个世界是一个男人的世界，女人除了自己之外别的什么也没有。

罗东的动作激烈了起来，他的脑海里响起了巨钟冲撞的声响，他的喉咙里流动着一种低沉的咆哮，他让自己深深地进入她，直到她体内的最深处，那里仿佛所有的花朵都在一阵颤抖中抖落了花瓣上的水珠。她的身体迎合着他，像波浪一样一层层冲荡着他。他从她的肋下伸出手来，和她贴紧，向一边一起滚动起来。

而她仍死死地控制着那巨大洪峰的到来。他们像圆木一样互相缠绕着滚向远处，潮湿的热气在他们身上腾起。然后，他再一次压住了她，身体里在一阵震颤中那岩浆喷薄而出。与此同时，她体内的洪峰来临了。大堤不存在了。所有的欢乐和痛楚、紧张和松弛、岩石与波浪都一起消失，她的脖颈向后一挺，像乞求者那样向黑暗发出了沉闷而又尖厉的嘶叫，仿佛发出了女人内心全部的恐惧、愤恨与欢乐，然后，他和她都昏睡了过去。战斗结束了，他们谁都没有输，或者谁都没有赢，仍像树木一样纠缠在一起，如同人类历史上有男人和女人起那样，紧紧地纠缠在一起，并沉入了睡眠和黑暗。

2

自从吴雪雯和黄尚在"硬石"酒吧见过一面之后，他们的生活都发生了迅速的变化。对于吴雪雯来说，由于和何维见了一面，那一面促使她打算重新选择自己的生活，她再也不想像一朵云那样老是飘在半空了。她在心底之中有一种想当个世俗意义上的"好女人"的愿望。当她看见黄尚握着他的啤酒杯向她走来时，她已经预感到他们之间即将发生的一切。她并不讨厌他，而且一开始就对他非常有好感。他那张白净光滑的脸让她想起某个台湾演员，只是他的脸上有一种强烈的厌倦婚姻的气息，她想，做一个世俗的女人的首要的事情可以是帮助一个男人把他从婚姻陷阱中解救出来。这一刻她的想法是极其真诚的，当她明白了他的处境之后。

而对于他来讲，见到吴雪雯之后他的心里就被一种莫名其妙的快乐给充满了。那是一种从肉体到精神的整体愉悦。这种愉悦只有曾经在他初恋时发生过。他确信爱情已经来临，他确信他仍旧能够像个年轻人那样去恋爱，去激动和浪漫。新的生活将重新开始。而吴雪雯带给他的感受，竟然与九年前梁小初带给他的感受是那么相似甚至是雷同。同样是单纯明亮至极的笑声，同样是那种少女才有的娇羞、顽皮和梦幻气质，以及很多稚气但不失情趣的话语。他并不知道，吴雪雯一直靠这一套把自己打扮成纯情小姑娘的招数来诱惑住一个又一个男人的。

由于得到了她的电话号码，他便在那天见面之后又约她出来喝过一次咖啡。在喝过咖啡之后，他便急不可待地吻了她。两个人都有一种相见恨晚的感觉。吴雪雯把他当作自己生活的新的起点，而他也把她当作生活中一个重要路标了。一个星期以后，他们两个人都从北京消失了。

他们去了三峡。据说由于三峡工程的上马，他们没有更多的机会饱览三峡风光了。对于这次去三峡，他做了十分激烈的思想斗争。他明白自己这一去一回，回来以后就会有另一个格局形成了。也许他就会由此而离婚，但这不正是他盼望的结果吗？在游览三峡的八天时间当中，他们如胶似漆，双宿双飞。而对于她不是处女他也并不感到特别在意，毕竟在这个开放的时代里已使二十多岁的处女成了大都市中罕见的物种，而且她还编了一个浪漫、纯情而又伤心的大学恋爱故事，在这个故事中她"失身"了，她也永远地诅咒并仇恨那个人。

"你用不着这样。一切都是过程，已经过去的就不要再去追究，关键在于如何把握我们的未来。你愿意嫁给我吗？"他激动地说。

她深深地凝视着他，这个三十六岁为生活所追赶与逼迫的男人。她亲眼看见他如何在她年轻的生命滋润下变得活力非凡，连皮肤都光滑起来。她甚至也发觉，自己竟然也被他拉出了麻木的生活，并且获得了一种不大不小的幸福与激动。她以前一直怀疑自己再也没有这份感情了。这是在宜昌的一家宾馆，他和她像两条月光下发蓝的鱼一样躺在一起，身上凝满了做爱之后沁出的汗珠。

"我愿意。我愿意嫁给你。"她说。她说这一句话的一刹那的确是这样想的。嫁给一个完全可以负担起生活与婚姻的全部责任的已婚男人正合她的心意，她甚至憧憬起来，她觉得自己完全可以成为一个贤妻良母——这是多少中国女人的理想与现实处境啊！他为得到了她的答复而欣悦。他在黑暗之中揽过她来，在她的肉体上烙下自己的唇印与抚摸的激情。其实她已暗中将他与和她做过爱的其他很多男人进行了比较，在这方面他属于中上水平。而由于和妻子两个月没有性生活，他和她在一起激情倍增，花样翻新。她则装出一副被动的样子，还发出经过技术处理了的娇羞的呻吟。

他们从三峡一回到北京，黄尚就正式提出了离婚申请。出乎他的意料，他妻子梁小初在听他壮着胆子说出了离婚的想法时并不吃惊，也没有像他多次想象的那样大吵大闹。"当你不告而别消失了几天之后，我就知道这是唯一的结局了。没什么，我可以和你离婚。而且，我还可以把琳琳给你。她和你过更好一些，毕竟你是父亲。我保留去看我女儿的权利就行了。"

他有些吃惊地看着她。他并不知道妻子已经为此煎熬了整整八天，才做出了这一放弃一切的决定。梁小初打算彻底撤退，退得远远的，把能留给他的全留下，然后再开始新的生活。并不是只有你一个人想开始新的生活，做出了决定之后她十分冷静地想。

"你是说，你是说连琳琳也给我吗？"他又一次问道。他不相信老婆会连女儿都放弃。他非常喜爱自己六岁的女儿，她那么聪慧、漂亮，几乎是他生活中最重要的。

"是的，也给你。你还要什么？我都放弃。"她平静地说。直到这时，黄尚才发觉，认识一个人是多么不易，只有到了面临巨大变故的时候，一个人各个方面的个性、特点与复杂性才会显现。他这时忽然发觉自己也许并不了解自己的妻子。

"只是，说实话黄尚，一日夫妻百日恩，我有一种直感，你和那个姑娘没有什么好结果。不出三个月，你就知道了。"梁小初叹了口气，"可我已管不了那么多了。我也不想见你了，你就好自为之吧。"她转身要走。她的这一句话仍旧震动了他，毕竟，他们在一起朝暮相处九年之久，说散伙就如此散伙了吗？他觉得鼻子酸了一下。而且，他发现，妻子身上那种母鸡才有的味道突然消失了，也许这种气味真的从来没有出现过，这不过是他的一个幻觉。

　　这时他还发现，他的身体发生了变化，他居然勃起了，他对妻子有了性欲。他一把抱住想走开的妻子，他把她的手拉向自己的下腹："你……别走，别走……"他一把把她抱起来就向卧室走去，他把她扔在了床上。过去他从来没有这么大的激情。但这时梁小初非常镇定，她像面对一个强奸犯那样与他搏斗了起来，并在奋力脱身之际狠狠地给了他一记耳光。"无耻！你真是一个流氓！我看不起你！"说完她风一样闯了出去。

　　他被这一巴掌打得耳鸣眼花，他呆坐在那里半天，忽然不明白自己为何到了这种境地。这一切又是如何发生的？他像患了遗忘症的人那样悲伤地想。

　　半个月后，离了婚的他和吴雪雯举行了婚礼。参加他们婚礼的只是少数几个被邀的朋友。吴雪雯本来想请二十几个过去的男朋友来参加婚礼，但她怕吓着了黄尚。她的内心充满激情，因为，她现在热切盼望的生活就要展开了。这时黄尚内心隐隐有一种不安和恐惧。随着摄影师的灯光闪光，披在婚纱下面的又一次婚姻开始了，而这一次婚姻却因虚假和仓促而茂盛地向着结局推进。

五

1

黎明的时候眉宁像个溺水者那样从梦中醒来。她从床上坐起来感到浑身酸疼，她的胸部、身体上，到处都是罗东留给她的痕迹。罗东还留给了她一个字条：

眉宁：

　　我们这一场交易到今天凌晨算是做完了。我们都取得了对方想要的东西。我不想再打扰你，就先走了。而且我们肯定永远也不会再在对方的生活中出现，让我祝福你吧！

罗

即日凌晨

她抓着那个字条，感到浑身酸疼。她感到嗓子冒火，先喝了一杯柠檬汁，这才感觉好一点。她确信房间钥匙还在，这是她以青春的结束为代价换取的，她要好好珍存这一份获得。她的内心之中突然涌上来一种仇恨的情绪，这种仇恨情绪是那样强烈，以至于她觉得这个早晨都是那么邪恶。她把那枚钥匙紧紧地攥在了手心里，像个真正的宝贝那样。她一边开始穿衣服，一边开始哭。她在流泪。她一件件地穿，正如昨天晚上她一件一件地脱过它们。她明白自己从今天起越过了一个台阶，她可以以一种新的态度来对待生活了。但浑身仍然感到酸疼，甚至在半夜，一次次亢奋起来的罗东都要在梦中把她弄醒，并再一次压住她。她像个从战场上下来的女兵那样走出了房间。她乘坐电梯下楼，这一刻她对充斥在饭店里华丽的光线、摆设和气氛充满了厌倦。她恨这一切，她觉得两腿之间好疼。她一边朝丽都假日饭店外面走，一边夹着腿慢慢挪动。走出饭店大门，白花花的早晨的阳光叫她一阵晕眩，她想，她再也不会来这个地方了。

罗东开着他的尤诺斯500型轿车飞驰在由三环向二环的高速公路上。他吹着口哨，内心之中充溢着快乐。他从旁边的座位上抓起一块白布眯起眼睛欣赏它。在那上面，有一小摊处女之血醒目异常，他笑了。他觉得这个早晨是那么清新明媚，连风都比所有的空气新鲜。在昨天晚上，他彻底地战胜了自己内心之中另一个虚弱的自我，这个人一旦面临女人就畏缩不前。但直到昨天晚上，他用自己的肉体和自己得来的物质彻底战胜并蔑视了女人。在他的身下，吴雪雯和眉宁，甚至和从今以后的其他女人一样都是重叠的，并且已被他击败。他明白自己的生活有了一个十分新鲜的开始，这一切，仅仅是他用一套万科城市花园的房子就换来了。这笔生意做得真值，他想。他的车开得并不快，直到今天，他才真正有心情去好好欣赏这座城市的风景。这的确是一座伟大的城市，他看着阳光普照下新鲜的城市。停了一会儿，车载电话响了，他拿起了电话：

"喂，是我。"

"我是刘坚，罗总。上周农产品期货市场除了绿豆、大豆两大品种依然火爆外，海南中商期货交易所的棕榈油期货也已悄然崛起，上周五成交达十七万手，创出天量。此后价格一路攀升，平均涨幅达二百元以上。简直棒极了。我们也干得很漂亮。"

"好极了，"他说，"上周北交所绿豆期货价位情况如何？"

"上周价位波动较大，持仓情况也有变化。你在哪里？"

"我在去公司的路上，我马上就到。"

"OK，见面再仔细策划吧。"

他挂断电话。仅仅在三天以前，他竟然为爱情所击倒，但现在他已经忘记了那些女人的面孔。这是星期一的早晨，一切都那么生机勃勃，他那罗马斗士一般的脸上呈现了一种真正的坚毅。他的车在早晨的车流中飞速向前，向前。

2

尚西林连续三天来找眉宁都发现她不在宿舍。他担心出了什么事，他隐约觉得可能发生了什么。他心急火燎地在周一下班之后赶到了眉宁住所，推开了门，她正坐在床上发呆。在此之前，他对她在内心之中有一种隐隐的愧疚，因为他一度动摇过，并且还赴了一次约会。他见她第一面的想法是想立即向她道歉。

但他发现她的眼睛亮了一下，旋即又灭了。"你不说一个月不见我吗？还差两天呢。"

"可我真的受不了，我真的受不了，因为我太想你，我不知道你是否出了什么事。怎么三天我来找你都不见你的人？"他走上来，温柔地拉住了她的手。

她打了个哈欠。"我借了一套房子，我向一个好同事借的。万科城市花园的房子。我们有了房子就可以结婚了。我们不是只要有房子就可以结婚了吗？我就一直在收拾房子，等你来。"她慵懒地打了个哈欠。

"太棒了，咱们现在就去看看房子吧。"他兴奋地抱起她来，吻她的嘴唇，但她推开了他。"别这样。过两天去看好吧？"

"不，现在就去。现在。"他固执地说。

"好吧。"她终于答应了。

他们打的来到了万科城市花园时夜幕已经降临，但弥漫在眉宁心头的却是一种灰暗的感觉。她一直觉得这一切不过是一个梦，但好像一切又真的那样发生了。她打开了那套房子，一进门就感到眩晕。可尚西林却非常兴奋。他这时真想对眉宁喊上三百遍"我爱你"。他欣喜地在这套九十多平方米的房子里走动，大声地评论着。房子已经装修好了，而且还有一张巨大的新双人床，这一切都使尚西林欣喜万分。他许久期待的生活就这样突然而至了，这简直叫他不知所措。他又是跳又是叫，兴奋得像个孩子一样。过了一会儿，他发现眉宁靠着门在呆呆地望着他。

他走了过去："这房子真好。我们能借多久？"

她淡然地说："多久都行。"

他深情地注视着她，感到她有些忧郁。这时，一种冲动袭来，这种冲动的力量是那么巨大，以至于他立即想完成多年以来的愿望。他的眼睛里渐渐现出了火焰的形状，他一把抱住了她。他把她背了起来就向卧室那张大床走去。

这时她明白要发生什么了。她又吼又叫，对他拳打脚踢。但这一切根本无济于事，他顽强地扛着她走向了那张崭新的大床，一种巨大的力量促使他义无反顾地完成这一心愿了。他把她放下来就压住了她。他任凭她用牙齿咬住他的肩膀也不松手。他动作麻利而又强烈地剥着她的衣服，他不顾她已开始哭泣，他甚至听不出来这哭声中有一种绝望的含义。他像个疯子一样死死抵住了她，然后，他得手了。他觉得她的身体硬得像一块岩石，然后忽然软了。

……

他坐起来，他浑身出了一层汗。他从那种疯狂中回醒过来，发现她像一枚破碎的蝴蝶一样摊开在那张巨床上。那本来应该是他们的婚床的。但他好像发现了什么问题。他检查了一下自己和她身下，都没有发现他渴望见到的处女之血。他在惊愕中注视着她，他发现了她身上的那一片片青痕与抓痕。那不是他的，他知道。他似乎明白什么了。他这会儿差一点疯了。他嘴唇惨白，他说："请你……请你告诉我真相。"

"我和一个富人用一夜的代价换了这套房子。"她坐起来泪眼蒙眬，"我错了吗？我错了吗？"

他扇了她一个耳光。他像个狮子一样去打她，但她从一边掏出一把菜刀："滚开！你没有权利这样对待我！滚开！"他被吓住了。他简直都晕了头了。他逃了出去。然后眉宁扔下了手中的刀，坐在床上抽泣起来。她现在更加确信她做这一切只是因为太爱尚西林，他想要一套房子和她结婚。但她知道，因为她付出了代价叫他难以接受，他们之间已经完结了，彻底完了。就在尚西林把她背起来向那张大床走去时她就知道一切已经完了。她哭了一会儿，又笑了起来。这种没有内容的笑使得这个夜晚如此凄凉，如此恐怖。

尚西林像个被追赶的人一样逃下了楼。他大口地喘气，他向公路边走去，惊魂未定地拉住了一辆出租车。汽车向市区飞速而去。汽车到了东直门，他走下来才觉得心情平静了许多。他向公用电话大步走去。"喂，梁科长，我是尚西林。我同意和王梅确定关系。请你转告她母亲。"他挂断了电话，他脸色依旧十分苍白。他想起了那个副市长的女儿王梅的脸。我要走我自己的路，他坚定地说，我要走我自己的路，我原本就要走仕途的。他拖着沉重的步子向地铁站走去。

3

当吴雪雯投入已婚男人黄尚的怀抱之后，邪恶的果子就开始成长了。

她原先的确是对婚姻生活充满了强烈的向往的，但结婚才一个月，她就为婚姻的那种庸常琐碎的感觉所压倒。而且，她发现，她像讨厌以往和她有过很多交往的男人一样，她又开始了讨厌黄尚。她总觉得黄尚身上有一种鸡屎味儿，浑身到处都是。当她有一天从一本杂志中读到，成名青年作家与一个著名影星的恋爱丑闻之后，倒吸了一口冷气。这时她觉得，真正虚伪的人正是何维。从多年以前他就扮演一个道貌岸然的伪君子，靠文学来捞取名声与地位，进而获得金钱与女人。在几个月前的一次说教中，她居然受到了感动而中止了自己自由的生活，投入到了婚姻的陷阱之中。这时她才觉得，伪君子何维真是玩弄生活的高手，而且他总是站在更高的地方看着她。她觉到了不寒而栗。她愤怒地用剪刀剪掉了她以为是收藏佳品的何维那条蓝布大短裤，把它扔出了阳台。但这时，她甚至怀疑自己是否有能力摆脱这次唯一的婚姻了，因为，她已经陷得太深了。

而对于黄尚来讲，婚姻的曙光只是短暂地出现了那么一小会儿旋即消失了。他发现吴雪雯跟梁小初，甚至跟所有的女人一样，都在经历一个由青春到庸常的过程。一想到即将迎来的失望他就心惊肉跳，他已经品尝过一次了。他还应该再品尝一次吗？作为被生活追赶的人，他现在真的有一种无助的感觉，他甚至想再和梁小初修好，但她连他的电话都不接。所以，他把全部的爱都倾注到了女儿琳琳身上。

吴雪雯越来越讨厌那个漂亮的小姑娘琳琳。一开始她还能伪善地装出关爱来对待她，但后来，她连装假都再没有心思了。只要黄尚不在边上，她就出于女人一种深刻的仇恨来辱骂这个非她所生的女孩。漂亮的琳琳非常单纯，她不敢把吴雪雯对她的恶行告诉黄尚，甚至连哭都不敢哭。

时间向前游动，吴雪雯从内心深处涌出来一种十分深刻的仇恨，她好像把自己所有的不满与失落都发泄在了琳琳身上。这是冬天里的一天，元旦将至，大雪已经下了好几场，北京被白雪覆盖了。吴雪雯为自己烦乱的心情所困扰。那天黄尚离开北京去天津办事，吴雪雯坐在屋子里看电视。停了一会儿，她叫道：

"琳琳，你过来，过来。"

琳琳怯生生走了过来。

"快叫妈。"她说。

"妈。"琳琳的声音很弱。

"大声点儿！"吴雪雯叫了起来。

"……妈。"

吴雪雯像个母豹一样把她打倒，并顺手取过了长筒袜，勒住了琳琳的脖子。她用力勒着，直到勒死了琳琳，然后她把她放在床上用被子盖好，收拾好自己的所有的东西，离开了那里。

这是皇冠假日饭店的国际艺苑沙龙，这里正举行一个艺术沙龙。在这里聚着的全是北京一流的中青年文艺界大腕。他们中间有第六代导演、画家、名震中国的肥皂剧作家、影视歌星、小说家和名记者、名评论家。有一个身穿意大利皮衣的女孩站了起来，她向外间走去。她来到磁卡电话旁，拨通了电话。"我是眉宁，嗨宝贝儿，我正忙着呢，今晚上另有约会，我就不去你那里了。"她挂断电话，等待磁卡退出来。一只手揽住了她的腰。

"眉宁，那个刚刚在美国走红的观念艺术家叫我把你发给他，你说我发不发？"

她看着他："何维，这完全可以。只要叫我玩玩他的红色雪佛兰跑车就行。你还想把我发给谁？你这个坏蛋，真正的流氓。"

何维笑了笑。他穿着一套价值八千余元的"万宝路"系列套装，显得非常粗豪、英俊。他有三部电影正在投拍中，他正在走红。"我谁都想发，因为谁都想要你。"他揽住她柔软的小腰肢向前走去，嘴里叼着一根大雪茄。这时他们都看见了前面电视上的《北京新闻》报道的几个镜头。那是临上刑场前的几个犯人的镜头。其中有一个女人非常漂亮，但两眼有一种冷漠的光。他揽住她的腰在金碧辉煌的走道中向前走时，看到那个镜头时愣住了。

"哦，那是一个杀人犯。她勒死了她丈夫的女儿——不是她生的。晚报早报道了。怎么，你认识她？"她看着他的脸说，"她已经在今天上午被枪毙了。"

他怔了一下，把目光从电视屏幕上挪开："不，我从来没听说过她。"他在她微翘的屁股上拍了一下，就又向前走去。在前面，正有一个酒会等着他们，那是一场欢宴，一场热闹的宴会，纵然一切都将被遗忘，但欢乐仍是人们追寻的。何维想，他以最快的速度忘掉了已经不存于这个世界上的那张女人的脸，这张脸他甚至还爱过，吻过，牢记过。但她已经消失了，他不希望生活中有一点儿阴影。他还打算把眉宁真的发给另一个男人，因为她太想知道他的一切生活了。在饭店外面，春的气息已经逼近，但天气依然十分寒冷。何维和眉宁迈着轻快的步子，向着那场欢宴走去。那种欲望和节奏都是义无反顾的。

空心人舞蹈

一

1

最初关于青春和成长的印象已被记忆之外的闪电斩断，并悬于幽暗的时间的屏风上被蛛网所尘封。现在，梁洪波从镜子里的河流中探出身子，然后她缓慢地向我们走来。

她发现大学时代已经毫不容情地改变了她许多东西。也许她已变得面目全非了。本科毕业时她又选择了报考研究生，她考上了，又可以在梦的冰面上自由地滑来滑去了。这使她很兴奋，她把这个消息告诉了她的男友、物理系研究电磁波的博士生胡克。

胡克表示了祝贺，并用他那刮净了的下巴亲昵地蹭了蹭她的脸。他们的相识要追溯到一年以前。那是一个刮风的日子。她躲在学校的一片小树林里看一封家信，当时她还在读三年级。毕业分配的乌云开始在她头顶凝聚，但母亲的意见是要她回家乡，也许可以当个私塾老师什么的。她想起了南方那个群山环抱的山村中，阁楼里劈着青竹的头发半白的母亲。当个私塾教师？她觉得好笑，于是笑了起来。

她把信重新装进了信封，这时一阵大风吹来，将她手中的信吹跑了。后来她追出了树林，看见一个身穿灰色风衣的男孩子正表情茫然地环顾四周，手中拿着风传递到他手中的那封信。

"那是我的，你还给我吧。谢谢你。"她接过了信，对他笑了笑。这一刹那的对视中，她觉得他有些特别，因为他的脸苍白得像一张纸。他的神情在那个大风之日显得非常沮丧和游移，失血的嘴唇在风中抖动。"我看见一只血红的飞鸟，从这信封里飞走了。"他说。

三天后，他摸着记忆中那封信上的住址，在宿舍中找到了她。他直截了当地向她表示了爱慕，她接受了下来。

2

半年之后，他们第一次睡在一起。这是博士生胡克向一个朋友借的房子，房间里充满了油画颜料的气味，这使得心情紧张的梁洪波感到很不自在。

"我……在这方面一直有障碍，"梁洪波咬着嘴唇说，"我大学时代整个是郁闷的。"

然而胡克已像托起一叶纸片一样地抱起了她，把她放在了床上。梁洪波抬头看见墙壁挂着埃舍尔的《蜥蜴》和《魔镜》两幅复制品，一排排蜥蜴奇异地在画面上突破了三维空间。胡克节奏缓慢地，犹如在演奏叙事曲一样地亲吻着她的嘴唇和耳侧脖颈，然后他一件件地解开了她的衣服……

她感到了微微的震颤与快意，她微微地睁开眼睛，忽然发现在她胸前蠕动的胡克变成了一个孩子，一时间她分不清楚这是否是她的幻觉，但她感到身体两侧浮起了那股强烈的颜料气息，她立即厌恶起这间房子来。"不不，我要坐起来。"她用力地推开了胡克，"我讨厌这张床，和这间屋子。""那我们怎么……"胡克有些着急，犹如渐进的叙事曲突然被人无礼打断。"我……要坐到那张椅子上去。"胡克听见她这么说，忽然为某种想象力所催动，他立即又抱起了她，他看见阳光穿透窗玻璃投射在她的乳房上留下的一块半圆的阴影。

后来他就坐在了椅子上，用手环住了她的腰，他紧贴了上去，感到自己进到了一片温柔的水草中。他开始耸动的同时，听见了她疼痛的呻吟，环抱在他肩部和背部的手把他抓得像烙铁烙过一般。然而他像一个坚定的农夫一样挖掘着她，同时他感到了火车在行进的力量。火车冒着白烟，在疾风中疾驰。他渐渐感到她的身体由僵硬变得柔软起来。

空心人就是在这个时候突然出现在她的脑海中的。他们一共有十二人，都穿着黑色的晚礼服，但他们的脸色苍白，毫无表情。他们似乎都没有心，没有心脏在搏动。他们神情冷漠，目光空洞而哀伤。他们十二个人手拉着手，在十分空旷的以天鹅绒幕布为背景的舞台上跳着舞。波尔卡？玛祖卡？空心人跳得十分有韵律，十二个人不停地变换着队列与节拍，他们遥远而空洞地注视着她。这时她真正地感到了恐惧，她啊地大叫了起来。

与此同时，胡克已不可挽回地进入了叙事曲的结尾部分，他感到自己像一架落地的飞机，带着巨大的轰鸣声，机翼在长久地震颤着。

"我们终于跨过一道门槛了，我想，我是爱你的。"胡克满意地躺在那张床上说，他浑身的汗珠闪闪发亮，犹如一条刚刚跃上沙滩的鱼一样在喘息。梁洪波用毛巾被盖住身体，她感到小腹非常不适。她发现自己流血了。

"空心人。我看见有许多空心人。"梁洪波凝望着射进屋子的光圈儿，痴呆呆地说。

"你在说什么？莫非你有了幻觉？这屋子就只我们两个人，什么空心人？真是可笑。"

3

其实她觉得真正可笑的应该是他，是胡克。那天她十分悲戚地写了一张字条："从今天起，我不再是少女了，我多么感伤！"她像是一个小资产阶级那样把这张字条装进了一只褐色的玻璃瓶，并把它埋在了校园湖边小山上的一棵巨树下。

在以后和胡克的肉体亲近中，作为他的女友，她总是被动地接受他。她觉得他有节奏的冲撞的确十分可笑，而且，胡克在她身上有时候像一个孩子那样，让她觉得男人也许真是一种可笑又可怜的动物。有时候，无论是躺在那里，或者是趴在那里，她都没有怎么去理胡克折腾，细心地在脑子里分析着语言学中语义的生成与转化之类的问题。

后来有一次两个人躺在床上的暗影里，月光漏进来打在地上。她说："我其实是一个完美主义者。我其实更喜欢强壮的男孩，有时候和你在一起我只能去想些别的，借此转移我的一部分沮丧。"

她说这些话预示着他们后来的分手。就在梁洪波读研究生第一个学期结束前，她找到了他，告诉他他们俩是两驾马车，在跑向两个方向。而这时的胡克正躲在实验室中，在写一篇哲学论文《人格的迷宫》。"这是否与空心人有关？"他问。

梁洪波愣了一下，但她还是点了点头。"兴许。但重要的是，我是一个完美主义者。我们不过是迷宫中的两个走错方向的人而已。"

胡克朝她扬了扬手中的论文："你走吧。"

4

在攻读东方文化学硕士研究生的第二个月，梁洪波和住她上床的高萍发生了一次争吵。

在梁洪波看来，高萍就像是一个以追求浪漫为目标的风风火火的法国女人。她总爱穿一套像火焰一样的裙子，类似于一团耀眼的火苗在校园里飘动。争吵的缘由很简单，大约是高萍参加完舞会回来，哼着歌曲上了床，睡下来的时候将床摇了几下。

"高萍，你可以尽力安静下来吗？"忍耐了一个多月的梁洪波终于说出来了。

上床沉寂了片刻。"可笑。"高萍说，然后，她又使劲儿地摇了摇床。

之后，她们之间旷日持久的战斗便开始了。

一天晚上，高萍在黑暗中坐起来，她开始数落起梁洪波了。她历数了梁洪波不爱叠被子（的确如此），还爱将例假后的内裤扔进床下；历数了梁洪波在导师面前争宠（她们是同一个导师）的种种姿态，而且她还说胡克很令人难受。她口齿伶俐，说到得意之处连自己也暗中敬佩起自己来。梁洪波觉得自己无力反驳，她从来没有与人真正吵过架，也不会吵架，然后黑暗中传来了梁洪波的啜泣声。

"高萍，你太过分了。说够了吧？"古汉语专业的李轶群在黑暗中开口说。而另一个女孩，研究民间文学的哈尔滨籍姑娘陈静在帐子中轻轻地笑着，她和高萍既联盟又敌对。所以这一夜对于寝室里的四个人来说，是第一次碰撞与接触的起点。

高萍突然收住了话头，她觉得自己的确说得有些过分。之后，啜泣声停止，一切又重新地沉静下来。

5

这是一座百年历史的名牌老校。校园里到处都是参与过中国近现代史当代史的名人们留下的痕迹。现在，大约是上午，梁洪波坐在阶梯教室里，听汪海川讲授后现代主义美学，一边心不在焉地向窗外望去。金黄的银杏树叶在空地上铺满了一地。

她在思索着迷宫这个词。"你是个沉思型的人，女人中有你这样的真是少见。她们大多数人是去追赶即时性的泡沫的，而你，却在思索钟表的摆动。为什么你不写一本叫'时间的树枝'的书？"校园诗人林格对她说。

和胡克分手不久，林格像一截顺水漂来的木头一样停在了她的身边。他和她谈的话题十分一致，比如诺瓦利斯，比如钉上十字架的基督复活以后的事，比如海德格尔的林中足迹。他们在两天前刚刚谈论了诺瓦利斯梦中的一朵神秘的玫瑰花。那是在留学生公寓幽暗的地下酒吧里。昏暗的灯光照不清人的面目，他们坐在墙角的座位上，这时曲子放的是《格林威治的坏婆娘》那首英文歌，林格将一头长发甩了甩，他有些瘦削的脸露出有些戏谑的表情，他把手放在了她的腿上，试探性地触摸着她。

她拿去了他的手。不远处的五个美国佬正在开怀大笑，几个日本小伙子穿着花花绿绿的裤衩，在穿梭来往，手里拿着啤酒罐。这里日益地变成了一个乱糟糟的热闹地方。

"你刚刚和胡克分手，一个放弃了初衷的人，内心一定是十分缭乱的。而我的形象则是压舱石，会叫你在黑夜中重新找到重心。"林格拉起了她的手说，林格长得很瘦，就像是一只得病的仙鹤。

梁洪波没有将手抽出来。她想了一会儿，忽然流起泪来。和胡克持续一年的恋情也许是因为空心人的干扰告吹了，她想起了胡克的很多好处，也许我本人就是一个空心人？我需要什么？激情的生活？平静？镜中的安暖居所？她迷惑地问着自己。

她不知道自己是如何被林格带出了留学生公寓的地下酒吧。外面细雨飘拂。她和他来到了图书馆边的一条回廊里，这里放了很多自行车。林格靠在一根柱子上，用手将她拉向自己的怀抱。梁洪波还在流泪，她感到自己像是气球一样在半空中飘来飘去，谁都想抓住她可谁也抓不到她。而且后来林格的手还探索到她的两腿之间，但她猛地推开了他，林格放弃了努力，大声地咳嗽起来。

"那一瞬间，我似乎找不着心了。我看见了几个空心人，他们都穿着黑色的晚礼服，扎着蝴蝶结，然后好像我也变成了空心人，得这种病的人生活中将充满麻烦和虚妄。比如我现在还不能判断是否已喜欢上你。"

"是吗？要是我得上这病就好了，你拒绝我也许我会死的，"他突然弯腰咳嗽起来，居然咯出了鲜血，"因为我有肺病，有病根。"

校园诗人林格死于两个月以后，当时梁洪波已回到老家过年，他咽气的时刻她正在几千里外的地方和弟弟放一个二踢脚，她一定听不见他死前的那句话："我是一个稻草人，拦住那些跑到悬崖边的孩子。"之后，他看见自己飘浮起来，一直飘到了天花板，从上冷冷地看着他那已渐渐变冷的沉睡的躯体。他死于肺病，生前的诗全是写给梁洪波的，充满了病中的奇异幻觉，有如狄兰·托马斯和"通灵者"兰波的杰作。

6

"你是一条狗，一条乱咬人的狗！"梁洪波对高萍说。她不得不第一次用如此激烈的言辞来对抗高萍，因为高萍在导师面前说她与胡克、林格"胡搞"。下午，参加完美国杜克大学比较文化学教授利奥塔德的讲座之后，她的导师汪海川找她谈话。她不相信的是，仅仅因为床的晃动而引发的矛盾，竟然叫一个人这么恨她。

这时她忽然想起了高萍的一个很有名的动作。那就是，她穿着一条火红的裙子，健步跨上学校食堂，进门之前猛一摆头，将那一头披肩发在半空荡开，然后细眯起眼睛向左后上方看去，犹如模特儿转身时的动作，然后定格——七秒钟之后（足足七秒），高萍才猛地拉开食堂的门，走了进去。据说这个动作成了A大里男生手淫时经常浮现出的形象。她不无恶意地笑了起来。

"你们听见了吧？她骂我可真是下流极了。"高萍蔑视地斜着眼看着她说，她似乎明白了对手笑的内容。

"梁洪波你怎么能这么骂人呢？"陈静走过来责备地对她说。这个瘦高的女孩体形和体格极为相似，不禁使得梁洪波有一种恶心感。而李轶群回家了，面对陈静和高萍的联盟，她感到自己势单力薄。

"整天做出一副莫测高深的样子，在桌子上摆一套莎士比亚全集吓唬谁呀！女学者，真叫人恶心透顶。"高萍讽刺道。

她想起来梁洪波的那些朋友在宿舍里，一边嗑瓜子，一边谈论着生和死、有限与无限、短暂与永恒、历史与时间之类的话题，那时的梁洪波抽着烟，一副十分痛苦的样子。对此高萍觉得好笑极了，以至于一次她私下里对陈静说："梁洪波上厕所蹲在那里都在思考着形而上学问题。"两个人为这句粗鲁而又精彩的话笑了半天。

梁洪波没有理她们，她们不再说什么，而是亲热地坐在一起谈起了时装和影星，以及最近一次的校园化装舞会上两人选用了什么样的面具。

梁洪波坐下来给去年到美国加里弗尼亚大学的同学袁源写信。她从袁源的来信中抽出一张照片，照片上袁源身穿一条白纱裙子坐在椅子上，她背后站着西装革履的先生。他们已经结婚了。梁洪波想起了袁源和她的男友在大学时代分手三次又和好的故事，如今他们又双双飞到了美国。"我们战斗得疲惫了，于是我们便结婚了。结婚真是妙不可言，至少每晚被你爱的人相拥至天明，那种温暖我无法言说。"袁源在来信中这么说。然后她接着讲到了自己花五百美元买了一辆二手红色福特车。

梁洪波长久地看着照片上的两个人，忽然觉得自己与他们已越来越陌生。她铺开稿纸，写上了第一句话："我发现，我已经变成空心人了。"

7

梁洪波和李轶群一起去跳舞，在路上，她问李轶群："结婚的感觉如何？"

"结婚？也许糟透了。这其间主要意味着责任。"

"也有很多好的地方嘛，比如安全感、依附感、归属感和性的欲望统统都满足了的。"

"可生活总是在别处，在你现在不在的地方。我希望在古代汉语的音韵和语法中找到一个藏身之处。到处都让人感到劳累，我如何才能轻松？生活就是轻与重的协调。"

她们来到了舞厅，一个穿一套黑色西装的大眼男孩邀请了李轶群。大家都跳了起来。

两小时后，舞会散场了，她们俩手拉手向外走。走在幽暗的竹林小径上时，有人追上来了。"对不起李小姐，我可以和你一起散散步吗？"

梁洪波看清楚他是那个大眼睛男孩。"不行，她男友在等她呢，下回见，好吗？"他看了一眼李轶群，李轶群也点了点头。"我叫马拉，是经管学院的，再见。"他转身走了。

"我得保护你呀。"梁洪波一边向前走，一边说，"毕竟，你已是别人的老婆了，怎么能随便被男孩邀去呢？"

"生活中真是到处都是绊脚石。不过，我还能打动男孩子吗？"

"你的体型不错，很棒的。给我说说你丈夫吧。"

"他是一家杂志的摄影记者，是一个老小孩和疯子的混合物。我对他的感情很复杂。也许哪一天我真会跟一个大眼睛小伙子远走高飞，随风而去。你看过一部叫《随风而去》的小说吗？真的，随风而去。"

8

大约是上一个暑假，胡克和梁洪波一同进行了一次回乡旅行。

他们的这次返乡旅行持续了一个月。胡克的父母非常喜欢梁洪波，同意这门亲事。之后他们又南下，到了梁洪波的家，但她的父亲一点儿也不喜欢胡克。这使得梁洪波很为难。

分手后几个月，梁洪波在学校内的小湖边又碰见了胡克。"我写完了我的论文《人格的迷宫》，我打算攻读哲学博士了。我发现我们都是迷宫，谁也看不清谁。"

梁洪波迟疑地凝望着他。她明白过去了的永远也不会回转，再亲近的人都将变得陌生。

9

在这一学年将要结束的时候，梁洪波和高萍和好了。这个春夏之交的季节里天空中飞满了柳絮和法国梧桐的小茸毛。那天高萍在宿舍中看见梁洪波的桌子上有一张明信片，上面写着林格的诗："七颗星离你不远／你的头发上滑落着风／琴弦若有若无／仿佛海的喘息／没有一枚水晶会为你破碎。"她怔了一下。

后来梁洪波回来，她先说话了："那是林格写给你的？"梁洪波点了点头。

"可他也为我写了一些诗。看来他是我们共同拥有的死去的人。明天我们去公墓祭扫一下他，好吗？"

梁洪波同意了。"他已死了两个月，可他写的那些诗像嵌进我手背的小石子儿。"

默诵着林格的古怪诗句，她们一同来到了公墓。在骨灰堂中，两个女人为人类死者大军的阵容庞大整齐而惊呆了。这是自然的力量。后来，她们来到了公墓，找到了林格的墓碑，两个人把手中的花束放在了墓前。

这个时候，梁洪波看见了林格拖着病体，从棺材中坐起来，瘦弱地朝她微笑，一边咯血，一边写着诗。死去的人重新拥有了心灵，而活着的人却是空心人。

梁洪波忽然又看见了那些空心人，他们在离她三十米远的一处空地上出现了，他们表情漠然，头发油光可鉴，雪白的衬领下扎着蝴蝶结。他们跳起了小步舞，他们的出现使梁洪波十分恐惧。她对高萍说："你看，那边有十二个空心人在跳舞。"

高萍抬头望去。"我什么也看不见。好了，我们走吧，我心里难受死了。"她几乎要哭了。

"我是爱过林格的。"在沿着下山的台阶走回去时高萍说，"他追了我半年，给我写了三十九首诗，但我不喜欢他浑身的病态气息。后来他又追你，我心里又恨起他和你来。可后来我明白一切都是过程，情感是随时可以流走消散的东西，是不可靠的。情感就像是鸽子飞过的弧线，是转瞬即逝的。"

梁洪波没有说话。她在想，死使林格由校园稻草人变成了再次拥有心灵的人。他在墓地里坐着，一边咯血，一边微笑着写诗，像很多古典的诗人那样，重新拥有了意义，是死使他重新获得了鸽子的弧线。

走下了很多台阶，她回头张望，远远地那十二个黑色西装的空心人还在跳着小步舞，跳得那样专注、冷漠和神秘。

二

1

我惧怕黑夜，我是一个黑夜中恐惧的聆听者，一旦进入黑夜，我总是能够听到风暴的声音，我还看见交替的闪电频繁地出现在天空。一直到我考入A大的民间文学研究生以前，我都生活在一种被阴暗的水藻纠缠的感觉之中。

我的生活过早地被毁坏了，这一切都与我的青春期经验有关。第一次来例假的时候我十一岁，我和我继父带来的儿子也就是我的哥哥一起去城边的一片密林里拾鸭蛋。我和我哥哥穿着被母亲洗得发白的衣服，像是两只风筝一样在灰白的风景中飘动，风低低地掠过那些杂草，我和我十六岁的哥哥手拉手向草丛深处走去。

我突然觉得两腿之间非常紧张，那里的肌肉似乎在抽搐。过了一会儿，我发现有血从裤子里渗了出来。我尖叫一声吓坏了，也把我哥哥吓了一大跳，哥哥帮我褪下裤子，然后他用手替我擦去了那些鲜嫩的血。我哭了一会儿，睁开眼睛，看见哥哥正用奇异的目光盯着。

我满怀着内心的惊惧与战栗回去对妈妈讲了这件事，我母亲勃然大怒，把我哥哥吊起来痛揍了一顿。那一天哥哥看我的目光中充满了仇恨和恶毒，眼神里流动着一种复杂的液体。一个月后的一个夜晚，他来到我的床边，把枕头盖在我的头顶上。后来我醒来的时候听见风暴的声音湮没了一切，在床边站立着痴呆呆的母亲，她长发披散像是一个女妖，手中拿着一柄菜刀，她用这把刀砍断了我哥哥的胳臂。他逃走了，从此在外流浪，再也没有回来。

　　但我哥哥是我继父的心头肉，从此以后我妈和我继父开始了旷日持久的战斗。几乎每隔一夜，我都能听到隔壁传来的类似于猫的嘶叫的声音。在黑夜之中我睁大了眼睛，仔细地辨识着声音的来源与含义，多年以后我才明白，继父把对砍断自己儿子的膀臂并使之离开家门的我母亲的怨恨都集中在一次次的发泄当中。在大约八年之中，我一直生活在家庭的风暴与闪电的核心里。有一天夜里，隔壁房间里传来了海浪击打在岩石上的巨大的声响，后来黑暗之中我母亲赤身裸体地撞开了我的门，和我紧紧地抱在一起，哭声中充满了羞耻与悲凉。窗外闪电迅疾地像游蛇一样在空中走过，紧跟着是无边的雷声。我尖叫了起来。

　　所以，我少女时代全部的梦想就是离开风暴与闪电的核心，我的家庭。我如愿以偿了。

2

　　陈静在读大学本科时对中国民间文学的一些传说和仪式非

常感兴趣，她选择了A大的民间文学专业的研究生。她最感兴趣的是一种游戏，这种游戏存在于宋代的宫闱之中。她发现它是源于一篇描写它的一百三十二行的民间歌谣。具体说来，跳房子游戏在大殿或大堂中举行，分别由四个男子和四个女子，在地上画上方格，方格中放着彩色的石头，方格的排列既不规则而又含有一种神秘的秩序。在四对男女的跳跃中，显示八个人的方位，其中一对不幸的人，由于在跳跃中跳错了位置，竟跳出了方格，则由皇上命令其进行一次性交，然后凌迟处死。其余三对被赐婚，许配为夫妻。

这是一种残酷的游戏。在很多正史、野史典籍中都没有记载，但是陈静从那篇一百三十二行的民间歌谣中认定了它的存在，并且，她经常想着这种充满了死亡和性的欢爱的古代宫廷游戏，最终她以很高的分数成为A大谭德培教授的研究生。

当她拿到通知书时，她在心里想，我跳进了一个方格，然后我拿起了一块标志胜利与幸运的石头。我是否赢了？

3

"我招了你，是因为你的答卷很合我意，你在考卷中回答了为什么要报考民间文学研究生，你有一个研究者应该具备的认真和梦想的气质。"报到之后，导师谭德培在第一次见面时对她说。谭德培是一个年过五十已经谢顶过半的人，他获得过美国哈佛大学东亚文化系民间文化研究的博士学位。他的气质颇具北美人的风格，声音洪亮，喜欢露出宽怀俏皮的微笑。这使得他的研究生们给他起了个外号"老天使"。

他是叫学生爱戴的"老天使",可居然有一位长期卧病在床的全身瘫痪的夫人,大约是数年前她忽然在街上中风跌倒,从此成了瘫痪。几年来都是"老天使"给她喂饭、擦身,进行各种护理,他从不雇保姆,总是自己来干。

陈静有一次去谭德培先生家中交学期论文时,见到了他的夫人。她踩着厚厚的地毯,来到了谭先生四壁都被书籍包围的书屋之中。等到她取回一大摞导师给她推荐的书,向门外走时,路过卧室,她不经意地看了一眼,不禁吓得"啊"了一声。

谭先生的夫人形容枯槁,两只如核桃般大的眼睛闪耀着死亡的光辉。她脸颊下陷,头发稀少,显现出了骷髅的形状。陈静匆匆地走出了房门,走了许久才按捺住自己的心跳,她纳闷为什么风流倜傥的谭先生竟然能够伺候一个散发着死亡气息的女人几年如一日?一年以后,谭先生的妻子林恩美终于死了。她是自杀的,用长筒袜把脖子套住,然后翻滚下床。

在葬礼之后,有一天她看见谭先生焚烧了一批照片,那都是年轻的林恩美。很快,谭德培与他的一个学生,陈静的师姐——一个颇有西欧做派的丰满女孩结了婚,颇有些喜气洋洋地去了美国。

两个月后,也就是这年的九月,新学期刚刚开学,公告栏中贴出了一张讣告,说是著名的民间文学专家谭德培教授已于8月17日在美国因车祸丧生,终年五十七岁。

谭德培先生到美国后自己买了一辆二手"别克"轿车,

汽车在高速公路上行驶时车轮突然爆炸，车头一扭撞到了隔离墩上，他当场死亡，所幸的是，车中就他一人。他的夫人不在车内。

"老天使"真的成了天使了，陈静想，他会继续在我们梦中出现时仍面带微笑吗？他是如何扇动着翅膀，到达上帝身边的？

后来陈静回忆起她就跳石游戏向谭先生请教的情景。她陈述完毕，说自己是根据那一百三十二行的一首民间歌谣所推断的。

"你很聪明，"谭先生满意地摸了摸自己的秃头，"我在一出民间戏剧中发现了一种跳石游戏。不同的是，它流行于军营当中：叫战俘在方格的迷宫中跳跃，去抢方格中的石头。每跳一圈，那个没有抢到石头的战俘就会被处死，处死他的方式是叫他的同伴用石头砸死他。这是一种残酷的毫无道德感的战争游戏。任何典籍中都没有记载，而我们却分别发现了它们，是证明其存在的时候到了。"谭先生说。

4

"给林格扫完墓，离开基地走下台阶的时候，梁洪波有两次都指给我看，说不远处有十二个身穿黑色礼服的空心人在跳舞。我却什么也没有发现。可她的表情却很认真而又恐怖。什么人是空心人？我们自己是吗？"给林格扫墓回来的高萍当天晚上对陈静说。

"你和她和好了，而我却并不喜欢她，她总和人在谈论海德格尔对存在问题的探究。她是一个附庸风雅的人，况且，她越来越胖，形体也不好看。另外，我从来没有见过空心人，什么是空心人？我是一个实心人，连水都挤不出来，全是石头。"

"我觉得我就是一个空心人。因为我不知道什么有意义。现在，人人都在追逐着转瞬即逝的一次性的东西，一切都是过程。所以，我们都是空心人。"

"我不是。我在搞学问，我可将注意力集中于一点的，你看李轶群是空心人吗？"陈静问她。

"她是的。她和丈夫的关系并不那么好，只是为了能留在A市，才和丈夫结的婚。最近她总和一个穿白色西装的男孩走在一起。她兴许并不看重自己的婚姻。你告诉我，什么是我们应该看重的东西？"

"游戏。那种游戏的精神应该被我们看重。宇宙间的一切法则都是为了游戏而设立的。"然后双眼放光的陈静给高萍讲了她和谭先生发现的两种跳石游戏。高萍听完后惊异地张大了嘴巴："也许林格之死，也是某种游戏的神秘规则所致？"

接着，她们一同回忆起了林格，那个红色脸膛、有一双梦幻色彩很重的眼睛、得肺病的男孩。"他开始追梁洪波的时候，我就从他身上闻到了死亡的气味。现在，你对他依旧一往情深吗？"

高萍觉得心情依然低沉烦闷："只是我忘不了他那瘦瘦的肋骨。他非常热爱棉花，他告诉我他父母种了一辈子的棉花。但他也是一个空心人，他既不追求诗王的王冠，也没有把爱情涂在女人的腿上。他是这个时代跳房子游戏中的一员。是否还有第三种跳石游戏，是关于我们这个时代的空心人的？"

陈静为高萍的这个奇特的想法所震动。"我打算试一试。你们这是一次秘密谈话，对吧？"

5

陈静曾经做过这样一个梦：高萍、她、梁洪波和李轶群四个人一同裸体站在一面大镜子前，讨论肉体与灵魂、存在与精神以及快乐与游戏问题。四个女孩像水中的岛屿一样，浮现在镜子中。

起初她们为自己的裸体感到了疑惧，这真实的镜像使得她们有些吃惊。她们呈现出各自不同的形体。沉默良久并彼此观察之后，开始了讨论。镜中的陈静如同一棵很瘦的枣树，她的腰、腿都很长，眼神有些凄迷。梁洪波和高萍的体形很相似，乳房饱满，曲线生动流畅。而李轶群的身体则显得丰腴和滋润，皮肤白嫩，显然已被男人的手仔细地培养过。她的皮肤下面隐含着少妇隐秘的欲望，这欲望从她浑圆的臀部得以最佳体现。

"女人的肉体是男人欲望和梦想的集结地。为什么我们的肉体这么吸引男人，如同大海水无休止的潮汐？"高萍说。

"肉体其实是青春的埋葬地。我觉得，每一次性行为都离死亡更近了一步。女人吸引男人一同走向衰老的沼泽，在这之间是生殖、创造与毁灭。"李轶群说。

"女人的身体是大地，是生命的孕育者。男人是女人身体的游离物，是从女人身上派生出来的。他们应该为我们而活着，成为我们的附属物。"高萍说。

　　"但你得承认，大多数女人意识不到更为深刻的东西。女人不善于进行形而上学般的追索，她们只沉溺于肉体和感官的感觉。这是男人诋毁女人的论点之一。女人是自恋主义者。"梁洪波说。

　　"可女人带给世界、带给男人的至少是直接的身体表现。对于男人来说，只有女人才是实在与可见的。"高萍说。

　　"而我则觉得，男人与女人之间的关系更像是一种游戏。我们为什么不加入其中？"陈静说。后来，她们四个人玩起了跳石游戏。她们一共玩了两种跳石游戏，就是陈静和谭先生发现的那两种。不同的是，这种游戏已变成了纯粹符号性的了，没有了死亡与恐惧的诗意，成了一次喧哗的自恋主义者拙劣的模仿。

　　不久，在这个梦中镜子消失了。代之出现的是一队男子，如同木偶的方阵，从她们身边经过。他们根本看不见她们，只顾齐刷刷向前走路。在队列中有胡克、林格、乔可、罗朗等人，他们都是空心人。

　　然后陈静捂住了耳朵，高声尖叫了起来。其余三个人都惊恐地看着她。她再次睁开眼睛时，发现镜子已回到了墙壁上，而那队男人已消逝不见了。她突然感到了愤怒，抄起了一把椅子，然后用它向镜子砸去。在一片碎裂声中她的乳房欢快地跳动着，如同风中颤抖的苹果树。

6

有一天，有一个身穿花格子西装的小伙子来找高萍，这时屋子里只有陈静一个人趴在桌上组合一部西北神秘的民间歌谣《花儿集》，这部集子是写在发皱的羊皮纸上的。"我叫乔可，我是高萍的大学同学。我现在在本市一家广告公司工作。"乔可坐了下来，他的笑容在陈静看来很迷人。"她不在，不过她一会儿就回来。"她感到了一丝嫉妒，因为很多人都是来找高萍的。她怎么就认识那么多人？

然后，他们聊了起来。后来乔可从怀中掏出了一本非常精美的名枪画册，谈起了各种型号的枪。陈静在这次谈话中感到了一种死亡的冰凉的诗意。后来，高萍进来了，她加入了他们的谈话之中。

第三天，高萍笑对陈静说："乔可喜欢上你了。他打算要追你，并且今晚可能会来送一束花给你。"

陈静感到了激动，她感到自己干燥的身体似乎敷上了一层水珠。晚饭后，门被敲响了，忐忑不安的陈静打开了门，然后乔可笑吟吟地走了过来，手中拿着一枝紫红的玫瑰。"晚上有时间吗？我们去看戏吧，皮兰德娄的《六个寻找作者的剧中人》。"

陈静有一些羞赧，这时她看到乔可嘴边那枚小巧的黑痣，陡然想起了自己的哥哥，这一瞬间，她觉得自己又回到了那风暴与闪电的核心，她有一种恶心和厌倦的感觉。过了一会儿，她克制住了恐惧和厌烦，和他一块儿出去了。

她和乔可开始了爱的追逐，这更像一种半推半就故弄玄虚的猫与鼠的游戏，在这期间高萍扮演的是通风报信者和信使，随着季节的深入他们的关系也逐渐地加深了。

　　陈静感到自己在幸福的光圈中，肉体和灵魂都在战栗着，尤其是当乔可吻她的嘴唇时。后来在看电影《霸王别姬》时，在黑沉沉的电影院里，就像许多对男女曾经在电影院里干过的那样，乔可把手伸进了她的裙子，她为他的突袭感到了酥痒，她的身体变得僵直了。也许爱的确是能够带来幸福的，她在颤抖中想。

7

　　那一段时间高萍正与三个男友进行着换位的游戏。有一天陈静和高萍发现了一件叫她们吃惊的事儿。那是一个细雨蒙蒙的夜晚，高萍和陈静走在校园里，说着她和几个男孩子周旋的快乐，和男人们的愚蠢。"婚姻是一种幻象，什么是具体实在的？什么也没有。"

　　陈静点了点头，她没有说话，她感觉到乔可的手依旧在抚摸她的全身，她感到自己的乳晕在逐渐地扩大着。她身体的每一个部位都印着乔可嘴唇的花朵。

　　"你看那是谁？那不是李轶群和马拉吗？我知道他，他是经济学院的，据说他在外面开有一家专门经营妇女用品的商店。我听说他在追李轶群还不信呢，可现在你瞧，这是真的。"高萍瞪大了眼睛在黑暗中说。

陈静望去，看见在她们的前方，身穿白色西装的马拉揽着李轶群的腰在走。

"李轶群的丈夫叫罗朗对吧？我前些时候和乔可去看一个画展的时候，刚好也有罗朗的摄影作品展。其中有一张叫《圆形废墟》的照片，深深打动了我，使人追忆到了少女时代的废墟。这样有才气的男人她干吗不好好守着他呢？我感到很奇怪。现在的人怎么了？女人都在想着如何扔掉自己到手的东西。这是一个可怕的时代。"陈静说。

"你染上了梁洪波的坏毛病，也喜欢下评语了。我们跟踪一下他们如何？"高萍的提议使陈静感到了冒险的刺激。她们尾随他们来到了一片回廊和亭子相连的地方。

这个时候青蛙的叫声在不远处的湖边此起彼伏，青蛙似乎在召开会议。她们躲在了一片树林中，她们看见，马拉背靠着柱子，把李轶群抱了起来，她的裙子像一朵开放的花朵。

"天哪，他们在……"高萍吃惊地说，然后她拉着陈静的手离开了那里。

"人格是一座迷宫。"陈静在回去的路上自言自语道，她的话并没有引起仍处在惊愕的颤抖中的高萍的注意。

8

三个月后，秋天的果实不断地击中着大地，这是一个结果的季节。陈静发现自己怀孕了之后倒是显得非常镇定。她给乔可打了个电话。"我怀孕了，我打掉他，还是为你生下他？"

电话的那一头是沉默的。显然乔可感到了应对的迟钝。"真见鬼，我想，你还是打掉他吧。"

"我想，也许生下来真好。"陈静恶作剧地说，"乔，我是爱你的。"

"你疯了！你会被开除的，而我，也正在向对外经贸部调动，这会毁了我们的前程。我明天晚上去你那里，然后我们再想办法。"

陈静放下了电话，忽然感到了一阵恐慌。

第二天夜里乔可来了。他的表情看上去略显灰暗。他叫她去做吸宫术，可是陈静保持了沉默。她抬起头来的时候发现乔可正在黑暗中恶狠狠地盯着她，嘴角的黑痣酷似那个曾强奸了她的哥哥。她惊叫了一声，然后乔可像豹子一样撂倒了她，用手卡住了她的脖子。他那一刻突然决定要杀死她。他用力很猛，他看见陈静张开了嘴，类似缺氧的鲢鱼，感到了窒息。她翻了白眼，将头歪在了一边。

乔可站起来用脚踢了踢陈静，确信她已经死了，这才拍了拍手，表情苍白地自言自语："今天是为了告别的约会。永别了，我固执的愚蠢的新娘。"然后，乔可恐惧地离开了那里。

9

后来，陈静意外地并没有死去。她醒来的时候发现星星布满了天空，她哭了，哭得十分复杂。她回到宿舍时已是凌晨两点。天亮后她草草吃了一些东西，就赶到一家私人妇产诊所做了吸宫术，一阵疼痛——大约持续了十分钟——之后，她感到小腹轻松多了。她又哭了起来。一周以后，她以凶杀罪起诉了乔可。

"我是想杀死她，我不知为什么，反正我说不清楚。一种深深的厌倦抓住了我，所以我当时想只有掐死她我才会感到生活的激情会重新回到我身上。我心中空空如也，有的只是厌烦。看见你们一本正经地审判我就感到恶心。成人的游戏的规则，我不想遵守，就应该被判刑吗？"乔在法庭上说。他被判了数年徒刑，被送往了青海某个监狱，不久之后他又越狱逃出，消失在了茫茫大戈壁中，再也未曾出现。

陈静向学校提出了休学一年的申请，校方同意了。陈静踏上返乡之途之前，和梁洪波及高萍、李轶群告别时，说："人格真的是一座迷宫。现在，我们每一个人都是多重的人，同时也是空心人。在这个迷宫中我们找不到真实和实在的人格与自身。一切还原为破碎和庸常的。生活毫无激情。没有真正可以为之哭泣的东西，你们告诉我什么应该被我们恪守？"陈静说这些话时眼睛里最终含满了泪水，因为她又要回到那风暴与闪电的核心，她的记忆之源了。然后，她像一只鸟一样跳上了火车。

三

1

"真正的生活是逃离与隐遁，是向现实任何一种形态的告别。生活永远是指向未来的。"李轶群很信奉这句话。在读A大本科之前，她曾经和父亲一起生活在有着强烈的光照耀的青海。青海女人那黑红的被风吹打的脸膛和骑马佩刀的男人从身边疾驰而过，成为她少女时代的永远的印象。大学毕业后她留在了A市，先是在一家中学任教，两个月后她就从课堂上逃走了，原因是一名初中的男生公然用鸡蛋打在她的后脑勺上——在她背转身往黑板上写字的时候。当时的她嘴唇发白，气得一句话没说就再也没有在课堂上出现。她很快又去找了一家杂志社，两个月后她觉得承包这家杂志的夫妻就像是开了个黑店。然后，她就什么也没干，直到几个星期后遇到了罗朗。

那是在一个下午，在这座城市的郊区她突然为半空中铺泻下来的强烈的阳光所感动，她觉得这阳光和她在青海时少女时代的阳光是一致的，她的心中洋溢着清风。这里是一截古老的城墙，青砖的缝隙里生长着作为历史语言遗留物的青草。她沿着城墙信步而走，直到她听到了一个声音说："躲开，不要遮住我的阳光。"

她循声望去，不禁哑然失笑了。一个长发披肩的还长着一脸络腮胡子的人眯着眼睛，坐在用圆石头围起来的"巢"里像老鹰孵蛋一样，正惬意地晒着太阳。李轶群不由得想起了古希腊哲学家狄奥根尼斯——传说他住在一个木桶里，有一次亚历山大大帝来拜访他，说他想要什么，就会给他什么。可他回答道："躲开，不要遮住我的阳光。"——和这个人的回答一模一样。亚历山大大帝深有感慨地说："要是我不是亚历山大，我就要做狄奥根尼斯。"

那天李轶群叹了口气："我也许很久没有晒到这么惬意的阳光了。"

然后他们认识了。他叫罗朗，是一个富于激情的摄影家，任职于一家杂志社。"阳光在细微地变化。"那天他说。随后的几次接触中，李轶群为他身上的孩童和梦想家相混合的气质所打动。四个月后，她就嫁给了他。"我嫁给了阳光先生。"在教堂里举行完婚礼之后，她如此幸福地宣称。

2

然后，李轶群就看上了A大中文系古汉语专业的研究生。她这才发现他几乎全无生活能力；她用一个实用主义女人的观点爱护着他。她还发现罗朗从来学不会安静，他除了说话、走动和突然外出数天，就是不停地擦拭他的尼康高级相机。"它如同我的生殖器一样，是我存在的理由。"罗朗有一天，在和她做爱之后，振振有词地说。

在和高萍、梁洪波和陈静同宿舍一个月之后，她发现自己已丧失了作为学生的纯净的快乐了。生活以另外的面目吞噬了她。而且，作为妻子，她在承担着日常琐屑的义务和责任。

"我拒绝我们是空心人这种说法。生活中肯定有些东西，是需要我们认真把握的。"当梁洪波面带惊惧地给她讲述空心人舞蹈的景象时，她沉吟了片刻，这样说。

3

结婚以后，她最大的感受就是她的身体已经不完全属于自己了。她的阳光先生和孩童丈夫把她饱满的身体当作了不断被征服与攀登的山峰、充满了神秘感觉的孔穴、不断被测量的土地及映照他自身的镜子，即使李轶群像日本女人那样用嘴爱抚他也无济于事。

"我受到了惊吓，那天。"罗朗说，数月后，罗朗提出了分居的要求，而且，由于工作上的疏漏，他被杂志社解聘了。不久，他就去了南方。

4

有一天，梁洪波给她谈起了胡克和林格的比较。女人们谈论与自己关系密切的男性总是十分细致。"胡克就像是一面密不透风的墙，和他的相遇，现在看来是一场误会。我提出分手之后，他认为这是因为他的臀部太瘦！你说这荒唐不荒唐？而林格则有一种病态的美叫我惧怕。他身上有天才般的死亡气息，每读他写给我的一首诗，我都感觉到他正乘着死亡的滑轮车远去。他宣称这是一个解构的时代。他在追求我以前和高萍有过一段恋情。所以和他拥抱时一种恶心感紧紧地抓住了我，所以，他想和我亲近但最终都失败了。不久，他死于肺病复发。现在，我感觉到，死亡是一种球形糖果，你说婚姻是否是一种幻象？我的一个好朋友叫袁源，她并不爱她的男友但在一同去美国之前还是嫁给了他。"

李轶群这时还被笼罩在罗朗是一个性变态事实伤害之中，但她无法将之告诉梁洪波。"我想跟随风远去。结婚一年多我才猛然发现，我想承担和能够承担的其实并无必要。"

"为什么？你已经不爱你的丈夫罗朗了吗？"

"当然爱他。可是这种爱已经变形为某种易碎的雕花玻璃了。现在，我有些相信你所说的空心人的事儿了。你常看见他们吗？"

"几乎每个月我都能见到他们一次，"梁洪波语气坚定地说，"可是奇怪的是除了我别人对他们都是视而不见。他们通常是几个人，都穿清一色的黑色西装，头发油黑油亮的。他们有时候甚至在街头中央的花坛上也能旁若无人地跳起舞来。他们没有心，他们每出现一次，我就感到恐惧。我担心空心人会成为某种传染病，犹如几个世纪以前的黑死病、霍乱或是遗忘症一样令人类遭难。在这个时代里，空心人会越来越多吗？"

"不知道，说到底，我们不过是活在一定的时间区域内的死者和短暂者罢了。人本身就令人失望。潜在的排他性使我们以嫉妒、告密、挑拨和争斗的形式来表现。我现在对情感持怀疑态度了。"

"你是说你已经对爱情本身失望了？"

"可以这么说。因为太爱他了，所以我不再爱他了。他已经去了南方，也许再不会回来，他说他想一直沐浴在风中，在路上。"

"又是一个后现代主义者。"梁洪波说。

5

那天晚上，在舞会上认识的穿白色西装的经济学院的小伙子，在第三天后就敲开了李轶群的门。"我从对面楼上看到房间里只有你一个人，就来了。也许因为你已经结婚而不愿让别人看见与男士来往，那么我们出去走走吧，走在黑暗中。"马加似笑非笑的脸变得郑重了起来。

李轶群偏头想了一会儿："我无法拒绝你，虽然我并不喜欢你。"她拿起了一件深色外套时说。

夏季雨后的空气显得潮湿而又沉闷，他们行走在黑暗中谁也没有说话，他们来到了校园内的湖边。他们聊了起来，蛙声阵阵犹如歌声起伏。这天两个人到后来发觉自己说得太多了，于是，两个人陷入了沉默。

马加在此时取出了一支笛子："我一直梦想能学会一种乐器，吹它是上周才学会的。先吹给你听听。"然后马加便吹了起来。《碧海潮生曲》，她想，一支不错的古典曲子。曲子吹完了他放下笛子定睛看着她。

"我并不感动，你吹得也并不好。"她说。

"你这样说打击不了我。"马加忽然用左臂拢住了她，把脸凑过去吻了她一下，他觉得她的嘴唇很冰冷。她像一座冰雕那样冷漠地看着他的举动。

"我明白了，结了婚的女人不再喜欢这些小资产阶级手法。可我拿不出什么东西来打动你。我开了一家公司，可你也并不会欣赏，我感到了绝望，虽然我非常喜欢你。"马加沮丧地用手捧住了脸。

"我是一个现实主义者，比如我就喜欢各种首饰，和高级化妆品，我知道你不会为我花钱的。"李轶群平静地看着他说。

马加放下了手，凝视她的眼睛仿佛在看一个他十分陌生的人。"你真直率，我想问我们什么时候能上床？"

李轶群叹了口气。一切都要归结到床上。她的脸庞在黑暗中闪着一层幽蓝的光。"过几天吧。月亮圆的时候我的心境最晴朗。"

6

到了周六，马拉兴冲冲地从大连赶回A市，在亚运村一幢高层公寓的屋子里——他租了一套二居室，见到了李轶群，她穿着一身旧军服在床上靠墙坐着。马拉扔下了手中的密码箱，笑了起来。

"你这样看上去像是一个被凌辱过的女俘虏。"

他凑了上来，企图用嘴去吻她，她用力地推开了他。"滚开，我讨厌男人的臭味儿。为什么你们非要像饿狗一样渴求女人的肉体？"

马拉愣了一下，耸了耸肩："你肯定是受了什么委屈。说给我听听。"

然后李轶群猛然哭了起来。她断断续续地把罗朗近来发生一些难以启齿的事儿告诉了马拉。

"我理解你。离开他吧，他是个性变态，这样的人无法不令人厌恶。"马拉脱去了外套，用很柔和的嗓音对她说。他坐在了她身边，用手轻抚她的肩膀，然后手向下滑去，在她的身体上画出了一条轻柔的弧线。他感到自己仿佛在抚摸一只瓷瓶。李轶群警惕地看着他，这使他有些尴尬。"我只要抚摸一下你就够了。"马拉说，然后他把头枕在了她的腿上，和她说话，"我想睡一会儿，这次我很累。我在大连捞了一笔钱，要知道我父亲是商务部的高级官员，所以我的生意不会亏的，可是现在我得睡一会儿了。"他闭上了眼睛，不久便响起了匀称的呼吸，她看着他那孩子般安详的脸，心中陡然生出了母亲般的柔情蜜意。

7

到了九月第二学年开学的第四周，李轶群被叫到系主任办公室。秃顶系主任语重心长地与她绕起了弯子，二十分钟后她才听出来，系主任在说她"应注意生活作风问题"。她感到茫然和吃惊："可这是我的私生活，我有权安排我的一切。我只能说一点，我的婚姻使我痛苦，就是这样。"

"但你客观上对同宿舍其他未婚的学生产生了坏影响。"系主任终于说出了一句直截了当的话，他如释重负地搓了搓手。

她的眼前飞速地掠过了同寝室几个人的面容。"诬告者"一定是她们中的一个。她骤然间感到了晕眩："你说错了主任，我觉得你并不懂得生活的真实面容。"

"随你怎么讲，反正我警告你，再这样下去，我会处分你的。"系主任说。

李轶群愣了一下，她忽然苦笑了一下："我们都是空心人，所以我并不想去遵守你所说的那些。你能看见谁的心？空心是麻木之后的麻木，平庸之后的平庸，你懂吗？在婚姻的丝网中我变成了空心人。我不会为任何话语所打动，我也没办法。"

"会有办法的。像我，在几十年中已将心灵之中充填了很多坚硬的石头。振作起来，去认真地往自己的心中填上石头，这样，你就不会是空心人了。"系主任慈爱地拍了拍她的肩膀。

8

后来的事态的发展平静而又缓和，李轶群与同宿舍的其余三个人拉开了距离。她不能断定是谁在背后说她，她后来不愿意与她们中的任何一个说话了。她也不愿意再理梁洪波，尽管她总爱给她讲她的胡克和林格。她的罗朗又去了南方，而她和马拉也变成了纯粹的姐弟关系。马拉对她的要求也仅仅是在她的腿上睡一会儿而已。而她在研究生毕业的两年多中，总共才用去了马拉给她买的两套化妆品。毕业后马拉在这座城市的东南角租了半层楼，开了好几个公司，进行着繁殖钱的大规模游戏，李轶群也再没能见到他，尽管他将头枕在她腿上的睡姿，像刀伤一样留在了她的腿上。"这是一个空心的时代。"有一天梁洪波如此斩钉截铁地总结道。李轶群信服地点了点头。

罗朗和施伯格发生了严重的争吵之后，施伯格，那个漂亮的大眼睛男萨克斯手，用斧头劈掉了他家所有的家具和物器，然后逃走了。失魂落魄的罗朗找到了李轶群，单腿跪下来说："跟我回家吧，家里已经被施伯格弄成了废弃的动物园，我的老婆，救救你的'阳光先生'吧。"

他的话使她想起了很久以前的遥远的那个下午，她和他相遇的场景，但这打动不了她，她无动于衷地说："不。"

"那你要干什么？"罗朗有些疑惑，"你打算和马拉长期同居下去？"

"不，我们没有再同居了。我只是住在他的房子里，他则住到学校里。我打算和你离婚，我没法再接受你了。"

罗朗沮丧地低下了头。"看来我注定得丧失家园，好吧，还是我走吧。"他戴上了墨镜，背上了他的旅行包，转身就走了。他疾疾走开的样子犹疑而又坚定，她感到他走开时也带走了一部分空气。在拐过一个街角时，目送他远去的李轶群哆嗦了一下，她甚至张开了嘴，想喊他一下，但最终没有发出声音。

9

目送陈静乘坐火车远去，消失在广大的天际，高萍、李轶群和梁洪波分开月台上的人群低头往回走。

"你认为她刚才说得对吗？"梁洪波突然开口问。

"她刚才说什么了？"李轶群呆呆地问。

"她说人格是一个迷宫，在这个迷宫中，所有的人都是空心人，她说这是人伤害人的根本原因。"高萍神色忧伤地说。人的流水在四周涌动，她们感到了压抑和透不出气来，大口地呼吸着。

"她说的是对的，"李轶群说，"我们都在这个迷宫中捉迷藏，在找着自己想要的东西，可兴许什么也找不到。情感、生命、永恒、爱、钱、死……"

梁洪波抬起头，眯起眼睛在人群中茫然地搜寻，她忽然看见了空心人。是的，是他们，他们一共有十二个，都穿着黑色的西装，雪白的领子紧紧箍住了脖子，他们的头发油黑锃亮，一些苍蝇爬上去又嗡嗡地滑落下来。他们的表情一如既往地显得冷漠和超然，他们手拉着手仿佛一堵无声的墙。她愣住了："空心人。他们又出现了，你们看，那儿有空心人。"

她们都站住了，这一瞬间她们听不见任何声音。那十二个空心人一同看着她们，然后转身向左走去，很快消失在人流之中。

"是真的，这次我看清了，他们是空心人。"李轶群咬住嘴唇喃喃地说。

四

1

我想逃向更为自由的草地和天空，我可不想成为某种能够安定下来的东西，比如让钟表停摆。你要说我是一只充满了气的气球，轻飘飘的，那我就说兴许是吧，反正谁也别想抓住我，尤其是那些臭男孩。

我从来不爱回忆过去，在我记忆的画布上，我的各种经历就像是重叠的油彩一样，连我也看不清原色了。我学会了遗忘，因为这年头还有什么东西值得被我记住？

高萍说不明白她自己是什么样的人，她一直认为自己是个背井离乡漂泊的孩子，就像有一个美国佬凯鲁亚克写的《在路上》的那种感觉。"我永远都在路上，然后向往着新大陆。"她说，对未来过于急切的期待则使得她的脾气显得暴躁和喜怒无常。她的父亲早年毕业于复旦大学法语系，并且曾在巴黎第十一大学取得了博士学位，在她印象中最深刻的就是父亲那一头油黑发亮的头发。父亲也是一个寻梦人。到了1988年他发现自己的梦想仍在欧洲，于是他就去了法国，再也没有回来。在她上大学三年级的时候，他从法国写信回来告诉她，他已和法国南方一个种植葡萄的女庄主结了婚。"我们拥有两幢别墅，和大片的葡萄园，我们还酿酒。我终于可以天天喝到好的葡萄酒了。生活永远都在你现在不在的地方。别像你妈一样成为一个墨守成规的现实主义者，镜中的自恋者。"逃亡了的父亲如此说。在接到这封信之前的两个月，她母亲——一个嘴角有一颗黑痣的漂亮中年女人，改嫁给了一个证券公司经理。这一切都发生在以上海外滩为背景的一幢西式小洋楼里。这使得高萍想着要逃离这个典雅得如同花朵腐败的家园，她便走上了北方的A大研究生。

向着更远的时间的渊面回望，高萍看到了自己的祖父和祖母的衰老与死亡。她的祖父是国民党军队中的上校。而有时候她常常能在一片灯光的阴影中看见浮现出来的身着戎装的祖父和在他身边端坐的祖母，祖母身上的旗袍闪闪发亮，嘴唇上涂的口红颜色深重。在四十年代某年某月的一天中的一场十分无聊庸俗的争风吃醋风波中，性情乖戾的祖母用刀扎进了毫无防备的上校丈夫的胸口，上校在慌乱中开枪，误中了自己的老婆——原本他是想吓她一下，可她当场死去，而他则在到医院三个月之后死去了。他们毫无意义的死给那个兵荒马乱而又纸醉金迷的时代添上了一笔令人略感滑稽的注脚，以至于高萍每每在听母亲带着厌恶的腔调说起这一段往事时，都感到了生命的庸常和无聊。

2

"你说什么？我听不清楚，这里太吵了，他妈的。"高萍对坐在她对面的美国留学生比利说。比利是一个脸上长了不少红毛的小伙子，脸膛发红令人有一些不愉快的联想。这是在A大留学生公寓的地下咖啡厅里，周围到处是人在走动，各种脸相和国籍的人晃动着。"我是说，中国女人既不像法国女人那样浪漫多情，又不像日本女人那样温柔体贴。你简直就不能信任她们，她们很势利，除了实用的东西她们什么都不要，比如绿卡和美元。"比利平静但颇有优越感地进行着他的文化比较观。

"美国佬，"高萍突然生气地提高了嗓门说，"不要以偏概全，中国女人也是多种多样的，其中不乏浪漫多情和温柔体贴的。不要再说如此不友好的话了。"

比利表示遗憾地摇了摇头，然后他给高萍讲了这样一个故事。说是他的朋友克林斯特在驻中国大使馆工作，此人在性生活上非常纯洁和保守，他还没有结婚，在一次外出散步时认识了一个主动和他搭话的中国姑娘，两人聊得很愉快。在此之前，克林斯特很想娶一个中国姑娘做太太，所以后来两人就一直联系着。到后来他发现她并不贤淑可爱，而是想利用他跳向美国，于是他便不再理她了。她怎么都想不通美国人也会甩掉自己的女朋友。于是她天天去使馆门口哭闹着向克林斯特要"青春损失费"。"其实应该讨回损失费的是我，"害羞的未婚青年克林斯特说，"我是被她引诱上了床，是被动的。中国女孩太复杂，也太实用，她无视我纯洁的感情，在我看来，情感背后不应该有其他的东西。美国人的感情很单纯，中国人太复杂了。"比利说完，两个人笑了起来。"可怜的克林斯特。"高萍说，这时她看见屋角上坐着林格和梁洪波，不禁怒火中烧，她拉起了比利，"我们走吧。"

3

"你说我们应该到哪里去？"高萍问陈静。

"到哪里去？当然是美国。这是毫无疑问的。"

"到美国去干什么？"高萍对着镜子不停地涂着口红。

陈静的脸上显出了一副大惊小怪的样子。"你父亲不是去了法国吗？他到那里干什么？"

"他去是为了能天天喝上上等葡萄酒，另外，他为了逃离我母亲。"

陈静想了一会儿，说："最近我做梦，梦见自己像一个稻草人一样在天花板上跳舞。你们所说的所有的人都要变成空心人是真的吗？我是吗？"

"也许吧。所有的树都有影子，所有的传说都有源头。我觉得李轶群就是空心人，她在婚姻中迷路了。梁洪波也是，她老是坐在马桶上思考生存与死亡，可她对现实一点力量都没有。她连切菜都不会。很多人都是。另外，乔可也是空心人，当心，我觉得他会伤害你。"

"他对我不错。"

高萍怔怔地看了她一会儿："你也是。"

4

高萍被定为这次比较文化年会上老师的助手，她正在起草一篇论文的纲要。这次梁洪波败下阵来不禁令她窃喜，因为梁洪波是个在马桶上都要思考的人，而且她对后殖民主义文化批评有很好的理解。这次年会将在湖南某个旅游胜地召开，在这个夏季来临之前高萍就紧张地准备着。

现在，他们的充气筏在激流暴跳的水流中旋转，像一片树叶一样被浊黄的水流冲刷。汪海川和高萍坐在筏里，瞪大了眼睛看着水流漩涡中的树枝和泡沫。"你，抓住船帮，不要乱晃。"汪海川紧张地对高萍说。这是他们开比较文化国际年会的最后一天，这是在张家界的一条山间河流上。就在前一天，高萍试探着诱惑了汪海川，她的年轻的"妻管严"导师终于鼓起了勇气，将手探进了她的裙子。现在，他们每个人都穿着橘红色的充气救生衣，一共有十几条空气充足的筏子在水流中漂浮。高萍细眯起眼睛，看着天空中细碎地洒下的阳光，几只老鹰在峡谷间飞翔。这时她感到船身猛地一晃，她像气球一样飞了起来，然后又没入了水中。她眼前缤纷一片。等到她从水面浮起来时，充气筏已不见了，她抱住了岸边的一块凸起的礁石，哭了起来，后来有人把她拖上了岸。

其他人于第二天在一块岩石的夹缝中找到了汪海川，他的尸体惨不忍睹。营救人员从他的肚子里挤出了很多水，但还是没有活过来。后现代主义的"中国鼻祖"之死给这次国际年会笼罩了一层阴影。但当天夜里，附近的山民偷走了他的尸体。按当地的习俗，他应该被火葬，以便他成为一只鸟，来保这片古朴的土地。当夜，对面的山顶上火光冲天，一些人在唱着古朴的歌谣，使高萍恍若隔世。后来她把汪海川之死看作是古典浪漫主义对后现代主义的偶然一击，这一击即一触即溃。

回到学校，校方简单仓促地为"新一代年轻学者的典范"举行了追悼会。在追悼会上高萍忽然被一个问题迷惑住了：谁会在我死后纪念我？她发现母亲和父亲都不会，他们连自己的事情都做不好。然后她历数从初三的少女时代她委身的男孩数起，数了一遍发现没有一个人真正地叫她刻骨铭心。林格写的诗句已飘逝，汪海川探入她裙子的手已伸入了天堂，这些人都是空心的。她不禁感到了生之悲哀。

5

到了秋天，一切变得灿烂而又金黄。高萍走在校园里，忽然为这四季最美的一段景象所迷醉了，她有一种想哭的感觉。前几天送走了陈静，她难过了几天。现在，她发现自己和银杏树有一种亲和的关系，因为银杏树一年也只能黄一次，她的生命也只能有一次，他们的相遇是最后的重逢。于是她哭了。

在这个时期结束时，她做了一个梦，梦见自己站在舞台上，灯光都聚在了她的身上，她在舞台上走来走去，在对着台下说着什么，但奇怪的是她听不见自己在说些什么。她能感觉到自己的嘴巴在动，可她不知道自己在说些什么，台下黑压压的人头纹丝不动，后来，她跳起舞来，整个剧场中没有一丝声息，她的舞蹈也没有声息。她在跳舞，空心人之舞。四周又黑又静，鸦雀无声。

尾　声

高萍曾经有一个设想，那就是本寝室的四个女孩子，加上胡克、乔可、林格、罗朗、马拉，一起搞一个化装舞会，在这个舞会上，只有上述几个人的面具，然后，他们自由组合着跳舞。这样的舞蹈如同洗牌一样，每一次改换面具，就会有不同的组合方式，这是一个多么有趣的游戏！

在一间大屋子里，几个人，几男几女，表情漠然地跳一场神秘的化装舞会，再也不会有比这更有意思的了。人的脸和人格一样，也是一个迷宫，谁也不能保证不在其中丢失了真实的自己。

在不断变换面具的过程中，他们交替成为别人，成为别人，一切秩序又重新被规定。后来，门被打开了。十个舞蹈者看见了几个空心人，他们加入他们中间，一起跳起了舞，跳起了空心人的舞蹈。

所有的骏马

上　篇

恍惚之中，乔可在火车上沉沉地睡去，他朦朦胧胧感觉到列车是不停地在向北方行驶，北方会以什么样的姿态来面对我？他听见钢轮和铁轨相摩擦的哐里哐唧的铿锵声，在半明半寐中似乎梦见了一座皇城。这座城巨大、庄严而又森严壁垒，一些铜马和石狮子守候着深宅府第的门口，镶有巨大铜钉的朱漆大门紧紧地关闭着。在那寂寂无人的古城中，只有一些古老的天象仪停在空地，旁边的沙漏在不停地泄漏着沙子，时间好像永远地向着过去在流逝，而不是朝向未来。列车呼啸着在黑暗之中穿行，车厢里灯光昏暗，一些人沉沉地睡去，犹如沙滩上的鱼。

列车在行进中猛地刹了一下车，车迅速地停了下来，车体的震动惊醒了乔可，乔可睁开了眼睛，后来他打开了车窗，潮湿而凉爽的空气立刻流了进来，他看见天空之中繁星闪烁，大地上灯影稀疏，这时他感到肺部不再憋闷得难受了。

这是哪里？已经到了北方了吗？乔可有些疑惑。他擦去了嘴角的一丝口涎，想起了大学毕业前夕自己做的一个梦。在梦中，全班的五十几个人都变成了马，在公路上飞奔。他们的毛皮发亮，鬃毛在风中飘扬。所有的骏马都在奔驰，很快马们就消失在城市楼厦的峡谷和立交桥下了。乔可明白这个梦的寓意：毕业之后，每个同学都是一匹孤独的马，义无反顾地冲进了像轮盘一样转动的庞大杂乱的城市，去寻找新的草地。比如现在，从没去过北方的他，正乘坐夜行列车，向北方的那座大城进行。他的内心是惶惑不安的，这使他有些焦急，列车在黑暗中鸣叫了一声，车身又徐徐挪动了。

　　我随着熙熙攘攘的人流走出了车站。站在这座陌生的城市的土地上时，我感到了一丝胆怯。到处都是人，每一张脸都是陌生的。我掏出了自己的报到证，自己要去的是一家钢铁公司。我喜欢看到钢花飞溅，我长大了想当个炼钢工人。十三岁时我对父亲这样说，身为农学家的教授父亲不以为然地哼了一声。在一眼望见高楼林立的城市时，这一瞬间我忽然非常想念在远方的父母亲。我为什么要到这里来？这时我看见了一个农村装扮的小孩子靠着栅栏在哭泣，四周都是表情漠然的人的水流在流动，谁也不理会她，她为什么要哭？

　　后来，我就在那家钢铁公司报了到，办妥了一切手续。我被安置在三个人住的宿舍里。这个时候屋子里就我一个人，今天下午我买了整整一箱啤酒。我把自己反锁起来，一边喝着啤酒一边感到自己孤寂得要命。我是应该回去还是留下来？一个人面对这么陌生而庞大的城市，我有勇气吗？我听着钟表胡乱走动的声音，喝掉了八瓶啤酒。几个小时后，由于尿太憋我冲到了厕所，痛痛快快地撒了泡尿，洗手的时候我看着镜子中脸色苍白的自己，咧开嘴笑了一下。我不回去了，我还打算死在这里呢。

这座城市以其广大和古老著称于世。接连的日子里在我新鲜异常的游历中，我体会到了城市的雄伟。在动辄几十层的楼厦的峡谷间穿行我感到了一丝错觉，就是这座城市像一块肿瘤一样在生长着，而人们却像癌细胞一样从四面八方汇聚而来。

有一天我在一条街边溜达时，看见几个警察在大街上追逐着一些盲流，手中的黑色橡皮棍子钝钝地打在他们身上，并把他们塞进汽车。这忽然使我感到了心虚胆战，我觉得自己也是一个盲流。那几个警察迎面向他走来，我忽然紧张极了，直到警察和他擦身而过，我的身体掠过了一阵战栗。我匆匆向前逃去。

"喂，大学生，你的东西掉了。"

我一回头，看见那个戴墨镜的警察手中拿着一本《计算机教程》。"你是不是病了？脸色这么不好，最好去医院检查一下，大学生。八成肚子里有蛔虫。"他把书递给我时，关切地拍着我的肩膀说。

真厉害，我想，警察一眼就看出我是个大学生。我愣了半天，扭身跳上公共汽车，在车上我表情轻松了。我是一个高级盲流，我自我解嘲地想。

有一天我想起来大学毕业前夕，几个被分配进这座城市的同学聚会，林格——他是一个喜欢夸夸其谈的家伙，那一段时间他还在读巴尔扎克的全部小说。他说，巴尔扎克时代与现在的中国有某种相似性。"其中有一个叫拉斯蒂涅的人物，他原来什么也不是，后来他出入于巴黎上流社会，周旋于贵妇人的石榴裙下，终于爬到了银行家兼政客的地位。乔可，咱们要向他学习，在北京那样该死的可怕地方站住脚。"林格说。

"只要他妈的活着，就不错了。"我说。

"别把自己看成废物一个，你对自己的估价总是太低。"

"狗屁。"我脸涨红了，大声地反驳说。

我回忆到这儿时却笑了起来。同宿舍的另一位学习铸铁技术的大学生曾子存诧异地看了我一眼。他比我早一届，他正在学习古代汉语。"每一个古汉语词都是一条河流、一个咒语、一座迷宫，有着无穷无尽的内容。"他和我认识之后，有一天他说。"你在笑什么？"他问。

"我在笑大学时代。"我说。

"对，应该笑，大学时代多浪漫、虚浮而又可笑，实在可笑极了。"曾子存用毋庸置疑的口气说。

不久，炼钢公司把这一届分来的几百个大学生分配到炼钢第一线去锻炼几个月，这时的我表情兴奋地浮动在面色白嫩、叽叽喳喳的大学生当中。因为毕竟要实现少年时代的一个梦了，后来，我穿上了工作服，戴上了防护镜，像是一个真正的炼钢工人那样来到了炼钢炉前。不久，我便喜欢上了那些粗豪的工人，虽然他们言语粗鲁放肆，但的确有些可爱。那些四下飞溅的钢花就像是划过天空的彗星一样。每天我的衣服可以拧出一公斤汗水来。晚上躺在宿舍里我觉得自己就像是一块湿毛巾。现在，我没有和同学联系，连家信也没有写。迅速到来的生活湮没了我，一切梦想和浪漫在远离我，乔可发现原来一切都是实实在在的，原来每一个人都是在为房子、票子和位子而活着。这可是我所始料不及的。以后再去炼钢，看着钢花飞溅，我突然从内心深处生出一种极度的厌倦。

我把头三个月工资全都寄给了父母，这是我第一回拿薪水。有时候，我把自己关在屋子里，听见这座城市像是一个大轮盘一样飞速旋转，而每一个人都来到这座城市下注，大多数将输得精光，想到这一点我就有些沮丧。昨天炼钢时车间里出了一次事故：一架吊车在吊一块钢板时不小心将一个工人的脑袋碰掉了，那场面看上去可真惨，脑浆涂了一地，脖子以上的部分荡然无存。当时我张大了嘴巴，心跳得几乎要胀破胸口。

锻炼期结束，我被分在了钢铁研究设计所，开始每天面对一大沓的图纸，最近我老是做梦，梦见我在黑暗的大街上走动，手里拿着一柄气枪，并用枪瞄准前面那些走动着的漂亮女孩的屁股……醒来之后我记日记：

> ……今天是我在这座城市生活的第四个月了，一切都已正常运转起来，我这才发现生活其实是艰难的。同宿舍除了神经兮兮，以啃树干般的《古代汉语》为乐的曾子存，还有一个叫朱向前的家伙，他毕业于上海一所大学，长得像是一座铁塔，他性格豪爽，昨天我们聊了许久，他想不通我为

什么不去南方发财而来到北方。他现在在宣传部编一份叫作《钢铁人》的有些夸饰的报纸。我曾经告诉他那次事故，希望他们予以报道，他告诉我有规定不许报道。

　　这几天我没事儿了就一个人胡思乱想：假如这座城市迎来了一场瘟疫或是霍乱会发生什么情况？它一定是手忙脚乱的会死多少人？五百万吗？我想着街上到处都是死尸和臭水，地铁停止运行，公共汽车里挤满了病人，乌鸦笼罩了城市。到处都是苍蝇、老鼠和跳蚤。噢，天哪，太可怕了。也许这座城市真应该被瘟疫洗却一回，只有这样，它才不会像现在这样盲目自大，冷漠和骄傲得令人作呕。

　　到了十二月，天已渐渐地冷了下来，我已经习惯了按部就班的生活，这一天忽然接到了一个电话，电话是林格打来的：

　　"喂，乔可，咱们有四五个月没有见面了对吧？咱们聚一聚怎么样？知道吗，叶晖已经发了点小财了，就是哲学系的那个叶晖，上大学时游行可积极了，可他现在承包了一个大酒家，专门配了一辆马自达牌轿车，紫色的，十分牛！至于我，也已配上了一台BP机，而且头儿马上要把我送到韩国学习八个月。元旦叶晖召集咱们聚一聚，乔可你一定要来啊。"

　　我说："你们适应环境真快，我不行，一个月才三百多块钱，我真想让瘟疫袭击这座城市。"

　　"你这就不对了，你没有理由仇恨社会。不多说了，咱们约好，十二月三十一日晚在天帝大饭店的餐厅，不见不散，晚上七点钟开始。你必须来。"林格放下了电话。

我愣了一会儿，想起了叶晖在学校创办"政治家俱乐部"时在台上滔滔不绝纵论国事的架势，现在摇身一变成大老板了。识时务者为俊杰，可是我还在恶毒地想着叫瘟疫袭击城市，我多么可怜而又可笑啊。

我那天晚上到达天帝大饭店时，酒会已经开始了。门口停了很多我叫不出名字的非国产车，甚至还见到了一辆红色的法拉利敞篷跑车。在灯光下那车身像火焰在水底潜行一样放出了迷人的光芒。有一个黑头发的华人带着一个金发女郎笑着从饭店里出来，钻进了那辆线条流畅的车，然后就唰地开走了。我望着车子消失，心情有些黯淡。我沿着旋转门进去，不小心还碰了头，我觉得，自己这时的动作显得笨手笨脚的，有些僵硬。大堂里金碧辉煌，菱形吊灯在穹顶上放射出柔和的光芒，侍者伸手请我向里走，我觉得侍者的制服很像中世纪某个欧洲国家牢狱门卒的穿着。我问迎面走来的大堂小姐说有人在这里搞一个party，他们在哪里？小姐指了一下电梯，告诉我向下到底层，那里就是自助西餐厅。

我来到了餐厅，我发现那里已经有一百多号人了。其中有一小部分都认识，都是这几年到这座城市的校友。我感到了一丝兴奋，有一种失群的马找到了马群的那种感觉。

"哇，乔可，我还以为你不来了呢，该罚一杯！"林格端着一高杯啤酒走了过来。他穿一件怪里怪气的乳白色西装，领子上还别着一个小金鱼胸饰。林格学着外国电影上绅士的派头，摇头晃脑地走过来，一边还用右手弹了弹他那条花里胡哨、又宽又短的领带。"领带不错。韩国产的？"我有些心不在焉地问他，一边用手搓了搓他的领带，"这些人全都是咱们校友？个个都神采飞扬的，一群红男绿女。"

"大部分是。走，咱们到那边见见叶晖，这小子新近又配了一台'大哥大'，号码是9188888，要发就发，妈的，好像他干什么都会发。不过他的生意真的好像已经做到全世界了。我真佩服他什么时候都走在时代的前面，大学那会儿，游行时他可是走在最前头的，嗓门还吼得最响，你说……"

"我不想谈这个，我只想见到几个老朋友，匡亚明、周晓南他们来了吗？听说他们被分配到了郊区的化工厂，混得不怎么样，老是跟头儿处不好关系。"我四面探望着。我注意到林格已经胖了，而且他的目光总是不停地在人群中扫来扫去，显得心神不宁。"瞧叶晖那人，正在那边和几个女孩儿套瓷儿，我说，我这一去韩国，一年就见不到了，我他妈可真伤感……"林格说着，做出一副要流泪的样子，这时候腰间的BP机响了，"我得打个电话，我真他妈忙，是谁在呼我？"他低头掏出BP机，赶紧找地方打电话去了。小厅里响起了说话的嗡嗡声，还有盘子和刀叉相碰的声响。大家三五成群在交谈着。我也拿起了一个盘子，开始往盘子里夹东西。后来觉得虾仁好吃，就只夹了满满一盘虾仁。我回到了人群中，向叶晖走去。叶晖穿着一件络红色的单排扣西装，黑色衬衫，扎着一条白色的领带，满面春风地被一大群人簇拥着。见到了我，叶晖那张像瓜子儿一样的脸变宽了：

"啊，乔可，是你吧？我真想你，我说咱们有约莫半年没有见面了吧？""是的。叶晖，你是我们这一届混得最好的，听说你还配上了一部'马自达929'型车，还有一部大哥大什么的。"

"哪里，那是单位给的，工作而已啦，也是为了方便。北京这么大，跑起来还不把腿跑细了？喂乔可，听说你那里可以倒卖钢材？有盘条吗？我要二百吨。手续费大大的，绝对超出一般水平。"叶晖捻了一下他西装上衣口袋中装的一朵玫瑰花，把一枚花瓣捻成了小细条儿。"钢材？不干，我不倒卖那玩意儿。"我愣了一下说。"那你那里在倒腾什么？"叶晖看上去非要想弄个明白不可，"这年头，咱们总得赚一点钱吧。""天空。我倒卖天空。"我严肃地说。叶晖呆愣了一下，然后突然哈哈笑了起来："乔可你可真有意思，说话还是像大学时代那样充满了诗意，怎么，现在还写诗吗？来，咱们碰一杯！"叶晖举起了酒杯。

"他说什么叫你笑得那样响亮？"一个穿着一件开胸很低的黄色套裙的女孩子笑吟吟地走了过来，用胳膊挽住了叶晖，还认真地在他的脸上啄了一口，印下了一个显得调皮和滑稽的口红印。她嘴唇的口红颜色显得暗了些，因此她那份很有魅力的脸便减色不少。叶晖有些尴尬，他对大家耸了耸肩："常莉这人就是这么热情，我的老同学乔可说他在倒卖天空，哈哈哈……他原来是一个诗人，他的话可真有趣……"我走开时听见叶晖说着。

离开学校半年，社会已经用它的规则改变了我们很多东西。我一个人找了个僻静的地方坐下来，因为没有找到我的好朋友匡亚明和周晓南，所以我显得很孤独。大家都在说笑着，大部分人的话题是谈论如何赚钱，即使那些十分漂亮的女孩子也不例外，她们中有的人在谈着化妆品的直销生意。看来这真是一个很好的信息交流会，我想。这时我把注意力集中到我坐的椅子上，这是一把十分精致的西洋风格的椅子，简洁明快。在我面前的一堆高脚酒杯，反衬着十分美丽的灯光。灯光细碎、多彩，我稍微挪动身体，光芒的变化就十分纷繁复杂，跳跃个不停，仿佛是具有神奇的生命。我看到了这些，感到自己的心在莫名其妙地颤抖，仿佛被什么东西感动了，我长久地坐在那里，仔细地观察着各种颜色在玻璃杯上的闪烁，迷醉于其中。过了一会儿，我站起身，悄悄一个人走了，没有人注意我的离开。

元旦过后，春节就要来临了。我收到了父母亲言辞恳切的信，信中希望我尽早回家过年。我一边读信，一边回想着父母的面孔，但令我感到吃惊的是，父母的面孔竟无论如何都想不起来了。我吓了一跳，一个下午坐在办公室一大堆图纸面前，拼命回忆着父母的脸，可直到下班了也仍然无济于事。我感到了惶惑和恐惧。我不能回家去，那么，去哪里呢？

大年三十的夜里九点，我穿着一身厚厚的棉绒衣服，背着一个大旅行包，头戴一顶看上去有些滑稽的大棉帽上了火车。车厢里空空荡荡，没有几个人。我在一个三人座的位置上坐了下来。列车启动了，我感到很高兴。

我想在冬天看到马。不知为何，这个该死的念头最近一直在我的脑袋里转悠，挥之不去。加之我想不起我父母的脸，这有多么可怕呀！什么时候我想起了他们的脸我再回家。我现在不想回家，我要远行，我得承认最近我做的梦中不停地出现马群在奔跑，它们万蹄齐飞，擂鼓的声音震动了大地，我的心在跟马群一起飞。

我这是要到内蒙古去。也许我发疯了，可现在这个世界都发疯了，因此我又是正常的。我想如果这个冬天我看不到马群，我这个冬天都没法过。列车在北国的大地上向西疾驰。车到包头的时候我兴冲冲地下了火车，我问车站上的一个人："到哪儿能找到马群？"他愣了许久，目光混沌而又茫然。"马？你是说马群？它们冬天全都被关进过冬草场啦。要到春天转场时，才会把它们放出来。你现在什么也看不见，大过年的，你没有发疯吧？"

我说我不是一个疯子，我只是想在冬天看到马群。可是哪里才能找到马群？我有些急得要哭出来似的。"我必须看到它们。"我说。

他打量了我半天，脸上的雀斑在生动地移位。"我看你干脆去新疆吧，我听说那里有马，冬天也有，就在大峡谷间奔驰。"他说。

后来我又上了火车，坐着火车继续向着西北方向而去。窗外的景色苍茫、寂寥，整个北方大地好像都没有几棵树，到处是白茫茫的一片。有时候，我能看见一些黑色的乌鸦在半空中飞着，在雪光的映衬下分外醒目。有几辆牛车和驴车在雪景中移动，像是一幅古朴的油画。我感动得要哭，我把额头趴在车窗玻璃上，充满热忱地望着辽远的大地。

列车到达了终点站乌鲁木齐。我竖起了领子，感到新疆中部冬日的阳光冰凉，我戴着墨镜，踩着吱吱作响的白雪，找了一家旅馆。第二天我像一只流浪的猫那样穿行在乌鲁木齐的街道上，听着维吾尔人奇特的谈话声，感到神秘而美好。我还买了几把精致的匕首，匕首上镶着彩色的玛瑙，和一方美丽的尼泊尔丝巾。我得把丝巾送给我在北京爱上的第一个女孩，我想。我还看见天山山脉像一条龙一样延伸而去。回到旅店，我问店主："请问在哪里可以找到马，冬天的马群？"店主的胡子被他自己吹了起来。"小伙子，你去伊犁吧，在那里的草原场上可以看到马群。你得坐两天两夜的火车。你去干吗？是要往内地贩马吗？你不像是一个马贩子。"

我笑了："我真的是一个马贩子。谢谢你。再见。"

大年初六的时候我来到了中国最西北的一座城市伊犁，下了车，我雇了一辆驴车，来到了冬季马场。我见到了漂亮的伊犁马。我趴在栏杆上，贪婪地看个不停。后来我钻了进去，我骑上了一匹马，马在广阔的牧场里奔跑了起来，后来把我从马背上甩了下来，我啃了一嘴的雪和泥。我像个孩子一样心中充满了透明的快乐，一些马围了过来，走近我并用喷着粗气的鼻子去闻我的脖子。

十天以后，我又回到了北方的大城，走在宽敞的大街上，我的心中映现的是那些马。我真的见到了骏马！在此之前，我是南方的一株小草，没有感受过北方强劲的冲击。我感到很带劲。

西北之行驱散了我心头一种厌恶感和孤独，我获得了新的生活感受。父母来了一封信，问我过年怎样。信中还说我母亲由于过于想念我而于大年三十病倒，在医院躺了整整一个星期。我隐隐有一种负罪感。

一进入三月，天气一天比一天暖和，空气也变得湿润温暖，在这个月中，总公司开办了一个经济知识及技术培训的夜校。上的课对于我来说算得上是小儿科，我坐在那里，要么数老师脸上的雀斑，要么在一张白纸上胡涂乱抹，后来我注意到坐在身边的一个女人看上去有点儿特别。

她有二十七八岁，头发稍微有些凌乱，看上去已经结了婚，但她的眼神却像少女一样单纯和清亮。她显得很瘦，胸部微微起伏，骨盆也并不宽大，而且还略略显出了类似瓷器的曲线。她的脸上带着一种宁静的气质。她总是在课已开始十几分钟后才来。我想和她说话，却又有些胆怯，到了第四天，是她把头向我偏了过来："你干吗要画那些坦克飞机和大炮，小孩才这样，你真有意思。"

"我也许是童心未泯。这课对于我来说太简单。尤其是英语，你听王老师的发音，有三分之一都是错的，我怎么去听，可我又没法跑掉，"我小声嘟囔，"听说结束后的考试是今后评职称的重要参考。真他妈烦人。"然后我又画起了马，十分入迷。

"你这个人挺有意思。去年来的大学生？"她的眼睛亮亮地闪着。

我耸了耸肩，表示是的。

"那么可以帮我辅导一下英语吗？我就头疼这个。每天我得把孩子哄睡了才能来，所以我老迟到。认识一下，我叫丹妮。"

　　"我叫乔可。你的名字听上去有些像某种化妆品的名字。我愿意帮忙，你今后就叫我老乔好了。"我扔下了笔，对她说。

　　她轻轻一笑："你才多大呀，还叫老乔呢。"

　　那天我们就这样认识了，后来我记得自己趴在桌上给她小声讲解了半天的英语，把那些该死的技术名称都标了出来。下课回宿舍的时候我也送了她一程，两个人都没有说话。我们都有一种隐隐的亲近感。回到了宿舍，我早早地躺到了床上，曾子存正在台灯底下钻研《周易》，他说："乔，这《周易》据说是周代一个大臣的私人日记，记录了三百八十四天的事，这种说法多么有趣！"朱向前和几个人在打扑克。"乔可，你看上去怎么心事重重的？是不是向谁表白了一番，结果遭到了姑娘的拒绝？"朱向前扭头对我说。

　　我没有理他们，后来打牌的人走了，大家都上了床，我觉得心中有许多忧郁的小虫子在爬。我觉得自己是属于黑夜的。

　　一大早我就接到了林格的电话："一个坏消息。叶晖昨天晚上回家时，被几个在路上走着的人莫名其妙地扎了一刀，扎在大腿的血管上，现在正在抢救。医生估计抢救过来也要成残废了。"他的声音听上去有些沉痛，这个消息叫我感到了震惊。我说："我们去医院看他吧！"

　　"不，医生不让见。过一段时间吧。不过我最近又开始琢磨人到底为什么活着？我发现我正在沦为平面人，没有深度的人，我迷上了老虎机。昨天晚上被吃进去了三百块。我发现这个城市真像个大轮盘，它得叫你把口袋里所有的东西都掏出来才肯罢休，现在我在城市摇滚乐节奏下机械地跳着舞步，根本就停不下来，我停不下来，他妈的。"

"林格，你不是哲学家吗？再说，你还曾经想当巴尔扎克笔下的拉斯蒂涅的，怎么能歇业呢？这不符合你的性格。"我说。

"告诉你吧，我已经跳槽了。我在一家中韩合资的公司里负责一种快速补胎的胶水生产。嘿，挺有意思吧？现在，我月薪一千八百元，感觉仍是不舒服。我只是在机械地跳着舞而已。你什么时候跳槽？"

我无言以对，过了一会儿，我放下了电话。

晚上上课的时候，丹妮仍坐在我的边上。"好不容易把孩子哄睡了，所以，又来晚了。"她有些抱歉地朝我扬了扬眉毛，轻叹了一口气。我耸了耸肩，然后开始给她补习。面前的字母、图纸和文字在我们的眼睛里跳跃着，像是一群活泼的蝌蚪，又像是跳动的星星。

这天回去的路上，我和她走得比过去慢，还多绕了一个圈子，最后，我把冬天去西北看马群的事告诉了她。"我得找个心理医生咨询一下我是不是得了神经病。"丹妮在黑暗中愣了一会儿说："你这个人很特别。这倒不是什么精神病。也许你是一个天才也说不定呢。"说完，她自己轻轻地笑起来。

我忽然觉得也许她会成为自己倾诉的对象。女人在我看来大部分是现实主义者，你不可能要求她们理解你。"这几天我正在看一本叫作《男人的不幸》的书，我想推荐给你看看。"我说。

　　"男人也有不幸？"丹妮又瞪大了眼睛，她的气息倒是十分清爽动人。

　　"那当然。男人压力太多太大。说点儿别的，明天下午去美术馆看画展吧。德国新表现主义画派的画家伊门多夫画展，去吗？"我看见丹妮点了点头，然后，两个人就告别，并分别消失在两个方向了。

　　我和她去看了伊门多夫的画展。至少伊门多夫的《德国咖啡馆》深深地打动了我。丹妮看画凭着她女性天生的直觉，说出来的见解很生动。也许女人天生都是艺术家。在美术馆还有一个叫常晋的女画家的画展，她的画全是女人对自身的阐释与表现，充满了梦、潜意识和女性意识。我和她约莫在美术馆里待了一个小时，在空阔的画廊里走着。时间在这时如同很稠的液体缓缓流动，没有阳光挥洒进来。高大的圆柱撑起了房屋，这里是一个聚拢着伟大精神的地方，这里是一个圣殿。在和丹妮分手时，那是在一条街的拐角处，我猛地一把把她揽在了怀里，在她的嘴唇上吻了一下，仿佛尝到了冰凉的阳光。丹妮被这突如其来的袭击弄得不知所措，脸涨红得像个苹果。她忙跳进了一辆黄色面包车，然后车开跑了。

　　我一个人站在那里，嘴角挂着一个微笑。我的眼睛莫名其妙地潮湿了，我掏出手绢擦去了它们，我想也许我该跳到马路中间跳跳舞才对。城市像个大轮盘在我的脚下旋转，呼唤着每一个人下注。你想下多少？这天夜里丹妮没有来上课，我忽然变得心神不宁起来。我对自己的所作所为进行了道德检查，因为，自己吻了别人的老婆。这个吻也许是一时冲动下的不负责行为。可她嘴唇上冰凉的阳光的滋味真佳。听说她丈夫是一个五大三粗的人，她会遇到什么情况？是她的孩子病了吗？我真的爱上她了？我为什么要吻她那一下？这一吻使得我们之间消除了最后的距离，也许我已无可逃避。我坐在那里心情复杂地胡思乱想着，后来我随着下课的人流一同向宿舍区而去。

到了第三天晚上，开课已经十五分钟了，丹妮有些脸色慌乱地走了进来。她迟疑了一下，还是坐在了我身边。"这两天你怎么没来？生我气了？"我小声地问她，"要是我过于失礼的话，请你原谅我。""不不，是我的孩子病了。发高烧，今天上午才退烧。"她平静地说，一边赶紧找我的笔记，把已经讲过的一些课程抄了下来。

我放下心来。我突然觉得心中覆盖了一层阳光，这是她带给我的。在随后的几天，丹妮好像在回避我，而且，下课丹妮也拒绝叫我送她走。"有许多色狼在这一带溜达，你可要当心啊。"我半开玩笑地说。"不会的，再说，我也挺不好看的。"丹妮莞尔一笑，转身隐入了黑暗。

然而丹妮越是回避我，我越是渴慕她。这是一种热烈的绝望的期待。这一天下了课回宿舍，两个人默不作声地在黑暗中向前走着。走进一幢大楼的暗影里时，我用坚实的双臂搂住了她，一阵幽香拂过我的鼻翼，她的头发弄得我的脖子很痒。"不，不，乔，这样不行，不，不不，有很多人会看见，你放开……"然而我已经在寻找着她的嘴唇了，我已经把自己的嘴唇盖向了她。"我是一匹找不到马匹的马，我很孤独和绝望。"我喃喃地说着，一边用力地吻着丹妮。丹妮被动地接受着，后来，她的嘴唇也渐渐地迎了上来，去寻找着另一个灼热的泉源。两个被生活追赶的人相互拥抱了，也许这种情感是可怕的，但我们却紧紧地抱在一起，感受到麻木生活中的一丝新的激动、震撼与慰藉。后来丹妮感觉出我伸向她胸脯的手扯断了她的乳罩带子，她说："乔，好了，我们回去吧，回去吧。"她制止了我。

　　躺在床上，我的眼前星光跳跃。我不知道我在干什么，我的身上还留着她淡淡的香气。在朱向前和曾子存的微小的鼾声中我思绪有点儿乱。也许这一切都是转瞬即逝的，也许明天一大早，我们又形同路人，在我们之间什么也没有发生。生活中到底什么是坚实可靠的？我觉得我像一个风筝，被一只手放入空中，我在风中摆动，一条线从大地上伸入天空牵动我，我有些快乐，但同样也有些忧伤。

　　那是一个星期天。中午时分，我和她坐在王府井街口的麦当劳餐厅里吃快餐。我要了两份"巨无霸"，和一包炸土豆条，一罐啤酒。而她则是一份"麦香鸡"和一份热巧克力。我很喜欢吃汉堡包，那种东西干净、方便，热量又高，在地铁东站到处都是。我嚼着炸土豆条，一边眯着眼睛，从丹妮的肩膀上望过去，看着大街上匆匆忙忙的行人。街上的人像是水中的漂浮物一样缓缓流动着。"你在看什么？"丹妮问我，"你有时候经常陷入沉思，有些莫名其妙的。"

"我在想也许生活就像是一条河，把每一个人带向不同的岸边去。"我说。

丹妮笑了起来。在她的眼睛里，我有时候显得很好玩儿。"你有时傻得可爱，"她说，但她的脸旋即被一阵阴云包围，"说真的，我不知道我们俩该如何是好，我现在很麻烦，我很难过。"

"我会娶了你。虽然你比我大两岁，可我觉得你仍像个姑娘一样。当初为什么要嫁给那个人？"我的眼睛放出了光亮。我知道自己真的已经爱上了她。

"我也不知道。女人总是随着自己的情绪走的。现在我也没法回避你，可有时我又觉得我们没有未来。何况我还有一个女儿。你别说傻话了。"她皱了皱眉。

"她很可爱，是吗？"我大口地嚼着"巨无霸"，说。

"她才三岁，非常可爱。不过她也许会不喜欢你。"丹妮安静地整理了一下裙子，幽深地看着我。在我感觉中，丹妮带给了我母性和少女两种类型的情感。我也不知道自己为什么会喜欢上一个有了孩子的女人。"你的裙子很漂亮，尤其是那些蓝色和橘黄色相搭配的花瓣。"我把目光转向了她的裙子上的图案。

"谢谢。"丹妮收了一下肩膀，"我在想我们还是……不要再这样来往了吧。真的。"她认真地说。

"恐怕太难了。"我用餐巾纸擦了擦嘴说。

后来我们都没有说话，对望了一会儿，目光中含了很多难以言传的东西。大厅里人声喧哗，窗外车水马龙，这是一个快餐流行的世界，一切都已经快餐化，我有些绝望地想。那么什么是永恒?

我们走了出去，来到了大街上。楼群间的峡谷风猛烈地吹着，在风中人人似乎都有些倾斜。我忽然注意到有个穿着一套咖啡色西装的高个子外国人倚在麦当劳餐厅的窗台上，他的长相非常奇特，眼睛深陷，他有三十几岁，他看世界的目光安静而冷漠。"你看他多像一个高卢人，"我对她说，"古代高卢人，真英俊。"

在过街的时候，从长安街向右拐入王府井大街的一辆红色夏利突然撞倒了一个女人。血、血! 一些人在惊呼，警察反应相当敏捷，一辆警车随后赶到，那个女人被抬进了车，警察驱赶着围拢来的人们。"她没有被撞死吧? "丹妮挽着我的胳膊过街后小心地问我。"也许已经死了，"我说，"这个世界，人人都是水上的漂浮物。明天你将漂向何方? "

"不知道，我真的不知道。"她喃喃地说。我们在风中倾斜着向广场方向走去。

这时候灯光已经熄灭，一些深红色的窗外灯光泻进屋子。我和她像两条鱼一样在黑暗中游泳。我们彼此静静地拥抱着，手像寻找水域一样在身上探寻。黑暗之中我们的身体仿佛泛着荧光，在大海里一同向着黑夜的深处游去。

"为什么你的嘴唇冰凉？"我问。

"不知道。我从来都不和丈夫接吻。我讨厌接吻。告诉我，你和别的女孩上过床吗？"

"那是很早以前的事了。高中时代因为初恋有过畏畏缩缩的性探索。幼稚而又苍白的激情。大学时代我压抑极了，我喜欢上了一个女孩，但是我却从未向她表白，烦极了我就一个人去动物园。"

"去动物园干什么？"她在黑暗中轻轻地笑起来。

"去看河马。我最喜欢的动物就是河马。毕业前夕她主动跑来找我，我记得那天宿舍的人都已经走光，我一个人在房间里感伤得要死。我和她脱了衣服拥抱在一起，什么也没做，抱在一起一整夜，什么也没干，真的。你相信吗？后来，也就是第二天她就去了南方。"

"平时没有女朋友不寂寞吗？"

"没事儿，冲动的时候就手淫来着。"我说。

丹妮又笑起来。我们不再说话，又重新地紧紧拥抱，接吻，彼此紧紧地像水草一样纠缠在一起，生活像水漂一样稍纵即逝，也许人能拥有的只有现在。我感到她的身体像蚌一样微微张开。我感到大地稳稳地托住我，我们像人类自古以来所有的恋人那样，像土地和天空一样密不可分。我像一个农夫那样挖掘着她和大地，心中的庄稼在茂盛地成熟。

这天晚上上课的时候，有一个身穿牛仔服的壮汉走了进来，对我说："你出来一下。"我抬起头的时候发现他的眼睛里闪烁着阴郁的磷火。我明白了，他就是丹妮的丈夫。我悄悄地走出了教室，来到了外面。天上繁星闪烁，黑夜里清凉的空气十分甘美，也听不见夜鸟飞翔。我隐约看见丹妮穿着一袭白裙在黑暗里站着。这一刻我的内心之中突然涌起了一种悲壮情绪，也许我会像普希金一样倒下，我想。黑暗中三条人影形成了一个三角形。

"我姓赵，我是她丈夫。我想弄明白一件事情。"他说话的声音中仿佛饱含了沙子，叫我听上去并不舒服。有些娇弱的丹妮低着头，风把她的头发吹散，我看不见她的脸。"丹妮告诉我她喜欢你。你为什么要勾引她？"

"我喜欢她，就这么简单。"

"你真的想娶她？娶一个被别的男人用旧了的女人？你不了解她。再说，我和她还有孩子。"

"我已经说过我要娶她。"我说。

"不！这不行，这不可能，她怎么会嫁给你这样一个乳臭未干的臭学生呢？丹妮，你说，你要嫁给他吗？"

"我喜欢他，也许会嫁给他。"

"就因为他比你小几岁？就因为我是个粗鲁的人？"

"有些事情你永远也不会懂的。"丹妮冷冷地说。我突然有些怜悯起他来，他体格那么壮实，可他现在却被击晕了。

"丹妮，跟我回去。咱们慢慢商量。也许我会同意离婚的。乔可，咱们有话后说。"赵的呼吸声十分急促，他看了丹妮一眼就走了。丹妮没有动。我这时却感到茫然无助。我觉得这一切发生得叫我瞠目结舌，似乎有一种什么力量在把我不可避免地推向某种结局。"咱们走一走。"丹妮唤醒了我。我们并肩向前走去。"我该怎么办？"我问，声音中竟含有一丝慌乱。"你不是说过要娶我的吗？"丹妮挽起了我的胳膊，幽怨地看着我说，"而且我也爱上了你。"

"我觉得心乱如麻，我不知道你丈夫会对你怎么样。他也许会杀了你和我。他杀了你该怎么办？"

"你就那么软弱吗？胆小鬼！我已经把我的全部都交给了你，可你却想把我再推走，伪君子！"丹妮放开了我的胳膊。"我不是这样的人！"我急忙赶上去，"我会去迎接一切结果的。"我揽住了她的腰，尽管我的确有些不太自信。我们向前走着，黑夜和我们融成了一体，我们脚下的城市像个巨大的轮盘一样在旋转，在等待着每一个人下注。

"你真是一个傻子，真他妈疯了。你这是在干什么？破坏人家家庭不说，人家都有孩子了你还去勾引她。她魅力无穷是吗？我可没看出来。赶紧悬崖勒马，还来得及，否则你算完了。你弄得自己太被动了。"朱向前一边使劲儿地拽着拉力器，一边斜着眼骂我。我心乱如麻，我不会应付生活，我承认。"但是我的确喜欢她。"我说，我显得焦躁不安。

"可我觉得那个小女子挺有心计的。她先让这件事败露，再叫你和她丈夫互相施以压力。她现在掌握了主动权。现在她一定可以让丈夫言听计从了。如果她离成婚了，你也跑不了，因为影响会很快传出去，你在单位都没法待。她一石双鸟，哈！"

朱向前幸灾乐祸地说，"你们研究所的人都已经知道了。不过，社会开放了，也无所谓。但你得慎重。生活中处处是他妈的陷阱。"他对我说。我面对的是一座可怕的城市，我已经被扶上了战马，我又能怎么样？"你听说过草原上冬天牧人死于追赶受雪暴惊吓的马群的故事吗？"我问他。

朱向前的脸上流露出像看一个外星人那样的表情。"你他妈的真是一个疯子，你怎么会提起这个？"

"牧人们在追赶马群的千里路途中死于马背之上。"我淡然地说，然后走出了房门。

我和林格、匡亚明、周晓南一起去看已变成了植物人的叶晖。他躺在那里安详而又沉静，脸色竟有红光。我们的心情是沉重的。凶手至今没有抓到。为什么会有人将无端的仇恨发泄在过路的人身上，从而使一个勃勃生机的人变成了植物？我们默默地站在那里，向着叶晖行注目礼。我的脑海中映现了在大学时代里叶晖的身影。我为这样的结局而迷惑不解，像树桩一样站在那儿，直到护士提醒我们离开。出了医院的大门，林格重重地吐出了一口气。"真他妈不幸，还不如死了好。"他说，"妈的。"

我在她身体的海洋上前行，眼前的钢花飞溅，在瞬息之间爆炸开来，在空中展开了无数条美丽的弧线。我听到了火车在风中疾驰的声音，铁轨在幽蓝的月光照耀下伸向远方。她在我身体下面展开，如同大地本身……慢慢地我缩成了一个小小的果核，藏在她温暖的怀里和子宫里。肉体的激情湮没了白昼之下现实生活的威压，我感到自己像一块发红的铁，又像是一座小型的正在爆发的活火山，在喷着红色的岩浆。这岩浆灼痛了她，她在颤动，头上的星星也密密地碎裂开来，落在了我们的眼睫毛上。我感到和她像树与根一样亲密。哪怕明天会死去，这一刻的生命激情也是值得的。

然而，当大海上的太阳落下，帆也不再升起，当海潮也因为月亮的引退而趋于平静，当搁浅的红船停靠在沙滩上，连铁锚也闭上了眼睛，我们像是空空的海螺，没有了回声。不一会儿，她哭了起来，哭声显得那么绝望和深刻，复杂的感情抓住了我们，以至于我们感到了无援无助。你还在这里。你没有离开。你会永远和我在一起吗？是谁把我放在了一条小船上，然后叫我在苍茫的大海上漂浮。我丢掉了桨，我没法靠岸，我们会最终离弃吗？

我把手放在她的身上，感受到她和我起伏的身体像是两段凝固的海浪。我们会遭受什么？借着光亮我可以看见她美如沙丘般的乳房，我把脸埋入她胸脯间的深谷，像孩子一样在花蕊里睡去。

事实上，我们的恋情像灰尘一样传进了单位很多人的耳朵。设计研究所所长，我的顶头上司今天找我谈话了。这是一个年过四十就开始秃顶的知识分子，他的目光中含着悲天悯人的意味。

"小伙子，你这是在干什么呀？你知道嘛，我打算今年夏天就派你去俄罗斯学习三个月的。现在，我无法在报告上签字了。"

"无所谓，所长，叫所里更有前途的人去干更好。"我一点儿也不领情，我想我可能已经疯了。谁把我扶上了战马？这是一个转盘城市。

"这话像是一个傻瓜说的，不像这个时代的年轻人说的。要务实，你应该多考虑考虑自己的前途和发展。和她在一起对你一点好处都没有。"

"这是我个人的生活，所长，我知道您的心是好的，可是，我已没有别的路可走。再说我也很喜欢她。"

"你在拆散一个家庭，要知道中国仍是一个道德化的社会。"

"正因为如此，我还非向前走不可。如同向前的马群无法回头。"

"马？这跟马有什么关系？"秃头锃亮的所长终于皱起了眉头。

"对，在马群中一匹马无法回头。所长，放我走吧。"我恳求地望着所长，所长烦闷得生气地挥了挥手。

走在天空下，我觉得低低地压下来的云彩显得十分沉闷，空气中充满了灰尘，我要爆炸了。我想，我在人行道中走着走着便产生了幻觉，仿佛自己在水中行走，而那些走动在路上的人仿佛是其他的鱼群。四周好像声音消失了，只有鱼们在静静地流动。我怎么啦？

这天晚上我刚刚跨进自己的宿舍，就看到丹妮的丈夫坐在我的床上。另一边，曾子存像一只惊慌的刺猬一样在埋头看他的书。"你回来了？他，他找你。"曾子存的声音中含有蜂翼般的颤抖，他说完就用一本书掩住了脸。

"咱们出去说吧。"那个姓赵的人说。

"好。"我扔下了手中的公文包，跟着他走了出去。我们像是河流中漂浮的木头一样，并排浮起在黑暗的街道上，我们这会儿是仇敌可却肩并肩地走在一起。我们沉默着，一直向前走，走得灯光稀少了下去，星星像密密的眼睛一样布满了天空时，我发现来到了一片小开阔地上。远处，游乐场中迪斯科音乐和彩色灯光在变幻。"你最好还是放弃她，还来得及，别叫大家不好收场。"

"你这是威胁我，我不怕。"我说。

"我实在弄不明白，你喜欢她哪一点。你干吗要拆散我们的家庭？我们还有一个三岁的孩子，你疯了吗？"他的呼吸像圆木流过山坡一样粗重。

"我已准备和她结婚，在她和你离婚之后。很抱歉！"我耸了耸肩，"不过我没疯，我喜欢和她在一起。"

"不，我决不和她离婚，那样，我太丢人了。我无法接受，你是一个浑蛋……"他哭了。

然后他扑了上来，像一头豹子冲撞着我。我觉得眼前星光闪烁，我不想还手。肚子被猛烈的撞击所震荡，仿佛胃被打烂了。鼻子里流出来的灼热的液体一定是血。我没有还手，灯光闪在我脸上像破碎的银子。后来我倒了下去，眼睛肿得看什么都在摇动。我在呻吟，我像一摊泥一样躺在那里。"其实我看不起你。"丹妮的丈夫又踢了踢我的脚，"你就像是一条死狗一样。"

中午的时候丹妮推开了我的门，我正躺在床上。"他是个疯子！"丹妮的眼睛里涌出泪水，"我已打了离婚报告了。"她用手抚摸着我青肿的脸。我觉得自己有些泄气，我原本是可以还手的。

"他也打了我。昨天他几乎是强奸了我。他在法律上仍是我丈夫，我毫无办法。"

"我也许会杀了他。但也许没必要。"我用手攥住她的手，"因为我是爱你的。我因为你而增添了对抗世界的勇气。"我喷出了粗粗的鼻息。

"我们会很快就在一起的，他毫无办法。"丹妮用手摸着我的胸脯，像一个孩子那样笑了笑，她总是那样笑。

"我是一个高级盲流，我其实什么也没有，你干吗要喜欢我？"

"我也不知道，我总得喜欢一个好男孩，我总得依附一个男人。"丹妮说这话时突然陷入了沉思。我也沉默了。我弄不清自己为何一步步地走到了这种境地，她也许只是一个幻象，我像一个不认识的人那样看着丹妮，可是有一种超乎自然的力量在推着我前进，叫我在轮盘上下赌注。

有时候我梦见自己变成一只鸟在飞越城市。在我的翅膀之下，整座城市是一个海洋，灯光与灰尘的海洋，到处都是钢筋和混凝土，到处都是泡沫明灭的气息，到处都是展览，是买卖，是发了霉的爱情。城市掏光了每一个人的口袋，包括他们全部的爱情与钱财，城市是虚幻的。我梦见自己站在十字路口，四个方向的汽车在飞奔，而我则茫然若失。

研究所里同事看我的目光中包含了怜悯、惊叹、诧异、幸灾乐祸、悲天悯人。我成了过街的刺猬。这个社会人人都在关心别人的事，却从来也管不好自己的事。一种强烈的冲动使我直接冲进了所长办公室，我对有些惊愕地抬起头来看我的秃头所长说：

"所长，我要申请去一线炼几天钢。"

所长的眼睛在眼镜片后闪烁了一会儿，目光中含满了关切与疑问。"好吧，我打个电话，我得听听一线的意见才行。"他立即拨了一个电话，在电话中向一个人简明地说了一下情况，之后，他放下电话说："好的，你可以去炼钢一线了，两个星期。不够了还可以延长，小伙子。"他拍了拍我的肩膀。

"谢谢您！非常感谢！"我朝所长鞠了一个躬，然后大步走了出去。

"真是一个傻瓜。"一个女同事望着我的背影说。

"还是个蠢货。"一个老工程师说。

"不，他还是个孩子，他哪里懂什么生活？他会毁了他自己。他在这里干也不会有什么前途的。"另一个女同事感叹道。

"这年头，第三者已与道德无关，离婚率高说明社会的进步，人家的私事少议论。"一个三十多岁的小伙子说。

"可你说他没发疯吗？那个女的孩子都三岁了，他要她干吗？你说他父母会同意吗？"

"一点儿屁大的事都要议论半天，你们老老实实地画你们的设计图吧。"所长走出了他的屋子，恼怒地说。

我戴着装有深色防护眼镜的炼钢工人戴的工作帽，用力抄起手中长长的钢钎，去捅那火焰熊熊的火炉。我可以听到火炉里毕剥爆响的火焰的声音，在我的防护镜片上映现的是玫瑰色的钢汁在缓缓流动。火星四溅，美丽得如同爆开的星星。我可以感到汗水在背上欢快地淌着，像小河一样。身上的工作服如同被灌了铅，重得要命。休息的时候我只想脱去衣服然后拼命地喘气，我发现自己简直就像是淋了雨一样，我的耳朵里充满了钢水熔流的声音。

"嗨，大学生，是不是坐办公室屁股太痒痒，想到这儿来活动活动？"

"我只是想发泄一下。"

"发泄？咱单身汉平时发泄靠手淫就行，多多手淫，有益于身体健康，干吗要来这里炼钢？你没犯傻吧！"

"瞧人家大学生脸都红了，你们嘴里真是不干净！"一个长相俏丽身材丰满的女工走过来说。

"梁姐，你的曲线可真是万分动人……"一个青工用手贴着她的屁股摸了上去，"我天天夜里都……"

"都想你妈，对吧？"梁姐一把甩开了那个小伙子的手，"一边手淫去，小心我告诉你媳妇叫她把你给阉割！"

"别别！千万别来这一手，男人最怕这一手了，我认错还不行吗？"那个留有一头卷发的青工跳了开去。

我却笑了起来，我喜欢这些人的外表粗鲁、内心质朴。

"大学生，还没找女朋友？"梁姐斜着眼问我。

"有老婆了，还有一个三岁的孩子。"我笑了笑。

"那你不是没执行计划生育政策？"

"不，我娶了一个有孩子的女人。"我正色说道。梁姐愣了一下，才说："不错，好小伙子，敢收罗被别人用旧的女人，我佩服你！"

"我压力太大了，有人说我拆散了别人的家庭。"

他们都围了上来，一个小伙子抓住我汗津津的手："给我顶住，兄弟，顶住就是他妈的胜利！我们支持你娶了别人的老婆。"

顶住就是胜利吗？我一边想着一边拐进了北海后门对面的什刹海公园。有人在唱京剧，字正腔圆。我踱了过去，看见很多老年人，也有不少是年轻人。他们有人拉着二胡，有人站在场子中心唱着京戏，有板有眼的。很多孩子和少女像看耍猴一样在围着看。一个遛鸟的老头，手里拎着鸟笼子也在哼哼啊啊的乐在其中。我觉得挺新鲜，就停下来观看。不一会儿，有一个十七八岁的漂亮女孩站在场子中间唱了起来，她红口白牙，梳两条又黑又粗的大辫子，叫我眼前一亮。现在是星期天的早晨，我像是一只孤独奔逃的兔子一样，站在花园边上观望。后来我恍惚觉得自己的思绪乱飘了起来，慢慢地沿着什刹海边的小路走着。这座城市十分丰富，最古老的和最年轻的，最激进的与最保守的，最理想的和最现实的，最物质的和最精神的，一切都是那样协调而统一地在这座城市中正常运转。

　　现在，我和丹妮都决定冷静地思考一下，我有一周没有见到她了。"我丈夫突然对我好了起来，有时候一看到他那副可怜样我的心就有些软，想起了他待我好时的情景来。但我一定要离婚。"丹妮的眼睛潮湿发亮，"可是我和他生了个孩子，这是我没法和他割断的联系。想起来那时和他恋爱十分有趣，我妈妈的一个同事给我介绍了他。约会那天简直就是间谍接头，那天我穿一套白裙子，手里拿着一本小说杂志，远远地看见有个男人顺着墙根溜了过来，发现了我，走到我身边，开口结结巴巴地说：'今天礼拜天是是星期几？'我听了扑哧一笑，后来我们就谈上了。可是结了婚以后发现我们之间不投合的东西太多，到了三天吵一架的地步。我太累了。后来就见到了你……"

　　我神思恍惚地在后海边上走着，看见什刹海湖面上长满了青嫩的荷花叶子。这时我仿佛看到了少年时代我所见到的一只飞鸟的影子。它当时低低地掠过了打麦场上的黄色的麦秸垛，隐入了阴沉的天空。我的目光触及后海边一个打鼓人，那是一个外国人，他正在专注地打着他的那面细圆的鼓，这鼓一直到他的腰部。听他的鼓音像是阿拉伯人的鼓点，我走上去，见那个外国人长得更像个德国人。他为什么要跑到这里来打鼓？他的白色背心上，已湿了一个很大的椭圆形汗渍，但他依旧那么专注地打着自己的鼓。远处有人从岸边一跃，跳入了湖中，浪花在一瞬间涌现。京韵大鼓从相反的方向传来。多么奇特的星期天的早晨！

"抓住他！抓住他！"有人在惊呼，我转过身，看见一个穿着一套蓝色中山装的人正疯狂地朝这边跑来。我站了起来，下意识地迎着那个人冲去，两人撞了一个满怀。我一把揪住了那个人的领子，我首先看见的是一双惊恐的眼睛，里面闪动着对世界的厌恶和仇恨。"放我走，我求你了。"他说。"不，你是逃犯，"我说，"你不能逃走。""那我杀了你！"那个人手中银光一闪，我感到大腿像被什么猛扎了一下似的，我低头看见一柄银亮的小刀已扎入了我的腿，像从肉里长出来的一样。追上来的便衣从后面拎住了那个人，猛击了他几橡皮棍子："臭盲流，从收容所里打伤了人还乱跑，居然敢在非法劳务市场转悠。这座城市都叫你们这些人给搅乱了。"便衣迅疾地给他戴上了手铐。我忍住痛，拔出了腿上的刀。"好样的小伙子，我记下你的地址。"便衣从发呆的我的上衣口袋中掏出了身份证，记了起来。另一个警察也赶到了："把他带走。"

　　那个逃跑犯案的盲流突然哭了起来："我现在无法回家了，我恨不得杀了你！我要杀你！"那个盲流操着西北口音绝望地对我吼道。我面色苍白，被那盲流泪流满面的脸所震动。我不知道自己是否做错了事情。也许，我毁了他。腿上的刺痛叫我皱起了眉头。血似乎在向外流，我沉默着拖着腿向电车站走去，没有注意到我受伤了。那个警察也没看到。

　　"疼吗？还好没有伤及要害。你干吗要拦住一个逃跑的盲流？放他一条生路，或者你自己装作没看见。现在谁还去管这样的事情？"丹妮轻轻地给我换药，嗔怪地说我。

我躺在床上，一只手翻转着那柄小刀，欣赏着刀身转动时发出的光芒。"一把刀子刺入了闪光的空气。"我的脑海里映现出了自己大学时代的同班同学、校园诗人老晖的诗句。老晖实在是一个十分有趣的人，那家伙留一头长发，而且从来不洗澡，浑身散发着一种奇特的味道。他还有一个天天像橡皮糖一样黏着他的女朋友，毕业后两个人一起去了云南，据说现在两个人又飞到了海南。所有的人都是马，所有的骏马，他们都在路上吗？

　　"我打算这星期就去办离婚。我会永远和你在一起。"丹妮把脸俯在我的胸部上，这一刻她显得像是一个孩子，我的心中涌动着很多十分温柔的东西，拥有爱情是幸福的，我在这时真正体会到了爱的温柔力量的巨大和温暖。

　　"现在我就担心法院会把孩子判给她父亲。她很喜欢她爸爸，可没有了她我怎么办？"丹妮轻声说，"我父母说你什么也不会给我带来。你才工作一年，什么都没有。就连我也觉得自己像个气球一样在空中飘浮。"

　　我干干地笑了起来。"我忽然觉得我们就像是五四时期反封建的一对儿。也许世界上并没有什么新鲜事儿，一切都只是重复和循环而已。"我忽然沮丧极了，"生活真是没劲。"

　　有一件奇迹发生了。不久，我接到了一个电话。"乔可，我又活过来了，我是叶晖。"

　　我一下子跳了起来。植物人叶晖又复活了？而与此同时，传来了植物人陈百强死去的消息。"我现在已开了一家广告公司，现在我主要策划搞一个系列狗食广告。这座城市有几万条宠物狗，我的生意兴许不会错，因为我兼营全部进口狗食。你过得怎么样？"

我有些目瞪口呆，我大致说了一下自己的情况，总之我对自己也不满意。

"林格在一家中法合资公司里干活，他又跳槽了。乔可你为什么不跳槽？明天晚上有时间吗？明天我们老同学要聚一聚，一块儿来忆忆旧吧？"

我"嗯"了一声，放下了电话。谢天谢地，叶晖又活了，真棒。

屋子坐满了老校友，我们都是这两届毕业的，都像马一样来到这座城市寻找新的草地。

"喂，乔可，听说你他妈的陷入了一场桃色事件？"周晓南拍着我的肩膀，"都什么时代了，还纠缠在爱情里头？这么不成熟，这年头，不需要什么爱情。"

我耸了耸肩膀，岔开话题："听说咱们这一届毕业生有一半已经跳了槽？"

"对，大家都在这座城市里狼奔豕突的，但只有叶晖死而复活，越活越好了。"匡亚明说。

我们吸饮着殷红的葡萄酒，陷入了沉默。我们交谈着，一起回忆起大学生活来。我们的眼前浮起了南方那座多雨的城市，在那座城市的边缘地带，我们美丽的校园就坐落在那里。大雨下过，成群的蜗牛到处爬着，潮湿而微腥的空气弥漫在天空之中。

在不同的季节中，樱花杏花桃花桂花和梅花次第开放，人们在校园里奔跑与说笑，姿态纯洁有力，动作潇洒年轻。卧谈会上隐秘的话题，厕所文学和课桌文学，五花八门的社团和转瞬即逝的爱情故事，冬天冰冷的月光打在地上，像大鸟一样从宿舍楼顶坠落地面的自杀者，以及在校园暗夜中的游魂。殷红的葡萄酒从嘴角溢出，像血一样染红了青春与记忆。"重要的在于寻找。"林格醉醺醺地说，"寻找更新更好的地方，咱们得挣它一大笔钱才行。感伤有什么屁用？妈的，这是一个商品社会，这是一个物质世界，得先占有了物质才能蔑视它。妈的，兄弟们，加油干啊！"林格号啕大哭了起来，如同曾经失败的巴尔扎克笔下的拉斯蒂涅一样。

"你是说你不想和我在一起了？"我低声问丹妮。从侧面看上去有一束光打在她的脸上，她的脸上笼罩着一层冷峻的东西。

"我感到四周有一种无形的气压，压得我难受。我们被公司越来越多的人谈论着。我真受不了。他们为什么总要谈论别人？没有一个人说我们是对的。我们错了吗？"

"没有，没有错。"我说。我们坐在临街的咖啡屋里，外面的灯光变幻。"要是你觉得压力太大，我们分开好了。"我刚说完这句话，丹妮的眼睛就潮湿了。"这怎么可能？这不可能。"

"那么，我们结婚吧，让他妈的喜欢谈论我们的人都滚到一边去。"我觉得自己像个英雄一样，我知道有一种力量在逼着我和她走在一起，虽然那种爱的激情时隐时现，连我也不知道能持续多久。我忽然对自己又产生了怀疑。

我一个人坐在一家小酒馆里吃饭，我一杯接一杯地喝着啤酒。我感到生活像网一样罩紧了我，我无法挣脱。到处都是墙壁，我也将在四处碰壁。可墙又在哪里？这个城市是可怕的。有的人一晚上消费一万元，我一个月才挣几百元，连活着都感到憋气。灯光为什么在晃？我陷于恍惚之中，我跌跌撞撞地走出了门。空气像是一张潮湿的嘴唇一样包裹住了我。妈的，我可能喝醉了，我想，可是我至少得走回去。我这是怎么啦？我只是在自怨自艾，我为什么不逃跑？我本来就是一匹马，要不我跑到这座城市里来干吗？

黑暗之中有几个黑影围了上来。"喂，你叫乔可吗？"有人沙哑地问我。"我是。"我说。忽然他们用胳膊架住了我，我骤然之间感到了恐惧，我想大声呼喊可舌头发软，竟然发不出声音。他们把我架到了一个地方，把我的头狠狠地按下去，我被一口臭水呛住了，我恐惧得要命，有人想杀死我！我呛出了眼泪，我喝下去了几口臭水。把他废了怎么样？有人说。算了吧，这人不值得你为他坐牢。他虽然是个大学生，可屁事不顶。我觉得他们又把我拖起来，因为我快要被臭水呛死了。他们像击打棉花袋一样击打我，我像是一个气球在飞，在被人不断地弹向半空。后来他们打累了，我也像一摊泥一样倒了下去。然后他们就走了。星星碎裂在我的头顶。

后来是警察发现了，并且把我送回了单位。朱向前和曾子存忙着替我擦洗，警察听他俩介绍情况，把他们说的记录了下来。"把他保护好，这件事让我们来处理吧。"

到第二天我醒了过来，我觉得自己这一觉睡得好长好长，似乎已经过去了一百年。我做了很多奇怪的梦，在一个梦中我长了非常长的胡子，一些顽皮的孩子拽着我的胡子向上攀缘。醒来之后我感到有好多针扎在身上一样。丹妮坐在我身边，脸上笼罩着一层悲伤气息。

"为了我，你吃的苦太多了，我不知怎么样才能偿付这一切。"丹妮说。她显得有些无助无援。

我坐起来，我忽然想到了什么，下了床去打开自己的皮箱，从中取出了一柄镶着耀眼色彩的玛瑙的匕首。"我真想杀了你丈夫，那个姓赵的。我至少应该像普希金那样。"我说完，猛然觉得自己显得十分可笑，就又坐回到床上，"可这个时代不需要普希金。"

丹妮的身体颤抖了起来。"你别发疯！"她尖叫一声，扑过来，夺去了我手中的匕首，"你疯了！"她又把脸贴在我的胸口。我抚摸着丹妮的头发："其实我并没有杀他的勇气，我只是为了表明决心。我是爱你的。"

"我肯定是属于你的，他也已经同意离婚了。"

"那孩子会跟谁？孩子还好吗？"

"她恨我和她爸爸，两个人她都恨。虽然只有三岁，可她好像什么都懂。她要跟她父亲过。"

我说："那么我们还可以再生一个。"

"生孩子可疼了。当初生她的时候，我的大腿都快要被劈开了。"

我笑了一下，觉得自己仍是一个大男孩。"我想要你，就现在。把门关上。"

丹妮依言关上了门，转身像一只鸟一样扑入了我的怀里。

我梦见我在二环路上奔跑，我跑得飞快，比车速还快一些，我这是在飞吗？我踩着我的影子疯狂地奔跑与跳跃，我感到了迷茫，我需要寻找。甲虫一样的汽车飞速地在我身边驶过，我的影子被灯光拉长，又缩短。什么在追赶着我？总有一种力量好像在推着我前进，也许正是一种巨大的鸟，颜色酷似黑夜，像巨大的阴影一样在黑暗的高空中扇动着翅膀，那样恐怖的声音在逼迫与追赶着我，我不敢回头，也不敢呼救，我只是不停地跑啊，跑啊。我是一个逃亡者。

丹妮和丈夫离婚了。他们的事也不再有人谈论。本来这个世界上有那么多的事情需要人们去关心和谈论的。办完了离婚手续，丹妮的脸上浮出了一丝红晕，她显得十分轻松。从法院出来，大街上的喧嚣扑面而来。"现在我可以嫁给你乔可了吗？我得把你锻炼成一个能干的丈夫。你会成为能干的丈夫吗？"丹妮走在阳光里，感到了惶惑，"可我却突然找不到爱你的感觉了。这是怎么回事？"她又迷惑了。

有一天和林格他们的聚会中，我收到了一封大学时代喜欢的女孩的信。她叫马玲。她是外语学院的校花，整整三年，我都默默地喜欢着她，一次寄给她一封情书，遭到了拒绝。"她说了些什么？"林格饶有兴趣地问，"她混到了美国，真他妈不容易。没在那儿从事难以启齿的职业吧？""没有，她说她嫁的那个白人对她不错。那个人是个艺术品经销商，所以她的日子不错。她说正在密执安大学攻读电影美术硕士学位，她说她发现自己天生就应该是个美国人。她在那里生活快活极了，又有了新的房子汽车之类。就这些。"

"觉得自己天生就是个美国人？在学校那会儿可没看出来。在学校她要求入党可积极了。这个世界变化太快，什么都在流逝。你说乔可，你他妈的告诉我什么是永恒？"林格喷着酒气摇晃着他的肩膀，我看着他的眼睛，纹丝不动，后来只是耸了耸肩。"我不知道。也许一切都是过程。生命也是过程。"因为丹妮说，她忽然找不到爱我的感觉了。就在办完离婚手续之后。这就是过程？

我忽然决定要逃跑了。我来到这座像轮盘一样的城市里已经一年，我在这一年里傻得像是个鸭子一样生活着，我参与了一次爱的角逐，也说不上是胜利了，因为世界原本就是应该不断变动程序的。我觉得我有必要离开这座古老而又年轻的城市一段时间，我不辞而别，只身一个人去了南方。我也没有告诉丹妮。在南方的广州和深圳，以及海口，我各待了十天。我见到了很多的同学和朋友。那是个充满了摇滚节奏的地方，到处都是新鲜的气息。钱是万能的，世界上所有的好东西都有，只要你能掏得起钱。有两次朋友带着我上了街，找到了妓女，过了几个疯狂的夜晚，我也竟然没有愧色。我不明白我怎么了。我也在变化。我在像肿瘤一样膨胀的城市中行走，我只是城市中的一朵泡沫而已。人人都在挣脱与前进。有说我们是被生活追赶的一代，是这样的吗？在深圳有一周我帮朋友干活，到了星期天我只想蒙头睡上一整天，因为节奏太快。人日益地成为物，成为平面和单面人，人已经缺乏深度了。我得逃跑，从那家像废旧的大船一样的钢铁公司里逃出来。我打算辞职了。在深圳的几天我很想念丹妮，可我觉得连我的爱情也失去了意义和重量。男人首先就应该建设自身。我一无所有，我想逃跑了。我才知道我过去多么幼稚可笑，丹妮说她忽然找不到爱我的感觉了，我干吗不逃走？

下　篇

　　我就这样不辞而别了，我琢磨着是否先躲起来，让自己彻底地失踪，就连丹妮，我也不想让她知道我在哪里。我想在这座城市里我得找个好的位置。这座城市里到处都是机会，这机会一定也有我的。

　　我就在人才交流中心登记了，我还在市郊租了一间房子。我不想再回钢铁公司了。

　　有一天我接到一家中日合资公司的应聘通知。我应约来到了位于亚运村的该公司总部。我坐着电梯直上八楼。这是一幢很大的写字楼，有很多公司都在这里租了房子，这里就像是一座巨大的蜂巢，扎着领带、穿着西装套裙的男女职员们像工蜂一样出入着。我来到了八楼，找到了东亚娱乐有限公司的办公楼。门口有个小姐，把自己打扮得像个火奴鲁鲁群岛上跳草裙舞的女子，用一双媚媚的眼睛朝你笑。我有些慌张，我说："小姐，我是来……"

"来应聘的吧，请先填个单子，然后在那边的沙发上等一下。"她递给我一张单子。我注意到她的白色丝质衣裙里戴的是黑色的乳罩，真奇妙，我想。我填完了，搓了一下手，就坐到一边去了。不一会儿，从里屋出来了一个穿着白色高跟鞋、走起路来有点儿像踩高跷的女孩，她恐怕也是来应聘的。"下一个！"里面有人喊。门口的草裙舞小姐冲我示意了一下，我便起身，拽了一下我的衬衫，看它是否整齐地扎进了裤子——有时候我一紧张会让它在臀部上方溢出来，练习了一下笑容，就走了进去。

这是一间屋顶很低的大写字套间。但奇怪的是，我看见屋子里人来人往，电话铃声、传真声、电脑打字声响成一片，却没有人坐着办公。一个穿红色西装套裙的女子领我进了里间，在一间关着门的办公室外面摁了一下门铃。里面有个男人咕哝了一句什么，然后，小姐推开门，我就走了进去。

有一个年轻男人坐在一张很大很气派的经理桌后面。我一眼看去觉得他有点儿面熟——他是个日本人，很像电影《黑雨》里的一个男主角。那是一部不错的侦探片，是一部日美合拍片，充满了残酷的激情。"请坐。我是东亚娱乐有限公司董事长兼总经理德田太一。请问先生贵姓？"他的中国话说得很棒。一股强烈的香水味儿飘过来。德田看上去至多有二十七岁，有一张像婴儿屁股一样白皙的脸。保养得很好的日本鬼子，我想。

"乔可，乔装打扮的乔，可以的可。"我说。

"懂几国外语？"

"三国。英、日、德语。"

德田满意地点了点头，他直盯着我的眼睛中有些咄咄逼人的味道，他一直在认真审视我，就像在审视一件可以铸成好东西的铁块。他的领带泛着一层亮光，衬衣的领口和袖口非常整洁。他还有一嘴白牙。头发发亮，呈三七开，由于有发胶，它们像凝固的一段海浪，我敢打赌苍蝇落上去都会哧溜一下再滑下来。

这时候德田突然用英语跟我谈起了天气和深圳、上海股市行情，并叫我用英语回答深沪股市持续低谷的原因，然后又用日语与我谈起了北京的市政建设，我在回答时险些忘掉了"下水道"这个词。然而他同样也谈起了德语。我的德语一般，我说了几句，便觉得有点结巴。

"OK，好的。很好。你明天来上班吧。我们这个与中国合资的玩具公司欢迎你加盟！请明天来上班好了，到企划部任副经理。年薪二万六人民币。"

我站了起来，我明白这一切得益于我的良好的外语。我向他鞠了一个躬——妈的，日本人是兴这种礼的，然后我就走了。

"乔，另外，请理个发，再换一件衬衣，最好是白色的。我送你一条领带。"德田递给我一个盒子，冲我严肃地点了一下头。然后我就出去了。

就这么容易？从明天起就可以拿到年薪两万多元的钱，而且干上了"企划部"副经理？我对自己将信将疑。我又想我没有通过外企服务公司来找工作，他们如果发现我在这里工作，会不会让我再滚蛋？总之我得试一试了。德田看上去不错，他似乎很懂中国的事。我想我得在这儿好好练练。但为日本人干活毕竟叫我感到不太舒服。我奶奶就是在抗日战争时期叫他们杀死的。我父亲要是知道我为他们干活也一定会生气的。可我得迈入白领阶层，我想，我可不想被这座机器一样的城市给碾个粉碎。我找到了一家美容美发厅，门口有一个小姐站在那里显得很漂亮。我就进去做头发了。

然后，从第二天起，我当上了东亚娱乐有限公司的企划部副经理，在耳提面命地接受了德田太一的两小时的训导之后，我正式走马上任了。东亚娱乐有限公司的业务广泛，主要是生产和经销各种玩具，一般是在日本设计好样品，在中国寻找廉价的劳力和原料。成批生产然后销到美洲大陆，特别是南美洲的市场。在参观公司的样品陈列室时，我为这个时代的儿童拥有了这么多的玩具而感到了由衷的羡慕和感叹，他们多么幸福！另一方面，我又在想，他们同时再也不会有上树掏鸟蛋的乐趣了，人们进入了后机器时代，玩具已填充了所有儿童的想象力，可孩子们不会再有十分简单的快乐了。

我手下有四名干将，我们企划部的责任重大，负责制订公司的销售、生产、宣传的战略文案整理，实际上是德田的一个智囊班子。在我的办公桌上，放着一架巨大的地球仪，我穿着雪白的衬衣，扎一条红色带底花的日本产真丝领带，像我在电影上常看到的老板那样，坐在转椅上来回轻轻晃动身子，一边用铅笔敲击下巴。得把我们公司的玩具销售到世界上所有的有孩子的地方去，这是德田的话。我已被扶上了马，我会干得很好的。我不再想倒卖天空了，那不过是一句玩笑话，我想起了复活的叶晖，我拿起了电话，认真地拨响了我干经理以来第一个业务电话，然后，我开始像陀螺一样转动了起来，忙得不可开交。

　　我发觉日本佬德田是个很有意思的人，他二十七岁，已结婚三年，有一个两岁的女儿。他离开妻子儿女，只身到中国来办合资企业，至少显示了他的开拓精神。东亚娱乐有限公司不过是日本最大的企业之一旦升集团公司在中国的一个小项目公司而已。这家日本企业的支柱之一的大公司，资产雄厚，在世界范围内都是有着与欧美相抗衡的经营力量，分公司遍布世界各地，所涉及的行业也有几十种。德田这人有个怪僻，他喜欢照镜子，有好几次被我发现，他借机冲我发了一番雷霆。而我必须将身体呈六十度角来听他训导，否则我将被一脚踢出公司去，成为一个不再受宠的玩具熊。和日本人在一起，你必须学会刻板、认真、严谨和快节奏。你必须永远在三米之外对总经理保持敬仰的姿态：两手下垂，贴紧裤缝，头低垂，但眼睛必须到随时张开可以看见经理的脸的地步。我对我的这种屈尊就驾看作是一种学习和锻炼，至少长时间呈六十度弯曲能让我的腰部肌肉增强。每一次向德田汇报完工作，我必须倒退着走到门口，然后才能转身推门出去。决不能把你的后背留给总经理，总经理是从来不喜欢看到别人的背影老在他的眼前晃动的。这的确有些压抑，可现在我也想通了，反正生活是一张大网，你躲到哪里都逃不出这张大网，一个月有一千六百元收入，年底还有可观的红包，就是在日本人开的公司里当狗腿子也比在国有企业里当小头目强。

不过德田这个狗杂种有时候也会突然地现出一些人情味儿来。有一天中午我和他一块儿吃工作餐，饭是在楼下快餐店订的盒饭，我们安静地吃着，忽然德田一推盘子，叹起气来。我停住了咀嚼，不让我那张嘴发出响动，一边看他的脸。他一脸黯然，英俊的脸上浮着一层沮丧。他瞧了我一眼，从口袋中掏出一张照片，递给我："我的太太，我孩子。我现在想她们。在日本，这时候太太也许正在为我熨衣服。"

我机械地点了点头。他太太很贤惠的样子，孩子也像个小卡通人一样可爱。德田也有动感情的时候，我想，尽管他大部分时间看上去像个冷酷的人。"她们都很漂亮。"我咽下了饭恭维道。

"真的？"他欣喜地问，一边端详了一会儿照片，然后又小心翼翼地把它塞进西装内衣袋里，"我很想念她们。不过，公司的事业推展更重要。那个开拓东南亚市场的企划案出来了没有？"他立即又露出了凶相。坏人总是坏人，吃人的老虎也是时时都要露虎牙的，我说："出来了，饭后我就给您送去。"

在这家公司里，除了部门经理和几个必须坐着才能干活的工作人员以外，其余的工作人员全部都没有椅子，他们必须像工蜂一样出出进进，站着工作。这也许在世界范围内也只有日本人才想得出来。但正因为如此，二战的战败国日本，才会像今天这样，用各种各样的公司像桥头堡一样重新占领他们失去的领地，以另一种方式再一次羞辱和击垮了对手。这个种族是可怕的，他们的生命力如此顽强，几乎每一个人都有着开拓意识和敬业精神，像受虐狂一样工作，像德田这家伙，每天只睡五个小时就会像一头豹子一样机敏和精力充沛了。每天我向他鞠躬时，我对他的感情都是十分复杂的，充满了敬畏、仇恨、羡慕和服从的综合情感。一个民族得时时对另一个民族保持六十度角的敬仰，这种状况什么时候他妈的才能结束？我像个无奈的人那样自己对自己嘲弄似的说。

有一天下班，德田找到了我，让我和他一起去五岳大饭店的顶楼餐厅喝标准的意大利咖啡。德田开的是一辆新式流线型丰田，是他从日本带来的，六缸两个排气管，颜色呈现一种幽蓝色，非常漂亮。汽车从亚运村五洲大酒店门口的广场开出，我们的车迅速地汇入了四环向三环高速公路前行的车流中。德田脸上出其不意地露出一种奇怪的笑，嘴里哼着一首关于日本樱花的民歌。我是见过樱花的，我所在的那所大学，有一条著名的长一里多的樱花大道，一到春天，枝头繁茂地开着粉白色的小花，满树都是花，却没有一片叶子。一场大雨过后，花瓣尽落，一种奇异的清香铺天盖地。

德田的驾驶技术不错，按说应该由我这个打工仔给他开车的，可我不会。谈到日本的汽车工业，德田禁不住地就趾高气扬起来。"在中国的大地上，到处都是日本产的车。"他骄傲得仿佛日本什么都比中国好，这个狗杂种。要不为了在他这里混一口好饭吃，我非跟他打一架不可。

"乔可君，你在想什么？"德田转脸问我。有时候他也能摆出一副与人亲善的架势。

"我在想女人。"我开玩笑说。

"哈，我也在想女人。日本有妓女，中国没有，有的话也是暗娼，对吧？在日本，男人们有时候周末要坐飞机去泰国或者夏威夷玩玩女人。今天咱们能找个女人玩玩吗？"德田突然摆出一副嬉皮笑脸的架势。男人下作时总是这样，日本人也不例外。况且德田还出生于沈阳，是个中国通。

"得到五岳大饭店的舞厅去，那里的女人多得很。"

我们的车跑得非常快，已经拐入东三环路了。在这一段路的两旁，高楼大厦林立，旗帜飘扬，那些大厦大都装有带颜色的遮光玻璃。汽车上了立交桥，又忽地落下去。窗外的城市风景恍惚给我一种已到了局部的美国纽约曼哈顿区的感觉。东三环真漂亮，我想。

我们在五星级的五岳大饭店的顶楼餐厅喝了地道的意大利咖啡，吃了一点牛排饭，看见天色渐晴，夜幕已在城市上空缓缓降下。我们乘电梯来到了下层的舞厅，那里的舞曲已经响了，有人在台上唱歌，很多男女在互相搂抱着旋转，充满了虚假的高雅、脂粉气和肉欲的互相混合的气息。德田迈入了舞厅，优雅地拉起一个漂亮的少妇，两个人跳了起来。我坐到一边，观察着周围的动静。我忽然听见那个唱歌的歌女跑了调，而且她的嗓音还有些沙哑，她停止了演唱，握住话筒向大家道歉说她由于感冒，嗓子坏了。看来她的确需要休息一下了。她从舞厅南侧下来，走向一边的花瓣形沙发座，坐在了我的对面，叫侍者上了一杯冰水。我把目光聚到了她身上。她穿一条开胸很低的大红裙子。

"你的歌唱得很棒。不过你的确需要润润嗓子了。"我说。

她有一双非常妖艳的杏眼，口红的颜色很浅，但泛着亮光，她肯定经历过不少事，我还看出来她不是这座城市的人。

"今天够丢人的。正唱着，嗓子突然冒火了，就哑了，哈。"她喝着冰水。

"常来这里唱？"

"对。我签了约。每周唱三个晚上。"她喝着冰水，有些心神不宁地东张西望。

"你在找什么？或许我可以帮你。"我说。

"不，我找几个老相识。往常他们一听我的歌都要扔个一两千块钱的。还好，今天都没来，我今天丑态百出。你是干什么的？"

"给日本人当狗腿子。'伪军'。"

"那也不错。"她低头拨了一下胸饰，显得很不在乎。她的曲线圆润，有一种强烈的肉欲色彩。

"从哪里来的？"我又问。

"广州。"

"其实唱歌，在那里发展也不错，而且还可以向香港进军。"我笑了笑。

她逼视着我。"太难了，你不懂的。北京自有它的好处。"她叹了口气，"不过，外地人在北京混，总觉得这里像个铁桶一样密不透风。其实，哪里都一样。"

"我也是从南方来。我辞职了，然后就当上了狗腿子'伪军'。"

她打断了自己的若有所思。她顾盼生辉的样子好像有些心不在焉。她从手袋里取出了一张名片："有事呼我吧。认识你这个'伪军'很高兴。你挺单纯的，小伙子。"

"谢谢。"我说，我接过来她的名片。她叫蓝玲。我递给她一张名片。"嘿，乔可。这名字挺有趣。"她又打了个哈欠，"可是我累了。"

这时德田跳完了一曲，他走下舞池坐在我边上，要了一杯汽很足的可乐。这时他那一双兔子眼睛忽然发现了蓝玲。"嘿，小姐，你很漂亮。"他接过侍者递过来的一杯可乐，把自己的领带拉松，眯着眼睛盯着蓝玲说。我知道他的目光中充满了色情含义。

"我今天嗓子出了一点问题，很抱歉。看来我拿不到今天的钱了。"她调皮地耸了耸肩，浑圆的乳房在衣服里轻轻荡漾了一下。

"嘿，那么，我可以请你为我唱一首歌吗？我是日本人，德田太一。他是我的助手。"他掏出了一张一万日元的票子，放在小盘中推了过去，"嗓子坏了没关系，轻声唱，唱一首关于樱花的歌。会吗？"

蓝玲偏头看了一眼那张一万日元的钞票，扬了一下眉毛，显得很高兴。她伸手把钱拿过来，竟然把它塞进了乳沟处的裙缝里。然后她朝德田和我嫣然一笑，就上台去了。

德田得意地冲我笑了一下。我心情很不好受。我已经有点儿喜欢上这个性感、有点儿简单的歌女。但看来德田对她发生了兴趣。而他是我的老板。蓝玲用哑嗓子唱起了《樱花》，这是一首民谣般的歌曲，节奏很强，德田满意地一边拍着沙发边缘，一边晃着身体。我这时候心情十分复杂。蓝玲唱完了，走下来坐在离德田很近的地方，扬起脖子："要我再唱一首吗？"

德田把脸向前凑近蓝玲，从口袋中又抽出一张一万日元的票子（他今天破费得真不少），把它塞进了蓝玲的乳沟里："不用再唱了。不过，我想带你兜兜风去，开我的丰田车去，可以吗？""好极了。"蓝玲说。德田把脸转向我，脸上立刻换上一副严肃表情："乔可君，请你自己打车回去，好吗？"

我点了点头。然后，他们俩站起来，德田搂着她柔曼的腰肢，两个人向出口走去。我冷冷地坐在沙发上看着他们的背影，手中的长杯子转来转去。我看见德田的手移在了蓝玲的屁股上，在那里用手指表达着什么。我这会儿十分愤怒。

这夜很冷，城市也睡得死气沉沉，城市的梦境在大街上飞奔。我突然有些想丹妮，虽然她借我的力量和丈夫离了婚，却又告诉我她找不着爱我的感觉了。我觉得自己和丹妮的事有些糊里糊涂的。一切都发生在我没有长大的年月，难道不可以谅解吗？我卷入了一场感情的纠纷，挨了揍，被人议论，然后我又像个失败的人一样逃走，躲得远远的变成"伪军"。我至少是喜欢丹妮的，而且也曾想娶了她，可我连自己都没有立起来，一个男人什么都没有，他同样也没有权利拥有女人。就在昨天，德田勾搭了那个叫蓝玲的歌女，让她成了他的情人。今天一大早他喜滋滋地把我叫进办公室，用手托着下巴，向我描述了蓝玲美妙的乳房。当然很美妙了，浑蛋！可我还得将手垂在裤缝，将身体呈六十度的弯曲，为了年薪两万多元而听他大谈中国姑娘的乳房和屁股。他还不厌其烦地给我说了说他和蓝玲做爱的过程。"蓝玲小姐是个有多重性高潮的人。我都有些招架不住了。"德田英俊的脸在我眼里扭曲成了一张南瓜脸，"好了，出去吧。快去把公司最新宣言给我拿来。"

我倒退着走了几步，转身推门出去。我对他的仇恨和敬畏相混的感情连我自己也有些迷惑。德田有他的魅力，干净、整洁、一丝不苟、有敬业精神、有家庭观念（只肯在外国偶尔胡来）、有魄力，但他同样有男人的通病。我是否爱上了蓝玲？

有天晚上，同样是德田开着丰田，和我一起去苏珊歌舞厅。德田今天穿着一身白色的西装，扎一条殷红的领带，非常潇洒。我弄不明白为什么他赴约会要带上我，我问他。他沉默了一会儿说："其实我害怕这座城市。它像一块癣一样在长大着。我是在贵国，这里又不是东京。你的日语又很好，万一有了麻烦你会帮我。"原来是这样。

汽车在北京的大街上飞驰，城市这一刻像个转动的轮盘。快来下注啊！快来下注啊！城市嚷嚷着，城市永远都在想着把你的口袋掏个精光。汽车来到了位于一个街口的苏珊歌舞厅门前，德田把车停下，掏出绿色墨镜戴上。我们走了进去，直奔酒吧台。这里的吧台很高，里面烟雾腾腾，舞池里在放着激烈的迪斯科音乐。有一对穿健美裤的男女在中心表演，动作剧烈，在我看来还有些色情内容。我发现来这里的男人，留长发和扎小辫的居多，看上去都像是艺术家。有一伙穿着"玫瑰枪手"乐队制服的人也在那里坐着，一边喝着扎啤，一边在晃动着身体。我疑心来到了美国某个乡村小镇酒吧。我和德田要了一高杯啤酒，坐在那里静静地喝着。过了一会儿，我才发现蓝玲有些慌忙地从外面进来，手袋缠在胳臂上一甩一甩的。她的口红很鲜艳，穿一件纱制黑色紧身上衣，一条褐黄色、间或缀有花布的超短裙。她远远地在门口的灯光区发现了我们，就直奔我们过来。德田点着头，微笑着起立，伸过手接过蓝玲的小手放在嘴边亲了一下。他的头发非常整齐。

　　"等久了吧，五岳大饭店那边我刚唱完，就急匆匆地赶过来。我得在那里唱完五首歌才行。"蓝玲抱歉地耸了耸肩膀。她从哪里学会了这么个动作？

　　"来一杯橙汁。"我替她叫了一下。这时舞厅老板，一个抽雪茄的大胖子走了过来，看来他和蓝玲也是老相识了。他拍了拍蓝玲的小肩膀，说："马上开始，蓝小姐？有不少人想听听你美丽的歌喉呢。"

"马上。我得先晾一晾嗓子，你最好一边待着去。我和朋友说几句话。"蓝玲不高兴男人都随便拍她的肩膀，我想，"乔可，你看上去有些不高兴？是他少给你薪金了吧？德田先生，你得多给你的中国助手加点钱。"德田的目光一直都放在蓝玲的脸上、脖子和胸部，他细眯着眼，充满爱恋和色欲地一遍遍扫视着那些地方。"乔可君工作很出色，我会额外加钱的。今天唱什么歌？为我唱一首日本歌曲好吗？《美妙富士山》如何？"

　　"OK。我去唱了，你们就给我鼓掌吧。"蓝玲晃了一下脑袋，向台子上奔去。她是个简单明快的姑娘，我想，同时又像个欲望的袋子。我发现我的确有些喜欢她那种简单得有些粗俗的风格。她倒挺像个当兵的，动作麻利，直来直去。我们都是背井离乡来到了这座城市，我们来这儿干什么来了？她的歌声中含有一丝沙哑的祈求和颤音，也许她经历了很多东西，才会对一切都不太在意的。她的身体一定美得像一条鲤鱼，我想。德田这时一副正人君子样，端坐在那里听歌。第一首歌完了，他叫来侍者，往盘子放了两张一百元的人民币，叫他送了上去。他对待蓝玲出手爽快，这可不是日本人的一贯作风。日本人一向以吝啬出名的。现在蓝玲在唱《美妙富士山》。歌舞厅里有一种感伤气氛，这让我想起了三十年代的上海。然后德田又放了两百元进小盘里。蓝玲在说谢谢。旁边那几个穿"玫瑰枪手"乐队制服的小伙子中有一个人，叫来侍者，放了五百元，要求点唱一首《你令我性感》。这是林忆莲的一首曲子。可蓝玲却又唱了一首日本歌曲。我知道她已经是德田的情妇了，情妇为情人唱歌，这又有什么呢?

那几个人坐不住了。有一个胳臂上刺了一小朵梅花的小伙子站起来,他问我:"他是个日本人?"

我仰脸看着他:"对。那个歌手是他的情人。"德田眯起眼睛在欣赏着歌,他没有注意到我们的谈话。这个小伙子走到了德田背后,抓起了一个啤酒瓶,朝德田的脑袋上砸去。我亲眼看见德田像个武士一样面对突然袭击,怔了一下,但他纹丝未动,然后那小伙子又砸了一下,有一小股血顺着德田的额头左侧流了下来。他趴在了桌子上,很多玻璃杯哗地掉在地上碎了。我站了起来。另一个小伙子从背后抱住我:"你最好别动,我们会花了你的。"然后他恶狠狠地推了我一下,几个人走了。有人尖叫了一声,一些人急忙向外逃去。仍有人在继续跳,毫不理会发生了什么。蓝玲的歌声消失了。她扑了过来,乳沟大概已被钱填满了。

我有些烦她。"怎么办?"我问她。

"我们扶他回去。开车来的吧?"她问。

"对。"

我和她扶着被打昏了的德田朝外走去。胖老板耸了耸肩,手里拿着蓝玲塞给他的一张五十元人民币,赔那几个杯子足够了。我仍搀着他出了门。黑暗的大街上灯光闪烁。德田只流了一点血,我们把他塞进汽车,蓝玲说:"我开车送你们回去。不能再惹麻烦了。那几个地痞我都认识。"

"你会开车?"我十分惊讶。

她又耸了耸肩膀："我在广州当过兵，文艺兵，也学会了开车。不过，我在北京没有驾驶执照。我看他伤得不重，不用送医院了。他只需要躺着。不过老天保佑，别被警察抓住就行了。这可是辆黑牌车。"她发动着汽车，我坐在后座上扶着德田。德田的喉咙里咕哝着什么。我这会儿有些佩服蓝玲的遇事不慌。原来她真的当过兵。她开车的架势不太熟练，但还不错，因为车子毕竟平稳地上了车道。我从背后看着蓝玲，忽然在内心之中产生了很多想和她说话的愿望。汽车在经过几个有警察执勤的路口时我很紧张，但没有被拦住。蓝玲冲我打了个响指。我们回到了亚运村一幢公寓门口，我和她扶着德田进了电梯，然后，我们打开了位于五层的德田的套房，把他放平在他的床上。蓝玲给他洗了头，进行了消毒处理——看来她对这间屋子是熟悉的。她是来过这里，并在这里表现了她的多重性高潮，我恶毒地想。然后，她给他喂了安眠药，就叫他睡去了。

她松了口气，从冰箱中取出两听"健力宝"。我们坐在茶几后面默然无声。停了一会儿，我问她："你很爱他？"

她看着我，笑了笑："不，只是不讨厌他。他能付很多钱听我歌，我只是额外回报一下他。他也是背井离乡之人，大家都挺不容易的。外乡人在这里发展，也够难的。"

我的心中涌上来一些酸楚，我得承认我们一定有同感。"多聊聊你，如果你愿意讲给别人听的话。"

然后她给我讲了她的经历，童年，少女时代，生命中的第一个男人，女兵时代，以及离家远游，做女歌手在北方大城的漂泊，获得与遭受的伤害。到最后，她问我："你好像很怕德田？"

"不，只是有些敬畏。我想成为他，可我还一无所有。再说……再说，由于我也很喜欢你，所以我恨他。我可能爱上了你。我知道这是绝望的爱情。"我把脸转向她，眼睛有些潮湿了。

她怔怔地看着我，然后她拉着我的手，温存地拍了一下，我抱住了她，吻起她来。我们狂热地吻着，我们像两朵火焰碰撞着，两个异乡人的一次汇合。在不远处写字台上镜框里英俊的德田的冷峻的注视下，我压住了她的身体，就在他家的沙发上，我和她狂热地起伏着，如同海浪的澎湃，我完成了对自己的一次证明和自尊的补偿。蓝玲开始在我的身体下面发出了半人半兽似的巨大的呻吟。我们进入了高潮。

我刚进我的办公室，德田的秘书就打电话说总经理找我。我整理了一下衣服，尤其是将领带扎好，鼓足劲去德田的办公室。也许他会揪住我的衣领子，并且把我给摔到墙上去。在昨天，我既没有保护好他，而且还和他的情人——当然同时也应该是我的情人，趁他吃了安眠药睡着了之后在他的真皮沙发上做了爱，这一切可以叫他把我开除三百回。我等待着雷声从头顶降落，推开了门。德田用手扶着下巴，正坐在宽大的办公室后面出神。看见我进来，他示意我坐下。"昨天是蓝玲开车送我回去的？"

"是的。"

"你没有保护好我，叫我挨了那几个地痞的打。"

"很抱歉，德田先生，如果你同意，我可以辞去这里的工作。"

德田宽容地一笑："我庆幸的是并没被你们送到医院，然后酿成了一个外交事件。你们做得很对，我可不愿让自己的生活被一件小事搅得乱七八糟。不过，因此我扣去你半个月工资，你认为合理吗？"

"不合理，德田先生。"我呈六十度弯曲的身子直了一点。

"浑蛋！告诉我，在我的沙发上，你和蓝玲做了什么？"

"如果你想知道的话，我只是亲吻了她。"

"浑蛋！"德田咆哮起来。他像个风箱一样在呼哧呼哧地喘着气。我没有理他，这时候保持原有的镇定态度是十分必要的。"不过，我要告诉你，我已任命蓝玲为本公司公关部的副经理了。你，现在可以出去了。在我的沙发上留有你一个打火机，拿去吧。"他将一件东西扔了过来。我默然地退了出去。小日本也有吃醋的时候，我不无高兴地想，他会最终如何发落我？

我一个人走在大街上，竖起了风衣的领子。起风了，风把云彩压得很低，吹得也很急。我的脑子很乱，我不知道大学毕业一年以来我到底经历了多少内心的风暴，我变成了什么样子。我是否已被异化？我跟德田争一个女人是干吗？我疯了吗？风吹得我把眼睛眯了起来。我扔掉了烟头。一辆迅速减速的紫红色"马自达"停在了我的近旁。车窗玻璃摇了下来，露出了林格那张庸俗不堪和自以为是的脸，他扎着一条花哨的宽领带。"嗨，诗人，真巧，跟我们上车吧，一块儿去叶晖的住处玩玩去。"

我愣了一下，我看见车门已经打开，开车的是叶晖。他戴着宽边墨镜。"上来吧，倒卖天空的人，恐怕只剩下裤衩和爱情了吧。"叶晖说。车内人笑了起来。我钻了进去，发现靠近我坐着的还有两个打扮入时的漂亮小姐。

"华夏商报的杜莉小姐。这位是宏扬开发公司的米英小姐。我们的老同学乔可。嗨乔可，听说你也辞职了，供职何处？"林格把脑袋伸到后面向我们说。

"一家中日合资公司。"我看见叶晖一边抽着大雪茄一边开着车，气度非凡，"我们去哪儿？"

"一会儿你就知道了。"林格神秘地说。

汽车在二环路上疾驰，到复兴门时又上了桥，直奔军事博物馆方向。在公主坟也在修建的立交桥边走过，又迅速向左拐，不一会儿，正在修建的宏伟的西客站的骨架昂然屹立起来。城市一天比一天变得庞大和可怕。然后，汽车经过一个环岛，向南开去。

汽车拐进一条绿树成荫的大道。这里已是乡村气息，我看见有"御苑花园"的大招牌竖在路旁。汽车颠了几下，在一幢别墅门前停住了。"到了，下车吧，先生们女士们。"

我下了车，别墅看上去十分精巧，院子很大，草坪修剪得也很整齐。四周全是别墅区，一幢幢挨着排列开去。农田的香气扑鼻而来。"这是叶晖不久前买的。很不错吧?"林格问我。我的确有些吃惊。两位女士已经惊呼起来,杜莉尖叫着挽上了叶晖的胳膊:"太棒了,叶,你太伟大了。哦我的天,多棒的房子。"我们进了院子,保姆正在把一些东西往屋子里搬,有一只被铁链拴着的、像一头小型奶牛的狗猛地对我们狂吠着。我认出这是一条地道的德国猎狗。叶晖拍了拍那家伙的脑门,它立即老实了。

　　我用不着仔细描述我走进叶晖的别墅时的惊奇与震撼。总之我是第一次切实地踏入了当代中国的私家别墅,而不是在小说中。巨大的玻璃窗,巨型盆栽植物,宽大的室内游泳池,荡漾着的透明的水。巨大的金鱼缸,各式的吊灯、壁灯,意大利地毯,画王电视,欧洲真皮沙发,以及旋转而上的楼梯,都仿佛把我带入了梦境。而这的确是实实在在的。

　　"太棒了,真棒极了,叶晖,你好伟大!"米英小姐已经甩去了她的手袋,看架势她马上要跳进游泳池了。她还当真带来了三点式的游泳衣。

　　"叶晖,你哪儿来的钱?"我问他,"确实不错。"

　　"挣的。我当了一回植物人,活过来后在商业上忽然开了窍,我的狗食生意和广告生意都不错。加上我老爸的关系,钱哗哗地进账。我在国外的亲戚也给了我几万美元。我们上楼看看怎么样?"

　　我们跟着他上楼,米英小姐已脱去了裙子,跳进了游泳池游开了。她像一具美丽又邪恶的青蛙。"快下来啊杜莉,林格！"她咯咯娇笑着。

我们来到了二楼。这里的房间宛若迷宫，哪一间放鞋子，哪一间放大衣，以及哪一间是酒吧间、会客室、书房等都已布置好了。一切都是高级和豪华的。我说不出什么来。然后我们进了小酒吧室。叶晖开启了一瓶"黑风"，夹了几块冰块，放进去。我尝了一口，这种酒的滋味是有点怪。

"一晃快两年了，咱们从学校毕业，在北方还就叶晖混得好。"林格说，他一边喝一边把领带拉松了，"这年头，唯有挣钱是最实在的。对吧叶晖？"

叶晖笑了笑，他穿着一套白领派头的名牌套装，蓝色，带细白竖纹，隐隐泛着光。"那倒不一定，乔可写诗不也挺风光？"

我笑了一下。"算了吧，别嘲笑我了。我已经写不出诗了。"我端着酒杯，来到了窗前，把百叶窗拉开，我看见风低低地拂过草地，把草压得很低，"其余那些别墅里住的是什么人？"

"挨着我这幢的主人是电视剧《秦皇汉武》的导演和制片人。其余的有大明星，也有畅销书发行商。怎么，受了震动？"叶晖问我。

"是的。"

"那就好好挣钱吧。"

"可我得先从当'伪军'开始。"我说。

那天晚上我的心理平衡被彻底打破了。我们接下来的活动十分繁杂，吃晚餐、喝酒，在游泳池里几个人追逐着几个空瓶子，不知从哪里又来了两位小姐，大家在一起嬉戏，并把沙滩桌推倒，仅仅是为了听听酒瓶倒地的响声。有人在看录像《未被饶恕》和黄色暴力片《死于昨天》，我的头喝得昏昏沉沉的，我觉得我有点像三四十年代美国作家菲茨杰拉德笔下的某个人物，在酒精和性快感中沉醉。杜莉已坐到了叶晖的大腿上，大家都喝多了。夜已沉沉，灯光昏暗而又暧昧，我不知被哪一个女人拽进了屋子。

我再次醒来觉得浑身酸疼，嘴里弥漫着一股苦涩的味道，我感觉我仿佛被什么抽干了一样难受。阳光像一把银粉一样从窗外洒进来，铺在我身上。我躺在那里半天，才记起了昨夜的狂欢。我记不清那些令我昏沉沉的肉体的酒精的威压了，我有些羞愧。林格推开门走了进来："乔可，你他妈的昨天晚上走错了房间，把我从我情人身边给一脚踹开了，娘的，这真有趣。"我抱歉地笑了笑，回忆着昨夜。我问："她们呢？"

"她们已经走了，叶晖开车送她们回城了。我们待会儿也走。今天晚上去丽都假日饭店打打保龄球怎么样？"

我的头疼得厉害。酒精和女人的躯体让我的精神遭受到了冲击。我说："不，我没兴趣。"

我到达公司时发现公司内气氛有些异常，每个人走路都变得很轻，唯恐走路声音过大引起了老板的注意。"发生什么了？"我问一个女秘书。"不知道，德田老板一大早来了就吩咐全体员工一定要精神抖擞，迎接总公司来人的检查。"

我坐进了我的办公室。今天我上班整整迟到了一个小时，也不知德田会如何咆哮。我想我和他再正面冲突一次我就辞职。我另外看中了一家德国公司，在他们那里当个宣传经理人员也是不错的。我正坐在转椅上胡思乱想，桌上的电话响了，是德田的秘书打来的。"请到公司会议室开干部会议。"她说。

我像是条件反射一样弹了起来，立即冲到洗手间，看了看镜子中的我的面容，还好。我整理了一下衣服，就直奔会议室。各部门经理副经理等中层干部全到了，中方副董事长也到了。气氛有些紧张。停了一会儿，德田身穿一套黑色西装走了进来。他的神色十分严肃。他坐下，双手扶膝。"诸位，今天上午10时30分，本公司日本总部董事长山田先生要来巡视本公司。众所周知，山田先生是全日本大企业集团之一的首脑，他领导的旦升企业是日本工业经济的几大支柱之一。他来本公司巡视，是我们的荣耀，我们应全力以赴迎接他，树立本公司的全新形象！"

我这下明白了，原来是东亚娱乐有限公司的母公司、日本大老板山田洋次先生要来"巡视"他的子公司了。我在电视上曾经见过山田洋次被中国领导人接见的镜头，那是一个看上去十分严谨干练的七十岁的老人。难怪德田如临大敌，看来，如果他给山田印象不好，这总经理就不会叫他干了。也许会把他派到火奴鲁鲁群岛上的子公司去当经理，那才妙呢。

"另外，我宣布，公司另外聘任蓝玲小姐——她是一位颇有影响的艺员，担任公关部副经理以及我的秘书。"

这一句话震动了我，我这才注意到，在我左侧的沙发中，坐着的那个穿米色衣裙、白色高跟鞋的正是蓝玲。她从容地站起来，冲大家施礼，请大家关照。得体，自然，光彩照人，而又妖娆性感。我什么也听不进去了，我的脑子里交替出现了她雪白的大腿、胸脯、腿间毛茸茸的温暖，以及我遗落在德田居所沙发上的打火机。我牢牢地捏了捏打火机。

　　上午10点半，我们全体中层干部一齐列队在楼下入口处，迎接山田先生的到来。我们个个神情紧张而又激动。十分钟后，一辆大"罗尔斯·罗伊斯"牌顶尖豪华汽车拐入罗马广场，向大厦停车场开来。这辆"罗尔斯·罗伊斯"车像一辆宽大的航空母舰在大海上航行一样，异常平稳地开了过来。汽车停下了，四个车门同时打开，几个护卫和司机已经出来，最后出来的，是穿蓝色带条纹西装的山田先生。他面容清瘦，面带微笑。我们一起鼓掌欢迎，这时我忽然看见一向挺直腰板的德田这时身体呈四十五度弯曲，向总公司董事长表示敬意。这小子也有要鞠躬的时候，我想。山田向门口走去，几个护卫紧随其后，德田与山田相距两米，亦步亦趋。我们一大伙人像簇拥着一个蜂王一样，分几次拥入电梯，来到了公司驻地。

　　我不想详述山田董事长巡视公司的情景。总之他态度和蔼地察看了各个部门的工作，并在工作间里向员工发表了题为"日本的精神"的演讲，从三次日本向东西方文明国家学习的经验谈起，鼓励大家好好干。老头儿身上着实有日本一流实业家的全部优秀的精神，而后，他进了经理室，听德田毕恭毕敬汇报公司运作情况。我在想这时可能是德田最紧张和日子最不好过的时刻了。我找机会见到了蓝玲，我捏住了她的手：

"为什么要到这里来？我们……"

她抽去了手："别这样，记住我可是公关部的副经理。我不想再漂泊了。我们就到此为止吧。我们之间也许从来都不存在那样一个夜晚。"她低下了头。

"哈，也许是的。不过，你令我感到伤心。"

她别有深意地看着我："我需要男人把我养起来。德田能做到，就是这样。也许我们在内心之中互相看不起，但那是我们自己的事。"

女人的确是可怕的，我想。我扭头朝另一个方向走去。

第二天，德田带上我陪同山田先生去怀柔县的国际狩猎场打猎。德田令我惊异地穿上了苏格兰短裙———一种苏格兰男人穿的裙子，一起去打猎。我们一共六辆汽车，全是日产的丰田车，双排气管，黑色油亮。山田先生看来对德田的工作情况不太满意，其原因在于德田太了解中国人，所雇佣的中国人大都不太能达到日本企业要求的水准。德田诚惶诚恐，唯恐失掉了这个在中国大陆开拓事业，并有望今后在总公司晋升为中层管理人员的职位。日本人活得比中国人还累。我看见无论在什么场合，德田都摆出了一副他要我们在他面前必须摆出的架势：离山田先生几米远，身体呈六十度弯曲，讲话时不抬眉头，汇报完后退，但绝不把后背留给山田董事长。

汽车开进了怀柔山区，到了一个山洼处，汽车停了下来。

我们都下了车，山田仰视苍莽群山，不禁吟了几句日本伟大的俳句诗人芭蕉的诗。在全天的打猎过程中，七十高龄的山田董事长打中了四只兔子、一只鹰和几只山鸡，他兴致不错，后来与我谈起了他幼年在北海道打鱼时的童年经历。我是因为替他拎着猎物才获得了和他说话的机会，为此我发现三米开外，穿着滑稽的苏格兰短裙的德田太一正阴沉沉地看着我。

以后几天，德田带着我和蓝玲又陪山田先生去市郊的国际高尔夫球场打高尔夫球。那天天气稍微有点阴沉，德田显得十分紧张，因为第二天山田要回日本了。我们进入高尔夫球场后，山田、德田和另外两位中国陪同官员，拿起了球杆。由于我的出色的日语，山田老人希望我能直接担任翻译。一个球童手推一百六十五磅重的拾球车缓缓地跟在我们后头。红、黄、白三色高尔夫球很漂亮，山田老人的击球动作同样漂亮，而德田挥杆则显得拘束。山田很威严，他似乎不想与德田多说话，两位中国中层官员陪同他聊天，我则做翻译。蓝玲就跟在我后头，她穿一套乳白色运动短裙，小屁股一翘一翘的很好看。在绿油油的球场边上，停着几辆雅马哈四座高尔夫球车。还有两辆欧洲出产E.M.V单座球车，体积轻巧，可以在崎岖地形上飞跑的。击杆过后，大家便沿坡地向前走去。要一共打完十八个洞。我却要不停地找机会和蓝玲说话。山田老人似乎很喜欢我。末了，我听一个他的护卫和我悄悄用日语说，德田是山田的"玩物"。这个护卫是用嘲笑德田的口吻悄悄说的。也许德田是山田的同性恋对象？这的确不可思议。整整大半天，我都没有逮住握住蓝玲的小手的机会，无论在高尔夫球场的绿地上步行还是坐车而行，我一直没有逮着机会。

我终于逮住和蓝玲单独在一起的机会是在山田先生回日本后的第三天。此前，据说，在山田回国前，在夜间召见德田时，曾严厉地训斥了一番德田太一，几乎都要把他派去管理拉丁美洲一个小国的一个小公司了。但最终念及他对中国的熟悉程度以及中国大陆经济发展的迅猛对日本总部的诱惑，考虑到可以叫德田继续努力。山田先生一走，德田立即恢复了本相。我就是在那样的一个夜晚，当大厦里的员工都已下班回公寓之后许久，我和蓝玲紧紧地拥抱着，就在我那间办公室，在我那间有着一张巨大办公桌的办公室里，我们用嘴唇互相寻找，灼热的情欲在我们的体内掀起了热浪。我无法忘掉她，也无法正视她同样是德田的情人的现实。但蓝玲毕竟也是喜欢我的，因为我们都是一无所有地来到了这座城市，靠出卖智慧和肉体来生存。我把她压在我的办公桌上，手伸进她的裙子，解开乳罩的纽扣，而她则像一条蛇一样紧紧地缠住我。当我和她合为一体时，灯却亮了。像一头狼一样双眼放着绿光的德田站在门口。"很精彩。"他说。

我们停止了运动。我还帮蓝玲扯上了乳罩。我满不在乎地看着他，慢吞吞地穿好衣服。

"浑蛋！你们这是在继续工作吗？"他像一头暴怒的狮子一样冲到了我们跟前，挥拳向我打来。我挡住了拳头，一记勾拳，正中他的肚子。他英俊的脸立即扭曲了。我用双手拎起他来，把他撞到了墙上，身后蓝玲在尖叫，她也许以为我会杀了他。庞大的城市像个轮盘一样在我的脚下转动，一瞬间我真想替我们这个民族表达一下对日本人的仇恨。但我松开了手："先生，我们的确在继续工作。"我严肃地说。

"那，你可以停止工作了，从明天起，你，不用来上班了。"德田喘着气对我说。

"我正想这样做。蓝玲，我们一起走吧！"我转身问蓝玲。她已经整理好衣服，神色忧伤地发愣，但是她没有动。"好吧，"我说，"我自己走。"

说完，我一个人走了出去。我也不会再回来了。

约莫一周以后我和蓝玲一起坐在丽都假日饭店的餐厅里吃意大利细面条以及比萨饼。我知道我没有爱上她，她同样也没有爱上我。我们谁也不爱，我们都身无分文，只身一人来到这座城市，希望能从这里得到点什么，但更多的只是丧失。城市正在教会我们更多的东西，教会我们更多的游戏规则。我们一起吃着，说着笑话。她更多的讲的都是关于德田的笑话。看来她已经掌握了他。她这一天穿着一件紫色的套裙，显得非常冷傲和漂亮。但我们只是朋友，从我松开德田的领子，招呼她和我一起离开那里，她没有动，我就知道她和我都是现实主义者了。同时，城市已把我们变得冷漠了。

"你从德田身上捞到了多少钱？"

"几十万日元吧。我真的把他迷住了。"蓝玲天真地笑着，"你现在怎么样？"

"我在一家德资公司，负责宣传推广。你真的把他给迷住了？"

　　"对。不过，现在你要再劝我离开，我会考虑的。"她温柔地说。

　　"算了吧。问一句，你要有了钱，去干什么？"

　　"我吗？我想拿着这钱去美国或欧洲念书。当然最好是意大利。我出身于音乐世家，可是，离开父母，我在这里连活得好都很困难，"她眯起眼注视着走动的几个美国人，"你要有钱呢，想妻妾成群吗？你曾经说过的。"

　　"这是一个充满了欲望的时代，不过，我有钱了，就想盖一座摩天的蛋糕大厦，叫全世界的穷孩子和苦孩子，包括飞鸟们大吃一顿。"

　　"这是幻想，是屁话。"她迷人地笑起来。

　　"对，是屁话。"我自我解嘲。停了一会儿，我好像又想起了什么，我问，"你刚才说，假如我再请你离开德田，你就会跟我走，是吗？"

　　她灵活的眼睛转动着，我发现她居然有两个浅浅的酒窝。她狡黠地说："我们去打保龄球吧，如果我赢了，我就自己走了，如果你赢了，我就跟你走。"

　　"好极了。"我放下了冰水杯。

　　我们换好了鞋，来到了第十二球道。蓝玲的身材不错，她打出的第一个球就是全中。我选了重十二磅的黑球来打，我最喜欢用十二磅重的球了。我没打好过几次，但今天也许我该打好。球投了出去，姿势很标准。摧枯拉朽。但还剩一个球，那就再来一次吧。我看到在另一边的蓝玲冲我挤着眼睛。我发现她用的竟是十四磅的蓝球！她力气真大，我想。她又打了个全中，跳起来欢呼着。我也打了个全中。但我却一直在想，我和蓝玲都太相像，都是都市流浪人，她为什么必须跟我走？我有这个勇气和责任吗？我的肩膀斜了，球偏了。真臭。我忽然觉得我和她也在进行着一场游戏，一场猫与猫的游戏。可老鼠在哪里？它在这座城市的什么地方？我们必须练习捕击。德田是她的老鼠，我的老鼠在哪里？我继续抛球。然后，一局下来，我得了一百四十分，她一百八十二分，我输了。

我们喝着矿泉水，她抱歉地笑了笑。"我只好自己走了。"她温柔地说。

"好吧。"我说。

"那我现在就走。"她又对我说。

然后她就走了。我看着她的背影消失在大厅里。我想在这座海洋一样的城市里，我再也不会见到她了。怔了许久，我又拿起了一个十磅重的蓝球，我推开一个正要打球的人，我将球甩过肩膀，拉开弓步，抛了出去。一个标准的全中。然后我傻呵呵地笑了起来。

我已经在这座城市生活了两年。我就经历了这些，我觉得生活中转瞬即逝的东西太多：瞬间的激情与背叛，生存的困境与挣扎。每个人都可以在城市里下注，去下自己的赌注，但大部分将输得精光。有一天我忽然想到要给丹妮打个电话，因为，毕竟有大半年我们都没再联系了。当初正是离开了她，我才开始了新的寻找。现在，她怎么样啦？

"你好，丹妮，我是乔可。"

"是你！你现在在哪里？你没有死，我还以为你从此消失了呢……我恨你。你抛弃了我。我恨你。"电话中丹妮的声音有点哽咽，"你勾引了我。"

"不。你刺伤了我，你说过你对我找不到感觉了。"

"不！我没有说过，只是你想离开我而已……"

"你说了。所以我就走了。"

"你现在怎么样？"

"还可以。一直在外企当'伪军'。"

"我想见见你，今天行吗？"

"……好吧。那么，晚上我们在西单劝业场地铁口处见面。我等你。"我挂断了电话。

我站在地铁的出口处等她。人们一群群地从地底下冒出来。有人说过地铁是地狱的入口。这实在是一种十分有趣的说法。丹妮来了。我看见了她，她穿一件褐黄色大衣。今天没有下雪，但天很冷。地上结了冰，她看见了我，像河流中的一块浮冰一样漂向了我。她憔悴多了。没了孩子气，她已经是个标准的妇人，如同我也成了个成熟的男人。她的眼睛里含满了幽怨。

"我一直在找你，到处找你，可这座城市这么大，我到哪里都找不到你。我恨你。"

"我们先吃饭吧。去吃台湾牛排面怎么样？"

"我有一天沿着大街，走几步就喊几声你的名字，可一直没有人回答，我就这样一直走到了建国门。"

"今天大街上怎么这么多人？真令人心烦。"我说。

"你抛弃了我，我恨你。"

"这牛排面不错，煎得挺嫩，而且鸡蛋煎得也好。"

"我简直都没法生活了，我的生活中没有了重心。"

"这大半年我干了各种各样的工作，遇到过各种各样的人。这座城市已经收下了我。"我咽下牛排。

"可你为什么要离开我？"

"为了寻找。我还太年轻。再说你说过你对我没有爱了。"

"你猜我今天带来了什么？"

"带来了什么？"

"你从新疆带回的那把匕首。"

"哈，要杀我吗？"

"也许。"她忧伤地看着我。

"算了吧。我们还是去看电影吧。首都剧院，《所有的骏马》，美国片，棒极了。"

"好的。但也许我会杀了你。"

"你瞧大街上这么多人，等天黑了你再动手。"

"好的。"她宽慰地笑了。

"这电影不错吧？我看过介绍。接下来的一个场面，将是所有的骏马都在奔驰。"我说。多好的一部电影，一部超现实主义风格的电影，一部关于城市孤独与命运的电影，一部寻找与发现的电影。就像是关于我的电影。

"你要娶我。"黑暗中她的眼睛在发亮。

"不。我已变成城市平面人了。我没有情感了。"

"我要嫁给你……"

"不。"

"再说一遍？"

"不。"我坚决地说。

银幕上的马群果真出现了，是如此庞大的一群，是如此健美的一群，马们跃足狂奔，马蹄翻飞，连太阳都变成了它们蹄下的碎片。多棒的马群！我小声地呼叫着。但是，我感到丹妮突然变得疯狂了，她用力将匕首向我刺来，我抵挡了一下，但第二下她扎中了我的腿。我用力推开了她。马群还在银幕上奔跑，我却挨了一刀。我在黑暗中向门口冲去。刀仍留在腿上，丹妮在哭。一切都在瓦解，马群在不停地飞奔，我挨了一刀。我捂着大腿，冲出了电影院，来到了寒冷的大街上。冬季的长安街一片凄冷，灯光却更加明亮。我捂着腿，心中想着那些马，那所有的骏马。这像草原一样广阔的城市！我笑了起来，血流了我一手，也流到了鞋面上，我在寒冷的大街上一个人孤独地向前走去。

乐 队

场景一：游击酒吧

那几个走上前去的黑衣长发的穴居人，他们就是YES乐队的乐手们吗？YES乐队！又有人推开了重重的"游击"酒吧的橡皮门，而酒吧里弥漫的那种佛罗里达州的气息足够淹死每一个人。在酒吧里，到处都是地中海香水味儿、腋臭、烟味儿和光线、情欲、爱情、忧伤、鸡尾酒、愤怒和爱尔兰啤酒交相混杂的气息。这里简直就是一个黎明前的山洞。而在酒吧的外面，黑暗早已浸湿了整座城市，使得整座城市看上去像是一个灯火通明的垃圾场，一个有着一千多万垃圾制造者的垃圾场，它在黑暗之中震颤与喘息，并疲惫地转动。

从远处看，在黑暗之中很多人都像是某种植物，而在酒吧中，那混浊的空气里，很多跳舞的人变成了带电的树枝，在音乐声中颤动。这是在这座城市的午夜时分，所有的灵魂与肉体都在运动。如果这时候你像一只鸟那样飞过这座城市的上空，你一定会感到一阵空茫。

这是一座广大的城市，是垃圾场同时也是一艘航行在黑暗之中的灯光之船，带着一千多万人的睡梦在向前漂流，在奔向新的大陆，它永远不会沉没，自从它诞生以来它就生生不息地前进，却永不会沉没。酒吧中的空气越发炽热了，有人在唱菲律宾的乡村歌曲，人们在躁动，有人在高喊YES乐队！YES乐队！可没有人答应，那几个长发的穴居人不见了，每个人都在灯光的明暗中移动。似乎很多人在期待着一种狂暴的呐喊，期待着一种音乐与灵魂纠缠不休的东西。这是在北京第三使馆区边上的一家官方的俱乐部底层，墓穴一般的酒吧被装扮成了越南丛林、迈阿密海滩和美国西部牛仔风格交相混杂的风格。在酒吧中，到处都是看上去有些独特的人，他们像是艺术家、孤独的人和午夜狂欢的人。他们像都市中的老鼠那样从城市的各个角落来到了这座地下酒吧。还有几个左耳朵上戴着大耳环的男人，也弄不清他们是真同性恋还是以此为时髦的人。这些人都是冲着YES乐队来的，他们在生活中听到了太多的"不"的拒绝声，今天他们想听听"是"乐队的歌声。而对于一些在北京生存的各种独立乐队来说，这种酒吧是一条连接成功的通道，很多乐队都是在这样的小范围内的地方演出，然后走向了成功的。这是谁走上了舞台？那四个黑衣人就是YES乐队的乐手吗？他们简直就像是植物中的幽灵一样出现在了很多人的面前。灯光越发暗了，有人把黑啤酒泼到了另一个人的屁股上。光线时明时暗，一种光晕在上下跳跃，每一个人都在期待着什么，所有的音浪与谈话声都沉没了，YES乐队的乐手们开始演奏了。

在几分钟以后，所有的人都感觉自己失去了耳朵。太狂暴了！太剧烈了！太粗野了！太震颤了！仿佛空气是某种坚硬的纸，在这一刻忽地被撕开了，空气一下子翻滚了起来，所有的人如同在云端一样坐立不安，他们血液奔涌的速度一下子快了，他们口干舌燥，张口结舌，目瞪口呆，眼睛里喷出了另一种火苗。这也许不是音乐，这是非洲大地上虎群、象群和豹群的突奔，这是所有战死的人在就义前的最后一声嘶喊，那声音粉碎了一切声音，那也许已经不是声音，是比音乐更为阔大和沉默的音乐，那是橡皮、钢铁、牙刷、弹力器、乳罩和鞋垫摩擦与碰撞的声音，那的确只是声音本身，只是节奏本身，光线、喊声、目光和爱情都在音乐中弯曲了，变得像是被锻打过的时间的金枝一样向天空暴怒地生长。YES乐队的四个人全部都是戴着墨镜的人，他们喜欢隔着一层颜色更暗的玻璃来看这个世界，这个从蝇眼中分离出来的世界。在眼睛与世界之间，都是深渊一样的现实。在他们的嘶喊与歌唱声中，饱含着拒斥与愤怒、欢欣与焦灼。一种奇异的力量带着乐队和人们一起在接近白昼的地方越走越远。

　　所有的人已经不知道自己身居何处，空气之中那酒精的气息加重了，似乎一些人已经被空气熏醉了，他们变得躁动不安，像离开水的鱼一样在大口地呼吸着。这一刻，青春像过了冬天的土豆一样又重新发芽了，时空突然置换了，一些心灵发生了位移，而所有人的头发都想努力向上生长。这就是YES乐队，一共四个人，平均年龄二十三岁的黑衣人，他们在一阵狂暴的音乐中砸碎了手中的乐器，主唱兼节奏吉他手的那把木吉他残破的碎片飞溅开来，传来一阵男人和女人的惊呼声，似乎有人的脸被划破了，可他们像一条条兴奋的狗那样在跳跃。所有的人都在酒吧中嘶叫，灯光变幻之处，他们真的是一群奇怪的植物，在这座城市黑暗的怀抱之中战栗，因为等待时间死去还要很久，这是恍惚的一刻，乐器已经粉碎了，而每一个人都试图重新修补破碎的灵魂。灯光飘摇之处，像黑色的火焰一样闪过来到吧台前的那个人，正是YES乐队的灵魂——主唱兼吉他手莫力。他揽住了一个性感的穿黑色皮质超短裙的女孩的腰肢，并向下移了一下，托住了她的身体，两个人像真正的情人那样互相吻了一下，然后他对吧台侍者说："来一杯黑啤酒，老兄，难道你已经傻了吗？你干吗像个蠢货那样张大了嘴巴？再来一杯甜心，哥们儿！"

叙述人莫力

我是贵州人，我想你们一定都没去过贵州，你们一定把那儿想象成比地狱还操蛋和遥远的地方吧。而我就出生在那里。一不留神我就从我妈的子宫里溜了出来，变成了一个不受人喜欢的早产儿。也就是在那一年，我爸爸在一场武斗中被打死了。我开始了我孤独的成长。我从小生活在红土地带，我像个小苗苗那样在红土与红土的夹缝中成长与呼吸。在贵州，你可以见到真正的雾气，我是指没有毒的那种，忽然就从地底下冒出来了。或者从山的另一边向这边的高原上漫卷过来。所以我从小就在雾中打量世界。此外我还想提到贵州的白云。那种悬得很高而又很低，你一伸手仿佛就可以捞得着的云，像一些奇怪的生命那样在另一种空间中生长。我小时候就对这些东西感兴趣。后来一不留神，我就变成了一个捣蛋鬼，人人都说我没有爹，从此把我打入了异类，那么我就做给你们瞧瞧，你们这帮杂种，我用双手打天下，我成了个拳头最硬的家伙，他们再也不说我的坏话了。但我一直不讨老师喜欢，他们老是耸起鼻子来闻，说我身上有一种孤独、残忍和血腥相混合的气味儿。可我自己一点儿也闻不出来，你能闻得出来吗？因此我从小就被看成一个"服预备役"的杀人犯。但是管他呢，既然你们都怕我，都不喜欢我，那我就干得更彻底一些。整个少年时代我总是打群架、逃学、偷点儿吃的东西，我还喜欢把路灯都给砸碎了。要是现在我就不会这么干，让路灯亮着该多好啊！所以每一次走在长安街上我都盯着四周看，如果有人去砸路灯我就会扑过去揍他一顿。我已经变成了一个保卫路灯的人了。可从前我总是要装一把匕首，用那种刀锋来模拟某种暴力场面。我弄不明白为什么很多人都不喜欢我？连我妈也不喜欢我，她说每当看到我就想起我父亲，一个死在别人的棍棒下的"革命"的牺牲品。所以，我决定一长大就离开那块土地，跑得远远的，跑到一个谁也不认识我的地方，我扔掉匕首、弹弓和其他东西，然后开始歌唱。我考入了贵州师范大学，我学的是音乐系，可他们总是教我拉小提琴和二胡之类的玩意儿。我想玩点儿野的，我的血液中有一种汽油，如果有那么一点儿火星它就会燃烧起来。可一直没有一种表达的机会。这就如同泥石流和滑坡一样也得等待机会，比如那么一个可以让一切都浇个透心凉的雨天，这个过程就可以一下子完成，我是在一个雨天第一次听到摇滚乐的，是那种正宗的摇滚乐，大约是布莱安·亚当斯的一盘专辑，当时这盘专辑是从南边某个鬼地方弄来的。布莱安·亚当斯是蓝领摇滚王子，他从不把时间浪费在乱搞男女关系的事情上，因此我格外喜欢他，因为他爱说："去他妈的！"让一切都滚到一边去是他的作风。他这样做真叫我佩服，因为我也一直想说："去他妈的！"可结果我却惹了更多的麻烦。在大学里那种沉闷的气息让我难受，我很少看教材，因为我已经是一个叛逆的家伙了，我开始喜欢摇滚乐了，并且拼命用卖血和干杂活儿挣来的钱去买那些从地下渠道弄来的各种西方磁带和唱盘。那还是在1988年，整个社会都沉浸在一种"东方要复兴"的气氛中，因此讨厌我所感受到的一切。我其实根本就不是魔鬼，有些人说我是魔鬼，可实际上我一直是一个善良的人，我接受的爱太少了，我得的是一种爱缺乏疾病。而医治这种病的唯一良药就是音乐，是我所喜欢的那种音乐，不是被我们的老师灌输给我的东西。在我自己喜欢的一些音乐中，有一种节奏是和我本人的生命节奏相同的，那是一种类似于呼吸的东西，所以我就固执地开始学习西方摇滚乐了。我在这些音乐中找到了爱，这正是我从小就缺乏的，这种爱由怜悯、呼喊、愿望、祈祷、愤怒、哀告、哭诉、抚摸、善良和召唤所构成，是更为博大的一种东西。我心中积蓄了很多东西需要释放。我像泥石流打算冲垮公路那样找到了一种宣泄。在大学里，充斥着各种各样的蠢材和庸人，他们竟然大部分都放弃了梦想的权利，这叫我尤其吃惊。我开始在学校里寻找能与我共同坚守一个信念的人，我就贴出了告示，但却遭到了老师的警告，这是在1988年，我必须建立一个乐队，一个向很多人说"是"的乐队，我没命地练我的吉他，我很孤独。我一直都很孤独，但有一天一个物理系的长得像一门小钢炮一样的壮小伙子来找我了，他说他喜欢洛德·斯图华德，他说他叫聂双耳，比聂耳还多两个耳朵，他说他也和洛德·斯图华德一样喜爱踢足球，喜欢外语系那些漂亮的女孩子。他没事了就一个人练打鼓。后来我一看他的那些"鼓"就乐了，他的"鼓"全部都是由木头片弄的，那哪儿叫什么鼓？但好歹我算找着一个鼓手了。要成立一个乐队至少得需要四个人，一个主唱兼节奏吉他手，一个主音吉他手，一个贝斯手加上一个鼓手，或者再来一个键盘手什么的。其他的两个家伙在哪里？我们两个相信一定会找到他们。我首先帮助聂双耳制作了一副新的架子鼓，实际上这也是用铁皮制作的，根本不能算是真正的那种鼓，因为我们都很穷，我们相信总有一天我们要买到最好的乐器，唱出最有意思的歌来，我们想唱的歌要像一把尖刀带着血和精子一样，用一种宗教般的哼哎，传达躯体解放时的欲望升腾与升华。这是我一开始就想到的。因为音乐说到底就是爱，就是一种不折不扣的爱。西方所有古典音乐大师的作品我也喜欢，可产生这些音乐形式的环境不存在了，充斥在我们周围的是钢筋、水泥、硬塑料制品、速冻食品、汽车排气管排放的废气，核威胁、残疾人群、城市楼厦的峡谷、环境污染、堕胎、吸毒、精神病与歇斯底里，而爱呢？爱像一阵雨一样从天上下下来，渗入了干涸的土地与人们的心田，可现代人同样也已经越来越缺乏爱了，要去找到爱！以新的音乐形式去表现，而在这一切中，摇滚就是当代的最好形式，如同伟大的钢琴曲、小提琴曲在上个时代所传达出的那样，我们应该用摇滚乐来传达出这个时代的新的精神。这是在压抑下的爆发，是在我们生存的周围密布了陷阱和地雷的嘶吼。世界不再是可以安静地倾听小夜曲的世界了，世界已经被马达与车库的轰鸣所覆盖，整个地球就如同一个被捅了一下的巨大的马蜂窝，人人都在动，从一个地方到另一个地方，人人都在寻找回家的路。那么，我们能不能找到一条音乐的大船，把所有的人运回家？说到底我并不是一个叛逆的人，我的内心充满了爱，我必须找到一种东西挥洒出来。我和聂双耳紧紧搂在一起，为我们制作出的一个天下最简易的铁皮架子鼓而激动。一旦到了傍晚，我们吃过晚饭，便一起从宿舍中溜出来，到校园里那座小山上去练歌，那里到处都长满了挺直的树，只要有它们听我们练习就够了！我和聂双耳像两个密谋的同志那样开始了我们最初的练习，把那鼓敲破吧！把黑夜也捣个稀巴烂！我们很兴奋，因为我们通过练习找到了爱的表达方式，我从来都不会过于矫情，我讨厌一部叫作《摇滚青年》的电影，那种虚伪的城市小资产阶级气息叫我恶心。也许我并不是一个十分理性的人，我想，但我要的是另一种音乐，一种赤红的、孤独的、华美的、坦率的、世俗的，这是新一代的声音。如果你听不懂就去你妈的吧，如果你赞同我，那我就拥你入怀，把你称作兄弟。我们没法矫情、甜腻腻、矫揉造作和煽情。而音乐，只是汇入爱的液体的最好的航程。

有关莫力的素描

孤独的狂野

"自八十年代中国摇滚乐的成长期后，多数中国摇滚人，很快沉湎于对西方的形式主义搬用，或简单注入些民间音乐成分，来标榜自己先锋的惰性之中，失去了社会冲击力。真正的摇滚是具有文化建构功能的前卫艺术，而成立于1994年的YES乐队终于挣脱了这一沉沦。

"他们音乐中弥漫着的孤独与绝望不再是一种情绪。主唱莫力那孤独和狂野的尖刀般的歌声将撕裂一切。这是一个弑父者的声音。孤独绝望的低音游织，透出对未来的灭寂感和生命意志的幻灭感，单纯而怪诞的小模式推进着焦虑与空洞。这不仅是音乐语言，也是某种古老的直觉'语言'本能导向的精神漫游。夸张的动作加强了狂欲的乌托邦式追求和泛性欲的官能感浓度。

"他们吸取了六十年代Lou Reed的精神，形成了自己当下的音乐样式。作为当代中国摇滚人这个此在者，他们深切地体验到了一种极具人类普遍性的生存感，并将其到位转换为音乐语言。凭着主唱诗人般的直觉，以其惊人的解决汉语音韵束缚的能力，带着驾驭歌词的文学素养，使他们的音乐传达出一种巨大的张力，恰当地兼容了暴躁、颓废等癫疯般的破坏力和强烈的禅宗式自我拯救意识，并贪婪地游荡于梦境、幻觉等冥式的非理性体验中，绝望地召唤着宇宙之爱并呼应着处于变异之中的中国文

明。这就是具有社会批判和道德解放力量的摇滚精神。"（乐评人孔布）

出生与个性

莫力出生于1970年8月18日，那一天出生的人的星座按传统星象学说法是狮子座。狮子座的人狂躁、不能自制与冷静和克制可以完善地协调在一起。狮子座的人相信运气，性格坚忍孤独，并且固执己见。狮子座的人同时也浪漫多情，并且相当忠诚与热爱生活，富有责任心。狮子座的人善于合作又喜欢独当一面，历史上很多成功的孤绝之士的星座都是狮子座。

脸部表情

对于很多人来说，生活中的莫力有些神秘和不可测。他总是要戴一副墨镜，从来都不摘下来，因此给很多想看清他的眼睛的人造成了困难。他与人面对面的时候，不太喜欢被人直接窥探到心灵，如果眼睛是心灵的窗口的话。他很少笑！虽然他有一口漂亮的白牙，但是他几乎没有在人多的地方笑过，这一度使许多想接近他的男女再度离开他。因为在更多的人看来，笑容是可以让人信任的证据。莫力为什么不笑？他说："我喜欢我的脸部表情像某种凝固的东西，像一个面具、一尊雕像，我不想让脸部运动过于激烈，这会使我迅速变老和显得滑稽。"

收藏与休闲

莫力喜欢搜集蝴蝶标本。他从小就喜欢蝴蝶，因此他的藏品非常丰富，有一部分属于西南地区特有的巨型凤蝶。他的标本全夹在五册标本夹中，翻开那几本奇异的蝴蝶标本夹，有一种来自遥远地区的芳香会扑鼻而来。那些死去的蝴蝶以死亡的美丽诗意让翻看的人头眩目晕。

此外莫力还喜欢袜子，他有五百双左右的各式袜子。同时他还收集各种饭店垫茶杯用的小纸垫，这种小纸垫都有各家饭店的标志。他还有一册奇异的收藏，那是他在美国的一个朋友送他的，这是一册由胶塑纸制成的东西，一共有三十二页，里面粘贴了三十二个国家的人的头发！各种颜色，被夹在胶塑纸之间，头发弯曲与伸展的茂盛景象就像一团人做的梦，非常美丽。

莫力说："我喜欢美洲人写的小孩，像《兔子，跑吧》，还有《百年孤独》《玉米人》《石头天使》《索菲的选择》之类的书。我最讨厌的东西是大学教材。它们散发出一种装腔作势的腐臭味儿。我知道我该看什么书。"

此外他还喜欢吃方便面，在他没钱的大多数时间里他都吃这个。他爱吃牛羊肉，不吃猪肉。"从小我就不喜欢猪。"他说。在古典音乐中他喜欢斯特拉文斯基的曲子，他可以整日整夜地连续听斯特拉文斯基的《火鸟》《扑克游戏》《士兵的故事》《浪子的历程》。在中国摇滚乐中，他比较赞赏崔健，最喜欢窦唯。"但我会超过他们。"莫力会开汽车，有一段时间他经常偷开随便发现的北京吉普，兜一圈儿然后再放回去。有一次被警察抓住了，从此他再也不干了。他还爱吃俄罗斯意粉，那种味道奇特的面条在北京很多饭店都有。

服饰与形象

莫力喜欢穿牛仔服，他很瘦因此这可以显示出其修长的身材。在冬天的时候莫力还围一条火红的围巾，是那种纯羊毛的火红的围巾。他下身穿的牛仔裤往往破烂不堪，而且在膝盖和大腿内侧还有几个洞，夏天的时候就露出肉来。裤腿上也丝丝缕缕地拉带着一些丝线，这让他看上去像一个浪子。他在穿着上很随便，但他左手上戴着一枚很大的银戒指，他在舞台上穿黑色牛仔服，并且戴墨镜，这使得他与黑夜融为一体。

莫力一直保持着流浪与反叛的形象。虽然他看上去有些单薄，但因此有很多更年轻的人喜欢他。"我一直想玩点儿真的，我们是一支不错的乐队，而且还有点性感。其实我们都很善良，一点儿也不可怕。"他走路像某种大鸟，速度较快，一转眼，他就隐入了街道上蠕动的人群中不见了。在人群中消失一直是他的愿望之一。因为他实际上就是我和你。

发　型

他和他的伙伴们全部都留长发。"只要想留长发，你就叫它任意去长，不去管它就是了。"那披到肩头的长发使他看上去狂放不羁。在演出的时候有时候头发甩在半空，会变直，也会像波浪一样飞舞。他的头发又黑又亮，让很多女孩都很羡慕。从背后看，如果他穿着裙子，那他看上去有一头秀丽的长发，像一个漂亮女人。他的另外几个伙伴平时都把头发扎起来，他不，一直让头发流泻在肩上。但他要笑起来，看上去就显得过于善良了。

女　友

他好像没有女朋友。他经常有意地躲开那些喜欢他的女孩。在去年他的女友麦青被火车撞死了之后，他就没有找过女朋友。他对麦青可谓一往情深。麦青死的时候只有十八岁，还是个大学一年级的学生。但麦青听懂了他的歌，从他狂躁的歌声中听出了他的善良，和对爱的渴望。她信任他，带给了他爱，她是他长这么大第一个给了他真正的爱的人。"那是无保留的。但天国却召去了她。"他说这话的时候更显得孤独和忧郁。这也是他不愿意摘去墨镜的原因。他的伙伴知道说这话时他哭了。

场景二：什刹海

这是一个星期天的早晨，空气里饱含了阳光、蜂蜜和氧气。有一点淡淡的雾气在飘浮。人们走在大街上心情格外晴朗。在北海后门连接什刹海的一片街头公园里，有很多人在围着一个人听他唱歌。这个人靠着一棵老榆树，他还有一个行李放在一边，他穿一条洗得发白的牛仔裤，这条牛仔裤上丝丝缕缕，看上去他风尘仆仆。他头发很长，有点儿瘦，但眼睛却很大、很黑也很深。他坐在那里让一条腿伸出去，另一条腿屈起来以架住手中的吉他。在他的脖子上还围着一个四方小架子，把一把口琴固定在他的嘴边。他就这样一边弹吉他一边吹口琴一边唱，这恐怕应该算得上那种不插电露天音乐会了。这个唱歌的年轻人把目光定在前面空茫的一点上，他不看任何人，也不太在乎有谁在听他唱歌，他唱的全是英文歌曲，在一边围观的人有几十个，他们或坐或立，但大部分人都坐在一些石凳、石棱和假树桩上，以年轻人为主。这个人唱的歌声非常有穿透力，那种粗犷的嘶叫显然叫好多人为之动容。他就那样坐在那里旁若无人地唱。过了一会儿有两个穿着牛仔服的洋妞走了过来，也坐在离他不远处的石棱边听他唱歌，一边听一边还互相在说些什么。从她们的神情中似乎还挺喜欢他的歌。

在离这里不远的一条绿化带的另一边，有一群人在那里唱京戏。他们中有些人还穿着戏服，在那边咿咿呀呀地唱。他们大多是中老年人，连几个围观的外国人也是老头老太太，并且正在用摄像机把这一切拍下来。而在靠近什刹海湖边的一棵柳树下，有一个头发淡黄的外国人正在打着一面手鼓，这面鼓有半人高，不大。这个外国人看上去像是欧美人士，而不是阿拉伯人或者拉丁美洲人。他打手鼓的动作很激烈，那种鼓点很像某部与耍蛇人有关的电影上的音乐，节奏简单、明快、激昂。他就坐在那儿不停地打着手鼓，两只手上下翻飞，像两只在疾风中飞行和翻转的鸽子。他打得很专注，也有人围着他在看。不远处的湖面上浮游着一些鸭子，那些鸭子对这边的声音不为所动。这个打鼓的外国人有四十多岁，他只穿一件圆领的白色汗衫，而且已经都湿透了，汗渍在他的背上形成了一个椭圆形图案。他有时候一边打鼓还一边朝围观他的人做鬼脸。有一个人问他为什么在这儿打鼓，他耸了耸肩，表示不懂汉语。整个什刹海街头公园的早晨就有三个表演的场地，而这三个场地里的人互不干扰，谁也听不见另外的人在唱些什么。

而那个嘶喊着唱歌的青年声音更加高亢了，这给早晨的什刹海的天空带来了一丝悲壮，他用力弹动吉他弦，时而吹一会儿口琴作为间奏，而他那独特的满含孤独和一种一往直前的意味的目光则越过了人们的头顶，依旧伸向了遥远的空茫地带，好像他已在自己的歌声中走远，他已不在此地，他已经走向了远方。又有一些人坐下来听他唱，另一些人起身走了。有人走到他跟前，在他的脚旁扔下几张角币与一两元的纸币，但他没有任何表示，可能他并不是为了来募捐和筹集生活费用的。听他唱歌的人零零散散地围坐在他周围一圈，有的人在看书，不时把眼皮抬起来看他一眼，那湖边传来微弱的鼓声似乎显得更激昂了，这边的人有点儿动容，东张西望在寻找声音传出来的地方。这个唱歌的人已经沉入到自己歌声的辉煌与平实之中了，他唱的一首新的歌周围的人从来没有听过，这种歌声像一把匕首，那种发出的如同儿童的愤怒一样独特的声音击中了人的耳膜，这声音中有一些独特的东西，比如浪游，比如悲伤和愤怒，比如忧郁与回忆，这些内容全部在他的歌声中有所体现，并使围着听他唱歌的人回忆起了自己的忧郁与悲伤、浪游与愤怒。这个歌手肯定是一个流浪的人，围观的人们想，他的家一定在很远很远的地方，或者他连家都没有。而在街心公园的另一面，那些唱京戏的人则大多已步入人生的老境，他们唱戏更多是出于人生的装点与丰富，而没有这个流浪歌手的生命特质，他是在用他自己真正的独特的生命激情来歌唱的。他唱完了这首歌，停了下来，因为他的嗓子有点儿嘶哑，于是就有人给他送过去一瓶矿泉水，又有人走过去在他脚边丢下一些纸币，脸上并没有施舍的神情，因为这个歌手也向世界施舍了歌声。看来这个歌手在休息，或者说他可能不想再唱了，他停了下来，把在嘴上捆着的口琴解下来。那两个洋妞商量了一下，站起来，其中一个高大丰满的同样穿着破旧牛仔服的洋妞跑过去，在他的脚边丢下了两毛钱。然后她就和伙伴走了。这时，有一个十七八岁，模样非常清秀的中国女孩，带着几分羞怯，跑到他脚边丢下了两张十元的钞票，有人鼓起掌来，她有点儿害羞，赶忙又跑到了一边。人们在散去，因为他们发觉这个歌手在整理行装，打算走了。他把吉他背在身上，把口琴提在右手，左手捡起那个像个婴儿似的铺盖，站起来走了。

他来到了湖边，听到了打鼓声，耳朵动了一下。他对各种声音是非常敏感的。他朝那个打鼓的外国人走去，拍了一下他的肩膀。那个人和他笑了笑，他们用英语谈了几句，然后两个人一同收拾好家伙，站起来要走。他们沿着湖边朝鼓楼的方向走了没几步，他忽然听到背后传来了一声清脆羞怯的声音说："我可以帮你提着行李吗？"

叙述人莫力

　　那天我正和那个刚刚认识的叫柯尔克的德国小伙子一起走，忽然听到背后的一个女孩在说话。她要帮我提行李，这倒真的吓了我一跳。我转过身，发现她就是刚才在我脚边放了最多的二十元钱的那个女孩。这是我第一次认识麦青。她有些羞怯，脸微微地有点儿红，看来她跟着我走了一段，莫非她真的喜欢我的歌？我不假思索，就顺手把手中的小被子递给了她，她接过来，手上一沉。但我并没有再拿过来，一开始我并不太在意她。我们就这样一直跟着柯尔克走，其间我不停地和柯尔克在说话，而他要向我介绍一个打鼓的人，一个他的朋友，那是一个印第安族美国人，是个在中国留学的学生。当他听说了我想来北京组建乐队的想法就立即向我推荐了那个叫钢·埃特尔的家伙。我才来北京几天，我起头在北京火车站混了几夜，后来发现在那儿老有人赶在地上睡觉的人，我就决定离开那里，刚下火车时我可累坏啦，我从贵州那里坐了几十个小时的火车，骨头都快散架了。那时候我大学毕业后建的乐队已经完蛋了，有一天我突然决定辞职，从我任教的一所中学中辞职，因为我的伙伴在贵州一个也没啦，我就决定来北京。我和柯尔克很高兴地聊着欧美最新的摇滚动态，彼此交换着我们对音乐的看法，就这样一起来到了柯尔克住的一家二等旅馆，实际上我们走了好远的路，穿过了很多胡同。在旅馆门口我才突然发觉那个女孩一直跟着我，她还帮我拎着行李，而我都快把她给忘了。我一回头，抱歉地冲她笑了笑，她依旧那么羞怯，鼻子尖上沁出了一层汗珠，在阳光中分外动人。我说："你叫什么？"她仰起脸："我叫麦青。"那天是我第一次和麦青见面，当我们一同和柯尔克走进旅馆的时候，我突然觉得有个什么东西在我的心脏上击了一下，那是一种心有灵犀的感觉，我知道那一刻我已经喜欢上了麦青，而我在此之前从来就没有过这种感觉，我长那么大第一次有了那种感觉，那种战栗的感觉！

接着讲我的乐队的故事吧。在大学快毕业的时候我终于把我的YES乐队建立起来了，鼓手聂双耳、贝斯手刘克、吉他手何可。我们全是在大学里认识的。在大学毕业前夕我们搞了一场音乐晚会，可一下子弄得全校的学生都激情难耐，后来他们把一些教室的窗玻璃给砸了，有些人还烧掉了床单，很多女孩子提着放在红色塑料桶里的红蜡烛，形成了一个在黑夜的校园里游走的队伍。当她们在校园里走动的时候，越来越多的人从宿舍楼里冲出来，汇入到他们的队列中，我想是我们点燃了他们心灵中青春的火苗子，大家全都要告别大学了，那种感伤像潮水一样湮没了我们。这个午夜在校园里游走的激动而又感伤的队伍如此整齐而又庞大，而这全是因为听了我们唱的歌！为此学校认定我们是捣乱分子。毕业后我们全在中学里教书，教什么的都有，有教语文的、教体育的，而我则教音乐。那时候我已经差不多把欧美几十年来主要的摇滚歌手的音带全弄齐了。一毕业我们就觉得自由了。我们四个人全部生于七十年代，我们决定寻找到一种新的活法。于是我们决定白天教书，晚上到酒吧去唱歌。那时候我们还没有很好的乐器，我手中的吉他才值一百块钱！我们只有一架电贝斯是最贵的乐器。当然那时候聂双耳也算有了一面架子鼓，是我们从一个军乐队手中买来的旧玩意儿，但总之我们在贵阳可以堂而皇之地称为乐队了。我们晚上去酒吧和歌舞厅唱歌。由于打算挣钱买最好的乐器，我们都在拼命挣钱。当老师工资少得可怜，可我们都在拼命节省，有一阵子我一天只吃一顿饭，把其余的钱全省下来了。何可的父亲做生意，所以先给了他五万元，可这要买一把最好的吉他还差一半。于是他和我们一样都在拼命挣钱。我们在那些歌厅里什么都唱，什么乱七八糟的流行音乐和港台歌曲我们全都会唱，只是我们也唱自己写的歌，也唱一些欧美歌曲。在毕业后的一年中我们基本上在贵阳站住脚了，谁都知道有了个YES乐队，我们也真的挣了一点钱，打算买一套真正的好乐器，然后漫游全国，四处歌唱。可有一天晚上我们遇到了一个意外，它使我第一次组建的乐队面临了威胁。

那天我们在"金皇后"夜总会里唱歌的时候，有一个大老板模样的人要求我们给他伴奏，由他本人来演唱。我们想了一下，同意为他伴奏由他唱一首歌。那个家伙唱得简直惨不忍睹，可我们还是为他伴奏了。没想到那家伙唱了一首还要再来一首，台下有人起哄，但他毫不理会，执意要我们伴奏。于是我们不得不就再为那家伙伴奏。一直到他唱到第四首，我们忍不下去了，决定不为他伴奏了。他掏出了一千块钱，要我们整个夜晚都为他伴奏，由他来主唱。他眼角流露出的那种有钱人的轻蔑眼光让我们火冒三丈，我们决定赶他下台。然后他和我们打了起来，何可狠力地揍了他几拳，这家伙捂着肚子逃了出去。夜总会里一时大乱，我们也无心再唱下去，收拾好东西准备出门回去了。

何可刚刚走出夜总会的大门，有一个穿夹克骑摩托的人迎面就打了他两枪，何可一下子像石碑一样倒在了地上，那个家伙立即骑摩托跑了。我们全惊呆了！我们都以为何可死了，因为他的背上全是血。我的手愤怒得抖个不停，后来我们把他送到了医院，医生抢救后他活了下来。有一颗子弹穿过了他的脊椎，从而使他逃过了一死，我们后来得知是那个挨揍的老板花钱雇的一个黑社会的人开的枪。何可从此就坐在轮椅上了。他再也不能去唱歌了，而这时他刚刚凑够了买一把好吉他的十万块钱！本来他打算要成为最伟大的吉他手的。一个月以后，等他伤痛稳定并痊愈以后，他一个人花了五万元也雇了一个人把那个老板双腿打残，之后他就只身一人逃往了海南。我们乐队最好的吉他手就这样离开了乐队，而且永远也不会再回来了。那把沾着他的血的残破的吉他是他留给我们的信物，我们的乐队失去了一个主音吉他手。人海茫茫，纵使那个双腿被打残的"大款"不会再找他算账，他也不会再回到乐队了。他肯定对人生有了他的新的理解与新的想法，这些我也不会再了解到了。从那以后我再也没看见过他。你要是见到了他请一定通知我好吗？他是一个双腿都有一点儿瘸的男人，他表情阴郁然而内心仍旧布满火焰。我想念他，我不知道他去海角天涯干吗。如果我再见到他，我就给他买一把最好的吉他。但有一点我是知道的，如果再有人因为有钱而企图叫他伴奏的话，他还会把吉他砸在那个人的头上。

莫力有关少年时代的一次梦境

他觉得四面都是墙，他往四个面跑都会遇到那些墙，他觉得他憎恨的每一个人都站在他的对面，伺机想堵住他揍他一顿。不一会儿他手中就多了一条长凳，他狠狠地朝一个家伙的头上砸去，板凳四散开来夹杂着那个人的号叫真的叫他欲仙欲死，那种感觉简直棒极了。谁还会上来？如果我要有一挺机关枪那就更过瘾了。反正你们都不喜欢我。而我最怕我舅舅，他会一拳把我打到墙上去，他天天和我妈嘀嘀咕咕，莫非想把我扔到井里溺死？我总是觉得饿，我从来就没有吃饱饭过，我的胃像一个巨大的口袋，它什么都能装下去，可我妈就是不让它装满，于是我就来到了大街上。

他在大街上晃荡，每家店铺里冒出的食物的香气叫他垂涎欲滴、饥肠辘辘，他恨不得能立即伸出手去捞上一把，他果然一伸手就抓住了一根卤肠，可他立刻被人抓住了，狗崽子，为什么偷我的卤肠？你的卤肠？他笑嘻嘻地说，这是猪的肠子，不是你的肠子。那个人听了，更加怒不可遏，一脚就踢在了他的下裆处，直疼得他憋住了一口气差点儿死过去，但他还是几口就把那卤肠吃了。有一个老太太说他是个可怜娃，那个人就放了他。

老师！老师！他叫道，你为什么总让我不及格？这样我回家会挨揍的！什么孩子？你说你会挨揍？这就不是我的事儿了，问题是你只能考这么多，我一分也不能多给你，老师说。我一下子哭了，我妈会打死我，真的老师，我妈会打死我的。回去吧孩子，她不会打你我保证，老师说。可老师在撒谎，我一回到家，我妈就举起一柄案刀冲了出来。跟你爸一样蠢！我吓傻了，赶紧就跑，跑得越来越远，后来我就跑到云彩里去了。他和一条狗睡在一起，他在梦中总是不停地梦见云彩，那些云彩在他的眼前飞来晃去，而且大多是彩色的。他感到有些纳闷：怎么会有彩色的云彩？过了一会儿他觉得有条狗钻到他的两腿之间了，而且那狗在舔他的小鸡鸡，那种感觉有点儿热乎乎的，不一会他就射出来一些黏稠的东西，那条狗呜呜叫着，好像很委屈。

　　他一晃就在风中长大了，胡子茬也越来越多，他觉得整个周围像铁桶一样冰凉和密不透风。他可以跟他舅舅打架了，可每一次他都打不过他，他被舅舅揍得嗷嗷叫，有一回舅舅叫他在地上学狗叫。他全干了，他想到长大了第一个先把舅舅干掉。因为他是坏人中对自己最坏的一个。十五岁他就逃出了家门，四处浪游了一年。这一年他从家乡的红土山区逃到了贵阳，在那里游荡了半年又从那儿跑到了云南。这是一次远足，他发现外面的世界那么广大和丰富，于是他又重新回到故乡，突然之间就变成了个好孩子，因为他发现要吃饭就得凭自己一身力气，他太瘦，那种大包他根本扛不动。他于是拼命学习，他仍旧感到孤独和寂寞，就一个人到山谷里吹笛子。这种笛子也是他自制的，他一个在那里吹奏它。

　　他很想和鸟儿说话，他很想懂得鸟的语言，他觉得鸟儿的语言中有一种他认为最美丽的东西。他变得越来越对声音敏感，他除了上学就是模仿鸟叫，他最喜欢一个人朝鸟多的地方去，他到处寻找鸟群，有时候他学鸟叫的声音立刻会招徕一大群鸟。看来它们已经把我看成它们的同类啦！我真高兴。有一天他在学鸟叫，一个人担着一挑木柴从他身边走过。这是一个五十岁的中年人，他在中学看大门。他突然对我学鸟叫感兴趣了。孩子，过来，你喜欢唱歌吗？他对我说，我说我想唱！我内心之中积压了好多东西我都要把它唱出来！那我教你吧！他说，他是好多年前从省城被下放到我们那儿的，听说他犯了"错误"，好像跟女人如何如何了。他开始教我唱歌，好像真的把我当成了他的学生似的，他看来真的懂点儿音乐，什么五线谱之类的玩意儿我就是从他那儿学到的，但他教我唱那种正规的唱法，我可不喜欢正儿八经像一只鸵鸟那样伸长了脖子唱歌，我讨厌这样。于是他也想打我，我就跟他打架。当然我们大多数时候还不错，有时候他还给我讲一些让我听不太明白的黄色笑话，我内心里有点儿烦他，觉得他不是一个正经人。但他教给了我最初的音乐知识。我就靠那个人教我的东西走进了大学音乐系，这事儿想起来就叫我有些吃惊。当他一下子站在了省城的师大门口时，白花花的阳光铺在了他的身上，他觉得非常快活，他终于离开故乡了！离开故乡的人才能长大成人！我永远也不会把骨头埋到故乡。他想，我死也是死在流浪的途中。他一边模仿着鸟语，一边朝校门里走去。这里到处都是人，比他见到的树还多。他很快活，他变成了一只鸟。可不久后他发现他又进了一只新的鸟笼。总有一些东西是他不满意的。现在我突然恐惧有一天我会变成一只兀鹫，因为我与众人是如此不同，我总是担心有一天我醒来后就变成了一只丑陋兀鹫，浑身散发着一种臭气。结果我真的变成了一只臭兀鹫，我刚把脑袋钻出了蚊帐，就引来了一阵尖厉的恐怖的叫喊，所有的同学都惊恐地看着我，因为我变成了一只有着尖尖的嘴和一双凶恶眼睛的兀鹫。

场景三：城市午夜里的前进

仍旧是在城市的黑夜里。城市的黑夜是一个巨大的海洋，每一个人都在这面巨大的海洋中保持着微弱的呼吸。对于莫力的YES乐队来讲，他们已经习惯于在城市的午夜里前进了。前进！这是他们唯一习惯的步态。而在夜晚，只有在夜晚，那些焦渴的心灵和音乐的灵魂才有可能复活。城市的午夜是音乐与灵魂的温床。现在他们一共四个人，他们是主唱莫力，贝斯手简宁，这是一个清秀的男孩子，现在仍旧在首都师大读书。主音吉他手则是一个叫木胡塔的维吾尔族人，他技艺非常精良，高鼻深目，被称作天生的吉他手。而鼓手就是美籍印第安族人埃特尔。这是一个身材颀长的精瘦的男人，动作敏捷有力。他总能使人想起美国电影《与狼共舞》中的印第安人的形象。我们必须在午夜前进，从一个地方赶到另一个地方，哪里需要我们，我们就出现在哪里。我们是午夜的精灵，是黑夜的孩子。我们是最好的。

这是在哪里？这是第一使馆区旁边的"大西洋"酒吧吗？要我们唱些什么？他们走进烟雾弥漫的"大西洋"酒吧时想。门口停了不少外国使馆的人开的那种黑色敞篷吉普，有一种美国大兵已经先占领了此地的感觉。不远处，国际大厦、长富宫饭店和赛特购物中心楼顶灯火辉煌，到处都是世界各种著名产品的广告灯在闪烁。他们走进了酒吧，黑暗之中的各种石桌石椅边坐着的全部都是人。已经没有我们的地方了，莫力嘀咕道，我们马上就上去演唱。有人已经在台上唱什么歌了，他们看清楚那是一支来自马来西亚的爵士乐队，他们在唱一首叫作《佩珀军士的孤独之心俱乐部乐队》之类的歌，充满了感伤的雨季气息。待会儿我们给他们来点儿野的，莫力对埃特尔说，你的鼓今天要打得更狂暴，彻底镇了这帮杂种。镇了他们？黄种印第安小伙子埃特尔笑了，我看到有不少美国白人，他们杀了很多我的祖先。我一定要镇死这些人。简宁对莫力说，这几天我的觉老是睡不够，我一上课就打瞌睡，今天晚上我们还要去不少地方吧？他问莫力。莫力的嘴角掠过了一丝微笑，午夜里的前进。该咱们上台了。我们是他妈的最好的乐队，世界上最出色的摇滚歌手也比我们差！我们上台去吧！

在一阵恍惚中，他们已经站在了台上。突然之间，他们那种狂乱和暴躁的音乐就爆发了出来，把很多人都吓了一跳，一些人的身体震了一下，他们的肌肉在放电，他们还一时不太适应他们的这种风格。有人在喊，滚下去！有几个橘子滚上了台，其中一个砸着了木胡塔的额头。他冷静地扫视着黑暗之中躁动的人群。他把他们都看成了没有头羊的羔羊。突然传来了桌子被掀翻的声音，酒瓶和其他东西砸碎在了地上。会出乱子吗？有女人尖叫着在逃离酒吧，好像有人醉了。谁要和谁打架？那个洋人和那个喝醉酒的中国人吗？有人在叫，莫力没有理会那些人，他手中的话筒拿得更近了，一会儿，酒吧里所有的声音都静了下来，这一次莫力唱得非常温柔，他选了一首表现青草阳光大地的歌，他的歌让很多人安静了下来。女人们重新安定，他们的歌声像一条山洞中的暗流一样流过了那些孤寂的心灵。他们唱完了。酒吧经理按约定，把唱了三首歌的钱给了他们。一共四百块钱，每人一百元。这比打发一群饥饿的狗要好一些吧？下台后莫力自嘲地对木胡塔说，刚才打中你额头的橘子呢？找回来，我要吃掉它。

　　他们仍旧在黑夜中前进。现在他们坐在地铁里。这恐怕是最后一班地铁了，因为时针马上指向夜晚十一点。一线地铁车厢中几乎空无一人。他们四个人手拿着家伙，全部都戴着墨镜，这使得他们看上去像是从其他一些奇怪的鬼地方来的人。在莫力的对面坐着一个大约有三十岁的漂亮的少妇，和他们面对面坐在一起她感到有些紧张。她一定害怕长头发的人，莫力为了消除她的紧张感，取下墨镜对她笑了一下。他们都可以感到地铁轻得像一架纸叠的东西在晃荡着向前走。地铁一下子就到西单站了。出了站口，他们都感到外面起风了。这使得他们竖起了衣领。他们要去的地方是一个叫"三味书屋"的地方，那里每周五晚上都要搞爵士乐晚会，每周六要搞民族音乐晚会。三味书屋是鲁迅他老人家读书的地方吧？简宁问莫力，对，正是这样。他们来到了三味书屋，发现那里的爵士音乐会已经开始了。在台上唱歌的是一个菲律宾人模样的男人，他唱歌的声音和姿势都叫莫力有点儿讨厌，觉得他有点儿娘娘腔。莫力四下里张望，希望发现几个老朋友，可周围的人他一个也不认识。他好像看见了几个搞电影的人，那些人被称作"第六代导演"，莫力有点儿弄不明白第一代到第五代是些什么人？他一直弄不明白电影界的这种说法。他看到有一个桌子边坐着一个穿着白衣服的女孩，脸形很像麦青。可她已经到天国去了，他沮丧地想。这里倒很安静，人们即使在交谈，也显得有文化和雅气一些。该我们了，埃特尔说，我可能打不惯这里的鼓。因为鼓这东西太重，所以埃特尔大多用酒吧里自备的乐器。三味书屋的鼓可能是借来的，我担心把它给打破了。他们鱼贯上了台。有人说他们是YES乐队，他们想听到些掌声，可是没有，看来并不是所有的人都听说过他们。他们开始演唱了。

那种声浪一开始就击倒了一批人的自信。莫力这次用了痛楚的嘶叫来表达他对失去女友的痛心。他的这首叫作《麦青》的安魂歌撕心裂肺，那种声音像一把天梯，在高音处直入云霄，一直上到了天空最深的地方。听者无不动容。他们都听出来有一个年轻美丽的灵魂飘飞入了天空。莫力是痛楚地呼唤着他的已经去了天国的女友，他那平时的文雅与平和被一种带有锋刃的东西给取代了。所有的人都静了下来，他们的心乱跳。这是在三味书屋的二楼，而一楼的图书营业大厅里，有一个老者在翻阅《东方》杂志时听到了从远处传来的歌声，他下意识地看了看地下，疑心那歌声是从地府下传出来的。后来他侧耳聆听，听到了楼顶的宁静。那歌声触动了他在朝鲜战场上与一个朝鲜女兵的生死恋。当然这谁也不会知道了。他听了一会儿，又接着翻阅《东方》杂志了。

　　他们继续在城市中穿行，这时候已经是城市的午夜了，城市已减轻了它震颤的幅度，城市的夜空中飞满了蝙蝠和人们的梦境。可他们，YES乐队的四个人仍在前进。他们如同一支不知疲倦的小分队，穿插在城市楼厦的丛林中，去消灭那些渴望音乐与交流的人的灵魂的敌人。在他们的眼中，城市有时候也像是原始森林，到处是混凝土树木和塑料地垒，灯光在黑夜中变亮了，可他们不知疲倦，那些冷清的大街上仍有不少车辆在飞奔，很多午夜狂欢的人在行动。他们要去的下一个地方是"天地海"夜总会，他们要在那里唱到午夜两点。不少人在那里等着他们。这是北京刚刚开始的又一个午夜，空气变得清凉了，行人都在匆匆向家赶路，他们四个人坐在车里，在城市的午夜里前进。我们是最好的乐队，莫力想。

叙述人莫力

　　我们必须呐喊，必须喊出我们内心之中的声音。当大陆都会因海洋升高而沦陷，山体崩塌摧垮，只有歌声是永存的。一个乐队就是一个活细胞，它有吞噬各种病毒和细菌的能力，从而使人更加健康。这是毫无疑问的。回想起我的大学时代，我是怎样为建立一个乐队在受着梦想的煎熬，我天天想的都是如何去建立一支真正的乐队，可以表达出我内心呼喊的乐队。而且这还是一种新的生活态度，一种新活法，所以从大学毕业没多久我就决定辞职不干了。一种梦想的火焰在我的屁股后面烧灼着我，我必须向前走，我一点儿都不能后退。我他娘的必须自己掌握自己的命运，自己折腾自己。而实际上这也是很多出生于七十年代的人的想法。当所谓"六十年代出生"的人已经成为一个沾沾自喜的文化制造者的二道贩子，并靠着贩卖理想和倒卖婴儿赚了一点棺材钱的时候，七十年代的人只想着在风中孤绝地前进，让那些清规戒律和各种狗屎禁忌见鬼去吧！我怒气冲冲从我任职的那所中学走的时候什么也没带，除了一把廉价吉他和一个婴儿一样的小铺盖。平心而论，我很喜欢我的那些学生，每当我站在台上，面对那黑亮亮的一双双眼睛的时候，我就感到一种莫名其妙的激动。我一开始就给他们讲起了"Rock and Roll"音乐，可我们那伟大的最喜欢二胡的校长自然就不喜欢我，他一直想剥夺我的讲课权。那么我自己剥夺自己吧，我想。我立即去贵阳市的另一个区去找我的好朋友，YES乐队的鼓手聂双耳，这时他已经有一个价值九百元人民币的架子鼓了。我就鼓动他也辞职，我们可以天天练我们的技艺。那会儿聂双耳已经变胖了，他一毕业后饭量变得奇大无比，特别能吃，所以他很快就胖了起来，那会儿他喜欢上了一个不错的姑娘，那个女孩是我见过的最漂亮的女孩子。她很少笑，脸总是带着一种冷漠的神情，她好像对什么都不感兴趣，她总谈什么都无意义。胖子聂双耳一边和我们在一起发疯地练习架子鼓，一边发疯地爱着她。可她却经常说他喜欢上她是一个错误。"总有一天，我会让你变疯的。"她有一天对聂双耳说。她身上那种对一切都漠然的态度叫我们都感到害怕。她在一家军事院校教枪械原理，她每天都给她的学生们讲各种枪如何射出子弹去杀人的原理！我们恍然大悟，难怪她冷冰冰，一点儿也没有对生活和爱情的热情。我当时就敏锐地察觉到也许聂双耳喜欢上她会倒霉的，因我那时还太年轻对女人还不了解，因为我长那么大从来没有一个女人具体地用灵与肉的双重的爱来爱过我，所以我不知道什么是爱。也许爱是一种稀有的金属？我那时想，这种东西可能很难提炼吧？有时候聂双耳和她在一起很好，可有时候也经常吵架，一旦和她吵了架，聂双耳就变得无精打采、沮丧至极，像一年没有抢着热屎的狗一样叫我生气，他连打鼓的劲儿在这时候都没有了。爱情的力量我是到后来才品味到的，可那时我一点儿也不懂，每当我看到聂双耳垂头丧气我就恨不得在他的裤裆上踢上一脚。可有时候一旦他高兴起来，他会一个晚上都在他供职的那所中学的操场上敲个不停，一整夜都不停下来。聂双耳就是这么一个人，一个被爱情的风吹得东倒西歪的男人。

那时候我们都很穷，经常吃白菜煮面条，有时候我就去他和他女友处蹭饭吃，有一天我们一起去郊外游玩，他的女友拿着一把手枪在自己的喉咙处比画，笑着对我们说："如果我朝这里开上一枪会怎么样？"这一下子把聂双耳的脸都吓白了，他立即上前夺去了那把枪。"你疯了！"他怒吼道。可她却哈哈地笑了起来。她似乎特别忧郁，她完全把聂双耳给控制住了，控制住了他的心跳与情绪、内分泌与肠胃运动。这多少叫我感到有趣。那时候为了挣些钱，我们在晚上全要为酒吧、舞厅和夜总会唱歌，我坚持YES乐队必须唱摇滚歌曲，而且逐渐以我们自己的创作来取代我们翻唱的欧美歌曲。那时候何可还没有被打残，舞厅里的悲剧性的一幕还没有发生，那是我们乐队草创时期的黄金年月，我们在城市中渐渐有了一些名气，而且我们尤其受大学生们欢迎。可能是我们的血液之中有一种东西可以共同燃烧与战栗的原因吧。我们经常一分钱不要，就在贵阳一些大学的饭厅里为学生们演唱。我们都在积蓄着钱，渴望着有一天到北京去，去到那里找到真正属于我们的天空。这一直是我们的梦想，我们从来没有停止过这一梦想。可有一天何可被打残了，我们的乐队一下子也变成了残疾人。我们原先的配合多么好！简直是珠联璧合，可现在何可只能坐在轮椅上了。当他自己花钱去雇杀手的时候一定打定主意这一生都不再去摸吉他了，我了解他这一点，当我们听说他雇人用枪打断了仇人的双腿的时候，就知道我们永远地失去了他。而真正的对乐队的威胁还在后面。

有一天聂双耳找到我，他告诉我他的那个教枪械原理的女友，为了治疗自己的忧郁症开始吸毒时，我并没有想到事情会变得更糟。因为不久，我发现聂双耳也变得忧郁了。这个以爱情为最重要的空气的家伙自己也开始吸毒了。一开始他吸大麻，可不久他就开始吸上了更厉害的东西。我是在一次练习中发现他吸毒的。当我敏感地听到我身后的鼓声变得软弱无力的时候，我发现聂双耳双眼已经变得痴呆了。他停了一会儿，突然发疯似的跑出了练习场。我跟着他走了出去，发现他在吸毒！这个狗娘养的，我可气坏了，他要毁了我们共同的梦想，他也将毁了他自己。我冲过去揍了他一拳，他那时候眼睛里流露出了一种非常可怜的神情："让我吸吧！让我吸吧！她已经进了戒毒所了，我永远地要失去她了，让我吸吧！让我吸吧！"但我生气了，我把他打倒了。我不能看到一个男人最终站都站不起来，这个蠢货。他呜呜地哭了起来，开始说他和她如何心心相印，他说他也没办法，他同样也没办法去阻止她吸毒，而她已经被军校开除了，必须靠他的工资一同吃饭与吸毒！我弄不明白为什么，那天我晚上一直也睡不着。这个世界发明了太多毁坏人并使人上瘾的东西，让衰弱的人类去受到诱惑。我一直在找着不让聂双耳去吸毒的理由，我找了好几天，当我去说服他的时候，他却更加振振有词地对我说："难道你不是在吸毒吗？你在吸摇滚乐的毒！你也上瘾了，你早就不可救药了，可你在劝我别去吸毒！你在吸摇滚乐的毒，你早就上瘾了！"他哈哈大笑，一边用那种蔑视我的斜眼来看我。我和他打了一架，那是我们冲突最厉害的一次。本来我们是兄弟，可这又是为什么？我想不明白。也许青年人有太多的问题需要自己去解决和承担，青年人都太孤独了。在那以后，聂双耳有时候会变得好一些，可他仍旧没法戒掉毒瘾，而且他已变成了一个经常吸毒的人。自从何可远走海南之后，他就更加沮丧，一天比一天颓废，直到有一天，他再也没有力气去打鼓了，他变瘦了，两眼空洞无神，却举不起小小的鼓槌。他真的一下也敲不响那鼓了。他不久以后就被送进了戒毒所，过了几个月出来后他仍旧接着吸，到处躲着缉毒人员，也躲着我。再后来他住进了医院，成了个病人。他根本就拎不动鼓槌，他对打鼓再也没兴趣了。半年以后，他染上的艾滋病病发了。他死得很快，死的时候身体全是骨架，他比一团棉花还轻。为什么他会这样？我一点儿也不明白。你要明白了请你告诉我。我就这样失去了一个鼓手。我的YES乐队总是遇到人在说"不"，我在失去他时内心非常痛苦，我还剩下最后一个伙伴了。

乐评人李双元的话

摇滚乐从八十年代中后期的中国大陆兴起以来，发展非常快，短短十年已经走过了西方摇滚乐四十年的历程，与其他各门类的艺术发展一样。我们一开始就有一个西方的参照系，打开国门，从各个方面，从人心、社会体制、道德与文化全面与世界接轨已成定局。在中国摇滚音乐发展史中，崔健当之无愧地被称为中国摇滚乐的开山祖师，正是他，以文化反叛与青年人内心的呐喊的极具个性的表达，将中国新音乐提到了一个重临起点的高度。这以后，重要的乐队便纷纷出现，像以重金属加抒情音乐的"黑豹"乐队，他们突破了崔健的反文化形象，将生命意识与商业化操作完美结合，成为最有影响的一支乐队。而另一支以梦想回到大唐风范和气度的"唐朝"乐队则从文化建构的原点出发，试图在分崩离析的世纪末文化解构浪潮中拾回传统汉唐遗风的文明碎片，沉浸在对以往辉煌文化历史的追忆中，同样将摇滚乐推到了东方意义的新高度。而其他诸如"呼吸""1989""指南针""面孔"等乐队，则更加注重了个人的表达，使中国音乐人在人声上第一次众彩纷呈，让我们听到了个性分明的人声嘶唱。中国摇滚乐呈现了扇面形的发展图景，音乐革命的意义已经急骤降温，个体生命的当下表达变得重要了。

进入九十年代以来，中国迅速地进入到商业化的浪潮当中，在这种商业化和物质化的人文历史进程中，人的心灵已经变得分崩离析。从更大的历史背景来看，我们目前仍处在解构的浪潮中，而建构的时代远远没有到来。在这种复杂的图景下，中国摇滚乐又有更新的表现。崔健以推出他的专辑《红旗下的蛋》言明他宝刀未老，但由于现实的急骤转移，崔健文化反叛与意识形态解构的角色已趋淡化，并渐渐边缘化，而以窦唯、何勇、张楚的新音乐专辑的出版，则标志着九十年代多元化的音乐春天的到来。这几个人的专辑表明，一厢情愿地企图回到汉唐遗风并恢复整个大陆的梦想在今天仍旧十分可疑，而作为文化反叛角色的音乐人由于对手的自身消解而变得无所适从，个人化、多元化的音乐手段成为摇滚乐新的走势。在这种趋势下，摇滚音乐人更多是以个人的面目出现，专辑也在个人的旗号下得以操作进行，商业法则的广泛运用与中国大陆流行音乐的崛起，使得中国新音乐变成了一个分享与共荣的局面，喜欢摇滚乐与喜欢流行音乐，或者喜欢古典音乐的人各自为政并互相戒备，或相互交叉共存共荣。

　　与此同时，有许多更新的乐队与更新的面孔在北京、上海和广州出现。在上海，一张叫作《物质女孩》的唱片格外引起了我的注意，这表明了新时代的文化因子已经出现，更年轻的一代人在表达着他们自己。另一个方面，北京也有更多的小型摇滚乐队重新加入了构筑音乐天堂的队伍，那些外省活跃的因子正输入到北京古老而常青的文化血脉中，在这里孕育与生长成新的树木。我开始注意到北京摇滚乐中一些前卫的音乐，一些表达更年轻一代人的想法与生活态度的乐队，在横空出世的令人眼花缭乱的各个小乐队中，我发现YES乐队的声音是独特的。这不仅仅在于他们在各种小资产阶级和新生白领阶层的沙龙和酒吧里得到了一向挑剔和粗鲁的城市人的认同，还在于这个乐队一往无前的前进精神与狂暴的演出风格，以及这种狂暴风格下掩藏的善良的心灵的悸动。这个乐队对西方经典已走过了单纯的模仿阶段，进入到与苍凉的本民族历史血脉的豪情把握和与当代世界的同步理解上，他们那撕裂的声音、敏感的词句与难逃孤独的低吟都有着出色音乐的表达与感情。我完全有理由这样说，这是新的一代人，他们正在自己把握自己，自己表达自己，自己爱恋自己，自己又推翻自己，自己成为自己的新的人。这是更新的一族。如同午夜里的最后一队旅行的驼队，终将把贪睡的人吵醒。在另一个世纪到来之前，他们的嘶吼是对时代的赞同。他们想说"是"，这是青年最有力的声音，因为"是"是最有力的应答与召唤，他们说完，就已经出发了。

场景四：在莫力的居所

　　一群野狗闪着银亮的眸子在黑暗中朝着黑暗狂吠。黑夜已将大地染黑，那些在城市上空闪烁的灯光照耀不到这里。这里是与城市接壤的城市边缘地带，除了野狗在黑暗中显得更黑的吠叫声，在空气之中还有一种野花的气息，这是从东面铺展过来的大平原上传来的大地的气息。空气有些潮湿，在这城市的边缘地带还流淌着一条河，而这条河已是混杂了城市人排泄的各种液体的混浊的河，缓缓地在黑暗之中向东流去。有人在黑暗之中骑着吱呀作响的自行车行进在这边缘树落中间崎岖的小道上，不时地呵斥着那些悄无声息跟踪而至的狗，这里已是农村，到处是那种红砖小院，窗户透露出昏黄的灯光，照亮了回家的路。而在这个村子的入口处，一家叫作"十里香"的下等餐馆里却是灯火通明。这是一家肮脏的餐馆，白天分散在野外的苍蝇如今密集地聚在了屋子里，它们飞行时扇动翅膀的声音像是有一个轰炸机群在飞行。有好几桌人在吃饭，除了莫力他们打扮奇特以外，其余的全是朴实而又豪野的乡下人，瞪着发红的眼睛在喝酒，一边大声咒骂着物价与大风天气，一边把酒瓶砸烂在地上，以招引丰满的餐馆老板娘的咒骂，借机调笑她。这是这些外地盲流或乡下人唯一的乐趣。

　　而在莫力这一桌中间，除了简宁、木胡塔和埃特尔，还多了一个戴眼镜的文弱之人。这个人年龄也不大，他还带着一架小型巴尔达相机和一个小采访机，看来他是一个记者，他正在采访莫力的乐队。由于邻桌的一些不堪入耳的吆喝与调笑不时地飘过来，使得这个记者感到了紧张与不自在，他有些不安地不时瞟上邻桌几眼，这叫莫力觉得有些好笑。他有时候挺讨厌记者的，但这个记者摆出了一副对摇滚乐十分感兴趣的架势，而且还是他掏钱请吃饭，多少叫乐队的人感到了高兴。莫力仍旧穿着他那套肮脏的牛仔服，他的脖上戴着一柄银制的小十字架。"你是基督徒吗？"那个记者问他。"不，我只是很喜欢基督，他由原先给总督彼拉多制作十字架，到后来他自己走上了十字架。他因此显得太伟大了。我喜欢基督，作为人子的基督。"莫力说。桌子上早已杯盘狼藉，看样子乐队的几个人食欲很好，而他们又不能经常吃到肉类。他们四个人中埃特尔最能喝酒，他已将脸喝得通红。"我不喜欢报纸，"莫力对记者说，"报纸上写的尽是叫人们迅速遗忘的东西。""不，"这个记者说，"新闻是文学中最厉害的东西，是伟大的东西，它一点儿也不比文学和音乐逊色。我今天只想和你谈谈摇滚乐。你认为你们乐队有前途吗？"这个叫段钢的记者有点儿想刨根问底。"到我的住处去吧，"莫力淡淡地说，"我那儿什么音乐都有，你可以好好地污染一下耳朵。"

　　他们都起身了，段钢去付了账，那些令他厌恶的盲流仍在大声调笑，目光中流露着欲望与绝望。他一边收起发票，一边在内心之中小声地嘀咕这鬼地方我再也不来了，他们在黑暗之中朝村东头走，埃特尔唱了两句印第安民歌。他们来到了一家大院子里，院子里有狗的狂吠声。房东打开门，叫他们进来。这已是深夜十二点了，四周弥漫开来的是寂静，在这样的时候最好来听点儿音乐，莫力说。他们在莫力简陋的小屋子里落座，段钢发现屋子里除了乐器和一套音响外，就是一张床、一张红色地毯、几条长凳和几十本书了。莫力有全套的作家出版社出的米兰·昆德拉的小说，这叫段钢很留心，看来莫力的文学素养也不错。在地毯上，到处都是CD盘和各种录音带，而在四面墙上，令人眼花缭乱地贴着"切割大队""V2""滚石""枪炮与玫瑰""年轻食人族""威猛"等国外乐队的招贴画，而尤其叫段钢注目的是一幅不大的鲍勃·迪伦像，他的戴着墨镜的脸充斥着这个画面，冷峻而深邃地打量着他。他哆嗦了一下，有点儿不太习惯这种被人注视的感觉了。

"听点儿什么，记者哥们儿？"莫力说。"随便吧，听你喜欢听的。"莫力随手拾起了一盘："这是平克·佛洛伊德乐队的曲子，这首是很有名的曲子，叫作《墙》。"他说。"你就在这里生活和写歌？"段钢问莫力。"是呀。"他回答说。"你有没有想到有一天成功了，会住到饭店里去，五星级的豪华饭店里去？"莫力淡淡地笑了笑："我现在就可以住到五星级饭店里去，最近台湾一家公司想包装我。包装！再没有一个词比这个词更叫我恶心的了。我们才不签那个卖身契呢，对吧简宁？"简宁躺在床上抽起了烟，他和埃特尔在摆弄一个印第安木雕。"你们吸大麻吗？"段钢又问莫力，莫力看了他一眼。"吸过，没上瘾。"他顿了一下，"你是不是以为搞摇滚的全是吸毒的罪犯、性变态、性放纵和不守法律的人？""不不，我没有那个意思。"段钢连忙解释，"我只是，只是听说有的摇滚乐手吸毒。也许这有助于音乐？"他尴尬地说。"也许吧。"莫力轻描淡写地说。

平克·佛洛伊德的曲子叫大家屏住了声息，在专心地听。在午夜，在这样的时刻去听摇滚乐更能叫人的灵魂真实。"这张《墙》是罗杰·沃特斯写的，为了写这部音乐，他写了四十页的纸，把自己三十年来所遇到的丧失亲情、厌烦教育和失去爱情，以及与现实的流离统统写进去了，然后一口气写出了这首《墙》，我喜欢他企图告别冷漠世界的感觉！"莫力说。音乐结束了，段钢似乎被感染了。"你们为我演奏一首你们的歌怎么样？"段钢说。"好吧。"莫力把门窗关好，他把灯也关了，只点了一根灯火如豆的小蜡烛，然后和简宁、木胡塔、埃特尔一齐拨响了吉他，在这种特殊的氛围中，莫力那柔情蜜意而又粗犷的歌声在黑暗中飞奔。段钢在听他的歌中并没有觉得自己仍在乡下，在城市边缘一个天天与野狗打交道的地方，他那不容易被打动的世俗灵魂也受到了感染。这里并不是一个简陋和贫寒的地方，他想，这里是梦想的温床。他感到莫力身上有一种拒绝媚俗的力量，他觉得莫力其实是一个温情之人、一个善良的人。在灯光如豆的屋子里，人影晃动，歌声飞泻，把众人都带到了一种非梦非幻的奇特境界里，他们唱完了，停了一会儿，外面又传来了狗的吠叫声。

叙述人莫力

我还剩下一个伙伴了，我的YES乐队的贝斯手刘克。何可的离去和聂双耳自甘堕落使我陷入了痛苦的泥潭，有一段时间我都不知道应该往哪个方向走，我该怎么办。我已经辞去了工作，我不可能再回到那里去了。我想我必须建立起我的乐队！我知道很多乐队都会在建立的过程中不断失散的，这本身如同一棵树的生长那样，旧的枝条被剪去或自动脱落，而新的枝条则又愤怒地生长起来。明白了这一点我多少感到了振奋，我流着泪和刘克拥抱在一起，那是一个黑暗的夜晚，我们一同去戒毒所看了沮丧的聂双耳回来之后。我必须重振我们的乐队！在寻找新的鼓手和吉他手的过程中，我和刘克就去歌舞厅唱歌。由于没有了鼓手和低音吉他手，我们已经变成了一个残缺的乐队。我找了不少试图加入我们乐队的人，可都因为技艺太差，或者没有令我赞赏的思想与个性而作罢。在贵阳那样一个小地方要找到几个志同道合的人可太难了，我想。而那一段时间我却灵感蜂拥，在短短两个月中我一共写了十首歌，十首真正代表我的思想与灵魂的歌曲！我像个疯子那样发狂地写歌，一旦写好我就一个人找一个空旷的地方去演练。我又一次感到了孤独，这种孤独感使我不得不再一次面对虚无并一个人去承担它。可是不！我要组建起我的乐队！一个没有乐队的主唱是多么孤独和可笑啊，我找了不少人，都感到不满意，因此越发觉得孤独。

我的贝斯手刘克是一个很有趣的家伙，他生在贵阳一个音乐工作者家庭，父母都是音乐教师，所以他天分特别好。可是他有一个致命的缺点就是过于孩子气，他总用一种孩童思维来看世界，他总是想玩玩儿，凡是他喜欢干的他就去试一试，谁也拦不住。而在贵阳，在1992年以后，仿佛是雨后的蘑菇一样，一下子冒出了无数生意兴旺发达的舞厅。人们更喜欢去声光电色的舞厅里去消耗生命！什么"金银河""河角天涯""上海滩"之类的舞厅和夜总会特别多，在我和刘克打算重组乐队的日子里，我们昼伏夜出，晚上就在这些舞厅里演唱。由于没有了乐队，我们只好唱别人的歌，我们唱遍了港台和大陆流行歌曲，很快地我就感到了厌恶，因为我需要我自己生命与灵魂的撕裂式的表达，而那些流行歌曲，则吟唱的完全是空虚寂寞的爱情表达，这不符合我的精神，于是我渐渐地感到了厌恶，那是一种真正的厌恶，我认为这样下去我他娘的也堕落了，于是我决定再也不去舞厅里唱歌了，哪怕会饿死也不去，而首要的问题是我得把我的乐队建立起来，一支真正的我们的乐队，唱出真正的声音，这一切只有摇滚乐才能表达出来，我可不是什么唱歌的机器，我想。那一年我二十三岁，人生有更多的问题让我不太明白。

而舞厅里那种灯光变幻、繁华绮丽的气息却缠住了刘克，我的乐队的贝斯手，他过去说他想当一个伟大的贝斯手，可在舞厅里他渐渐变成了一个适应环境的人。他开始沉浸到舞厅里那种男女摩肩接踵的五光十色的飘浮情调中了。仿佛只是一个晚上，第二天早上他醒来他就声称他已经改变了，他想成为舞厅里的职业乐手，他说那样至少可以保证他优裕的生活。"舞厅！只有舞厅才是最好的地方，在这里，人人都像是欲望的容器那样在碰撞，在起舞，在那种男男女女的交颈而舞中去消费生命。我终于明白了生命和快乐是一种可以消费的东西。在舞厅里，连宣泄都是优雅的，没有嘶喊，一切仿佛都有着固定的模式与节奏，人人都戴着面具，在这里没有个性，人们需要的是松弛，是消遣，只在用钱买来按摩一样的声音的快感！而摇滚乐，我的天，我再也不搞了。那种东西只会让我折寿。"刘克冷冷地对我说。

对于他的这一番话我并没有足够的准备，老实说听他说完之后我一下子傻了，我没想到他会这样理解音乐，理解人生。我只是攥紧了拳头，我气得浑身发抖，我说："叛徒！叛徒！"我扭头就走，我不想再和他说一句话。我想人各有志，我没有理由去阻止他的任何选择，只是我为我们曾经有过合作而感到伤心。我当然知道我们面对的是些什么样的听众，他们需要的是那种虚假而又温柔的抚摸，他们要听的是那种缠绵、凄切、热烈和虚伪的浪漫混合起来的东西，这种东西可以像一剂膏药一样不至于让他们的屁股发炎。而刘克！我的伙伴，却选择了放弃去建立一个伟大乐队的梦想，心甘情愿地去模仿哪怕任何一个三流歌星唱的虚情假意的歌曲，如果那也算音乐的话，那么他不过是在自己糟蹋自己，刘克当然可以模仿得很像，任何一个港台歌手不分男女只要一经他模仿就惟妙惟肖，于是他很快成了在本市小有名气的歌手，而这时，实际上他已丧失了音乐的灵魂与生命。

　　我陷入了前所未有的黑暗与痛苦之中，我现在变得异常孤独，我没有一个同志了，我失去了我的伙伴和我的马群，他们或者被迫或者自愿，一个一个地离开了我，离开了我们最初的梦想，从而把孤独还给了我。世俗文化是大麻！只要你吸上一点儿那玩意儿，要么你哭个不停，要么你就笑个不停，总之你很难去挣脱。而我们都身处于这样的世俗文化的汪洋大海之中。我感到压抑极了，而在贵州的高地上，我已越发吸不到精神的氧气，我开始酗酒，喝完酒就不停地写歌，或者到大街上找人打架。我生活在一个封闭的空间里，我感到了窒息。我该怎么办？放弃一切吗？让自己重新变成一个大家所乐于接受的人，再回到他们规定的游戏规则中去？我有些疑惑。我一个伙伴也没有了，我只剩下了我自己，可是我还想说："YES!"有一天我突然翻到一本地图册，那时候我已经决定离开贵阳了，不管去哪儿，人海茫茫，我必须去流浪。人也许在流浪中才能发现更好的黄金。我胡乱地翻着那本中国地图册，这时我的大脑里突然萌生了一个主意：我闭上眼睛随便把那本地图册摊开，我食指指中哪儿我就去哪儿。我当真那样做了。当我满心慌乱地睁开眼睛时，发现我的食指指的是，我的天，正是北京！我从来没有想到过要去北京。可这是天意，我想，我立即收拾好行装，向谁也没有告别，就踏上了北上的火车。我听见了我血液澎湃的声响，我一点也不迟疑地选择了从头开始，我就这样一个人来到了北京。

警察王伟的叙述

那天我正在大北窑往通县方向的路口处疏导交通，因为那一块儿正在修路，天天堵车，没我们交通警疏导还真不行。可我发现一个小子开着一辆2020S型北京吉普车从南过来，他一见我站在那儿就慌了，立即来了一个急刹车。嗯，这小子一定违章了。凭经验，一般新手或者无照驾驶者看到警察最害怕，往往吓得只会踩油门，我示意他靠边停，对他慢慢开过来，趁灯又变绿了立即冲了过去，这下可惹恼了我，还有这么胆大妄为的？在北京哪个司机不怕交通警啊？这么一个开淘汰吉普的家伙敢如此大胆？我立即跳上摩托车，追了上去，我一边用步话机通知前面路口的警察注意这辆车，我报了车牌号。我冲到了那辆吉普的前面，示意他立即靠边！那是一个长头发穿牛仔服戴墨镜的年轻人。而我一向就讨厌长头发的家伙，可这种人在北京城越来越多了，很多人脑袋后面还扎着一个小辫，这更叫我生气，如果让我干理发师，我会把他们的小辫全剪了。可还有这样一个人闯红灯？！不，他闯了绿灯，是违章闯绿灯。他把车开到了一边，我走上前去叫他把驾驶本掏出来，他看了我一眼，摘下了墨镜，却一下子趴在方向盘上哭了起来。"尿包！哭顶屁用，把驾驶本拿出来！等着进学习班吧。"我说。可他还是哭，哭得一塌糊涂，哭得跟个泪人似的，叫我都有点儿为他感到害臊。这么大个人为扣个驾驶本都能哭成这样，这也太丢人了，我想。我说："别哭了。咱们公事公办，你少跟我玩这一手，这一次我保险叫你眼泪哭干。你为什么要违章？"他忽然不哭了，他抬起了头，脸上的泪珠子被他迅速地抹掉了，他的脸上露出了一种坚强的神色，他对我轻轻笑了笑："我没有驾驶执照，这车是我偷的，你把我关起来吧。"他说完，把双手并起来递给了我。我这时有点儿犯疑心了："你不是开玩笑吧？我可不怕你耍赖。""不，"他很认真地说，"这车真的是我偷的，我根本不会开车，我从北京吉普汽车有限公司的大门口偷的这辆车，开了几百米就被你抓住了。你把我送进拘留所吧。"这下我当真了。我立即用步话机通知说这里有一辆丢失的车，叫人来取，一方面叫他跟我去交通队。我仔细观察他，发现他虽然头发长，可他并不太像流氓地痞，而且说话还像是受过教育的人，我一边叫他和我一起走，一边对他产生了好奇，我问："你偷车干吗？"他想也没想地说："如果有条河，那么我就冲下河去自杀。"我又呆住了："什么？你说你要自杀？幸亏我……你现在还想死吗？"我在街上站住问他。"不想了，"他说，"被你一拦住我就不想了。活着多有意思啊。"我一听就又放下心来。可我还是叫他把工作证和身份证交给我，他淡淡地说："我只有身份证，我是流浪歌手，我没有什么工作单位，更没有什么证件。"我接过证件，发现他是从贵州来的。"你来北京就为了唱歌？唱什么歌？"我问他。"摇滚乐，"他说，"我是个摇滚歌手。""那你为什么想自杀？"我又问他。"因为，"他停了一下，好像在考虑他是否应该告诉我，他说，"因为我的女朋友，昨天死了。她是被火车撞死的。"他这样说着眼泪又要流出来了。"我长这么大从来没有流过泪，可我今天却流下了不少泪，我真丢人。"他对我说，"警察叔叔，你打我一顿吧。"

他那副诚实的样子的确叫我有些感动。一个真正在热恋的人，热恋的对象突然没了，那他变得疯狂和不理智是可能的。如果他说的全是真的，那他还不算一个真正的盗车犯。我年轻时也热恋过，那会儿我们连长也喜欢现在当了我老婆的人，我恨不得和连长拼个刺刀见红。所以我理解这个。我又问："你在哪儿唱歌？我还挺爱摇滚乐的。"其实我一点儿都不喜欢摇滚乐。我尤其不喜欢崔健的摇滚乐，他有一首歌叫作什么《解决》，他到底想解决什么？他还有一首歌叫《快让我在雪地上撒点儿野》，他撒了野了，交通问题怎么办？他一打滚那车怎么走？所以我假装喜欢摇滚乐，为了进一步摸清这个叫莫力的人的底细。他一听我喜欢摇滚乐，一下子变得非常高兴："真的？你真的喜欢摇滚乐？那你晚上去听我唱歌吧。"可他又立即意识到自己的偷车行为，低下了头。我举起他的身份证："这样吧，我先没收你的身份证，晚上我去听你唱歌，如果情况确实像你说的你的女朋友死了，那我就放了你。"这于我来说当然是违反纪律的，不过好在没出车祸，我也没讲我抓住了偷车的人。他给我说了演出地点，我说："你走吧，莫力，咱们晚上见。"他向我鞠了一个躬，就走了。

到了晚上我还真的去了他说的那个饭店。我穿上了西装扎上了领带，把自己打扮得一本正经，我到那儿时他正在门口等着我呢。可一进大饭店的那个酒吧，我发现来这里的人大都穿着奇异，花红柳绿的。我想也许我太严肃了，可我是警察呀！他后来就上台演唱了，他的乐队叫什么"YES"乐队，为什么要叫这个名字？我不明白。但我还是坐下来听他唱歌了，并要了一杯啤酒。开始我还没觉得怎么样，可他又吼又叫觉得很可笑。到后来我发现他唱得真好，因为他又哭了，他唱了一首献给他的女友麦青的歌，那首歌就叫《麦青》，他唱得撕心裂肺，唱得我的心里也很难受，好像我的灵魂也一下子被他带到天空里去了。我真的替他难受。他唱得真好，他是个好样的，虽然他也没个家。他唱完了，我上台把身份证还给了他，这时台下响起了经久不息的掌声。也许他们以为我给他送了个信用卡吧！我走了，因为我太累了。"世妇会"这几日我天天加班，累得腰都快断了。既然莫力不是个真的偷车贼，那我就要回去睡一觉了。就让他们以为我是个大款，还给莫力送了个信用卡吧。总之我不找他的麻烦了。我要回去好好睡上一觉。

莫力的几首歌词

麦青（一）

闭上眼是天堂，睁开眼是荒凉

让她住在最高的山上

让花朵飘过她的头发吧

让她的掌心握满了风

让她接近天使，头戴花环

让她听得见鲸鱼的歌唱

闭上眼是天堂，睁开眼是荒凉

噢　麦青　最高的山上远离尘土

最高的山上接近了云

让她被金子一样的祝福覆盖

让我轻轻吹动花蕊

更多更美的话在她手指上碰响

你说天堂里没有人到处是车来车往

睁开眼是荒凉，闭上眼是天堂

山下的河水和山上的太阳

最美的姑娘和大地上流浪的马匹

让她住在最高的山上

接近血液的大海

并被我的注视和呼唤包围

天堂和大地一样荒凉　麦青

睁开眼仍是荒凉

麦青（二）

我无法让自己抛弃感伤

为了更远的东西灭亡

是我最后的命运　小妹妹

回到我们的高原去　在那里

你鲜艳美丽　比苹果还纯净

当所有的人仰望山顶

一齐赞颂忧伤的歌唱之神

我不会孤独地离开采石场

那沙漠中的石人额顶已凉

我的兄弟们　他们两眼迷茫

纷纷来自四面八方

有多少黑夜和饥饿

比你的眼睛更黑　麦青

大地的雄伟胸部　在那里

我的躯体　会迟早熄灭

我也迟早会拾起爱情

这你和我最后的马匹

我迟早会在天亮的时候

怀念你端给我的杯子和凉水

我和树抱头痛哭　麦青

麦青

走

我们像一只狗用忧郁的眼光

从微机里拷贝出Rock

我看到一个美丽的吞噬场

河里漂过酒杯

走　走　走　走

你可以抛开这世界的折磨

你佯狂听不到我的嘶吼

这世界　它在你面前扭动屁股

你可以抛开这世界的目睹

走　走　走　走

液　体

这是复杂的液体

它不是泪　不是血　不是空气

它因感动而流下

叫你看不见庄稼

你说你的掌纹可以承受它

这是简单的液体

它不是水　不是光　不是花

如同一棵草　没有妈妈

但它从你手里传来过

滋润大家

这是流动的液体

漂浮着我们每一个人的面容

穿过凝固的黎明

我飞翔和四处飘零

液体　让烟雾在血管里上升

变成热血　嘿　液体

北方之北

我后面跟着黑暗

我背上飞着飞鸟

我看见南方向北的鸟

不愿再回家

我听见妈妈哭喊

我看见孩子们上山

他们打柴的声音走得很快

我发现原野空旷

大地让我把流火展开，又把梦合拢

我的赞颂都走向光明

你是哥哥，她却是水的女儿

我的心跳得剧烈而又甜蜜

我向着北方之北漂浮

我的眉毛是冰雪

我呼吸出大鹰

你握住疼痛

你怀揣着巨大的石头

我把歌声全都引向北方的高空

北方　之北　北方

北方

叙述人莫力

那天我和德国人柯尔克朝他住的旅馆走，麦青就跟在我后头。可一开始我并没有在意这个小姑娘，因为她看上去太小啦。也许她只有十六岁也说不定。那时我刚来北京几天，我像一条没有家的狗一样四处游荡，没有人收留。有几天我曾经住在一个公共汽车场的汽车下面，就连这那个看车场的老头儿也要赶我走，这使我特别沮丧。我于是决定到街头去卖唱。你看见过在这座城的地下过街通道和地铁站走廊中的各种瞎子和残疾人卖艺的情景吗？我与他们不同的是我只管唱歌，只要有人给了我够一天的饭钱，我就不唱了，而是回到我租的屋子里拼命练习技艺。那天我回头看了麦青一眼，觉得她简直像一滴水一样清洁。她是个刚刚上了大学一年级的女学生，这还是我们一起在柯尔克住的旅馆里聊天时得知的。柯尔克是一个人类学家！他刚刚从西藏的阿里地区回来，在他的旅馆里，我们一同看了他从西藏阿里地区拍的幻灯片，简直太迷人了，也太震撼了。这期间柯尔克还决定把他在西藏拉萨碰到的印第安族美国人埃特尔介绍给我。"他的鼓打得棒极了，他也想成立一个乐队呢。"可很快天就黑了，麦青得回家，第二天她还要赶到学校去。我决定送她回去。可是我付不起坐出租车的钱。她说："我们一起走回去，如果你愿意。"走路多好！这是我后来才明白的，我就陪她一直走，穿过了一条大街，又穿过了一条街，好像我穿过了无数条街道。我才把她送到了她的家。那时候我已经走得双腿都麻了。我在那天整整走了八公里，才把她送回家。她家住在一个叫蒲黄榆的地方，那里有一条长长的铁路线，她的家就在铁路边的一幢楼里。"我回去了！我会来找你的。我喜欢你的歌。"她朝我莞尔一笑，就进了那幢楼。

我觉得我突然就迎来了爱情，我的心口好像有一千只蜜蜂在鸣响，我知道我喜欢上了她。在不久以后，她告诉我她从上中学时就开始踢足球，可她认识我后就再也不踢球了，她喜欢上了摇滚乐，摇滚乐中有一种来自灵魂的节奏叫她觉得称心如意。我觉得她是我遇到的唯一能用心听我的歌的女孩。而且她对我太好了，她总是从家里偷吃的带给我，她甚至把零花钱攒起来为我付房租。有一段时间我特别穷，几乎连坐公共汽车的钱都没有，于是我就走路送她回去。她总是可以听得出我内心里珍存的善良，她成了我长这么大真正喜欢我的女孩，而这一切，仅仅是因为摇滚乐！因为我们都喜欢摇滚乐。和她在一起，我变得快活了起来，我可以感觉到我的呼吸中含着有阳光。我不再仇恨和诅咒很多人，即使他们把酒瓶子砸到了我头上我也不还手。这一切仅仅因为她带给了我纯洁的爱，没有功利的无私的爱。我品尝到了那种东西。只要她有时间，我每次出去演出，她总是坐在最前面。看到她那闪烁在黑暗之中的眼睛我就会感到安宁，我就会唱得更温柔一些。我喜欢她！如果她再长大些，愿意嫁给我，那我就会娶了她。她给予我的太多，那种少女的赤诚都给了我。见到了她，我就没有再觉得我是在流浪，我有了一个家，一个在她心灵中的小家。原来我以为世界上任何一个人都要以我为敌人，唾弃我，把我视为叛逆的怪物，即使我内心充满了爱的渴求。麦青看清了我，我是脆弱的，而小小的她则让我变得更坚强了。

那是一个黑暗的日子，她行走在她家近旁的铁轨上，她就走在铁路的中间，可这时候为什么没有一个人，没有一个人去提醒她那飞驰过来的从她背后向她逼近的火车？她为什么听不见那火车钢轮和铁轨相摩擦的巨大的声响？她为什么要戴着耳机走在铁轨上？她像一只鸟一样被火车撞了起来，这一刻我却没有在她身旁。她像一只纸鸢一样地飞了起来，她比一张纸还轻，她的血好像一下子就流光了，她在空中像羽毛一样地飘啊飘，她在阳光中飞升了一会儿，又落到了地上。她死了，而她死之前听的是平克·佛洛伊德乐队《最后一个镜头》。她的身上只有这一盒音带，那个地方后来又死过其他的人，那个地方还会死人，只要有人在铁轨上走路。我就这样失去了她。那时候我真的想自杀，生活总是无情地摧毁我的所有的梦想，它什么也不想给我，到今天我才相信生活长的是铁嘴钢牙，它会把什么都嚼烂。我在每年的她的祭日都要演唱平克·佛洛伊德乐队的《战后之梦的安魂曲》。在她的葬仪上放的也是这首歌。后来她的父母也喜欢上了摇滚乐，他们已是年过半百的人了，他们想弄明白女儿死之前为什么要听摇滚乐，于是他们也被打动了。

　　我还能再讲些什么？我所要说的都说了。我重新回到了孤独前进的躯壳里，我变得又坚强了一些。我今年二十五岁了，我只为爱我的人哭过一次，今后也不会再哭了。天堂！当我在夜空之下仰望头顶的星空，我仍旧可以听到在天空之中那神秘的呼啸和滚动的声音。那是一种巨大的流体，它最终将席卷我们所有人的灵魂和肉体离去。那也许是最终的判决。可只要我喜欢过这大地上的一些人和事物，这就已经足够了。我已把流浪当作了一辆破旧的吉普，我要开着它走遍很多城市。我从来都是孤独的，我曾来自被云雾缠绕的云贵高原。

场景五：远航

　　这是一艘刚刚驶出天津港的轮船，船头在深蓝色的海面上犁开了雪白的浪花，奋力前行。这已经是寒风呼啸的冬天，所有重大的节日都即将来临，而这条船也带着更新的消息，以新的姿势向远方航行。天空仍是蔚蓝的，它和大海互相映衬，如同两面镜子一样在一起解释着那种真正的蓝色，当一些纸片儿似的鸥鸟开始在船头飞舞时，莫力从船舱的底部走了出来。他仍旧戴着他那副墨镜，他走到了甲板上，让风把自己的长发吹成飘扬的旗帜。

　　对于莫力来说，这又是一次远航，他组建的新乐队在不久前解散了。鼓手埃特尔已经回国，因为那里有一个妞儿在等着他，他非得不远万里前去会合不可，而简宁也已经去做生意了，他成了一个专门经销男人饰物的商人。此时木胡塔也回到了新疆，他们全部离开了他！在乐队解散之前，他们出了一盘专辑，也是他们唯一的一盘专辑：《以火焰的名义》。这盘以火焰为歌唱理由的专辑成为九十年代新的音乐力量，受到了一些人的欢迎。但乐队已经解散了，他仍旧变成了一个人，就像一开始那样，他觉得自己总是面临着新的起点，他就像在圆面上跑步一样，任何一个点都是一个新的开端，结束与开始是同步的。他现在是在去大连的船上。不管怎么样，我已经有信心来组建一个成熟的乐队了，他想，我已经有了组建一个真正成熟的乐队的经验了，让这些从冬天开始吧，他想。在这样一个寒冷的季节里，所有的人、所有的飞鸟都在向家的地方赶去。这是一个回家的季节，而对于他来说，他却是一个没有家的人，一个不带地图的旅人。因为大连有一个新的演出机会，他必须尽快赶到那里。他从来没有坐过船，现在他想试一试在大海上航行的感受。由于海面上没有什么风浪，船走得非常平稳，并没有什么特别的感觉。他在甲板上看着四周开阔的景观，觉得自己的内心像大地一样开阔。我对很多事物都已经有了自己的看法，他想，我必须一个人去承受这些。后来甲板上的风越来越大了，他感到有点儿冷，同时也感到很高兴。我必须建立一个成熟的乐队，他想，我必须建立一个最好的乐队。我想成为最好的。莫力，你是最好的。而远航，则航行在过去到未来的线上，明天，明天……

行为艺术家

一

　　这座城市已经变得越来越华美了，我想，而且变得越来越阔大了。当我站在长安街边上的国际饭店顶层的旋转餐厅凝望的时候，我所能感受到的就是一种惊羡与欣悦。我的视线从东向西，我看到了中粮广场、长安光华大厦、交通部大厦、中国妇女活动中心，对外经贸部大厦和新恒基中心这些仿佛是一夜之间被摆放在那里的巨型积木，就加倍地喜欢上了这座城市。这时的北京仿佛是一座从地平线的尽头缓缓升起的城市，如同一座崭新的岛屿，带着它全新的面目超越了海平面。每一天，这座有四条环路的城市都在长高，在扩展，以天安门广场为中心，它就像古罗马角斗场那样向四周渐渐地高了起来，从而形成了一个巨大的城市盆地，而在这个城市盆地之中，越往外环走那些建筑就越高，而天安门广场就成了这个巨型城市盆地最低的地方。每一天，街上都涌动着人和汽车的洪流，使得城市看上去朝气蓬勃、生生不息。那些高楼大厦的深褐色或是幽蓝色的玻璃幕墙也反衬出了城市上空崭新的天空与白云，这使我更加喜欢加入城市中涌动的人群当中去，去成为他们当中的一员。因为这是一群群携带梦想生活的人，哪怕这是一座绞肉机城市他们也从不畏惧。而我，则因为成为这城市中的人而激动不安、喜气洋洋。因为突然从某一天起，我就不再是个外省青年，我开始自由出入这座城市的巨型购物中心、大饭店、酒吧、地铁、银行、国家机关、医院、大学校园、快餐店而毫无陌生感，我有三张信用卡、一张本市身份证、一个邮局保密箱、一个汉字寻呼机、两张电话磁卡、一个数字式大哥大，我就像是生活在这里许久的真正的城市的主人。

有一天我走在王府井大街繁华的商业区，我喜欢看到人们被物质和欲望所驱使的急促表情，促销小姐脸上的笑容之花，使我感到这一切、这座城市中的一切都是伸手可及、真实无比的。但那天我忽然看见前面走着一个人，他穿一件深蓝色中山装，但背上缝着一块白布，上面用黑字写着一则寻人启事，还贴有一张七寸大的照片。我觉得有点儿奇怪，就追了上去，迅速地看了一眼那则寻人启事，我确信我刚才就在附近见过这个人，于是我立即伸出手拍了拍他的肩膀说："嗨，我见过你要找的这个人，他刚才……"他转过脸的时候我一下子愣住了，因为他就是寻人启事照片上的那个人，我有点儿糊涂了，我看到的是一张三十多岁男人的脸。他猛然冲我笑了笑："我说朋友，我是一个行为艺术家，我寻找的正是我自己。谢谢你，再见！"他笑着走开了，很快就消失在了涌动的人群之中。我站在那里愣了半天，我明白这座城市里出现了行为艺术家，真正的行为艺术家，他们用自己的行为来作为艺术品。这座城市它包容一切，这座城市是真正宽容的。就像它对待刚才我看见的那个寻找自己的行为艺术家那样，什么人都可以在这里寻觅与开始。

二

我在大街上逛来逛去，一旦成为主人，这座城市的任何地方不过是我们家大院子里的一个角落而已，这种想法使我兴高采烈并且心安理得。我晃来晃去，像个无所事事的人，实际上我已完全为这座城市的节奏所俘虏了。我吹着口哨，假如阳光过于强烈了我就眯上眼睛。我像在自家院子里散步那样走在城市的街道上，欣赏着那些日益增多的各种牌子的外国商品广告牌，它们简直像是城市中新的森林，花花绿绿地悬挂在我们的头顶，指引着城市人们的生活向前方挺进。

我走到了崇文门大街，我看见了在同仁医院门口的黑压压的人群。往常那里总是聚集着很多刚刚来到北京的外地打工仔打工妹，他们打扮土气、神情木讷而又机灵地打量着过往行人，希望被某一个人雇走，从此开始了在城市里新的生活，尽管这里被视为非法劳务市场，可仍有很多年轻、肮脏而又新鲜的乡下面孔出现在这里，在匆匆走动的人群与车辆的空隙里浮动并四下张望。我向他们走去，我觉得他们脸上的某种东西是我已经遗失的。我看到的脸全部都是陌生的，充满了青年特有的朝气、梦想与疑惧，但大多数的面孔是肮脏的，我试图发现一两个漂亮姑娘，但那些农村姑娘的两个被山风吹得红扑扑的脸蛋真叫我难以忍受，我立即又变得漠然了，因为对于我来讲，他们全是外地人，而我则是这座城市的新主人，我与他们是不一样的。我决定尽快离开这里，我从他们中间漠然地走了过去。很多人都在看着我，他们指望着我也许能给他们中的某一个带来好机会。可我会吗？我暗暗笑了起来。我忽然对我自己在大街上闲逛感到厌烦了，我决定到东单的一家电子游戏厅去玩玩电子游戏机，但这时我看到了一个女孩，她那独特的清纯与美丽让我愣了一下，她也站在那一群女孩子中间，在一群被农田上的风吹得脸蛋儿红扑扑的女孩中间显得鹤立鸡群。她好像还有点儿满不在乎，并不在意自己站在这里是为了什么。她绝对是那种南方女孩，秀气、冷艳、漠然、戒备而又充满诱惑与梦想。她的眼睛像商店里的塑料女模特儿的眼睛，漂亮而又无神，空洞却又暗含欲望地望着前方。她的穿着也比周围村妞们的要好些，像个受过一定教育的人，至少我敢断定她不是放羊养猪的那类农村女孩。莫非她也在这里寻找工作？我犹豫了一下，这时我突然想起了我所看见的那个行为艺术家，我想假如我帮助一个人在这座城市里实现他的梦想，那我也就是一个行为艺术家啦！因为我也一直想当一个前卫艺术家，可一直没有机会，这一瞬间的想法顿时使我激动了起来，我决定和她聊聊，那仿佛是一种魔力促使我向她走去。

"你好，"我说，"你是来这里找工作的吗？"

她警觉地看着我，眨了几下眼睛，点了点头，但旋即懒懒地打了一个哈欠，之后她又勾着她的大眼睛。"你要找个什么样的？保姆吗？我可不想干保姆。"她不容置疑地说，"我不愿意干保姆。哈哈，我刚刚从一家逃出来。"

"也许还可以干点儿别的。我肯定可以帮你，"我热情地说，"你说你想干什么吧。"

"你不是一个骗子吧？"她笑了起来，她笑的样子非常清亮，如同山涧里奔涌的一汪泉水。"骗子？我是一个骗子？"我假装生气了起来，"我是一个专门帮助人的人。我想成为一个行为艺术家。你只管告诉我你来这座城市里想干什么就是了，你……"我刚说到这里，突然响起了一阵警车的警笛声，就好像是从地底下冒出来的一样，一下子钻出来好几辆警车冲到了街边。从车上下来了一大群警察，他们风一样地扫过来，开始对这里进行围剿。人群乱了起来，像被捅着的马蜂窝，有些人向四处逃去，警察手中挥舞着橡皮棍子，从各个方向围堵他们，勒令他们拿出身份证，并且把那些没有身份证的外乡人立即塞入一辆面包车。我眼前的这个女孩子忽然也变得紧张和焦躁了起来，她正想离开这里，可一个警察已经冲到了我们的近前："别走，拿出身份证来！"我亮出了我的身份证，我指着她对警察说："她是我的女朋友，我们一起在等106路电车。我们可不是他娘的打工仔。"那个警察看了她一眼，把身份证还给了我，转身走开了。等到我们再回头四下张望的时候，发现这里如同被一阵大风刮过了一样，几乎空无一人，只剩下几个人在风中缩起脖颈，在汽车站牌下等待着公共汽车。"谢谢你，"刚才还异常紧张的她松了口气对我说，“刚好我今天没有带身份证，要不是你，我今天就会被遣送回家的。谢谢你。”她真诚地朝我偏了一下头。我得说她有一双会说话的漂亮的眼睛。

“你刚才还说我是个骗子来着，”我眯起眼睛，“你叫什么？”

她好像对我有了些好感，但她仍迟疑了一下：“我叫黄红梅。你是来找保姆的吗？我可真的不愿干保姆，我会让你失望的——我不太会干活儿。”

我笑了起来：“不，不不，我今天突然有一个想法，那就是我想帮助一个人在这座城市里实现她的梦想。当我看到你的时候，我就决定来帮助你。而我不需要任何报偿，只是帮帮忙。我们找个地方坐一会儿好吗？”

“好吧。”她爽快地答应了。我带着她很快就来到了东单一家冰淇淋店，要了两份意大利奶油冰淇淋，坐了下来。“你说你要帮人实现梦想？这太叫人不可相信了。这可是一个交换的时代。我什么也拿不出来。”她噘了噘嘴，挑衅似的看着我，接过了侍者递来的冰淇淋。

“不，什么也不要，真的，我只是想帮助一个人在这座城市里实现梦想。这样我就变成一个行为艺术家了，而如果你实现了你的梦想，你同时也是我的一件作品。说吧，你来到这座城市有些什么想法？”我一边吃着冰淇淋一边问她。

她低头想了想，用食指支住她那小巧的下巴，那样子很单纯，也的确很美。她身上有一种尚未被城市文明与城市欲望熏染的气质，那是一种明亮与清纯的东西。"我有什么想法……至少我不想当保姆。你真的想帮我？"她扬起脸来问我，那样子还挺生动的，我想。

"对，是真的。"我说。

"那……告诉你吧，哈，我是从一个富人家跑出来的。我与那家的女主人处不好。因为她瞧不起我，她一开始以为我是个乡下人，什么都不懂，其实我什么都懂，我从四川来，我过去生活在四川一个地级市里，我是那里一家医院的护士——我上过护理中等专科学校。可我实在忍受不了女主人的那种怀疑与蔑视我的眼神，她总在怀疑我要偷她什么东西似的。有一天她把她自己的一支口红藏到卫生间里，非说是我偷。我是在倒她那些肮脏的卫生巾时才发现它在那里。她就这样待我，于是后来我真的就变得坏了起来，我趁她不在家就煮上十个鸡蛋，吃五个扔五个，我用过她所有的口红，用一种就洗掉，然后再往嘴上抹上另一种。但有一天我用了一种很难用水洗掉的萤光口红，然后我就被她打了一耳光，然后我就跑了。所以我不做保姆。可我来北京已经一个月了，你说我想成为什么样的人？我想成为我给她当过保姆的那个女主人那样的人：住在华侨村的高级公寓里，房间里二十四小时都有热水供应，有一辆城市高尔夫牌子的汽车，养一大堆宠物。那个女人就养了一大堆宠物，有三条小狗和四只波斯猫。我真想把它们都毒死，因为我伺候了女主人还得伺候它们。我就想过那样的生活，那样我就不会再被人瞧不起了。我自己雇上一大堆用人来伺候我。我还想要什么？我还想要花不完的钱，我想买什么就买什么。比如我家那个女主人，她有一次上街买了一大堆衣服，回家后一试发现没有一件称心的，就吩咐我全扔掉了。全部扔掉！而那些都是新衣服，她哪怕是给我也好啊，可她叫我全部扔掉！她就是这样的一个随心所欲的女人。不过她倒嫁给了一个好男人，那个男人是一个房地产商，一个真正的有钱人，他总是对人和蔼可亲。我要是嫁给一个这样的人要多好……"她滔滔不绝地讲了起来，我认真地听着。即使是在说着这些，她仍是可爱的，虽然有点儿俗。我盯着她想。"你真的可以帮助我实现我的梦想？归根结底，在这座城市我什么也得不到。你真的要帮我？"她好像又想起来了什么似的问了我一句。

"当然。不过一切得从头开始。不干保姆，干点儿别的。你还能干点儿什么？"

"要去，去酒楼或夜总会当个领班什么的也行。我能干服务行业。或者去当个调酒师，不过这得从头学。谁教我呢？"

"你有多大，黄红梅？"

"二十岁，你呢？"

"我二十七岁。那么好吧，我们现在已经是朋友啦。明天下午四时我们仍在这里见面，然后我会告诉你帮你找了个什么工作。你住在哪里？"我接过了侍应生递给我的账单与找头时问她。这时天已经黑了。

"保密，"她说，"也许你真的是一个骗子。这是一个交换的时代。我在北京是孤身一人，我才来到这里一个月，我可不想告诉男人们我住在哪儿。"

"好吧，"我笑了起来，"明天见，我们肯定会成为那种不需要任何交换的好朋友的。"她冲我做了一个鬼脸："我就先相信你吧。那么明天见？"在门口她冲我扬了扬她的柳叶眉，跳下台阶，快步地消失在了城市的夜幕中。

　　我就要成为一个行为艺术家了。我竖起了风衣的领子，走在匆匆赶路的庞大的城市人群中这样想。这时城市里所有的灯都亮了起来，人们像幽灵一样在走动，他们全是欲望的容器，在城市里昼夜不息地活动。而我决心从他们中间脱身而出。我会成为一个艺术家吗？

三

　　·我在王府饭店背后的中央美术学院的书店里买到一本奇特的书，这是一本黑色封面的书，但是它没有名字，这本24开本的一厘米厚的书，它记录了最近的中国先锋艺术家们所有的艺术活动，简直看得我眼花缭乱，因为那些装置艺术家、观念艺术家、行为艺术家的各种观念奇特的作品都非常有趣，其中最叫我震动的是一个叫谢德庆的华人行为艺术家，他是个台湾人，1974年二十四岁时泅水非法进入美国，从此他就待在了美国，开始变成了一个艺术家。1978年到1979年他把自己关在笼子里生活了一年，在这一年之中他不与人交谈、不阅读、不写字、不听收音机，也不看电视，就躺在里面。1980年到1981年，

367

他每小时打卡一次，昼夜不停，持续了一年，每一次打卡同时都拍了照片，而打卡单全部经由律师签名认证。1981年至1982年，他又做了一个惊人的行为艺术，他一年时间全都生活在纽约的大街上，从不进入任何遮蔽物，这包括建筑物、地下通道、洞穴、帐篷、火车、汽车、船舱等等。1983年至1984年，他与艺术家兰达·莫尼塔用一根八尺长的绳子互相捆绑在一起一年的时间，这期间不论任何时间、地点他们俩都在一起，但又不做任何身体上的触碰。1985年至1986年，他不做艺术、不看艺术、不谈艺术，仅仅生活一年，而从1986年12月31日至1988年12月31日，他这期间只做艺术，但不发表。更为叫人惊奇的是，谢德庆从1974年至1988年，他在美十四年间无任何合法居留身份。这简直是一个伟大的行为艺术家！一个受虐狂艺术家！

　　看到这些报道和有关他的访谈，我简直都被他给迷住了，我忽然明白了什么是行为艺术，这是一个有些类似于耶稣的家伙，他一年又一年地做他的行为艺术，以他独特的方式与角度观察人类，并承担人类背负的东西。这使我明白要当一个真正的行为艺术家是需要极大的勇气的。我决定帮助四川女孩黄红梅在这座城市中成为她想成为的人，我为此专门画了一个表，列出了我几年来在这座城市中建立的各种人事关系，这些人涉及行政、经济、新闻媒介、餐饮娱乐业的人士，我决定用我的这个已初步建立起来的城市蛛网把这样一个外省女孩变成城市的主人，而有一天她终于会成为我的作品，变成全新的形象向人们走来，到那一天我就会成为一个真正的行为艺术家。明白了这一点我非常振奋，我用大哥大与我的朋友于胖子联系了一下，约他立即来和平宾馆大堂咖啡厅与我见面。这将是我引见给黄红梅的第一个人。打完电话，我就坐在那里，耐心地搅动没有加糖的咖啡，于胖子是我刚来到这座城市的老朋友了，那时候他还是一个电视剧组里跑龙套的，尽演一些次要角色，原因是他太胖了，但他又丑得很有滋味，很多戏都需要这么一个角色。可就在去年，他找到了一个机会，拜一个退休的某个副部级干部当了干妈，而他干妈的亲家则又是南方一个退休的老将军，刚好想在北京开一家桑拿娱乐城，就让他当了总经理。于是他摇身一变，出有车、食有鱼了。有一天我曾经去过他那里一次，在他当总经理的"天府"桑拿按摩中心中我经受了一次全套的服务，从洗、泡、蒸、冲，到搓背、修脚、按摩，我享受了全新的服务。一开始我就想到黄红梅因为干过护士，也许她比较适合先从桑拿中心干起。这已成为九十年代城市某种层次生活的一个特征了，而一个城市人则必须了解与享受这些。我正在想着于胖子这人也是时来运转的时候，看见于胖子从饭店门外已经走了进来，背后跟着一个女秘书，他大摇大摆地走了过来。"华仔，我他妈的好久没见你了，你也胖了，脸蛋子上全是肉，哈哈哈哈……"于胖子大笑了起来。小姐又给我们端上来了两杯咖啡，他笑眯眯地看着我："说吧老兄，你找我有什么事？当年咱们穷的时候天天吃刀削面，那可是老交情，你有什么事我全为你办，没说的！"于胖子十分豪爽地说。

我凝视着他，他变化真大，越来越胖，但气色相当不错，拿着的是一台模拟式加厚电池的大哥大，还戴着一双金灿灿的黄金手链。他看上去过得不错，我想。"帮我一个忙，"我看了一眼他的女秘书，她长得也非常性感，在秋天里仍穿着那种开胸很低的套裙，露出了一道美丽的乳沟，"我有一个朋友……是个女孩，她刚从四川来，她需要找个工作，到你那里当个按摩小姐怎么样？"我看着他。

他看了我一会儿突然笑了："华仔，你小子也四处钓起女孩来了？怎么，打完炮了甩不掉打算发给我？好吧，我接收，这个没问题，这个非常好办，人呢？"他问我。

"待会儿我就给你领过来，我与她约好在东单那家冰淇淋店门口见面。"我看了看表，"你等我一下，我马上就回来。"

远远地我就看见她站在冰淇淋店的门口，她居然穿了一条火红的裙子，十分扎眼地站在那里，若无其事而又有些焦急万分，看见我从大街对面穿过来她非常高兴，她的笑容还是一朵朴素的花。我大步绕开那些汽车与行人向她走去。"我还以为你在骗我。"她幽怨地说。"等急了吧？我已约好了一个朋友，你可以很快就去上班了。跟我走吧。"

我们一起朝街的北面走去，她还真的打了一点口红，但这遮不住她浑身散发出的清纯的美。"吃晚饭了吗？"我问她。

"吃了，吃的是面条，我自己做的。"

"你住的地方有煤气吗？"

"不，有蜂窝煤的炉子，我还住不起有暖气和管道煤气的房子。"

"冬天快到了，到时候我给你找个有暖气和煤气的地方吧。"

　　"不，"她摇了摇头，"我自己想办法，谢谢你。"她意味深长地看了我一眼。那目光中含有一种异乎寻常的自尊，我被震动了。到了和平宾馆，在于胖子对面坐下来，于胖子端详了她半天，黄红梅被看得不好意思了起来，于胖子迅速与我交换了个眼神，那意思是我的眼光不错。我把于胖子介绍给她："你说过你想到夜总会干个领班，不过先去干一段时间，干好了你就能升领班了，对不对于胖子？"我对他说。

　　"当然，当然。既然是华仔介绍的，我就会好好照顾的。你可以今天就去我们那里看一看，可以今天就适应环境嘛。"他打量了半天黄红梅的穿着打扮，立即转身对他的秘书吩咐道，"今天你领着黄小姐把咱们中心熟悉一下，另外给她买两套工作服，再安排好宿舍。你是从四川来的吧？"于胖子冲我眨了一下眼睛，又问了黄红梅一句，黄红梅点了点头。"四川是个好地方，那里漂亮姑娘太多了。咱们走吧？"整个介绍的过程黄红梅没怎么说话，她有点儿局促不安，我想这一定是于胖子那庞大的身体给她造成了压抑感，走到门口的时候于胖子悄悄把嘴凑到我耳边说："这妞长得挺靓，你真的打炮都打腻了？"我有点儿生气，我压低了声音说："我从没动过她一个指头。你必须好好对待她，他妈的，你可别叫我生气。""好好，好。"他奸笑着。他向侍者挥了一下手，一辆丰田出租车开了过来。"嗨，黄红梅，你就跟他去吧，你放心，一切都会好起来的。有什么事就立即给我打电话。"

我冲她真诚地笑了笑，向她扬了扬手中的手机。她迟疑了一下，好像欲言又止，但她还是在看了我一眼之后，跟着于胖子钻进了汽车，他们在车中朝我摆了摆手，就迅速离开了。我忽然有一种失落感，因为这里又只剩下了我一个人，我最不愿意面对的孤独立即又像影子一样贴了过来。我看着汽车消失，决定去吃一顿新疆拉面和烤羊腰子。城市里的黑夜像大幕一样从地底下慢慢地升起来了，在这样的夜晚，我可以闻到夜空中飘散的欲望的气息，它和灰尘一起被每一个在黑夜中游走的人的鼻孔所呼吸。

四

当我决心帮助黄红梅去实现她自己的想法的时候，我又有些游移不定，因为我总是忘不了黄红梅脸上那种纯真无邪的笑容，以及她看你时那种清澈的目光，那种东西是在我这座城市已经遗失了的，这使我内心隐隐之中有一种疼痛。是什么样的东西触动了我的内心？我弄不明白。但这座城市有它固定的法则，如同一个轮盘的转动，也会有它自己的节律。我明白这一点，只有这一点是不可改变的。如果你想进入这座城市，在这座城市适应下来，能够生存得比别人好，你就要听从城市的法则。可这种法则有些什么特点与内容，也一直是我所思考的。总之城市更像是一个舞台，很多人都汇聚到这里来，带来了他们要扮演的角色，一些人成功了，另一些人则从此消失。就连观众也是流动的，并不是每一天的观众席上都坐着固定的人群，城市就是一个流动的宴会，人们来来去去，面孔常新，永无休止。

因此当我每一天早晨从梦中醒来，我就像个溺水者那样心脏狂跳不已，而新的一天又在我的脚下展开，我必须装束齐整、打扮一新地进入新一天的生活。我立即起床，像个机器人似的按照程序生活，洗脸、刷牙、刮胡子。我正在对着镜子刮脸，突然我的手机响了，谁这么早会给我打电话？我打开了它。

"喂，是谁？"

"……是我。"一个女孩呜咽的声音，我立即听出来是黄红梅的声音，我记起来我有一个星期没有见到她了，于胖子怎样对待她的？我有点儿担心："怎么了？慢慢讲，你好像哭了？别哭。"

"……我不想在那里干了……"

"为什么？不是挺好的吗？我听于胖子说一个月可以收入五千元，比我都不差，你怎么……"

"我不想在那里干了……因为，因为很多男人都太讨厌。于经理叫我干按摩员，我每天得工作到凌晨三四点，我总是打瞌睡，而且，那些男人总有其他的要求，我接受不了，我不干了，我要离开这里……"

"听着，你听我说，"我有些焦急，但我仍旧非常有耐心地说，"你不过是刚刚开始，你还没有适应环境呢。等你适应了，一切就会好起来。那些男人当然讨厌，但每一个男人都有讨厌的一面。你是一个不错的聪明女孩，我想你一定会有办法对付他们的。"我加重语气说，"你连怎么对付男人都学不会，你在城市中就站不住脚了。其实你只需稍微动一下脑子就行，你把他们全都当作发情的公羊，你一个也别怕，很快你就会学会驯服那些公羊的本领了。你要相信你自己好吗？你有这个能力，我相信你。"我在电话里谆谆善诱，我听见电话那头的呜咽声渐渐停了下来，她不哭了。"我想见你，"她说，"我有点儿想家了，我想回家。"

"我也想回家！我比你更想家，"我在电话中吼了起来，"可我们必须在这里生活，这里才是真正的家。你必须学会适应环境，"我气急败坏了起来，"你这个人到底是怎么搞的嘛，给人当保姆就与女主人闹翻，而在夜总会干却又不懂如何对付男人，你必须待在那里。我们要学会利用自己的优势与特点去生存，明白吗？而且我并不想见你，我要等你适应了环境再见你。半个月以后吧，好吗？你要相信你自己，对不对？"

她在电话中沉默了一会儿。"好吧。"她说。

"于胖子对你好不好？"我问她。

"他对我不错，只是我自己……"

"这就好。我挂电话了……"

"好吧。"她说。然后我挂断了电话，继续刮脸，穿衣，拿包，走出了房门。

半个月以后我与她又通了一次电话，我听到她平静而又喜气洋洋的声音，看来她已经习惯了在那里工作。我也非常高兴，我决定约她见一面，就在我住的地方。我在一幢漂亮的公寓楼下等她，远远地我看见她朝我走了过来，走到我的跟前我几乎都有点儿认不出她来了，因为她明显变漂亮了，我是说那种城市化的漂亮，那是一种塑料花似的美，艳丽、醒目，又带着一丝虚假，她穿着一条黑色的裙子，还挎着一个非常好看的坤包，她看见了我，就飞奔了过来，像一只小鹿那么轻快。我也有点儿激动，因为她经由我一手塑造，被我一步步地推向了这座城市的前台。

"你还好吗？"我笑着看着她，她头发剪短了，眼睛因而就显得更大了。"还不错，至少我已经学会如何对付那些男人，像你说的那样。"她冲我眨了一下眼睛。

"太好了。"我热情地拉着她的手，绕过喷泉，向单元门走去。

我们很快就来到了我的寓所，我打开门，闪身进去，招呼她喝水，我的屋子里乱得不行，到处是书籍、CD唱盘、录像带和衣服。"嘀，你这里也够乱的。你为什么不结婚，找个女人帮你收拾收拾？"在环视了一周屋子之后，她带着惋惜的口气对我说。我冲她摊开了手，表示无所谓又无可奈何，她看了我一会儿，就朝我走了过来，慢慢地扑进了我的怀里。

这是一瞬间发生的，我还没有完全回过神来。我可以闻到她身上好闻的气息，在这一刹那，我内心深处的孤独被动摇了。我们就这样静静地搂抱着，她的手在我的肩上轻轻移动着，如同土地测量员那样小心翼翼。"我很想你，真的。我在心中既恨你，又想你。是你叫我在这个城市中拥有了一次新的开始，让我步入了一种新的生活，让我学会了面对我自己。谢谢你。"她柔声地说。这一刻我也被一种柔情蜜意给打动了，我的周身掠过了一阵麻酥酥的感觉，我在她耳边亲了一下，但我立即又意识到她不过将是我的一件作品，我克制住了内心涌动的激情。"好吧，我们一起做点儿吃的，好吗？然后我们去奥尔菲斯俱乐部跳舞去。我教你跳迪斯科。"我推开了她，拍了拍她的脸蛋说。

"太好了！"她像小鸟一样跳了起来，"我们做点儿什么吃的？我会煎鸡蛋！"

"我教你如何做水果沙拉和三明治吧。我喜欢吃西式的便餐。"我说完，拉着她走进了厨房，我们立即一起干了起来，她的动作非常麻利，一边干还一边哼着歌，"说说看，这半个多月你都遇见了一些什么人？"她就开始给我讲她所遇见的各种各样的男人，她给我讲他们一个个长什么样，为什么要去按摩。她告诉我她已经学会了如何委婉地拒绝一些男人的非分要求，哪怕他们出再多的钱她也不干。"只是有一天我碰到了这样一个人，他一走进来就唉声叹气，而且后来他一个人还哭了起来。这是一个在生活中遭受了某种不幸的人。他只有三十岁左右的年龄，但他在那天却告诉我他不想活了。起初我以为他是说着玩儿的，但后来我发现他真的非常悲伤，他只是不停地说他已经一无所有，口袋里现在只剩下最后的几百块钱。到后来，我给他按摩的时候他提出来要和我做爱，我立即拒绝了，但他开始哭了，他说他不想活了，只想去死。他整整哭了一个钟（四十五分钟），他又要求再加了一个钟时我忽然心软了，我就看不得男人在我面前哭。我说，好吧，那我就给你打一次'飞机'吧。你一定知道什么是打飞机，就是我来帮他手淫。他点了点头……这可把我给累坏了，我的手酸得都有点儿抬不起来了。'我不想死了，'他庄重地穿好衣服对我说，'我谢谢你，是你……'"

"够了！"我吼叫了起来，我冷冷地看着她，"我不想听这个，这种臭男人纯粹是骗子，我不想听到你他妈的给我讲什么'打飞机'这种恶心的事！"我当真有点儿生气，我不能忍受她的粗俗，说到底她仍是一个小地方来的只上过护理中等专科学校的小女人。这时她看着我，眼泪一下子涌了出来："我……错了吗？我怎么啦？"她的泪水像一些破碎的珠子一样坠落了下来，我立即又意识到也许我有点儿过分了。其实这并没什么。也许我已经爱上她了，如同罗丹渐渐爱上了他所雕刻的克洛岱尔？我不知道。"没什么，"我缓和了口气，"我们一起吃饭吧。你觉得我做的热狗怎么样？"她破涕为笑："我还以为你要撵我走呢。"

我们坐下来吃饭的时候她又高兴了起来，我们说了很多别的，在我们准备出门去奥尔菲斯俱乐部跳舞之前，她飞快地帮我收拾好了屋子，使我的屋子立即变得整洁了。"我还会养花呢，我要让你的屋子变成一个小花园，明天我就先拿来一盆绿萝。我再给你买几只巴西龟，把你的环境改变一下，你这个邋遢鬼。"她有点爱惜地责备我说。

到了东三环兆龙饭店斜对面的奥尔菲斯俱乐部时，夜已经很深了。但这座古老而又崭新的城市同样已有了它的夜生活。我知道这座城市里已经出现了午夜狂欢一族，他们是一群只有到了夜晚才会精神振作的人。而北京，已经有越来越多的夜总会、歌舞厅、迪斯科广场、桑拿按摩中心与俱乐部开业到凌晨三点。我带她买了门票进了阔大的奥尔菲斯俱乐部的迪斯科舞厅。

我们走进舞厅时那里的迪斯科舞会已进入高潮，在几乎可以容纳上千人的迪斯科广场中到处都涌动着人。他们像触了电似的在音乐的轰鸣中狂舞，像一群奇怪的生物，而在舞场上空的二层围栏后面，也都跳动着人群。在广场中间的乐池上，有几个戴着奇形怪状的面具的家伙在领舞，他们像某种变形虫那样嘶叫着。我的血液中有一种什么东西立即被点燃了，好像我的血管中奔涌的是汽油，我一听到那种山洪暴发似的音乐就蠢蠢欲动，我一下子就跳到了乐池中，我冲着黄红梅叫道："过来，快过来，和我一起蹦啊！把你所有的劲儿都拿出来！"我看到她有些犹疑不定，也许她还并不熟悉这种场合，她像个真的乡下人那样胆怯地向我走来，这使我觉得很有趣。我拉着了她的手："跟上节奏，对，就是这样，跺脚，扭动胯部。摆手，点头，太好了，就这样，跟上节奏！这就是他妈的城市的节奏！"我说，她和我面对面跳了起来，她在适应着鼓点，但我看得出她仍旧不能适应这种群魔乱舞的环境。而这时音乐的声音太狂暴了，简直都可以把屋顶他娘的掀翻。每一个人都在摇动，眼睛里喷吐着火苗，这就是城市的节奏，人们在被挤压的空间下到黑夜里来释放出他们那被压抑住的激情，而明天白天，他们照样会在这绞肉机的城市中，被城市巨大的传送带送上流水线并滚滚向前，哪怕被制成肉罐头也永不停息。我忽然看到有一个穿紧身皮裙的小姐扭动得非常狂放，她的头发飘散开来，像是黑色的蛇一样在空中飘动，她的腰肢柔软，在音乐中扭动如一条漂亮的鳗鱼，她的脸在灯光闪烁中忽隐忽现，她像一个完全的孤独的舞者那样沉浸在自己的颤动中。这简直是一个带电的肉体。我立即挤开人群，来到了她对面，和她对应着狂舞了起来，我使劲儿向前挺动胯部，这一刻我愿意向全世界挺动胯部，因为我有点儿疯狂了。在舞池中央的几个戴面具的人像山猫一样嘶叫着，蹦跳着，这里仿佛是一个奇怪的山洞，什么样的幽灵都在这里起舞。也许这里同时是一个战场，灵魂与暴躁的音乐在厮杀着，我想我的确有点儿忘乎所以了，我像只被通了电的玩具熊一样在人群中抖动，我开始笑了起来，但我却一点儿也听不见我的笑声。

半小时以后，我累了，我跳出舞池走到吧台前要了一杯"龙舌兰日出"，我这时才想起了黄红梅，我开始端着酒杯在舞厅里找她，我从一层找到了二层，我大声地呼喊她的名字，但我却找不到她，她一定是一个人悄悄走了。难道她不喜欢迪斯科舞厅中这些疯狂的人群吗？我一口喝干了那杯像是从蚂蚁体内挤出来的酒，我又挤进了人群，只有在人群中，我才是一个呼吸着的灵魂。一刹那，我几乎可以看见所有人的蓝色灵魂，不，是舞厅中一千多人的蓝色灵魂在音乐中呼啸而来，又呼啸而去，像是一些破碎的星星，又像是一阵有生命的风，在半空中飞来飞去。

五

自从在那次去奥尔菲斯俱乐部跳舞的夜晚之后，有好长时间我都没有再见到过黄红梅了。我们每一个人都很忙，我说过整座城市就是一个巨大的自动绞肉机器，每一个人都在流水线上干他自己的活儿，只是第二天晚上我一回到我的居所，就发现屋子里真的多了一盆文竹，我知道这一定是黄红梅放的，但她没有我的门钥匙，怎么可能在我不在家的时候进门呢？我有些疑惑和恐惧，但我已经管不了那么多了，因为我的休假已经结束了，我将立即投入新的生活洪流中，我还没有说过我在给一个外国佬打工，我是学海商法的，毕业于上海航运学院，毕业后我在中国远洋航运总公司干过一段时间，就在今年早些时候，我毅然地跳了槽，给一个在新加坡和北京都注了册的私人航运业务公司老板——他是克罗地亚人——当狗腿子，而我还指挥着另外的五个人，昼夜不停地为生意奔忙。这个大胡子克罗地亚人叫布耐特，为了躲避战火，他把他一家五口——他有一个漂亮的太太和三个小孩——全都迁到了北京，在北京买了上等的公寓，打算从此就生活在这里了。而我正是他最得力的部门经理。这全归功于我优秀的英语、法律和汉语，但这家伙每月只给我八百美元，如果我做成了大笔买卖我还能再从中分一些，但我希望我能尽早结束这种高级打工的局面。我刚到亚运村的汇宾大厦公司办公室，秘书叫我立即去布耐特办公室。"啊哈亲爱的张，我有事要与你说。"布耐特热情地向我伸过来他挣钱时也同样伸得很快的大手，"请坐，玩得怎么样，这半个月？"

"相当不错。我天天游泳、跳舞、打壁球和保龄球、泡酒吧，再就是在大街上散步，我很快活。"

"好极了，"他说，一边用两只手的指头合拢着互相叩击，"密斯特张，我有一个想法，"他冲我眨了眨眼睛，"一个很好的想法，我想和你签两年合同，每月给你五百美元，"我听到这儿脸色立即变了，"别紧张，我可以一次给你两万美元，这样你就可以去买一套房子了，因为你还没有自己的房子，这是我想到的解决这个问题的最好的办法了。你觉得怎么样？"他微笑着看着我。

买一套房子！这当然是我一直的想法，我的大脑在飞快地运转着，我在计算着合算不合算，这样他每月从我的工资中扣去三百美元，两年就是七千二百美元，实际上还是多给了我一万二千八百美元，但要求我签一个卖身契，在两年之内我的智慧是属于这个克罗地亚人的。"让我想想，老板，我得仔细考虑考虑。"

"好吧，张，给你三天时间。不过我已拟好了一个合同，你先看一看吧？"他笑着递给我一张纸，拍了拍我的肩膀说，"我很信任你，张。"

签不签这个合同？我有点儿拿不定主意，因为我一直想自己开一个公司，自己当老板。但我的确需要尽快买一套房子，因为北京的房子太贵了，至少需要一百万才能买上一套小房子，这对于我来说仍是一个大问题，但我知道布耐特需要我，我对于他来说是一棵摇钱树，我一年就可以为他挣几十万美元，而我仅仅靠打他的国际长途电话、用他的传真机同世界各个地方联系就可以挣这么多，我在中远时有一批老客户散布在全世界，这才是最重要的。但要单干对于我来讲还不是时候。再考虑两天吧。

　　但在随后的几天中我就做砸了一笔生意，有一个安徽佬要运一批东西到美国去，我想尽办法才从韩国给他找了一条船，但当那条船已确定下来，我们开始坐在一起进入实盘谈判时，那个安徽佬却说货再过两个月才能装船。由于已谈了实盘，那艘船已航行在奔赴上海港的路途上了，很快就将抵达上海，那艘船每天待在上海港的费用是六千美元。我真想揍死那个安徽佬，可他却夹起文件走了。看来只好通过法律手段去解决这个问题了，让承租方与包租方去打官司吧，因此这使我的情绪立即变得恶劣了起来。我回到家的时候发现屋子里又多了一盆很大的龟背竹，这是我很喜欢的绿色植物，我的屋子眼看着一点点地逐渐变成一个花园了，这让我多少要好受些。到手的四万又飞走了。我坐在那里觉得很疲劳，我忽然决定给黄红梅打个电话，我立即拨通了桑拿中心的电话，总台小姐告诉我："对不起，黄小姐正在为客人服务。""那请立即转到她的房间里，我是她的亲戚，有急事找她。"

　　"喂，你是谁？"

　　"我找黄红梅小姐。"我立即用假嗓子说，"我听说你按摩得特别好，我想叫你……"

　　"我正为别的客人服务，客人要做三个钟，今天可能不行了，明天你来行吗？你可以告诉我你的名字，明天你可以早一点儿来，先生……"她的声音听上去娇滴滴的。

我挂断了电话，一种厌烦情绪涌了上来，我去打开了一瓶干邑，一口气喝了半瓶。我倒在床上，大口地喘着气，然后我睡着了，开始在睡梦中飞翔。

第二天一早，我找到老板布耐特："我要签那个合同，老板，我决定了。"

大约三个月后的某一天，这座城市骤然被一场鹅毛大雪所笼罩，我忽然接到了黄红梅的电话："我要找你谈一谈，我决定不在这里干了，我想从事餐饮业。我想开个餐馆，你得帮我，因为于胖子说我是个贼！他说我偷了一个人的劳力士手表和一个黄金手链。可我没偷，我绝对没偷！我要离开这里，这是在外面给你打的电话。你能来见见我吗？我在北海公园的后门，于胖子四处找我，他说他要杀我。"

"你待在那里别动，我立即就到。"我说，我刚挂断电话，于胖子就打过来了电话："黄红梅和你联系了吗？"我沉吟了一下说："没有，怎么啦？我好久都没听到她的消息了，她不是在你那里干得很好吗？"

"他娘的，她是一个贼！这几个月有一个书商迷上了她，那家伙也是我的好朋友，他这一段时间天天上我这儿洗桑拿，回都叫黄红梅做按摩。每一次他给她小费就是一千块。可昨天我那哥儿们做完按摩突然发现价值三万多块钱的劳力士手表不见了，还有一条值一万块钱的金手链也不见了。可这些东西他都一直戴在身上的。黄红梅简直像变魔术一样在按摩房里把它们变没了。后来我们就到处找，哪儿也找不到，准是她偷走了。因为她今天突然就走了，只留下一个字条说再不来了。她没与你联系？你瞧你给我介绍的是些什么人……"

"她不可能是贼，这一点我可以肯定，你他妈的要有证据。"我阴沉地说，然后我立即挂断了电话。我的心有点儿乱，我想黄红梅肯定不会干那种事情的，我立即打车去了北海公园的后门。我到了那里看不见一个人影，我站在111路电车站牌下四处张望，根本就看不见黄红梅的鬼影子，我正等得心焦，忽然有人从背后捂住了我的眼睛，一种我十分熟悉的气息冲进了我的鼻子。"放开我，黄红梅，我抓住你了。"我反手抱住了她的腰，她可能觉得有点儿痒，就放开了我。"你胖了，你都吃了些什么东西，几个月不见，脸上尽是肉。"她笑着奚落我，我看见她穿一件米黄色的风衣，她把头发剪短了，口红很鲜艳，正是这个季节最时髦的那种，她的眼睛仍是那么鲜亮，但多了一丝挑逗与狡黠。她越来越像一个漂亮的塑料女郎了，我想。"你在想什么？咱们去公园里走走吧。对了，你喜欢我放在你屋里的花花草草吗？"

"喜欢，可你怎么有我的钥匙的？"

"哈，我趁你没注意悄悄复制了一套，你不会生气吧？"她说。我点了一下头。"没事，"我问她，"于胖子给我打了个电话，他说就是你偷的那个人的劳力士手表和金手链。你真的没拿过那些玩意儿吧？"

她一下子睁大了眼睛。"这怎么可能呢？我怎么会去偷东西！"她立即委屈地掉起了眼泪，"我在你眼中也是个贼吗？"她哭得如同梨花带雨，叫我多少有些心疼。"没偷就算了。你不想再去干了？"我问。

"我讨厌于胖子。他的那些朋友没一个好东西，那个出版商才逗呢，他非要说他爱上了我，他还说要给我买一套房子让我住，他来养我，每次给我小费倒大方极了，但我怎么会爱上他呢。"

"那你爱谁？你爱我吗？"我突然半开玩笑地问了她一句。

"你？"她看着我，目光立即变得有些混沌了，过了好久，她摇了摇头，"不，我喜欢你。我谁也不爱。我喜欢你还不够吗？"她有点儿委屈，拉着我的手松开了，但我又抓住了它。

"够了，"我笑了笑，"你刚才说你要干餐饮业？"

"我手里有三万块钱了，全是我攒下来的小费。不少人对我很大方，这个世界有钱人真是太多了。我要用这笔钱开个餐厅。我想要找个合伙人，你可以给我找个生意合伙人吗？我想开个中式快餐店，我想有一天把它发展成连锁式的，我已想好了一种中式快餐的办法，就叫'天府快餐'，有米饭，然后配上十几种四川风味的菜，然后把它做成现炒现卖的快餐。一定非常火爆。我有这个信心，你说过要一直帮我的，对吧？"

"当然。不过你真的没拿那个人的劳力士手表和金手链？"我突然在公园里一棵柳树下站住了，又问她。她的脸上掠过了一道阴霾："你还是不相信我。你为什么也怀疑我呢？"她向我扬起了脸，脸上凝聚的全是那种一碰即破的忧伤和愤怒，一种没有被理解的哀愁。我想也许是我伤害了她。"对不起，"我说，"只是于胖子也是我的好朋友，我同样也相信他。不过我现在相信你了，好吧？咱们去吃比萨饼吧，算我错了，好不好？"我刮了一下她那颗被冻得红红的鼻头，拉着她向前走去。冬天的北海公园里游人稀少，大地一片苍凉，一种荒寂的美叫我为之动容。"我想起来了一个朋友，他叫张笑，原先在《中国引进报》当记者，后来下海弄了一个'土耳其烧烤店'，干了半年生意却并不怎么样。也许北京人更爱吃汉堡包和比萨饼，他们对土耳其烧烤兴趣不大。张笑上星期还给我打了电话抱怨他的生意清淡。咱们就去找他谈谈吧，也许把他的店盘下来自己干也行。不过你真的想干餐饮？这行当在北京可他妈的竞争激烈极了。你好像只会煎鸡蛋，对吧？"

"你总是小瞧人。我自然会聘厨师的。我在这个城市还有不少小老乡呢。我只是还缺一点钱，你那个朋友如果能合伙就太好了。"她沉思着说。

仅仅几个月，我发现她已经有了很多的变化，她好像已经掌握了对付城市的办法，她开始有了信心。她不再是个面对警察就手足无措的小姑娘了，我看着她心想，一切都在我的预想中发展着，她身上的每一丝变化都是我很关心的。好吧，我想，她很快就当上老板了。"我再也不会去当按摩女了，"坐在出租车里，她若有所思地看着窗外掠过的一座座商场、饭店、公寓楼，看着街上打扮入时的像纸片一样在风中飘动的城市人说，"我讨厌日复一日地去按摩各种男人的身体。他们大多已有了过多的脂肪，都有着过剩的精力，他们因为有钱而对一切都不在乎。我讨厌他们，想到我在为他们服务我就恶心，我再也不用当按摩女了。"她坚定地说。忽然她又把脸转向了我，把她的小手放在了我的手心里，"不过我要为你按摩，我只为你一个人按摩，你说你喜欢中式穴位按摩还是喜欢泰式骨节按摩？"她笑嘻嘻地在我胁下胳肢我起来，我痒得受不了笑了起来，我看着她，我想她作为一件作品正在日趋完美与成熟，她已经逐渐学会了用一种新的眼光来看待事物，她已经有了一套新的价值标准。短短几个月，她已由保姆变成了按摩女，而她马上又要变成餐厅小老板了。在城市的垃圾场中她是善于吸收养分的，她成长得很快，我想，而这得全部归功于我！

六

"你是说开一个'天府快餐'店？你研究过快餐的市场吗？我可没有这个把握，我还是卖我的土耳其烧烤吧，虽然我这里的是假的，因为我请不起真正的土耳其厨师，我不赚钱，但我也不想赔钱，你说呢？"张笑搓着他的手说。我和黄红梅坐在他的土耳其烧烤店的大厅里。这时正是吃饭时间，可饭厅里简直像被人洗劫过了一样，一个人也没有。

"正因为如此，我才要和你合伙。你瞧，现在正是吃晚饭的时间，可你这里却一个人也没有来。这就说明经营思路有问题，对不对？我已全想好了，我这里有一个详细的策划书，要不，你先看看吧。"黄红梅从她的包里掏出了两张纸，递给了张笑。张笑属于那种书生型的人，他由记者摇身一变成了餐厅的经理，但他身上那种儒气仍旧存在，甚至还有些酸气，我想这恰恰就是他经营不善的原因，也许他还是接着去干他的小报记者要更合适些，我想。可当他看完了那两张纸以后脸上涌现出一丝潮红。"我与你合作，我们说干就干，我觉得你的想法很棒，很棒。"张笑忽然像变了个人似的，他立即又像想起来了什么似的，"他奶奶的，没有人来，咱们自己吃还不行吗？服务员，快给我们上烧烤！我要两盘小羊腰子，"他吼叫了起来，"咱们自己吃，对不对？"他沮丧地冲我们说，我和黄红梅都笑了起来。

"你就放心吧，我会很快就叫你赚钱的。你这个地段就很好，不赚钱可太可惜了。对不对？"黄红梅说，她说这话的时候她的手一直握着我的手，我可以感到她的小指的轻轻弹动。"我们立即操作起来，你是董事长，而我是总经理，我入股几万元，我们四六分成，因为你的股份多。"她说，"我们一定会赚钱的。开业那天的新闻发布会还得你们张罗喽？"她把脸转向了我，莞尔一笑。

我继续翻那本黑皮的艺术家画册，我又读到了一个行为艺术家的有趣作品。这是一个德国人，他的行为艺术就是让自己不停地飞到空中去，他每一次都从三楼或二楼的窗户里或者阳台上跳出来，然后在空中伸展躯体，就像真的在空中飞行那样，像一只鸟张开翅膀那样张开双臂，叫人拍一张照片，照片上的他西装革履，真的像一只向上飞的鸟那样停在半空。他的动作的确很漂亮，但有一天他就这么从半空中掉到了地下，然后就摔死了。他就是这么死的，我真为他感到惋惜。可为什么他总是想飞到半空中去呢？他是人，他是没有翅膀的，他不可能就飞到天上去，他不过是在一次又一次地做着徒劳无益的行动而已。但他的确是一个伟大的行为艺术家，就算和谢德庆相比也不差，你觉得呢？

很快地黄红梅和张笑合伙开的"天府酒楼"就开业了，黄红梅负责全面的经营管理，开业那天请了很多人，各种人物全都来了，因为开一个餐馆要涉及工商、税务、房管、供电供水等各个方面，还有我和张笑请来的一帮子新闻记者，这是一帮子又吃又拿的家伙们，红包少了根本就不行。而电视台来的那个家伙尤为可恨，他一接过红包就哗哗地当众点钱，一点儿也不难为情，点完了就立即说："我们还有一位在外面车里没下来呢，你们还得给我一份。"张笑赔着笑脸："那您吃完饭再走对吗？""吃饭？谁吃你那鸟饭，我还有事呢，马上就走，快把那份钱给我！"

由于不让放鞭炮，少了一些喜庆气氛，但门口仍旧摆了很多的花篮，这一刻简直是人来人往、热闹非凡。黄红梅把自己打扮成了一个交际花的模样，她穿一件大红的缎子旗袍，身材窈窕，应酬自如。我向布耐特请了一上午的假，在她这里帮忙，这时候"天府酒楼"已经面目一新，"土耳其烧烤店"的牌子已经摘了下来，整个二层的酒楼披红挂绿，在风中招展。吃饭的时候满满坐了八桌客人。张笑和黄红梅穿梭其间，忽然我看见于胖子也进来了，我立即招呼他坐到了我身边，我看到他阴沉着脸："怎么，看到过去在你那儿打工的现在当了老板心里不高兴？"我对他说。于胖子看着我："这都是你一手策划的吧？"

"是啊，"我笑着看着她，"因为我想当一个行为艺术家，而她就是我的一件作品，我要把她引入城市的舞台，把她塑造成一个新的城市人。你觉得怎么样？"

于胖子看了我许久，突然笑了起来："傻×，我说你真是一个傻×。你要当一个艺术家吗？我一直想当一个一流的表演艺术家的，可我却当上了娱乐业的小老板。到头来你会蛋打鸡飞的，老兄，这个女人不寻常，我早看出来了。你会倒霉的。"

"是吗？"我饶有兴趣地看着她在邻桌一桌桌地敬酒，谈笑风生，收放自如，"你这是肺腑之气吧？我相信，可她现在干得不坏，对不对？你有点儿嫉妒吧，"我把脸上的笑容收住了，"你帮过她，她会牢记的。"

"她不喜欢我，我知道，而且我还知道你也鬼迷心窍了，你被她迷住了，这对你很危险，老兄……"他正说着，黄红梅已经像一阵风一样地卷了过来。"于老板，我很感谢你来参加我们的开业典礼。"她举着一个装满了白酒的小酒杯，"我敬你一杯，谢谢你，你至少教我学会了怎么按摩。那块劳力士手表和那条金手链找到了吗？我猜肯定在某个按摩女的内衣里，但我从来没有拿过它们。"她柔中带刚地说，盯着于胖子，"干了吧？"

"好，他娘的，干！"于胖子一仰脖喝干了那杯酒，然后他奸笑了起来，"可我知道你从不穿内衣，所以你就从没拿过那些东西……"

　　"他喝醉了，我喜欢他说醉话，你要帮我照顾好他哟。"黄红梅不为所动，笑吟吟地为其他人敬酒。于胖子坐了下来，他又干了几杯，然后瞪着眼瞧着我。"可我就是不明白，你为什么要帮这种人，这种打工妹？总有一天她会像苏醒的毒蛇那样咬你一口的，你就等着瞧吧，你到底睡过她没有？嗨，兄弟，你说你睡过她没有？我一直想睡她一下，可碍着你的面子我什么也没干，我要再喝一杯。"他又喝了好几杯，脸红得像个猪肝，"我干妈最近死了，我心里好难过好难过。"他向我怪笑了起来，"而且他娘的有人在搞那个退休的老将军，我不知道我还能不能再当经理了。"我看着于胖子，我也喝了不少，我想我是理解于胖子的，我明白他也不容易，他想当个伟大的丑角的梦想永远也实现不了了，我握住他的手："于胖子，如果我们全被炒了鱿鱼，那我们就一起从卖刀削面开始，我们当然是兄弟。"但于胖子不再听我说什么，他站起来一个人走了。

　　一个小时以后，开业典礼宴会结束了，一时杯盘狼藉，人去楼空。黄红梅松了口气，因为只过了一会儿，客人们便蜂拥着进来，在这栋两层楼中，一层卖各种快餐与小吃，二层则全是包房与大桌，我喝得昏昏沉沉，她把我扶进了一间有床的房间，我就歇在那里睡去了。我睡得很不安稳，我总觉得有人在一边看着我，有一双大眼睛总在半空中悬着，还带着一线爱怜与叹息。我挣扎着睁开眼睛，但我眼前是一片空茫，一双手给我盖上了一件衣服，然后我睡着了。

七

我们一起并肩在长安街上走，迎面吹来了猛烈的西北风，这是北京的冬天，这是一座冬天里冰冷的城市，我和她都穿着风衣，在风中竖起了领子，我请她在北京饭店对面的一家南北风味的餐馆吃了羊肉泡馍，然后决定在大街上走一走。当我们穿越一个过街通道的时候，有一群拿着玫瑰花的小姑娘都围了上来。"叔叔，给你漂亮的女朋友买枝玫瑰吧！"一张张脏乎乎但有一双闪亮的眼睛的小脸望着你，我笑了笑，看了一眼黄红梅，按每枝两元钱的价格买了九枝玫瑰，我把它们递给了她，她的眼睛里闪动着从未有过的激动。"它们太美啦，"她说，"我就喜欢花，可我不喜欢她们在这里卖花。她们的父母都是外地人，为了生存不让她们上学，却叫她们来卖花。等我挣了钱，一定要叫这些失学的孩子全都能上学，再也不用到街上来卖花了。我小时候多像她们呀。"她凝视着远去的女孩子们对我说。

在经过一个过街通道时，我们看见有一对瞎子夫妇在卖艺，那个女的拉手风琴，而那个男人则拿着话筒在唱歌，他们唱的好像是《涛声依旧》，城市人行色匆匆，谁也没有理会他们，可黄红梅却拉住我的手站在那里听了一会儿："我爸爸也是一个盲人，可他已经死了，他多像我爸爸呀！”她说着就掏出了十元钱，放到了那个瞎女人眼前的毯子上。“我们走吧，我觉得有点儿不好受，看到那些卖花女孩和盲艺人，我就想起了我自己。我们快离开这里吧。”她央求我似的拉我向台阶走去。我们很快就来到了地面上，城市已经被黑夜所笼罩，但城市的冬夜凝重多于浪漫，所有的人都行色匆匆。她的天府酒楼开业以来，生意兴隆，每个月都净赚十几万元，而且她已开始在西四开了一家新的快餐分店，连我都佩服她的经营手段，我不知道她怎么会有这么大的潜力。也许有些人就是这样，一旦你给了她机会，她就会给你扮演好任何一个角色。我想起来于胖子对我说的话，“这个女人不寻常”。她当然不寻常了，我笑了起来，因为从一开始她就是我的作品。“你在笑什么？你是不是在笑我的发音？我的普通话说得够好的了，对吧？”她假装恼恨地对我说。这几个月我一见到她就给她纠正发音，她的普通话越来越纯正了，她正在变成一个北京人了。“下一步你怎么打算的？”我问她。

　　“下一步？我打算开上二十家快餐分店，遍布北京城的各个城区，与麦当劳、肯德基、意大利比萨饼、北京烤鸭这些店争一个高低。我就不信中式快餐打不过西式快餐，而且同时我也要再搞一个高档酒楼，因为川菜是大众菜，不像粤菜价格高，我要把它们都开起来。当然这仍旧需要钱。不过半年以后这一切都可办到了，只要有你帮忙，我的想法就可以实现，我当然会干得更好。”她柔情蜜意地抱住我亲了我一下。这使我相当快活。我决定去西单商场的电子游艺厅玩玩电子游戏机，我就带着她兴致勃勃地玩了一会儿游戏机，开飞机、赛车、拳击、枪战这种老套子我全都玩腻了，但我发现有一种更好玩的游戏，有一个日本人玩得很开心，那是一个奇幻的世界，在这个世界中，空中飞舞着巨石，地上倏忽冒出一些蘑菇类的怪物，空中也会突然出现奇怪的云彩和飞行的大蜈蚣，这个电子游戏程序如同小说家博尔赫斯笔下的迷宫一样，奇幻、神秘而又刺激，我就坐在飞来飞去的座椅上，快活地过了一关又一关，一会儿两百多块钱就给玩进去了。黄红梅就在一边欣赏着我的战斗。但当我打完了所有的币时，我突然感到一种深深的厌倦袭来，我觉得我越来越像是一个平面人了，我竟然沉溺到这种游戏中而陶醉万分。我还是一个学过海商法的英文相当过硬的外企白领吗？我情绪变化相当快，我拉着她向外走的时候她关切地问我："你怎么啦？你好像哪儿有点儿不太舒服，不要紧吧？"

"没事儿，周期性厌烦症发作而已。我要回去。"我说。我们坐着电梯下楼，整个商场之中到处都是物品，需要人们去购买！去享用！到处都是物质，人人都在拼命生产，又都在拼命地消费，可这些人忙碌的最终结果又是什么呢？这个世界上不过是多了一堆又一堆的垃圾与大便。想到这一点我更感到厌烦了，我决定尽快回家去，否则这个物质世界会一口吞吃了我。"明天是你的生日，你忘了吧？我要给你过一个生日。你总是抱怨我老是在你不在家的时候去你那里，可明天这种情况就有所改变啦。一大早我就到你那里去，你只管上你的班，下午回来你就会吃上我为你做的真正四川风味的饭菜了。行吗？"在出租车里她伏在我的耳边热烈地说。这使我猛然一惊，我已经二十八岁了，我想到我已经虚度光阴多年。

1月3号我下了班一回到屋子里，黄红梅真的像她说的坐在那里等我。她穿着一身白色的三件套，全身是雪白的只是在胸前别了一朵鲜红的花，她笑吟吟地看着我："你回来啦！"她立即像变魔术一样给我端上来一桌子丰盛的佳肴，我全都叫不上名字，它们花样繁多令我眼花缭乱，它们全都用小盘来盛装，我明白这里面隐含着不许浪费的意图，她今天可能是刻意打扮了一下，她那样子简直像朴素高洁的天鹅一样叫我头晕眼花，我承认我其实在内心之中早已经爱上了她，虽然我喜欢我的孤独，当我像一个艺术家那样以城市为环境来雕刻她时，作为我的艺术品我越来越喜欢她了，我喜欢她身上渐渐起的变化，那是一种远离乡村与小地方的气质与经验，正在与这个城市的风貌相吻合。她又为我端出了一个小型蛋糕，上面插了一大堆彩色的小蜡烛，我走过去隔着桌子亲了一下她的额头："谢谢你。"我的眼睛里燃烧着喜悦，我忘掉了我劳碌了一天的租船找船的业务，它们刚才还像一团乱麻一样在我的脑海里纠缠不休，我洗了手然后重新坐下来，我想到我已经二十八岁了，我既幸福又悲哀，如同每一个过生日的人那样。我吹灭了蜡烛，和她分吃了蛋糕，我和她品尝了她做的那些精美的川味饭菜。我觉得这一天应该在一种静默之中度过，因此我一直没有说话，只是我们的眼睛都特别亮，屋子里柔和的光线铺在我们的身上，那些花草在昏暗的灯光之中则显得生机盎然，这一切全是她为我带来的，我想。过了一会儿，音乐声响了起来，我拉着她的手跳了起来，那是恩雅的极其舒缓的曲子，我们跳得很慢，但内心里充满了激情，这时候一切仍旧是静默的，可一种强大的力量俘获了我，我一把把她紧紧地抱住了，她噫地叫了一声，我已将她抱了起来，像捧着一架竖琴一样向床走去。我把她放在了床上，我给我自己脱衣服，也给她脱衣服，一直到她真的像一件雕刻出的作品呈献在我面前的时候，我和她紧紧拥抱了，可她突然说："我要给你按摩，今天我做最后一次按摩，是特为你做的。"我伏在枕头上，她开始给我做柔和的中式按摩。我觉得我就像一团棉花一样在飘飞不定。我浑身酥软了，但我的那玩意儿却硬得不行，我翻身就把她压在了身下。这一刻是大海起伏的时候，起风了，波浪一浪又一浪地涌过来，我们的身体像两道完美的海浪那样在运动，海啸也产生了，在我的胸膛和她的乳房之间共鸣，那的确是完美的一刻，在这之前我从来没有体验过性的完美的快乐，在这时我和我的作品合二为一，雕刻师和他的生动的雕塑合为一体，我们互相寻找与迷恋，彼此都像个老手那样不停地变换着体位，激情与死亡的意识在大脑深处奔涌。在激情来临的时刻我们像撕咬的兽类那样厮杀与奔腾，她在嘶喊中哭了。

激情过后，她停住了哭泣，我们仍旧长久地吻在一起。这仍旧是雕刻家和他的雕像之间的吻，那是一种爱恋与自恋，一种复杂的感情。她在我耳边喃喃地说："多年以前我就生活在医院里，那是一座潮湿的医院，在医院的一间屋子里，到处都是人的各种器官沉浸在福尔马林溶液中，我忘不了的是很多男人和女人的头颅漂浮在那种液体里，他们都睁着空洞的眼睛在看着我，这使我体验到一种既甜蜜而又恐惧的情感。我害怕这些头颅，但有一种力量却又引导我天天去那里看那些头颅。它们很快成了我的好朋友，因为在整个少女时代我并没有什么朋友。而那时我一直没有弄明白的是一些液体中浸泡的是些什么东西。它们总是那么奇怪，它们长成那个样子是为了什么？我一直弄不明白，直到我父亲的死给了我震撼。人死去就是永远消失了，我再也见不到他了。我是那样孤独，我的母亲是个医生，受她的影响我也喜欢上了医学。我从护理专科学校毕业后就日益地渴望外面的世界，我每一天都想着离开我生活的那个小地方，我越来越讨厌那里了。我父亲的死以及那些浸泡在福尔马林溶液里的头颅都驱使我尽早离开那里。我是一个最喜欢做梦的女人，我在梦中爱过很多男人，可醒来之后发现是我自己的手夹在我的双腿之间。我终于来到了北京，我就像是一块木板一样漂浮在这座城市中，我有着很多的梦想，但我却没有机会去实现它们。城市就像对待一个敌人那样对待我，我根本没有力量去面对它，而这时你出现了，你说要帮我，于是你就真的帮了我，使我自己也明白我自己可以干很多我想干的事，我原本什么都会的，我从来都是一个能实现梦想的人。我还有不少想法，而正是你给我带来了好运，我只可能信任你，我不相信任何一个人，我已经明白了这座城市的真谛，是你激活了我内心的欲望，它们已经像野兽一样地闯了出来，犹如洪水决堤，我一点办法也没有，我决定去实现它。可我也许最终会伤害你，我唯一信任的人，最终也许我会变成一个陌生人，一个你从来也不认识的人，但我毫无办法……"她喃喃自语，她的手在我的肌肤上一寸一寸地轻柔地抚摸着，而且她还在哭泣，这如同她一个人在游戏一样，她在进行着哭泣的游戏，但我已经睡着了。我梦见我行走在一座鲜艳的城市中，城市里所有的建筑都被阳光覆盖，我一个人走在大街上，可是奇怪的是几乎很多人都向我投来了惊异的目光，我这才发现我手里拿着一节绳子，这节绳子的尽头拴着一个气球，可这个气球又好像是一个人头，是一个笑吟吟的大眼睛女孩的头颅。我是拎着一颗头颅还是拎着一个气球？我弄不明白，但我已经有些恐慌了，我一松手，那个头颅气球就飞快地向空中飞升而去，我抓不着她了，可她是谁呢？那张脸我是如此熟悉……

八

如何来描述北京这样一座城市呢？面对日益地变化着的它我感到有些困难，北京完全是立体的、多层面的，它无比丰富，如同一片海洋一样容纳了各种各样的生物，各种各样的人欢欣地在这里生长，我发觉北京比其他城市更宽容，更具包容性，其实这里几乎没有几个人是真正的北京人。那些满嘴京腔的人，只要上溯两代，他的祖籍立即就变成了外地人，即使是居住在北京上百年的满族人也是明代末年从关外杀进来的。正因为北京能够比上海或者天津更加包容外来人，就像历史学家汤因比所说的"异族入侵带来新鲜血液"的观点，各个时代涌入北京的外来人给这座古老的城市带来了永久的活力，那是一种常新的液体，在城市之中涌动。去描述北京使我显得为难，因为北京正在日益分层，如同拉开一个长长的散兵线那样，这座城市的富人与穷人之间的差距几乎是一个天文数字。你想一个月收入两百元的工人家庭和拥有价值数百万美元的富豪相距有多远？有资料显示，1992年以来才开始在北京的几个郊区、县兴建的别墅竟达一万座！而且其中有百分之六十的已经建成并开始进入销售期，在1996年还有百分之四十的别墅在售出，而这些别墅的主人都是一些什么人呢？当我默默地站在公寓楼里望向黑暗笼罩下的在黑暗大地上铺开来的灯火辉煌的北京时，我仍旧可以为它而感到惊愕，我不过是它上空飘浮的一粒微尘，我也许从来都不是它的主人。就在昨天，我在建国门外大街的比萨饼店吃比萨饼的时候，和邻座的一个外国人聊了起来，这是一个金发蓝眼的小伙子，当我问他是哪里人的时候，他却告诉我他是北京人，看到我诧异的目光，他说他绝对是北京人。"我在北京买了房子，我的老婆也从美国来到了北京。我在这座城市生下了两个孩子。他们是在同仁医院生下来的，我当然是北京人！"

他叫戴维·罗比，像他这样在北京购买了公寓房的外国人有五十万人之多！加上家属，在北京常年生活流动的外籍人士就有六十万人！当然北京有着如此众多的酒店和高档公寓楼，而北京的房地产价格也像漂亮姑娘的长筒袜一样高得吓人。在这样的城市中生活，机会随处可见，可同样也到处都是有才能的人，还有野心家和梦想家，他们都想到这里来捞上一把，有的使出浑身解数，不过在机关里混了个刀笔小吏，而有的则胆大妄为，在这座城市盘根错节的人际关系的钢丝网上跳舞，四处逢源。这样一座城市，如同一个巨大的细菌培养基，只要有一点儿水和阳光之类的玩意儿，那些各种活跃的东西就呈放射状开始繁殖。这座城市是一个什么样的形象？它是一个盲目的巨人，一个自大的瞎子，它是一座轮盘城市，它的所有的高楼大厦都是积木一样的玩意儿，你可以在想象中恶毒地推翻它们，让它在一瞬间彻底垮掉，当然这是那些在这里没有捞到过多少好处的人的想法，更多的人则同意这座城市是一座轮盘城市的说法，它招呼着每一个人都到它这里来下注：来吧！来吧！你们都来下注吧！因而一下子吸引了三百多万人盲目地来下注，每天都像输红了眼的赌徒那样在这座城市中窜来窜去，可人数却从来也不减少，一些人滚开了，另一些人则又扛着梦想来到了这里，周而复始，永不休止。

当我凝望这座城市时我内心之中充满了复杂的感情。就像我面对黄红梅时一样，我和城市都在互相塑造，说不清谁是谁的作品，谁的准则要更正确，在这座古筝与摇滚乐同时奏响、乞丐与富豪同时走在大街上、贩卖婴儿的罪犯与倒卖理想的人一同在电视上露面的城市中，好像有一把伸入天空的梯子，在这梯子的上端有着上好的风景，那些来这里的人则从下往上爬，从各个方向向上爬呀爬呀，他们一边丧失一边得到，但他们乐此不疲，就那样靠着欲望的火箭推力器在向上运动，向那美丽的月亮山爬去，我站在那里，好像真的看见了这样一群向上爬动的人群，他们如同庞大的蚁群，卑微而又密集，构成了蠕动的一条长河，向着黑暗的高空滚滚而去。

从那天以后，我突然和黄红梅更近了一步，这种变化是那样微妙，以至于我都有些手足无措、无所适从。当她一天天按照她自己的想法，在这座城市中靠我的推动发展与变化的时候，我，把她当作我的作品的人，却渐渐地对她产生了迷恋的情感。情感的火焰是可怕的，一旦燃烧，它就是蓝色的，它可以把那些钢条都烧断，可不幸的是在我的内心之中就产生出了这种火焰，突然有一天，我的胸口发烫，我就看见了那种蓝色火焰。而这个时代，性游戏却使爱凋零，当性变得像商品一样可以交换的时候，爱的火焰早就被一泡尿淋湿了。爱是被亵渎的纯真的孩子，你很难叫他重新露出未被伤害的笑脸。我渐渐变得像一个雕刻家迷恋他的雕刻作品那样，我对黄红梅身心的每一丝变化都感到心醉神迷。她越来越像我设计中的她，这个她是性感的、机智而又充满活力的，冷漠而又热烈、高雅却不脱俗，善与恶都协调地统一在她身上，总之她就是一个弄明白了城市的法则的人。我决定帮助她走得更远，而她和张笑开的天府酒楼生意兴隆，一切也像她设计的那样，在短短几个月中，她就开了八家连锁的"天府快餐"店，将四川风味的佳肴快餐化，在与麦当劳、肯德基和比萨饼、北京烤鸭快餐、加州牛肉面进行了一番激烈竞争之后，获得自己在快餐领域中的营业份额，并且把另一家雄心勃勃，打算在北京开设连锁店的"西安饺子宴"快餐店击垮，让它变成了龟缩在城市角落里的老鼠。黄红梅纵横开阖、应酬自如，除去我给她介绍的各种关系以外，她又认识了更多的人，他们全都围着她在团团转，而她仍像个按摩师那样，舞动她的手指头，把他们指挥得服服帖帖。在对待男人方面，她已越来越成熟了。我不能不承认她明白了什么是虚伪，并以虚伪为武器来对待各种各样的人，每周六她都要和我在一起，我们共度周末，并一起商定彼此面对的新的问题与处境，找出解决的办法。在我的眼睛里，在很多人的眼睛里，她都越变越漂亮，几乎是某种象征。当然这时候我更喜欢她，我喜欢她一往无前地向她的目标挺进。在第二年的夏天，北京一家地方性报纸以整版的篇幅报道了她在这座城市的成功史。她是如何很快由一个打工妹变成了一个年收入可达百万元的餐饮业管理人员。那篇报道引发了一连串的反应，更多的人都知道了她，拿她当作这座城市中树立起来的新的形象，很多人都慕名去她的酒楼吃饭，而她已将酒楼改成了分四个层次的高档餐饮设施，最高级的一桌几千元、上万元，甚至还可以吃到由金子打制的薄饼，而且的确是纯金的，如果你掏得起钱她这里就有。每天，她的酒楼都从南方直接用飞机运来各种海鲜、龙虾和各种新鲜的南方水果，只要你想吃，刚才还活灵活现的蟒蛇立即就变成了一道菜。由于来吃饭的人太多，必须先订餐才有可能在"天府美食城"里吃上一顿，越来越多的记者都来报道她，把她称为这座城市勤勉发家的典范，而这些，全都是由我一手策划的那篇长篇报告文学引发的。我是进行了第一次推动的人，于是接下来，哗的一下，世界就像个永动器一样动个没完了，而这一切只对她的生意有好处，她会因此而赚更多的钱。有一天，那仍旧是一个星期六，在我的公寓楼里，我们热烈而又温柔地做爱，然后我告诉她我和老板签了合同，我的老板掏钱给我买的期房已经盖好了，明天就可以给我交钥匙。"那是一套很大的两室一厅，客厅有三十平方米那么大，我都可以在里面自由地翻跟斗，我们明天就去看房子吧，然后我们就搬在一起住，好吗？"我把嘴唇从她如樱花一样美妙的胸脯上挪开时这么对她说。"好的，我们去看房子，然后，我就做你的新娘，做你的新娘，因为我已经离不开你了。"她说。她说这话时透出一股子玩笑劲儿和对爱情的嘲讽，这我可听出来了。

"怎么，你不愿意和我一起住？难道，难道我们不相爱吗？"我问她。

她躺在那里。"我当然，当然爱你。只是，我不能和你住在一起。我还不想结婚。我还有好多想法没有实现。我得朝前走。我在这座城市的公众面前已经树立了一个形象，我可不能让这个形象自己消亡，我得保持它。我们住在一起还为时太早，总有一天，只要你召唤一声，我就会到你的身边来。"她温柔地抚摸着安慰我说，"我马上要去当一个新的娱乐城的总经理了。有一个北京人投了巨资，我要扮演的角色太多了。"

我沉默了一会儿，我想起了我内心中飘动着的那些蓝色的火苗，我想如果我几天都见不到她一次我就会发疯的。我突然发现其实她早已经发生了变化。她与去年我刚刚在崇文门大街上第一次见到她时已完全是两个人，现在她已成了一个拥有巨额存款的女人，一个成功的年轻漂亮的女人，我已使出了我全部的力气将她向前推了很远，如同上升的火箭一样，在推动卫星进入预定轨道之后火箭就自行脱落了。我突然觉得我就是那个助推火箭，当她在这座城市中已进入她预定的轨道之后，我的使命已宣告完成。我有一种不祥的预感，因为我心中那蓝色的火焰在灼烧着我。我明白当我原地踏步的时候，她早已向前飞跃了。"你说你要去当娱乐城的总经理？"我忽然问了她一句。

"对，有一个很有背景的人开了一家公爵娱乐城，那是一家很大的俱乐部性质的豪华娱乐城。我要去当总经理了。"她说，"可餐饮我也不会放手的。"她的目光盯在天花板，仿佛看到了很远的未来，"一旦我把什么抓在手里，我就不会放松。"

"可你会离开我，"我突然变软弱了，我说，"你会离开我，我刚刚意识到这一点……"

"这怎么可能？"她吃惊地瞪大眼睛看着我，"我全靠你的帮忙才有了今天！你说你想要多少钱？要多少钱我都给你。你怎么会那样想！"她尖叫了起来。

"我不会要你的钱的。"我说，"我也有自己的办法去挣钱，只是你肯定要离开我了。"

"别这样说好不好？"她突然哭了，她坐起来拥抱住我，"好吧，我明天就和你去看新房子，好不好？"

"好吧。"我阴郁地说。

九

　　我忽然有了一种危机感，这是在和黄红梅一起去亚运村正北六公里的丽水桥王子花园看了我的新房子之后。"这房子太小了，我住在这里会不舒服的。"她如此评价道。我不露声色："那你想住在什么样的房子里？"我知道最近几个月她大多数时间都住在三星级的亚洲大酒店里，她已经熟悉了星级酒店的全套服务。"我想自己盖房，盖那种很大的、真正的别墅。我已看了地皮，也在这附近，这里坐北朝南，压着龙脉，是最好的地方了。我要在这里盖最好的房子。"她向前走了几步，在靠近阳台的窗户边这么说。

　　"这么说你不喜欢我这套房子？"我偏头问她。

　　"它太小了。"她懒懒地说，"我喜欢很大很大的房子。"

　　"这是我买的房子，你说你真的不喜欢这套房子？"我仍旧偏着头问她。

　　"我要盖最好的房子，到时候我叫你住我盖的……"

　　"这不可能，"我铁青着脸，"请你从这里走开吧，立即，我不想再见到你了。请立即从这里走出去。"

　　她的脸色也骤然变了，她呆住了，过了一会儿，她凑近地说："你说叫我走开？"

　　"对。"我面无表情地盯着她，盯着这个我如此熟悉却又是如此陌生的漂亮女人的脸和眼睛。

"……好，我走，只是，我就再也不会回来啦……"她凄然地说。其实她早想这样了，我想。

"随便，"我说，"你走吧，就现在。"她又看了我一眼，突然横下了心似的拿起包朝外走去，她关上了门。我站在空荡荡的屋子里叹了一口气，泪流满面。

要让我灭掉我内心的那蓝色火焰会有多么难！到今天我才发觉我其实是非常虚弱的，我是一个非常脆弱的男人，因为我竟然会喜欢上了我自己所塑造的作品，这个作品就是黄红梅，她的每一丝变化都叫我感到赏心悦目，这全是这座城市所赋予的，但我一步步将她引向这座城市广阔的社会场景中时，她自己发现了自己的潜力与前途，她开始渐渐有了自己的社交圈子，她有了她自己的方向！但到目前为止她还没像冻僵的蛇一样咬我一口，而且我猜想今后她也不会，但也许我就要失去她了，因为她从我自己花钱买的房子里走了出去，我发现也许我还完全算不上是城市的主人，因为有更为阔大的远方图景在召唤着每一个人，那是欲望的旗帜在人们头上高高飘扬，我觉得我还不行，我不过是一个高级打工族罢了，我明白我必须赚更多的钱才会拥有自尊，拥有在黄红梅面前已日益萎缩下去的自尊，我必须赚更多的钱！这是首要的问题。也许我应该提前行动了，我想。

我立即在银行里新设了两个美元账户，而且用的都是假名。我决定铤而走险，在布耐特的公司里为自己做事，而实际上本来我就是他的一棵摇钱树，要没有我，这个克罗地亚笨蛋根本就挣不了多少钱，尽管他自称他干过二十年航运。我开始用我自己过去建立的遍布全世界远洋运输业的老关系，在替布耐特做生意的时候，打着他的公司的旗号为自己做了几笔。我想我必须在三个月内让自己的存款达到六位数，而这是可能的，于是我就悄悄地开始干了，这就是商业社会，我要用我的大胆来把握我的命运。我隐约可以记起在黄红梅的眼角残存的一丝轻蔑，那是她不经意所流露的，当我作为这座城市新主人的光环一点点地消失的时候，我在她的眼中已正在变成一个平淡无奇的人。而这恰恰是我不能接受与容忍的，我必须赢得她，一个外省女子的持久的敬佩！一个雕塑家反被他塑造的作品看不起，这是我绝对受不了的。

我一直没有再与她联系，有时候我在手机上接到了她打来的电话，当我听出来是她的声音的时候我立即就挂断了。我有时候仍旧可以从电视屏幕和报纸上见到她的身影与消息，在中央台与北京台的有关她的两个专题节目中，她谈笑风生、神采飞扬，她好像真的已经成了千万富翁似的，电视台也把她当作在城市成功的外地打工妹来宣传，她成了新时代的一个榜样！你想想看，一个只受过中等教育的西南边远省区的干过护士的女孩在北京，用不到一年的时间就有了上百万的资产，并成了一个快餐业的行家，而她连二十五岁还不到。我阴沉地看着电视上的她，我觉得那的确是另一个她，这是一个新的当代神话形象。她一会儿给希望工程捐款，一会儿又援助养老院的老人，再不就给儿童福利院来一个"月饼大派送"，总之她已明白如何充分地利用好新闻媒介来为她做宣传，她从公益广告中捞取了更多的好处，这只会使她的生意兴隆。而有一天电视上的一个镜头叫我深深地为之吸引了。那是一个MTV音乐节目，是一首叫《物质女孩》的歌，一个二十岁的女歌手在一家庞大的娱乐城中唱这首歌，而那座金碧辉煌、内部装修也无比华丽的娱乐城正是公爵娱乐城！这个"物质女孩"穿着黑色皮裙，在性感的歌声中在娱乐城中穿梭流过，那灯光变幻的舞厅、幽暗的卡拉OK包间、英美式台球健身室以及晶光亮丽的酒吧成了这个歌手歌唱的背景，那些在那里醉生梦死的人的脸倏忽隐现，在拉远又拉近的镜头变焦中变得虚无了。这是一群沉溺于物质中的人们，也许他们的灵魂早已不知去向。黄红梅就在这样的地方当总经理，那简直是生活在繁华的噩梦中。

可是不管怎样，我自己的账户上的钱款却在迅速增加着，这当然使我感到高兴。我希望我能用钱重新买回面子，取回被别人拽走的自尊心。有一天布耐特约我去希尔顿酒店喝咖啡，他妻子最近病了，这使他心烦意乱，也许他打算叫我多为他干点儿什么，或者他打算和妻子一起回欧洲度假？要知道冬天已接近尾声，春天都快要来了。布耐特为我们要了两杯爱尔兰咖啡，他刚刚从新加坡回来，在那里他见到了德国籍的大老板。

"张，我很欣赏你，你是一个很有能力的年轻人，我向伯吉斯先生热情地汇报了你的成绩，他也很高兴。"布耐特用他宽宽的肩膀向我耸了几下，"你说那个女的在干什么？"

我顺着他的目光看去，只见十米远的另一个桌子边，有一个浓妆艳抹的中国女孩一边翻着一本英文辞典，一边和一个黄头发外国小伙子谈话。"也许她在拉客，"我笑了起来，"布耐特，我的老板，你怎么突然会关心起这个来了？"

"让我们看看她能不能成交。"他饶有兴味地看着他们说。我也不说话，我也看过去。那个拿着英文辞典的女孩与那个外国佬交谈了几个回合，两个人都点了点头，然后拿起衣服站起身向外走。"成交了，"布耐特说，"他们用了十分钟，终于成交了。"

我把目光收回来："可你今天一定要和我谈些什么事吗？"

"因为你也与人成交了，"他突然变得严肃了起来，那种斯拉夫人特有的八字胡子都要向上翘起来，"你可以告诉我，你自己的账户上已经有了多少钱，你自己刚刚得到的钱？"

我一下子就明白他发现了我的行迹，我突然变得颓丧了起来："布耐特，你……你怎么知道我自己有账户？"我知道我无法向他撒谎。

"我去新加坡时见到了一个英国人，他说他刚汇了一笔钱给我们的公司，可我的账户上什么也没有。他告诉我他与你做成了那笔生意。你从这笔生意中挣了多少？"他严厉地对我说。

"好吧，二万五千美元，还有五千美元我返还给他了，布耐特，我是做错了，你惩罚我吧……"

"你明天就得把这笔钱交给我。从明天起，你不用在我这里干了，我已向伯吉斯先生说了这件事，他希望在不诉诸法律之前让你把钱交出来，然后就炒你鱿鱼。"

"……好吧。可是布耐特，我还想在这里干……"

"你自己会干得更好，事实已经证明了这一点，"他虚伪地拍了拍我的肩膀，"我们之间的那个两年的合同可以废止了，但有一点，"他顿了一下，"给你买房的两万美元，由于你已买下了那套房子，我们就不再要了。这是公司对你的最后的报答，好吧，明天你把钱拿回来，我是说那二万五千美元。然后，你可以走了。再见。"布耐特微笑着站起身。

我知道我完了，我在第二天就把我账户上悄悄地挣的钱还给了布耐特的公司，我走在东三环那一片豪华的写字楼与商屋的楼群之中突然感到我是一个失败者。我除了有了那套离城区十五公里的公寓房，我现在口袋里只有几百块钱。这座城市一瞬间就叫我成了个穷人。在一年多以前我选择从国有企业、从体制内的企业中毅然跳出来的时候，我可没有完全承受体制外压力的心理准备。我茫然地一个人走在繁华的燕莎购物中心中，随着那些欢快地购物的人们上下楼，可我自己却很麻木。这时候我非常想见到黄红梅，我必须向她倾诉，我渴望这时能有一个人安慰我，使我重新开始，去进行新的应聘。我立即给她的娱乐城打了电话，我说："我要见你，今天晚上五点钟，在中国大饭店的大堂里。我很烦，我被老板炒鱿鱼了。我想和你说说话……"

"好吧……我很忙，但我会来见你的。你怎么会这样？"

我们坐在中国大饭店的大堂酒吧里，我口袋只剩下喝咖啡的钱了。她坐在我的对面。"那你下一步会怎么样？"她有点儿慵懒地问我，"为这种事你都经受不住，你什么时候变得这么脆弱了？"

"我想去摩托罗拉公司试一试，我当然得去不断地应聘，我外语好，这不成问题。但我感到很痛苦，我想要一个家，我太累了，我觉得我应该有个家了。你愿意嫁给我吗？"我盯着她认真地说。我不知道我是不是有点儿不对劲。

　　她也盯着我看了一小会儿，那目光之中充满了审视、游移和评判，她伸出了一只手，把它放在我的手上，柔情地抚摸着我的手："你真的想娶我？"

　　"是的，完全是真的。"我肯定地说。

　　"嘻，你失意的时候就想到女人了。你太脆弱了，那天你叫我走出你的公寓，我就决心再也不靠近你了。我不会叫自己难堪。"

　　"可，可是你不喜欢我的房子，你嫌它太小的呀！"她这真是倒打一耙，我想。

　　她收回去了那只手。"但我不会再靠近你了，"她漠然地说，"我感谢你，但今后我会用其他方式来表达。如果你缺钱，就到我这里来拿，好吗？今天晚上我有点儿急事，我得先走了。"

　　她站了起来，整理了一下她的西服套裙，这裙子使她看上去像个职业妇女。"保持联系。"她几乎是冷漠地握了握我的手，大步向外走去。

　　我立即付了账，赶紧跟在她后面："可是，黄红梅，我爱你，我要娶你，这我已决定了……"我们来到了屋外，那是中国大饭店高高的停车台，它如同航空母舰的甲板一样宽阔，这时天已经黑了，四周全是璀璨的灯光，照亮那一排排豪华的汽车。我跟在她后面，我从后面抱住了她："你跟我走吧，我需要你……"这时从三十米外开过来一辆黑色的轿车，这是一艘跑起来悄无声息的巡洋舰一样的汽车，它在离我们五米远的地方停了下来，从车上下来了三个男人，两个膀大腰圆，一个冷峻傲慢，那个男人有三十出头，他穿一件暗色的风衣："我们走吧，黄红梅，那小子是谁？让他滚开！他怎么抱着你？真见鬼！"

黄红梅奋力地挣开了臂膀，在我身边悄声说："你千万别惹他们。他们是黑道上的，你快走吧。"这时那两个保镖已经扑了过来，企图把我扯开，可我却给了其中一个人一拳，但黄红梅已向车走去，她在钻进汽车的时候回头看了一眼，那一瞬间目光之中有一丝爱怜，但她还是和那个家伙钻了进去。这是一辆奔驰560型轿车，我被两个保镖用力地向后推去，我跌倒在了水泥地上，汽车尾气喷了我一脸，它立即就开走了。我站了起来，茫然地看着周围的一切，这里全是高楼大厦，可我的心都碎了，我可以听见我头顶掠过的城市风声，那样巨大而又孤独。我这一刻想把整座城市都推倒，可我自己却连站也站不稳。

十

在摩托罗拉和诺基亚电信公司在北京的中层部门经理人员招聘中我败下阵来，强中自有强中手，北京这座该死的城市人才多得像夏天的苍蝇，如果城市是一块肥肉，那么它们就从四面八方都来到这儿来叮咬这块肥肉，谁也不让谁。当你变成了一个没有职业的人，那种滋味可不好受，但我想我必须挺住，我琢磨也许可以待在我买下的房子里，只要有一部传真机和一部国际长途，我就可以做起皮包的远洋运输生意了，可我却连买一台普通传真机的钱都没有了，我的信用卡都已透支，这是我去自动取款机上取零花钱时发现的，而我的手提电话也因为没有按时交费被停机了。因此，当每一个夜晚，我走在城市的边缘地带的一座立交桥下时，我感受到城市的喘息，我感到它这时就如同一只猛兽，准备随时将我扑倒咬死。我在"蓝月亮"酒吧喝了很多酒，这时候酒对我来说是很好的镇静剂，不一会儿我就喝醉了，我摇晃着出了门，脚下是发飘的大地，我想到我在一直跳着舞，我打了一辆车。"他娘的，把我拉到公爵娱乐城去。"我一边打着酒嗝，一边看着窗外飞逝的城市街景，却感到这一切很陌生。我通过朋友查车员，弄明白了那天在中国大饭店用一辆奔驰560把黄红梅接走的那个人的情况。他叫王保，在几年前因为倒卖武器被关进监狱过，可他现在又出来了，王保现在一直在经营着神秘的生意，大体上是一个黑道人物。而黄红梅却已经同这样的人搞在一起了，说不定还上床了呢。我冷笑着想，我根本不想见到黄红梅，但汽车却已把我拉到了那里，我下了车，摇晃着向欧陆式风格的豪华的公爵娱乐城走去，我一把推开了要拦住我的门卫，这类二狗子是我平生最讨厌的东西了。"走开，我是你们经理的朋友，是她请我来的。"我闯了进去，但我的脚下发飘，我几乎都有点儿站不稳，这座娱乐城简直像个小型迷宫。我想它也许是专门为了难倒我才建造的。什么东西都在我的眼睛里晃，在舞厅的门口坐着十几个一齐冲我抛媚眼的舞女，我笑了起来。"你们都很漂亮，小姐们，可今天是老板她陪我跳舞，我爱你们每一个，小妞们，但我得找到老板。"我拉过来一个漂亮女孩在她脸上亲了一下，"这一嘴记在经理账上，她会替我付小费的。"我离开了她，沿着那厚厚的发不出声音的地毯向里面走去，这里人很多，每一个男人都兴高采烈，看来他们他娘的至少用钱买到了快乐，我一把拽住一个跑堂的，"黄经理在哪儿？告诉她有人找她，我在酒吧里等她。"我走到了音乐酒吧里，这里雾气升腾，一些人在跳两步，沙发座上坐着的是一对又一对的狗男女，我坐在吧台的高脚椅上要了一杯威士忌，我就喜欢喝这种猫尿，我看见那个跑堂的匆匆进来。"黄经理说她不想见你，她很忙，她说你在这里随便玩玩，今天她请客了，你就随意吧。"

　　我脸色阴沉了下来。她为什么不想见我？这是毫无道理的，我坐在吧台感到自己很孤独。她不想见我，我的目光弯曲地扫过吧台上那一排排布满了流动的蝌蚪一样的外文的洋酒和吧台上悬着的像风铃一样倒悬的酒杯，都反射出了醉人的光芒，既然有人付账，那么我就喝个够，我笑了起来："把那种酒给我倒上一杯，要加冰。"我瞅准了最贵的一种酒，那是一种叫作"金花至尊"的上等洋酒，我要了一小杯，一口就把它喝掉了，那种滋味真不怎么样，可既然有人记账，我就多喝一些，我就按着酒吧柜上那一排排酒一路喝了下去，我觉得很快活。我感到我体内燃烧着一团火，我把酒吧吧台内的那个侍者叫过来，叫他贴近我，然后我在他的耳边神秘地说："我操过你们的总经理黄红梅小姐。"

"真的？"他露出了很惊奇的神情，"那可真太好了，怪不得她为你付账。她从来没替别人记账过。"

"那当然，那滋味也不错，我是说操她的那种滋味，嘿。"我盯着他看，但他的脸至少有三个。我突然感到一阵怒火涌了上来，我怀疑定有人在捉弄我，要不然也不会有三张脸。我很用劲地推了他一把："去你的娘的。"我举起了小酒瓶，朝柜台里砸了过去。哗啦的一声响使我很开心，我决定把我头顶悬挂的酒杯全都弄下来，于是我就把它们全都弄下，我听见它们碎裂的声音感到很快活，然后我开始砸起东西来，什么漂亮我就把什么砸掉，到处都是一阵尖叫声，女人晃动着性感的身体从我的身边躲了开去，我笑了起来。"我操过黄红梅，可她却不见我，他娘的！"有几个保安人员向我猛扑了过来，我与他们混战在一起，然后我的头被猛击了几下，我什么也不知道了。

我醒来的时候已经是第二天早晨，我感到头疼得厉害，仿佛要炸开了似的。我爬起来环视四周，发觉自己在一间很漂亮的房间里的一张大床上。我下了床，到洗手间冲了一下脸觉得好受多了。忽然门铃响了，我走出来一看，进来的人是黄红梅："好点儿了吗？昨天你喝多了，保安冲你动起了拳脚，要是我不赶到，你可能要被人打死。"我这才发觉自己浑身上下都很疼，我想也许我已经鼻青脸肿了。"昨天为什么不想见我？我很烦，我也没什么钱了，我得重新开始，可我没有勇气。"我沮丧地说，"我觉得我很需要你。我太需要一个家了。"

她把一杯咖啡递给了我，看了我一会儿："我没想到你会这样，我想你也许是个铁石心肠的人呢。你，你真的爱我吗？"她说这话的口气很冷静，好像她从来不相信这一点。

"当然，"我大声地说，"可是你却变了。"

"可是你让我一步步远离了你，"她对我说，"你从来就没有觉得吗？是你叫我去当了按摩女，从此我走上了一条迫不得已的道路，你知道我为什么要离开于胖子吗？他以一块劳力士手表和一条金项链为代价叫我和他上床。那天夜里我哭了，那是一个丧失的夜晚，可我决定从此以后不再真正地哭泣。我偷了他五万块钱，那才是我离开他的原因——我从没偷过他的劳力士手表和金项链，只是他那天没向你说实话罢了，他不是你的好朋友吗？我明白了只要我敢于交换，我就会得到我想要的东西。这是一个交换的时代，我用那五万元当起家的资本，加上其他一些积蓄，我与张笑开起了那家酒楼及一些快餐分店。你也知道张笑是个笨蛋，他根本就不会经营，是我让他的生意起死回生，我帮他赚了很多钱，然后我就从他手中买回了所有的股份，而张笑则回家吃利息去了，在开酒楼的时候我认识了更多的人。你说得对，城市就是一面巨大的蛛网，你必须去拼命营造你自己的蛛网，你才可以得到你想要的东西。爱情？这种字眼在今天已经过时了，欲望才是最根本的。我是离你越来越远了。从一开始你把我介绍给于胖子时我就离你远了。我于是开始有了新朋友，有了在这座城市中更有权威、更有力量的朋友，你只要把他们的器官侍候好，他们就给你你想要的，这我在当护士时就已经明白了。于是我就这样越走越远，短短一年多的时间，好像已过了几十年，我早已阅尽沧桑。因此没有什么新鲜事，对我来讲，我是赚了很多钱，但这还不够。一开始的时候，我就想挣一点钱，回到四川家乡去养猪、种花，叫家乡的女孩也一起致富，这个单纯的梦想要等到很久以后才会实现了。"她就给我说了这些，我注意到她流泪了。"因此我看见你，就想到了自己在这座城市屈辱的开始。我不可能嫁给你，我们是两种人。好吧，请你把劳力士表和金项链，同那五万块钱一同转交给于胖子，我不再需要这些了。"她递给了我一个袋子，"你可以在娱乐城里吃了早饭再走。"

"不，"我看着她，"我现在就走。"我把衣服穿好，我一言不发，她的话使我清醒了过来，我没什么好说的了。我朝门外走去时她突然又叫住我："你说过我是你的作品？"

我转过身看了她一眼："过去是，但现在不再是啦，再见，祝你好运。"我走出门去，我很快就来到了大街上，我坐进了一辆出租车，我想我要做的第一件事就是尽快把她忘掉，忘得一干二净，彻底从我的脑子里消失，虽然这很难，因为爱与恨的感情有一阵子都纠缠在一起了。我觉得我的眼角也溢出了两滴泪水，我怎么哭了？我呼出一口气，我想这不过是哭泣的游戏，对于时间来说，一切事物、情感和变化都是假的。我想我已经坚强起来了。

十 一

一年以后，我与在北京交通大学图书馆工作的一个女孩子结了婚，和她一起住在我买的那一套位于昌平县境内的龙城花园中的房子里，我后来开了一家小的贸易公司，我的起步资金正是黄红梅叫我还给于胖子的那五万块钱，我用这笔钱与人合伙一起干，生意不好也不坏，但却够我的开支用度。而最为重要的是如今我已心静如水，不再为很多欲望所驱动，一切都是平静的。我还买了一辆"昌河"小面包，使我可以接送妻子上下班，我过得还算不坏，我自己这么认为。

我很少再听到黄红梅的消息，但有时候我仍旧可以从报纸上见到她的消息，而且街上还流传有一本她的传记，与一本叫作《深圳的一百个女人》同样成了畅销书。我在一家书摊上见到了那本书，翻了翻，我觉得里面充满了伪饰与谎言，就不再去翻它。我觉得她早已离我远去，真正变成了她想成为的那种人，实现了占领城市、成为城市主人的梦想。她仍旧经营餐饮和娱乐业，而且还涉足了房地产，并打算以日本著名商人阿信自居。我在报上常读到她捐款的消息，她好像救助了九十九个失学的孩子，如果这是真的，这是唯一一件叫我高兴的事情。

有一天我忽然在我的住所后边发现了一个庞然大物。这是一幢真正意义上的花园别墅，它占地近两百亩，有一百五十亩大小的绿茸茸的草坪，它是一幢乳白色的建筑，有四个小门，一个黄铜大门，如同一整座庄园。我是有一天站在卧室外面的阳台上才突然发现它的，而在此之前那里总是在施工，还一直看不出它是个什么东西，但今天我才看清楚它是一幢巨大的别墅，而且每一个门口边都有一条德国狼狗，一旦有人路过就会凶狠地狂吠。这会是谁的宅第呢？那天我怀着好奇的心情围着它整整走了一圈，我发现它已经完全落成了，带着一种神秘的色彩，院子里没有其他人，只有一些工人在修剪草坪。在草坪边上有一个椭圆形的流线型喷水式游泳池。我刚走进大门口，立即有一条狗冲我狂吠着，一个老头儿冲了出来。"大爷，这是私人的别墅吗？"我问他。

"我也不知道，好像是某个机关的培训中心，可我也听说它是一个有钱的女人盖的。我只管看门，我可不管那么多闲事。你要是没事，尽快走开吧。"那个老头儿和善地说。于是我离开了那里。

到了晚上，我忽然被一阵音乐声所惊醒，我妻子睡得正香，我下了床来到阳台上，发现那音乐正是从那幢大别墅的院子里传来的，那里灯光明亮，草坪中的隐蔽喷泉隐约可见，有一个穿晚礼服的乐队正在大院里演奏约翰·施特劳斯欢快的音乐，而一对对男女在翩翩起舞，在别墅东面的停车场，停了有几十辆各色轿车，它们如同华丽的琴键一样整齐。这种场景忽然使我想起了我在大学时代读到的一本书《了不起的盖茨比》，作者是美国人菲茨杰拉德，那部小说中同样也有一个别墅的欢庆场面。那遥远的音乐声随风而来，这个时代全部的华美与奢侈都在这里了。我久久地凝望着那里，一直到舞会结束，一辆辆汽车排着队，红色尾灯拖成了一条条长线，在黑暗之中消失。

后来只要到每个周末，这里肯定会从城里开来很多小轿车，它们五花八门，显示了主人的兴趣、气质与身份，它们在半个小时之内一辆接一辆地到来，在这儿度过了狂欢的几个小时后又一辆辆开走。只有一辆长十几米的林肯房车一直是在别墅的院子里停着，它在所有的车都走了之后仍旧停在那里。如同一个庞然大物，傲然又神秘地待在那里，这更加引起了我的好奇心，是谁建造和拥有了这幢值几千万元的大别墅呢？

有一天当一辆辆汽车照例开过来的时候，我也穿戴整齐，决心成为它的客人了。我从正门进去，那个穿着制服的看门老头儿认出了我："你也被邀请了？你的汽车呢？"

"已经开进去了。我对司机说我想步行一会儿。"

"舞会就要开始了，快进来吧。"他说。

我走到那些在露天摆放的椅上坐下，这里已到处都是人了，而且很多人好像是全家都来到了这里，有一些小孩在座位间穿梭和嬉闹。很多男人和女人三五成群地或站或坐，一边喝着什么一边在交谈，他们大都保养得很好，一个个神采飞扬，像是收入稳定的中产阶级。一杯又一杯啤酒、果盘和新鲜的刚榨出来的果汁被端了上来，我也要了一杯。我发现这里的人我一个也不认识，有点儿无趣，就朝一个模样不错，穿着一条蓝色裙子的女孩走去。"嗨，我还没有认识你呢，认识一下吧，我叫张明。"我说，"你叫什么？"

"我？我叫苏可心。"她一边和我说话，一边有点儿不在乎地四处张望，好像在找什么人。

"这里的主人是谁，你知道吗？"

"我不知道。我是北京经济学院的一个学生，是我新认识的中央电视台的一个朋友把我拉来的。管他呢，吃吃喝喝，再加上跳跳舞，在这么热的天里可真带劲。不过，我要是这里的主人就好了。"她发自内心地环顾四周说。忽然一个高个子男孩跑了过来，他模样不坏，一把抓住了苏可心："我到处找你，咱们去里面看录像《引爆纽约》吧，这是一部刚出来的片子，非常好。"苏可心冲我笑了笑："待会儿请我跳舞吧，再见！"这个活泼的女孩子和她的男友向别墅的大门踱去。

我也向那里踱去，我走了进去，发现里面也有很多人，我听见不少人在谈论经济时政与生意，我猜着来这里的一个个人的身份。但我旋即把兴趣全都转移到了这幢别墅的结构上。它采用的是钢筋混凝土砖石结构，属不可燃烧，外墙用的是高级的石砖和贴面砖，大门采用的是实心雕花木门，另外一些层门采用的是柚木门，那些巨大敞亮的窗户采用的是高级铝合金配双层真空保暖玻璃，在二楼的大露台为落地玻璃推拉门，大厅里、客饭厅以及书房中铺设的是上等的柚木地板及墙角线，而二楼的走廊及睡房中铺了美洲地毯。在浴室中全部采用的是进口于意大利的高级地面砖，以及豪华双向激流式按摩浴缸、独立式淋浴间以及小型桑拿房、高级洗手盆、连体坐式马桶、净身盆等高级洁具，在厨房里则均配有豪华橱柜及不锈钢洗涤盆、抽气扇、抽油烟机和高级液化气四火头煮食炉、微波炉，并且在别墅中安装了独立进口中央冷暖气空调系统，以及中央温湿度控制系统，还有独立二十四小时热水供应系统，水电表是独立式，全部入墙暗线，安全保险总配电箱和安全插座一样齐备，并设置了卫星电视接收系统，在大门和院门设有密码防盗系统及警钟，并由专人进行二十四小时保安，并有两个可以容纳四辆加长车的车房。别墅非常阔大，到处都是花草植物，在迷人的吊灯、壁灯、台灯、地灯的照耀下生机盎然。我不由得为这种巧夺天工的生活空间所震惊了。突然我听见外面咣的一声响，舞会开始了。一些人陆陆续续都朝门外走去，那里开始跳上了欢快的华尔兹，我也反身去加入他们当中，和那个漂亮的女孩苏可心跳了一曲，又和一个非常丰满的部队某文工团的歌唱演员跳了一曲，她的高耸的乳峰几乎要像兔子一样跳到我的鼻梁上。"我也真想住上这样的房子，可我这辈子都没希望了。你猜这幢房子的主人是谁？这个人竟然是一个打工妹，才几年的工夫她就盖了这样一幢别墅，而且用的是某个大机关培训中心的名义，可实际上全是她出的钱。她叫黄红梅，就是最近电视和报纸上经常报道的那个四川小女人。她可真的太厉害了，她在这座城市的关系是四通八达，什么人都不敢惹她，而且她白道黑道的人都混得很熟。要是有一天我能成为这里的主人就好了。我还不老，对不对？"她浑身散发着热气对我说，我却感到了真正的震动！这幢别墅真的是黄红梅盖的，看来她很快就实现了她的想法，她没有与我一起住在八十平方米的房子里的选择是对的。一种遥远的痛楚击中了我，我感到胸口突突直跳，就推说有点儿不舒服，向一边走去。我要了一杯鲜苹果汁，一边喝着一边在人群中找寻黄红梅，我的目光几乎扫遍了每一个，但那里没有她，那一百多欢宴的人群中没有她。我决定到二楼那巨大的露台上去从上往下看，我有一种强烈的愿望想在今天见到她。我飞快地跑进别墅，踩着厚厚的地毯来到了二楼的大露台，我从上往下可以看见全部欢舞的人群，他们如同风中旋转的树叶一样欢乐，像这个时代的某个典型的画面。从上面看，所有的人都渺小不堪，但他们有共同的快乐，像某种自生自灭的生物。可我忽然听见耳边有一个声音说：

"你为什么不跳舞？你不开心吗？"

这声音熟悉得令我心跳，我甚至都不敢转过脸去，但我还是转了，我看见的正是黄红梅，她变化如此之大，已成了一朵娇艳的花朵。她穿着紧身长裙，身上有很多饰物，头发像某种爆炸物那样向四面散开，也许这是最时髦的发型了，我想。"不，我很快活。我只是想从上往下看那些人。这样会使我感到安全。"我几乎是嘶哑着说，我太激动，以至于我无法正常说话。可我发现她并没有认出我来，也许是我脸上的胡子帮了我，或者说我早已被她忘了。

"噢，这倒挺有趣的。一开始我与他们打交道也觉得不安全，可后来我找到了一条捷径。因为这完全是一个利益共同体。你只要给他们他们想要的，他们就像得到玩具的孩子一样安静。你好像从来没来过这儿吧？"

"我是你的邻居，我第一次来这里……"

"欢迎你经常来。你是做什么的？"

"……我做贸易。纺织品为主，来这里的商人多吗？"

"可太多了。有官商，也有私营企业家，干什么的都有。你来这里会发现有很多机会在等着你，你只要用手去接过来就是了。你慢慢会认识很多人的。这里什么人都有，演艺界、文化界、政界与工商界的人士都有，他们全是我的朋友。"

"你盖这幢房子花了多少钱？"我忍不住问她。她的目光在黑暗中闪烁了一下："大约两千万吧，不过大头是别人出。现在一定要借力打力，借鸡下蛋。你好像挺喜欢这儿的，干吗不去跳个舞？请我去跳上一曲吧。"她好像并不希望我问得过多，我摇了摇头："不，我有点儿不太舒服，我在这儿凉快一会儿就下去。"

"那你就好好玩吧，你也是这里的主人。"她冲我笑了一下，很优雅地转身离开了露台。

我仍旧站在露台上从上往下看那些欢快的人们，他们像影子的花朵一样在黑暗之中开放，在那巨大的别墅前面的空地上，随着音乐的一次次响起，他们重新组合像一盘人的棋子那样变动。黄红梅早已彻底把我忘了，我想她真的是一个非常独特的人。我不知道她这一年多来又经历了什么，总之她已经彻底成熟了，她用她全部的智慧才有了今天的现实。在我眼前欢舞的人们渐渐排成了一个链条，一个人物的链条，这个链条是城市人物关系的象征，构成了城市的真正图景，而她已走进了城市的核心，成为这个链条上的一环，她再也走不出这个链条了。我在那里看了一会儿，悄悄离开了那里，因为我不认识那里的每一个人。

十 二

在一个周末张笑从城里来看我，他在与黄红梅联手经营"天府酒楼"之后，由于后来黄红梅巧做手脚，使账目变得越来越混乱，张笑不得不离开了酒楼，和老婆一起开了一个时装店，但时装店叫他亏了血本，他只好再次包下了一个"埃及烧烤城"，当上了总经理，但不知怎么，只要他经营烧烤这玩意儿，他就亏得一塌糊涂。他只好来找我，并在我这里住下。第二天我们一起吃了早饭，我忽然想起来黄红梅的别墅就近在咫尺，我把他领到阳台上，叫他看到了那座庞然大物。他吃惊地张大了嘴巴："那真的是黄红梅的？这简直太漂亮了。它是白色的，我最喜欢的颜色。那个娘儿们真有本事。你进去过吗？"

"进去过，只是她已认不出我来了。"

"她谁都不会认得了，我算认识她了。这个女人真是厉害。她不认识你了？嘿。"

"每到周六，这里热闹得就像过节一样，来了很多车子与人，我不认识他们中的任何一个，他们就在这里进行他们的欢宴，相当热闹。"

"我们去散散步吧，在那个东西边溜达溜达，也许还可以和她打个招呼什么的。"

"好吧。"我说，"也许你很想见到她？"

这是凌晨七点钟，天色早已大白，晨露凝结在路边的草叶上，我和张笑一边聊天，一边向那栋白色建筑走去，那些露水进射开来，打湿了我们的裤管。张笑决定再也不做生意了，他决定调到一家报社去。"《北京检察报》要我，我打算去那儿。"我们正说着话，已经走到了大门口。这时我忽然看见那个操河北口音的我见过的看门老头儿惊慌地从大门冲出来。"先生！先生！"他冲我们喊，"有人被杀了！先生！出事了！"我一听，立即向里面走去，我一进门就看见那条德国狼狗死在门内，脖子被刀几乎割断了，老头儿吓得眼泪都流出来了。"谁被杀？"张笑还在问他，我已然明白发生了什么事，立即飞快地向别墅的大门跑去。张笑也在我后面追来。我沿着台阶飞快地来到了二楼，我一个房间一个房间地找，我碰见了两个同样惊慌失措的女佣。"在浴室！在浴室！"她们尖叫着，"在浴室！"我扑到了浴室，我走了进去，我踩着的进口意大利地面砖上溢满了水，是那种混合着血液的淡红色，我看见了非常惨的一幕，我走近了那仍在哗哗流水的喷水式按摩浴池，我看见黄红梅裸体躺在那里，她的眼睛空洞而又惊恐地张大着，她的脖子那里有一道深深的刀痕，脖子都快要断成两截了，那些淡红色的血就是从她那里流出来的，她的血已经流干了，她浑身已变得苍白如同一张纸，她仰面躺在那里，水流仍在不停地溅上她凝脂似的胸脯，只是那里再也没有生命的起伏了。

"在哪儿？在哪儿？"张笑大叫着跑了进来，他踩着溢满了屋子的血水愣住了。他也看见了黄红梅的尸体。这时是1995年9月12日上午7时15分。

接下来的几天我变得昏昏沉沉的，在警察的调查当中我承认我认识她，并叙述了最初我和她的交往。我不是第一个发现她的人，是一个女佣发现了她。"那个凶手非常聪明，很可能是职业杀手干的。因为四个门的狼狗全被杀掉了。而且钱和首饰什么也没丢失。也许这是一次仇杀，可能不止一个人在昨天晚上来过这里。"警察告诉我杀人案目前只有百分之六十的破案率，使我深深地失望了。"这个叫黄红梅的女人的交往非常复杂，她那里别人的名片就有接近一万张，而她的一个记事本上也记录了三千个电话号码。这可真难查了。一个女人怎么认识这么多人？好像全北京的人她都认识了一大半。"一个老警察对我说。我抄下了黄红梅留下的身份证的号码，经过警察默许，我取走了她的一张单照，那是她最初来北京时照的，一些阳光凝结在她身上。她清纯而又茫然，傻得可爱。

在后来的调查中，我不停地询问侦破部门，有一个答复是惊人的：她根本就不是她所持身份证上的那个人，四川某个地区根本就没有这个人，这是让我感到最吃惊的事了。也就是说她并不是黄红梅，可她又是谁呢？那幢庞大的别墅很快被查封了，各种各样的谣传风起云涌。有人说她与一起最近的巨额非法集资案有牵连，也有人说是黑社会的人干的。很快那幢别墅真的变成了某个大机关的培训中心，并且在门口还挂了牌子。只是黄红梅，很快就从所有人的嘴里消失了。凶手也一直没有抓到。

我找到了于胖子，这时候由于他的后台因贪污受贿被抓，他担任的那个桑拿中心经理也干不成了，他开了个电器商店，专门卖走私货。我找到了他，把一块劳力士手表和一条金项链交给了他。他变得更胖了，只是他有点儿吃惊。"黄红梅已经死了，她在去年就叫我把这转还给你，我拿它当股本用了一年，现在还给你，"我淡然地说，"她什么都告诉我了——她其实是偷了你的钱，而这手表和项链是你奸污她时所付的补偿。"我打心眼里瞧不起他，因为于胖子目光闪烁，我们早就不是朋友了。

"她死了？"他虽然目光闪烁，可仍然有些吃惊，"怎么死的？"

"警察没有盘问你吗？"我笑着问他，"你别装了。警察不是吃干饭的，他们会盘问每一个与她有关系的人。我还以为是你干的呢。你有点儿讨厌她，是吗？"

他像个泄了气的皮球一样低下了脑袋。"可这不是我干的，"他飞快地收起那块表和金项链，"我已经证明了这一点。"忽然他想起了什么，"是你使她走上城市舞台，后来她又把你甩了，对不对？你是她最初的引路人。"

我凝视着他："也许是，但她后来的发展我却一无所知，那是一个谜，我永远也猜不出来了。"

"你还挺喜欢她，对吧？可我早知道她会变成一个不折不扣的婊子，这就是她的下场，我早猜出来她会有这么一天的，你对这个结局，满意吗？"他笑着问我，"谁也占有不了这座城市，何况她是个乡下佬！乡下女人，那种臭女人。"

我真想在他的脸上来一下子，但我转身走了。

"你是说黄红梅死了！这可能吗？凶手还没有抓到吗？"那个非常漂亮的妇人问我。她叫章兰，是一开始黄红梅给她当保姆的女人，住在华侨村高级公寓中，她嫁给了一个华人富商。她是一个很有教养的迷人的女人，怀里抱着一条北京哈巴狗对我说，"一开始她在我这里做的时候，非常勤快，什么活儿都会干，可渐渐地她越变越懒，到后来还偷用我的东西，她几乎什么都偷，而且好像专门是为了让我发现似的，这些东西总能在她那里找到。我看出来她非常嫉恨我。有一天她问我借一万块钱，说要回到四川去养猪种地，自己致富，她不想再伺候人了，她要靠自己的本领富起来，我没有借给她，有一天她从我这里偷了一千块钱就跑了。你说她也许不叫黄红梅？那她叫什么？她的身份证都是假的？可她肯定是个四川人，她烧的菜也不错。那会儿我每月给她两百元，可现在我每月花三百元雇的保姆又懒又笨，我可没想到这个叫黄红梅的女人，姑且就这么叫她吧，会这么厉害，有了那么大的一幢别墅，至少要值六千万人民币——如果像你说的那样。凶手会是谁呢？可她交往的人肯定太多了，警察也束手无策，是不是后来政府把那幢别墅没收了？要不然我倒想去看一看。归根结底她是个聪明女孩，因为在这座城市中生存是需要智慧的。可她却死了，这太可惜。不过一死遮百丑，不会再有人去记住她了，我其实挺佩服她的。你是不是挺喜欢她的？这我看得出来，不过，一切都结束了，对吧？其实我要借她一万元就好了，这样她现在肯定在四川靠养猪发家了。不过她说不定，你说呢？"

我走在熙熙攘攘的人群当中，表情茫然，心头多了一份沉重。我像所有要归家的人那样在街道中沉浮，城市让我既感到恐惧又感到甜蜜，它是一个庞然大物，它不可逆转地改变了每一个人在这里的生活轨迹，如同"光遇到质量大容体会变得弯曲"，城市就是庞大的质量大容体，每一个人都会被它改变。在人海茫茫中我向前方泅渡而去，这时我忽然又看见了一个人，他的背上背着一张白布，上面写着"此人出售，价格面议"，我明白我又看见了一个行为艺术家，我立即追了上去，我在他的肩膀上拍了一下，我说："嗨，我要买下你，你说要多少钱？"

他转过身冲我淳朴地一笑："整座城市，我要你付出整座城市，你可以付得起吗？"

"不，可我拥有城市的一部分。这可以吗？"

"不行，必须一整座城市才能买得下我。"

他笑着对我说："一部分，不行。"

我沮丧地冲他耸了耸肩："那我只好作罢了。"

他笑了起来："我只是一个行为艺术家，老兄，谢谢你，祝你好运，再见！"他转身又消失在人群中了。

我站在那里愣了很久，我忽然明白了我真的也是一个行为艺术家，我把黄红梅引向了城市的舞台，像电影院的领座员那样，用手电给她指路，而她也是一个行为艺术家，她用行动来解释了城市与人生。当行为都是艺术的时候，过程与当下就是最重要的东西了。很多人来到这座城市都是行为艺术家，他们表演了一个又一个过程，那样璀璨而又黯淡，构成了城市人生绚丽的图景，奏出了城市交响乐中最华美的乐章。我们全都是行为艺术家！我在这一刻对黄红梅，对这个时代每个企盼成功的人都充满了祈愿，那是一种复杂的情感。毕竟我们每一个人都在创造中毁灭，在毁灭中溅起激越的人生浪花，而在城市中行动，则成了我们唯一的纲领。哪怕有死亡，可仍旧有新的人在加入。当我看不见那个行为艺术家后，我又向崇文门走去，我看见那里仍旧站着很多表情茫然而又机警的姑娘，目光单纯明净如同阳光本身，她们好像刚下火车就来到这里，就好像我初次见到黄红梅那样，我又向她们走去，步态稳定而又牢固。"嗨，你需要我的帮助吗？"

闯入者

这绝对是乙醇的气息，吕安想，它使我沉醉并睡眼惺忪。这一刻他正昂首迈过第二使馆区，他喝了不少酒，他是第一次一个人喝了这么多酒。东三环高速路边鳞次栉比的高楼大厦向他压了过来。这时他有些惊慌失措，一种想倒下去的愿望深深抓住了他。他站在被称为"京城豪街"的路边向那华丽的灯光区域看去，在黑暗之中，这一地区仿佛是升浮起来的岛屿，有多少快乐的人群在那里欢宴！那些被高级商场与名牌小轿车吞吐的男人和女人则像是一个种群，他们的笑容与声音，混合着那种淫靡的气息与华贵的灯光，构成了城市森林中迷人而又叫人厌弃的风景。这时候吕安忽然产生了一种幻觉，他觉得自己是这座森林中的一只鸟，一只奇怪的鸟，也许还瘸了一条腿，像某种鹳类那样在大街边向城市眺望。吕安发现自己一旦心烦意乱就会出现在这一带，这是九十年代的北京最具国际化的地区，如同老厨房里一套崭新的银制餐具叫他迷醉。但他知道他绝不可能进入到在这种豪街生活的人群之中。那完全是另一种生活。城市之夜黑得像泅开的墨汁，这使他感到十分孤独。孤独，仿佛是某种会飞的鱼那样从半空中飞过来，一下子就咬住了他的喉咙，这使他痛楚和窒息。

那么，什么是第二使馆区呢？这是一个冷清而又戒备森严的地区。在那些一幢幢紧挨着排列开的大使馆门口，总是站着荷枪实弹的卫兵，他刚才步行穿越了整个第二使馆区，并不停地与卫兵们目光相遇，这多少叫他感到了不快和紧张，这使他觉得自己是一个闯入者。而当他一走出第二使馆区，当京城豪街的灯光扑面而来的时候，他感到了一丝欣悦。这里到处都是像装满了欲望的瓶子一样的人在晃动，似乎迎合着一家地下酒吧的迪斯科舞曲的节奏，那种狂热的节奏。范妮，让我顺着你的尻骨往下摸，我会摸到什么？他傻笑了起来，也许你还长着一根尾巴呢。范妮是他的第一个女朋友，他觉得是她让他变得多少有些疯狂。范妮是那种非常虚荣的女孩子，可在大学里有一段时间吕安就是喜欢她，但大学一毕业他们就走上了完全不同的道路，各奔南北，各自投入了绞肉机一样的北京和深圳，像一块带着血丝的肉那样和很多城市肉渣一起搅拌着。这两座城市都同样有着吞吃人性与肉体的好胃口。后来他在北京听说范妮在深圳被人以十万元的价格包过三个月，一年以后她嫁给了一个信托基金会的投资商。也许这就是当代生活，一只大手把所有的东西都搓乱了，直到拧得你浑身流出水来。现在在他眼前，那些人群全都像泡沫一样，他觉得他和任何人之间都隔着一条河，这条河在几年的时间里冲垮了很多他过去恪守的东西，也许还有一丝温情残存在我的嘴角，他想。

实际上吕安现在再次处于失恋的情绪当中。他的女友是一个从服装学院毕业的模特儿，她比他要高一点儿，而他因此觉得靠在她的胸脯上会得到人间最好的休息，他们是因为贫穷而相爱，又因为每个人都挣了一点钱而分手了。当然不仅是钱的问题，但说不清楚的一种感觉使他们越离越远。这次分手使吕安深深地感到了痛楚，当她收拾好她所有的东西离开了屋子之后，他突然感到四面墙正在一起向他倒压下来。他根本没办法一个人待在屋子里，尤其是一个人躺在那张大床上。他惊慌失措，立即去超级市场买回一个塑胶模特儿，把它放在自己身边，这样四周的墙看上去就不再倒下来了。于是他就每天和塑胶模特儿一起躺在床上休息。这使他担心，也许在某一天，早晨他一觉醒来，突然发现他也变成了一个塑胶模特儿，一个真正的塑胶模特儿，一只手伸向半空，一条腿也向前弓步伸出，脸上凝固着塑胶模特儿所特有的微笑，却再也发不出一点声音，没有一丝动静。而谁也不会再来找他，因为谁都没有他房门的钥匙，他就那样和另一个塑胶模特儿躺在那儿，一个世纪又一个世纪。

他沿着大街向前走，他要赶到亚太大饭店参加一个新年活动。在这条街的一座座华美的娱乐城、夜总会、购物中心和酒楼门口，霓虹闪烁。他不久前陪一个韩国客人在这里的一家酒楼里吃过一顿饭，他记得这家酒楼最贵的一道粤菜叫蚝皇原只六头大纲鲍，五千六百元一份，那天他们还喝了标价一万两千元一瓶的"人头马"路易十三。他觉得自己的头有些疼，他感到周围的人像超现实主义画家笔下的人物那样，像幽灵在月光下浮游。这时他忽然看见前面人行道的井盖上躺着一个人，一定是个城市流浪汉，他想。他走了过去，从口袋里掏出了十块钱，捅了捅那团黑物："嗨，起来，我给你十块钱，我说你醒醒！"

那团黑物蠕动着如同一个海龟，慢慢复活了。这是一个五十岁左右的女人，她的脸又黑又脏，而她的眼白是她脸上唯一明亮的东西。她冷漠地看着他："不，我不要，我不要。""你拿着吧，你拿着吧！"吕安把手伸向了她，他感到内心中涌动着怜悯之情，一瞬间他觉得她就是他的母亲，他的童年记忆的某个区域突然复活，这使他更加执拗地压低了身子，"拿着吧！拿着吧，你明天可以去买东西吃。""不，不要，我不要，我不要，我不要……"她忽然奋力推辞了起来，声调之中还带着一丝愤怒。他这时明白也许自尊是她最后的东西，而他就要用十块钱把这点东西给打破，他看着她惊惧的目光，手僵在了那里。那个女人又把头缩进一顶破棉帽，一动不动了。他站直了身子，因为城市下水道的臭烘烘的热气熏得他直想呕吐，他朝前面看去，有些人在这一刻挥金如土，而有些人则靠城市下水道里臭烘烘的热气才能过夜。这就是这一地区的第二性征，整座城市的第二性征。

他大步朝钻石山般的亚太大酒店走去。这座城市充满了闯入者，我也是一个闯入者，对于这座城市来说我完全是不请自到的。他想。当然我一直靠自己的努力在生活。走在冬天的风中，他根本没法开口歌唱，这一刻他格外想念夏天，夏天同时也是有钱的季节，可夏天离他太远了，他根本无法想象夏天的热烈与风骚。他穿过自动门，进入了亚太大酒店的大堂，夏天的气息立即扑面而来。

　　这是亚太大酒店公关部搞的一个新年联欢活动。大饭店公关部与各个新闻单位联系都十分密切，所以每年的年底都要搞一次隆重的庆贺活动，到的全是北京各家新闻单位的记者们。吕安对自己跻身于他们中间多少有些不自在。三年前他大学毕业，执意北上被学校分配在了北京郊区一家化工厂工作，不久前他被聘入了一家大报办的生活服务报社工作，由宣传干事变成了一个记者，这使他很兴奋，但旋即，报社那蜂巢般的忙碌生活和紧张节奏叫他感到累极了，仅仅几个月时间，所有的新鲜感已荡然无存，相反倒有一种疲惫笼罩在他的心中。他找了个位子坐下，这是在亚太大酒店的菲律宾餐厅，木桌上铺的是红白相间的格子花布，晚餐马上开始。公关部又高又漂亮的琳达小姐和他热烈地打了个招呼："今天有抽奖活动，希望你抽个大奖哟。"他冲她笑了笑，并与亚太大酒店的总经理、一个澳大利亚人博克握了握手，又坐了下来。来的三十几个记者中他只认识一小部分，他与他们一一用目光问候，漫不经心地点了点头。他有点儿厌烦这种活动，他觉得世界完全由某个食物链条构成，每个人都是这个链条上的一环，一个消化另一个，世界完全就是一个腔肠动物，人们互相消化，彼此利用对方的热量生存并最终达到死寂一片的热耗散状态。他惊讶于自己的颓废和消沉，也许这全是工作给我带来的。他想。每天我都在认识着新的人，彼此交换名片，几天后桌子上就有一大摞，但我却一个人也想不起来了，那些人的脸一张张地重叠在一起了。这使他变得很忧郁。琳达小姐在一阵吉他声中宣布晚餐开始了，他把思绪收到了餐桌上。

他用刀叉在切着一块黑椒牛柳，他很喜欢吃这种肉，可这时他忽然听见有一个女孩的声音在对他说："喂，帮我尝尝那种甜点怎么样？我拿不定主意是否去吃它。"

吕安抬起了头。她就坐在他的对面，她正瞪着很亮的眼睛瞅着他，她长得很漂亮，漂亮得一点儿都不节制，完全能用脸上的任何一个部位让吕安一阵战栗，这完全是对美的本能反应，吕安就有这种震动。他看着她："你是说让我尝尝那种甜点？"她冲他晃了一下脑袋，又噘了一下嘴："我不知道哪一种好吃——可我原本就打算减肥的，我已经够胖了。"她显得很愁闷。

"好吧。"吕安忽然变得热情了，他伸出一把叉子，叉住了眼前盘子中的三种甜点中的一种，是表面铺了一层可可粉的那种。他一口就吞了下去，尽管那可可粉立即呛了他一下，但那甜点的味道美极了，温润可口，比棉絮还要柔和松软，放到嘴里立即就要融化掉一样，这可能是最好的意大利甜点了，吕安想。他又尝了另外两种，发觉还是第一种最好吃。"这一种味道好极了，你快尝一尝。你并不算胖，顶多算是丰满。"他对她说。

但她并没有听见他说话，立即用叉子托住那种甜点吃了起来。她吃东西的样子多少有些夸张，这使吕安觉得她也许是一个饿鬼，她一眨眼就消灭掉了盘子里的六块甜点，这可真叫吕安吃惊，总之剩下的时间里吕安都是在目瞪口呆的状态里度过的。因为她食欲大增，风卷残云，将眼前的甜点、果盘、沙拉、牛柳、熏鱼、鲑鱼子酱、奶油小圆面包、椰汁鸡丁等等东西一扫而光。

吕安只是呆呆地看着她在大吃大喝，把自己的一份烤石斑鱼也递给了她。她谢了一声很快又吃掉了。吕安惊异于还有人有如此好的胃口，这个人还是一个女孩！以至于在餐桌间拿着吉他走来走去唱着歌的菲律宾歌手的表演他都没来得及去看一眼。一直到琳达宣布大家去仙乐娱乐厅抽奖时，她还有点儿恋恋不舍地用餐巾擦了擦嘴："我还没有吃饱呢。"她遗憾而又无限留恋地看了看桌子上的狼藉一片，冲他摊了一下手。他们都站了起来，他看到她穿一件发白的牛仔裤，上衣是一件有很长下摆的灰色毛衣，一副特别轻灵的劲儿。在和大家一起向仙乐娱乐厅走去时，吕安向她伸出了一只手："我叫吕安，是《生活服务报》的记者，你是哪个报的？我从来没见你。"

"我吗？你猜猜看，我是干什么的？"

"你可能是《中国服饰服》的记者，对吧？"

"嗨，老哥，你错了。我叫杨灵，"她看了身边的其他人，诡秘地把嘴贴近他的耳朵说，"我现在是个流浪汉，我没工作了，我今天是来吃白食的，我原来在有线电视台当导演助理，前天不辞而别了。"

吕安以为她在开玩笑，但他发现她很严肃，一边朝前走，他一边侧头问她："真的是来吃白食的？"他的确有些吃惊。

"当然，"她不在乎地说，"我有两天没吃肉了，我总得吃上一顿饱饭吧。今天我走到这家酒店的大堂里玩儿，忽然看见有一个写着什么记者新年联欢会请往内厅走的指示牌，想起来我手中还有《北京青年报》一个朋友段刚的名片，我于是就混进来了。"她顿了一下，感到很得意，可忽然又有些忧愁，"可我这样暴饮暴食，会把体形彻底弄坏的，我算是完啦。"她朝自己的长腿看去。这使吕安觉得很新奇，她带来的是一种全新的气息。她想起了什么："你不会把我揭发出去吧？我是个冒牌货。"

吕安笑了笑："不会的。我和你一样，也是个冒牌货。"

"咱们现在是去哪儿？"她多少有些担心。

"去抽奖，也许你还可以抽个大奖的，大奖是可以在这家酒店唯一的一个总统套房住一晚上。"吕安说，他们很快就来到了仙乐娱乐厅。这是一个小型舞厅，在舞台上放了一架滚筒式摇奖器。琳达把来宾们的名片都收了去，杨灵也交上了她的那一张，当然这时她叫段刚，一边还冲吕安挤了一下眼睛。摇奖很快就开始了。他要了一杯汤尼水，坐在那里看着他们在摇奖。她坐在一边，他们都静了下来。接下来的节目再次使吕安感到乏味，摇奖是从纪念奖开始的。同道们一个个喜气洋洋，他们中有的人得到了饭店的各种奖品。就这样最后摇到了大奖，由那个澳大利亚籍饭店总经理博克亲自摇奖，然后他从中取出了一张名片，念了一遍。

"是你，嗨，你还发什么愣，吕安你得了大奖！"杨灵捶了他一下，把吕安从呆愣中惊醒，他放下手中的汤尼水，呆呆地站了起来，他走上前去领到了这一年饭店联欢活动中的大奖：免费在总统套房住一晚上的贵宾卡。吕安觉得有些滑稽，怎么会是我呢？他立即想起了冒牌记者杨灵，他站在聚光灯照射下变得发白的舞台中央，向黑暗处的杨灵打了一个意味深长的手势，有些发傻地笑了起来。

他和杨灵一起朝大堂外面走去。活动结束了，这使他如释重负而又疲惫至极。他们一起走到大堂的时候，杨灵提议道："我们去咖啡厅喝点儿咖啡吧？"吕安觉得自己的头仍有点儿疼，一定是酒精的作用，他点了点头。他们来到咖啡苑，挑了一个靠窗户的不吸烟的座位坐了下来，这样他们都可以看得见窗外那被地灯映照得绿莹莹的草坪，这可是冬天的草坪，他想：但我在今天闻到了春天的气息。

"你好像挺不开心的，你有什么心事吧？"杨灵叫侍者拿来了两杯维也纳冻咖啡，放下单子问他。"我？"他看着她，有点儿阴沉，"没什么。我失恋了。"

"失恋？不过这就像城市人感冒一样，我就失恋好多回了。"她满不在乎地说，"嗨，我说那张可以在总统套房住一晚上的贵宾卡，你准备怎么用？"她狡黠地问他。

"扔了，我想把它扔掉，然后回家睡觉去。"

"那送给我算了。这世界真是穷人饿死、富人撑死啊。"她笑起来，"太不公平了。"

"好吧，"吕安一点儿也没迟疑地就把那张贵宾卡递给了她，"给你吧。"

"当真送给了我？"她几乎不太相信，瞪大了她那双清亮的眼睛。

"当然，既然你是个女流浪汉。好吧，"他站起来，呼出一口气，"我回家去了。今后有机会再见吧。"他把空咖啡杯推开，起身要回去。

"你真的失恋了？我看像是。这会儿你最需要一个人陪着了。要我陪你聊聊吗？"她的目光中有些担心。

"不，"他干笑了一下，"我买了一个塑胶模特儿和我一起睡，否则墙就会倒下来。我还不算孤单。祝你好运。"

"我看咱们一起去总统套房看看吧，如果你愿意，我可以陪你聊上一夜。我想你真的需要人陪陪你。"她的眼睛闪着光亮，"真的。"

他看着她。停了有十秒钟。"好吧。"他点了点头。

在一个身穿白色礼服扎黑色蝴蝶结的侍者的陪同下，他们一同来到了总统套房。这是这家五星级饭店唯一的一套总统套房，几乎占了整整一层楼，当侍者打开门，将客厅的灯打开的时候，他们俩都惊呆了。眼前的客厅是如此之大，足够容下一个室内乐队来演奏室内乐。巨型的盆栽植物、豪华的吊灯、家具以及各种设施，全都散发着华贵的光彩。杨灵轻声尖叫了一声，她扑过去，拉开特制的防晒窗帘，看到了窗外无比美丽的北京市区的夜景。侍者交代了一下注意事项，道了一声晚安就转身离开了。"这可太棒了！"杨灵兴奋地说。吕安震惊了一下，旋即又恢复了平静，他只是被动地被杨灵拉着手，一间屋子一间屋子地看，哪一间是保镖住的，哪一间又是秘书住的，哪一间是书房，哪一间是随行医生住的，可全都空着。今晚它们属于他们了。总统套房如同一艘舰队一样，各个不同的船舱使他们惊讶至极。而他们正是船长和大副。杨灵兴致勃勃，他们终于参观完了全套的总统套房，然后他们坐在了客厅里那个奇大的真皮沙发上。杨灵叹了口气："看来我这辈子是嫁不了总统了。我真的只能在这儿住一个晚上？这叫我失望。"

这使吕安觉得好笑。"当然只有一个晚上，不过，我们聊什么呢？我还是想回去，这么多的房子令我更觉孤独。我还是愿意和我的塑胶模特儿在一起。"

"那咱们就聊你如何买了一个塑胶模特儿，我发觉你这个人挺有趣的。我想要一瓶葡萄酒，可以吗？我要你和我聊聊，不许走！"她撒起娇来。

"当然，你打电话下去吧。"他说。她立即打了电话给服务台，还叮嘱要一盒冰块。酒很快就上来了，是澳大利亚产的一种干红。他们端着酒杯。"为你能继续吃白食干杯。"他说，他一口喝完了它。他内心涌上来一阵痛楚，他被城市挤压得气都喘不过来。"我们还是听一会儿音乐吧，这么大的房子，反而叫人难受。"她深深地吸了一口气说。

她去打开音响，那是一曲乡村歌曲，他们俩都安静地坐在那儿，什么也不说，只是在听那音乐。这时候很怪，那种忧伤的乡村歌曲叫他们都沉默了。他们就那样坐在总统套房里，听着一曲又一曲的美国乡村歌曲，这一刻是如此安静。过了一会儿，吕安发现杨灵脸上挂着两行泪水。"你哭了？"他有些诧异，"你——为什么要哭？"

"……因为我飘来荡去。"她有些黯然，但旋即，一丝坚韧的东西在她的脸上闪现，"不过没什么。谢谢你约我上这儿来。这就是顶尖的生活了吧？"她脸上还挂着泪水，如同梨花带雨一般地冲他粲然一笑，一刹那吕安仿佛被一种久远的感动给抓住了。她开始给他又倒上了一杯酒，他们开怀畅饮了起来。吕安越喝越多，他的话也多了起来。不知为什么，今天使他们充满了亲和感，他并不知道她有过什么样的故事与经历，以及她是否真的是个漂泊者，但两个人的目光中流动着同样的孤独。到后来他们开始放洛克塞特乐队的曲子。他们随着那种狂放的摇滚乐在屋子里又蹦又跳，像《皇帝的新衣》中的两个骗子一样撒着欢，甚至开始在屋子和屋子之间追逐，仿佛这整个世界真是他们的。他们是这里的真正的主人。他们从床上跃上桌子，吕安甚至还飞越过了一个别致的台灯，他们像两个顽皮的魔鬼精灵那样在屋子里飞奔，因为他们是总统套房的舰长与大副。后来他们累了，她挽着他的手在他耳边喃喃自语。他们都喝多了。他们进了卧室，那里有一张真正的大床。就算总统夫妇都是大胖子，那么这张床也可以睡上两对儿总统夫妇。他们向大床走去……

阳光像针一样刺痛了他的眼睛。吕安醒了过来。他发现他躺在这张床的中央，而杨灵的脑袋正偎在他的胸口，他甚至还可以闻见她头发上的一丝香气，她还睡着呢。他们都没有脱衣服，也就是说昨夜他们没有肉体的真正亲昵。但这仍使吕安感到慌乱。他想坐起来，稍动一下，杨灵立即醒了。她打了个长长的哈欠，然后明白了自己的处境，睡眼惺忪地问他："昨天我们没越轨吧？我记得我们什么也没干，只是又跳又叫的。我喝得太多了？我从没喝过这么多酒。"

"是的，我也是。"他笑了一下，他忽然觉得心情晴朗了许多，可能还是这么多天来第一次和一个活人待在一间屋子里的结果，"我们真的什么也没干。"

"太好了。我可是要守身如玉的。"她坐起来，"那四面的墙没有倒下来吧？你感觉怎么样？"

"没有，谢谢你陪我。咱们去洗漱一下，吃完早饭，我们就得离开这里了。"

"真可惜，我还想一直住这儿呢。"他们分头去洗漱完毕，然后去餐厅吃早餐。这几乎是一个全新早晨，它在他们心中唤起了一种新的情感，如同信使一样叫他们互相感到温暖。吃完早餐，公关部的经理琳达热情地与他们告别，他们一起朝门口走去。站在金碧辉煌的饭店大堂出口，结束了，他想，我又得回到我自己的小屋里去了。这里原本就不是我的世界。"你去哪儿？我送你回去吧。"他迟疑了一下对她说。

"我？我没地方去了。我早说过我是在流浪。我倒想先到你那儿看看。欢迎吗？"她有些咄咄逼人地看着他说。

他们一起来到了吕安的住处。这是位居一幢高层塔楼顶部的一套两居室，打开门，杨灵走进了吕安的卧室，里面很乱，还有一种男人特有的味儿。她看见真的有一个美丽的塑胶模特儿躺在床上。"还真有这么一个东西！"她哼着歌，又去另一间屋子瞧了瞧。"我就住这一间，帮你分担房租，一个月我交三百元钱可以吗？我还可以帮你做饭，我的手艺相当不错。不过得由你去买菜。你不会轰我走吧？"她有点儿哀求似的看着他，"我真的没地方去了。"

又是一个闯入者，他想，我闯入了城市，而她则闯入了我的房间。"好吧，随你的便。"不知为什么他如此爽快地答应了。

"另外，我们都不许干涉对方的任何交往，行吗？我们只是朋友，好朋友。"她盯着他看。

"行，随便，你想干什么就干什么。我们之间就像昨晚那样，什么也不会发生。你就住在这里吧。"他说完，就进了自己的屋子，由于头痛，他打算再睡一觉。他刚刚躺到床上，他的BP机就响了，他又起来。"我下去打个电话。"他对已开始收拾她的房间的杨灵说完，就开门出去了。

他来到楼下的公用电话亭，回了一个电话。呼他的人叫赫建，是一个从四川来的家伙。这家伙只有二十四岁，却天天梦想当一个最伟大而又有钱的电影编剧，因此在拉了几天的板车之后，就天天闷在自己租住的天房里写电影剧本。他也是一个闯入者，他想。"吕安大哥，我遇到麻烦了，"电话中赫建带着哭腔说，"我被抢了，我一分钱也没有了，我完了。"

"我马上就去，"他说，"你待在家里别动，到你那儿再详细告诉我。"他放下电话，交了话费，立即到门口打了一辆"面的"直奔北四环。他在太阳宫附近的一片平房前下了车，大步朝赫建租住的地方而去，这里是市郊地带，到处都盖着低矮的

445

平房，一些面目肮脏的人在这里活动。他们是这座城市的下等人，而且很多都是从外地来北京打工的，他们靠拉板车、拉煤球、贩卖蔬菜、拾垃圾为生，因此这一带鱼龙混杂。他一个同事因隐匿采访在这一地区的黄色VCD盘的交易被发现。在上个月被匪徒们打成了脑震荡，现在还在医院躺着呢。可人人都得活着。他穿越着一条大肠般的胡同，听着路两边贩夫走卒们的各种吆喝声，脑子里一片纷乱，谁也没有权力剥夺别人的生存权，可人活着到底为了什么？他觉得这一刻自己仍想不明白这个问题。他走了很久，才走进一个小院子，赫建租住的一间小屋就在这个小院子里。他刚一迈入院子，就发觉气氛有些异常，院子里有好几个公安人员。"你是干什么的？"有人厉声问他。"我是记者。"他说。"这里不许采访，这里发生了刑事案件。你走开吧。"那个人仍冷冷地对他说。"不，我是来找我的一个朋友，他叫赫建，他就住在这儿。"这时赫建已从东侧的一间小屋子里走了出来："吕安，你过来吧。"那个刑警看了一眼赫建，未加阻挡，吕安迈进了赫建的小屋。这间屋子只有八平方米大小，一张小床边上堆的全是书，屋子里凌乱、拥挤，如同猫儿洞一样。梦想当伟大剧作家的猫儿洞，他想，赫建也许天天把老鼠当午餐肉吃呢。赫建的目光有些忧郁，他脑门上耷拉下来一缕头发使他看上去十分颓丧。"发生了什么事？"吕安坐下来问他。

"死了一个人。就是这间屋子的房东。是昨天晚上发生的，我昨天晚上吓坏了拼命呼你，你在干什么？"小个子赫建问他。昨天？昨天晚上我正在亚太大酒店的总统套房里喝酒呢，他想。"房东怎么死的？不是你杀的吧？"

"我？我有那个胆量吗？昨天晚上十一点左右，突然闯进来九个大汉，人人手里拿一把菜刀，进来就拿刀架在我的脖子上向我要钱，他们发现我是个穷文人也没放过我，把我身上剩下的一百多块钱全都拿走了。后来他们又冲到房东的屋子里。几分钟后那边发出了一声惨叫，我吓傻了，赶紧躲到了夹板后面，我听见一阵杂乱的脚步声。过了一会儿他们冲过来推开门找我。没发现我就走了。我猜想他们一定杀人了。等我猜他们走了，跑到对门房东的屋子里一看，发现房东倒在地上，脖子被切断了，只剩下一点儿皮还连在上面。那样子太可怕了。而其他的人都被捆上了，口中还塞着抹布。我都晕了头了，先去打了报警电话，又立即呼你，然后等警车到达后我才敢进院子，和警察一起把女人和孩子身子上的绳子解开……"赫建说到这儿，门被推开了，一个刑警对赫建说："你在证词上签个字。他奶奶的，又是用菜刀干的。这帮匪徒。"

"他们是些什么人？你们什么时候能抓住他们？"赫建在证词记录上签了字，把它递给那个刑警时问他。

"他们？他们可能是东北的失业工人南下团伙作案。他们是'东北虎'，你们都要小心一点。"他说完，走了。

"'东北虎'？"赫建问吕安，"什么'东北虎'？"

"就是东北一些企业倒闭后的失业工人，"吕安说，"上个月在广东惠州的警匪枪战中也是这种人。这种杀人案破案率据说只有百分之四十，你就别指望了。你尽快搬离这个地方，找个安全的地方去吧。"

"可我一分钱也没了。你能借给我多少钱？"

"我身上有三百块全给你。他娘的，上个月我写的一篇文章被批评了，报社罚了我五百块，我最近手头很紧张。你要愿意，可以搬到石油大学的一个学生宿舍去住，你只要每个月向管房子的人交三百块，一个十平方米的单间。你去不去？"

"去，当然去。再不去下一个脑袋被割掉的可就是我了。吕安，我谢谢你。什么时候我把我的女朋友介绍给你认识一下。"

"噢？你也骗了一个女孩？她是从哪儿来的？"

"也是四川人，在一家餐馆里当厨师。"

"你的剧本写得怎么样了？"

"写了一半。我一定要把它写成卖座的东西。你看看。"赫建笨拙地掀开桌子上的烂纸，从下面拿出一沓稿纸递给了吕安。吕安接过来扫了一眼题目《闯入者》，他愣了一下："你写的是什么？"

"一部恐怖电影，比《本能》还恐怖，"赫建嬉笑着，"我要营造出一种恐怖的氛围，闯入者无处不在，而你却发现不了他。最后恐惧闯入者的人自己成了闯入者。"

吕安把稿纸递还给了他："尽快搬走吧，我联系好你就搬走。"他从口袋中掏出三百元，点给了赫建。赫建的眼角有些湿润："你是我最好的朋友，我谢谢你。吕安。"

"我们都是闯入者，城市的闯入者，"吕安怪笑了一声，

"我走了，你好自为之吧。"

　　吕安坐在出租车里觉得心情烦乱，从赫建那里出来，好像总有一种隐隐的血腥味儿在他的脸上缭绕。"东北虎"。杀人犯。车匪路霸。打家劫舍。闯入者。可他们干吗要杀老百姓呢？他想不通，这时他身上的BP机又响了，他一看是部主任呼他的，他立即叫司机朝南开去。准是又有什么采访任务了，他想，这回我可不愿再被罚钱了，否则我也连房租都交不起了。上次他写的是一篇关于民工潮的大型报道，结果因"材料失实"被批评了，这回头儿又给我出了个什么题目呢？我更想跑政法口，那样我就可以接触到很多案例了，他想。他走进报社。这是一幢十五层的大楼，里面全是新闻单位，有广播电台、有线电视台以及几家报社，这幢大厦就矗立在建国门外大街的边上。这里也是一个繁华之地，他一走进大厦，就觉得自己步入了一个忙乱的蜂巢，记者们像无头苍蝇一样四下乱窜，报纸的编辑们则拿着报纸大样在奔走，到处都是一片繁忙景象。他走进了主任所在的格子间，主任正在一台电脑上敲稿子，看见他走进来，说："总编决定把你调到社会生活部去，你的试用期快满了，可别再出错了。我给你出一个题目，你去和一个城市捡破烂的人生活一天，然后写一篇报道，要写出这个人的善良和为生活不屈奋斗的勇气，发在《百姓故事》栏目。你看上去有些疲惫，你昨晚没睡好觉吧？"一脸小麻子的主任盯着他看。

　　"我……没睡好，什么时间交稿？"

"三天之内。我看你是有些精神不振，你回家睡觉去。"主任拍了一下他的肩膀。主任是一个面恶心善的人，他也正有一大堆的烦心事无法处理。他想和老婆离婚，但老婆就是不愿意离，弄得他四处打游击过夜。吕安突然想起了杨灵，她还在他的屋子里呢。

　　他推开了自己的房门，刚好撞见了一个人向外走，他一抬头发现这是一个很面熟的人。那个人戴一副眼镜，一瞬间的对视使那个人立即把目光挪了开去，他和吕安一错身就出去了。这时吕安忽然想起来这人是一个笑星，如今又是电视肥皂剧的制片人和演员，他那张脸在吕安看来从来都是丑陋的，这样一个大红大紫的俗人到我的住处来干什么？他走进屋子，却看见杨灵坐在客厅里发呆。"你怎么啦？"他问她，"他来干什么？"

　　她抬起了头。"……我想在他搞的为三八节排演的电视晚会小品中演上一个角色，可刚才他告诉我那个角色由别人替代了。"她的脸上弥漫着一种深深的失望，她看着他，目光中闪过了一丝怨毒与冷漠，但一瞬间她又恢复了平静，"你昨天没休息好。都中午了，我去做点儿吃的。"她站起来，来到了厨房，在那里翻弄，"嘿，真的是个光棍汉，你可一点儿也不会生活。这馒头和草莓全都长毛了，你就天天吃长毛的食物？"她说。吕安脸热了一下："没办法，我的确不太会生活。还有些东西，都在冰箱里。"

　　"那我就露一手了。"杨灵说，"围裙呢？我得系上它做饭。"

吕安找来了一条围裙。"帮我系上，"她说，"快呀。"吕安给她系上了围裙。"你呀，"她嗔怒地看了他一眼，因为吕安的动作突然有些笨拙，也许是好久没和女孩如此接近的原因，这使他有些拘谨，"你一边儿待着去吧。"她推开了他，自己亲自又系紧了围裙，把厨房门关上了。

吕安回到他的屋子里，他使劲地逗着躺在他床上的那个塑胶模特儿，他觉得她的双眼好像就是杨灵的眼睛，不知从什么时候起这具塑胶模特儿变成了一个活的，也许它有一天终究会活过来的，吕安想。停了一会儿，他去翻出了几本杂志读了起来，过了没多久，杨灵推开门："嗨，饭好了，来吃吧。"

吕安觉得肚子很饿，他发现客厅里的桌子上不知什么时候早已摆上了饭菜，每一道菜既简单又色香俱全。看来她把他的存货全用上了。他试着吃了一块，味道相当好。"不错，"他说，"好吃。"

"那自然。"她得意地扭了一下脸。这使他看见了她左眉上边的一个疤痕："你眼睛上面有个小疤。怎么弄的？"

"小时候让提琴的弓弦撞的。我从小就拉小提琴，不过也一直没拉出什么名堂来。你的眼睛怎么那么尖？"

他又吃了起来："刚才那个人，那个大红大紫的笑星，他为什么不让你来演小品？"

"为什么？"她放下了筷子，有些黯然，"你觉得我很漂亮，是吗？"

"是的，他不这样认为？"

"他当然也这样认为。只是他还向我要求别的。只要和他一起上戏，他就会向人提出要求。他可不白帮忙。谁愿意白帮我这样赤手空拳一无所有的人呢？"

"他向你要求什么？上床吗？"他咽下去一口菜说。

她瞪眼看着他："……当然！潜规则呗。"

"妈的。"他低下头，继续吃，过了一会儿他又放下筷子，"你下一步打算怎么办？你原来干过什么？也许我能帮帮你。"

"啥，我干过的可多了。我生在东北，那是长白山下的一个小镇子。然后一下子我就长大了，我开始在外面飘荡，我成了一个飘人。我一开始去了西安，不知为什么，我特别喜欢西安那个地方，我那一年十八岁，我想在那个出土兵马俑的地方我可以实现我的梦想。但我不知道我的梦想到底是什么，我就去了那里。我在广告公司、宾馆、商场、广播电台、电视台都干过，我还做过调音师，也就是DJ，我还当过些电视片的编导，有时候我也唱歌，我的嗓音略带沙哑，缥缈而又亮丽，但一直到今天我都一事无成，我总是不能成为最好的。我就又来到了北京。一直在有线电视台打工，当导演助理。可你知道，电视台是那种什么人都想往里挤的热门单位，我又没门路，总是被人排挤，于是我就一怒之下，自己炒了导演的鱿鱼了。那天我的确是心烦意乱，我一个人茫然地在大街上走着。我在想我已经出来混了三四年可却一无所成，我到底能干些什么？我心乱如麻，恨不得死了好。

可我突然在亚太大酒店的大堂里看到了那个新年联欢会的指示牌，于是我就决定去混一顿饭吃，我混到了，还认识了你。我觉得你这个人不错，很有趣，甚至有几分呆气。啊，"杨灵说到这儿拍了一下他的脑袋，"这是房租，我的那一部分，我只能拿出这么多。给你吧，"她递给他三百块钱，他迟疑了一下。"好吧，"他接了过来，"每月一千二百元的房租我是有点儿承受不起，有你分担会好一些。"他收起了那钱，"下一步你打算怎么办？"

"下一步？没下一步，先混上一口饭吃再说。或者到外企去试一试？下周有一个北京外企招聘会，我想去看看。我干过商场的导购小姐、宾馆经理秘书，我还会干什么？不知道，我什么都想试一试。不过你好像累了，你去休息吧，碗还是由我来洗。"杨灵哼着一首歌，她停了一下，立即收拾起了东西。

吕安觉得心中洋溢起一股暖意，仿佛是冰凉的地上的一团火苗，叫整个大地都感到了震颤，这屋子如同是一艘小巧的航船，如今船上已经有两个人，这会革除他内心的一部分孤独。吕安说："好吧，不知为什么我就是特别困，我得长睡一觉了。你也该好好休息一下了，忘掉那个狗杂种对你的要求，忘掉他。"

"我会的，我还没怕过什么呢。"她说。

他回到自己的房间，他拉开了窗帘，向外望去，正午的城市在一片灰蒙蒙的光线笼罩下呈现出傲慢、懒散的面目来，但它如此浩大，它复杂万分，它所有的道路、汽车、楼厦都像缩小的沙盘模型一样展现在眼前，这完全是钢筋水泥的丛林，而人就在其间奔逃，在其间寻找呼吸的空地。人群如同庞大的鼠群在奔逃，他们在这里，在这样一个如同祭台一样的场所生活是为了什么？他们为什么都要聚到这里来？是什么在召唤他们？又是什么样的游戏规则规定着他们的一致行动？他看了一会儿白花花的正午阳光下的城市，想起在这座城市中呼吸与生活的很多人，内心之中充满了悲悯。停了一会儿，他回到床上躺了上去，他发觉四面的墙不再倒下来了，从这一天起他有了生机，他把那个塑胶模特儿竖在了屋角，然后一个人爬上了床沉沉地睡去。他很快就睡着了。他在梦中旋转和飞翔，他乘坐飞毯飞临整座城市的上空，在黑色的天空下，城市却如同地府的白昼，那些人如同透明的玻璃人，在走动与说唱。他还飞越了他曾经工作过的那家巨型化工厂，那家化工厂银色的管线在阳光中发亮，空气中有化学品的浓厚气味叫他恶心。他继续飞行，他又飞临了城市，而这里到处都是闯入者，他们仿佛是城市里的游击队员，在城市的各个角落进击……

　　一觉醒来，吕安条件反射似的蹦了起来，他迅速穿好了衣服，今天他得去采访一个拾破烂的人，他要跟随他一天。可头儿为什么要想出这样一个选题？他有点儿烦，叫我跟着一个拾破烂的人生活一天？他用最快的速度洗漱完毕，背上挎包就出了门，路过杨灵的门口，他发现门开着，房间里被子叠得十分整齐，她早已经离开了，她去干什么了？

　　他坐9路公共汽车来到了城市的一个边缘地带。这时是早晨六点多，他向聚集着捡垃圾的人群走去。他看见了一片空地，那片空地由一些土墙围着，就像是一个土围子，阳光像金子一样照在这里。他走了进去，发现眼前竟是一片汪洋大海，是人的大海，垃圾的大海，在早晨的阳光之下聚集着黑压压的好几百人，他们就像是从地府钻出来的人那样聚在一堆又一堆垃圾跟前，在分拣着前一天捡拾的垃圾。每个人的眼前都放着好几个蛇皮袋子，他们面色肮脏，男男女女老老少少如同一个部落，在早晨柔美金黄的阳光照耀下分拣着垃圾。他的到来使人群稍有不安，对于他们来说，吕安这时候完全是一个陌生人、一个局外人，也许还带有某种危险因素，因此他无论走到哪一个人的跟前，那个人就会怀疑与警觉地看着他。这时吕安已走进了他们的中间，他们如同海洋中的黑色泡沫一样包围了他，他感到了一丝紧张。但是他看见了一个老人，一个头发半白的老人正在整理一大堆香水瓶儿，那些美丽而又奇形怪状的香水瓶使老头儿的脸上漾开了一朵笑容之花，他端详与揣摩着这些香水瓶，那些瓶子都代表着另外一种生活。吕安走近他，蹲下来："大爷，这些香水瓶可以卖多少钱？"那个老人看了他一眼，眯起了眼睛："怎么，你也喜欢香水瓶儿？"他说话带一股浓重的河南口音。"不不，我只想问问有人收购这种瓶子吗？像收购废纸、废铜烂铁那样收购这个东西？"

"没有人要这东西，"那老人眯起了眼睛，"我收集它只当它好玩。好了，我该走了。"老头儿把空空的蛇皮袋子束好，把可以卖的东西装进了一个大袋子，然后站起身。"我来帮您。"吕安说，他帮老头儿把那些可以卖掉的东西拖到了垃圾场的入口处，那里有两辆大车在收购。老头儿一共卖了二十三块钱，他接到钱的时候非常开心。他向站立在一旁的吕安笑了笑，扛着一根木杆，上面挂着几个空袋子："走喽。"

"大爷，我想和你一块儿捡破烂，一块儿聊聊。"

"你？"那个老头诧异极了，"和我一块儿捡破烂？"他迟疑着。

"我……是一个马上要毕业的大学生，学校要我们了解社会，所以我想了解一下你们怎么样在城市里捡破烂，只是了解一下。"

"呵呵，"老人笑起来，"还有这种事，好吧，你跟着我走吧。"于是吕安就和他走在一起了。"咱们现在是去哪儿？"

"去我常去的地方。这捡破烂也要分个地头儿，我可不能去别人占的地头去。捡垃圾也要分个老乡帮派的，我只在刘庄小区捡垃圾。那里住的人多。"老头儿将眼睛眯起来，因为早晨的阳光有点儿刺眼。吕安发现他们已经离开了那在早晨的阳光下茫茫蠕动的分拣垃圾的人群，他们在向一个庞大的小区进发。刘庄小区是一个比较大的小区，其建筑群异常高拔、密集、宏伟，吕安想起来有个美国小伙子惊叹刘庄小区就像美国纽约曼哈顿的某个局部地区，但是，吕安觉得"刘庄"这个名字立即使一切繁华变得土气，因此刘庄可以被看作是放大和拔高了的村庄。"大爷，您是哪里人？来北京多久了？"吕安问老人。

"我是河南人，来北京两年了，嘿。"

"这两年一直捡破烂?"

"不,我先前拉板车,但是身体吃不住劲儿,我都六十多了,后来我就捡起了破烂。"

"在老家不挺好吗? 干吗来这儿捡破烂?"

"嘿,这你就不懂了,在河南老家还是穷啊,我在北京天天捡破烂,挣的钱比俺们的县长还要多哩。学生,你们了解社会干啥? 是快毕业了吧?"

吕安感到有些好笑:"对,为毕业工作做些准备。"

"工作好喽,有钱挣,我有四个孩子,三个女儿都出嫁了,一个儿子师范学院毕业,也成了家。可我的老婆子这几年一直半身不遂,瘫在床上不能动,我只好出来挣些钱了。"

"刚才那些捡破烂的人,以哪里人为主呢?"

"哪儿的人都有,有四川人、湖南人、江西人、河南人,反正都是穷地方的人呗,另外年纪也都不小了,在家干不动重活。不过,还有些娃娃也在跟着大人捡破烂,一家人都在捡破烂,那孩子不能上学,多可惜啊。"

"这个垃圾场有多少人?"

"有三四百人吧。反正天天在那儿分拣头天的破烂,把它们卖掉。他们都住附近。租的平房住住呗。有的一家人都在这儿,倒挺热闹的。"

"你觉得北京有多少像这样捡垃圾的?"

老人眨巴着眼睛想了半天:"总得有个几千人吧? 这我可弄不准。你看,咱们快到了,我天天都在这一带转。"

吕安抬头望去，庞大的刘庄小区的居民商住楼群就展现在了眼前，这完全是人类的杰作，是人类的想象力与实践所结出的果实，一幢幢如同巨大的蜂巢般矗立在整个小区内，按照某种设计好的顺序依地而立，并铺展开去，成为一座新城，一座大地上的新城。就在这些由钢筋水泥铺就的小区内，生活了近二十万人，二十万人！他们一天要扔掉多少垃圾？吕安想。他们一起走进了小区。"到啦！"老人的脸上洋溢着一种快乐，仿佛他期待的收获即将来临。他们先选择了一个二十层的塔楼，从垃圾通道下的出口处干了起来，在这些楼群之间，停着大量的私家汽车，因为没有车库。吕安想起了北京市刚宣布的一个限制1.6以下排气量的汽车并分单双号行驶的规定。吕安觉得这纯粹是为了不叫想拥有微型车的老百姓做成轿车梦，而在国外，很多国家的汽车工业的发展与微型车大量进入家庭密切相关。"会有人来管吗？"吕安问老人。

　　"有时候有，是小区的管理员，骂我把垃圾弄到路上了。这可是冤枉我哩。"老人打开了一个垃圾通道出口处的盖子，开始用一个杈棍在翻拣。这是周六，一个休闲的日子，因此小区内静得可怕。吕安心想我能帮他干些什么呢？他站在一边看着老头儿。老头张开了一个蛇皮袋子，将认为可以卖钱的东西装入袋子。各种瓶子，以及破布、旧衣物、可口可乐易拉罐，这些乱七八糟的东西都被老头儿弄进袋子去了。吕安想帮帮他，但又嫌脏，没有动手。一个女人从他们旁边走过去，奇怪地看了吕安一眼，因为她可能十分诧异为什么吕安这种城市青年会和一个捡破烂的老头儿在一起。吕安注视着老头儿灵活的手，这双手青筋暴露，还分布着一些红色的小斑点。这使吕安回忆起了他在郊区化工厂工作的日子，由于厂区空气污染，他浑身的皮肤都过敏，起了很多的小红疙瘩。可现在我终于逃出来了，他想，浑身再不用长疙瘩了。但又面临了新的问题。要交高昂的房租，要每天都像陀螺一样转动，要为挣到的每一分钱而努力，因为城市像一头喘息的巨兽。而且，他所有的手续、档案、人事关系还没有办到报社来，那里要他交七千块钱。七千块！他从哪儿才能弄到这么多钱呢？他把回忆收回来，老头儿已经把一个垃圾道捡完了。"走吧，咱们去那边。"

"东西多吗？"吕安问他。

"不多，"老头儿有点儿失望，"就只有几个易拉罐和一些破衣服。"

"您贵姓，大爷？"

"我姓刘，我的老家在河南西峡县刘庄，所以我也就爱到这个刘庄来。这个刘庄可比我们那个刘庄好多了。"

"一般捡到什么东西能卖好价钱？"

"是一些小电器、日用品，还有旧手表、旧餐具。不过，我捡得最多的是破皮鞋和易拉罐，还有废纸旧书。那些旧鞋其实双双都不算旧，回去一擦油就全是新的，所以我一翻新，再转卖给想买旧鞋穿的人，就挣不少钱。"

他们就这样一边聊着，一边围着一幢又一幢的楼转。到了中午的时候，老头的一个袋子已经满了。吕安替他拿着另外的两个空袋子："大爷，咱们去吃饭吧。我请你吃饭。你想吃些什么？"

"我？你请我吃饭？学生，你跟了我一上午跟我聊天还请我吃饭？不不，这可不行。"但他们都饿了，他们找了一家"山西刀削面"的路边店，就在店里吃了一大碗刀削面。吃这种面的人大都是民工模样的人，吕安觉得自己混进了他们中间很快乐。也许，这些人就是被称为人民的人？他们黑压压地在天空下生活，付出的每一份劳动都是为了生活下去，他们没有姓名，在一阵风中就将变得衰老。他们吃完了饭，又继续向一幢大楼走去，在那里，一个又一个的垃圾通道在下坠着金子，那是雨点一样繁密的希望，给这样一个老人以期待。而在这座庞大的城市的楼群间，流连着很多这样的人，他们也是闯入者，但他们像都市中的鼠群，在常人看不见的非阳光地带聚集与生活。吕安心中涌动着复杂的液体，他觉得他为老人做不了什么事。他只是可以为老人写一篇报道，再配一组图片发在报纸上，可这就能改变老人的生活吗？一切都是无力的，吕安在风中裹紧了衣服，以免着凉。残冬的乌云在天际翻滚。大地上的事物却在处处发生着深刻的变化，他们在风中倾斜了身体向前走。

整个下午吕安仍旧在和老头儿聊天，聊得非常多，老头儿看起来也渐渐喜欢上了这个喜欢提问题的小伙子，天色渐渐趋向于黯淡，快天黑了，吕安帮着这个老人背着一袋垃圾向回走，在刘庄小区入口处的一个拐角，那里是汽车的拐弯道，老人背着两个大蛇皮袋子，在走过路口的时候，突然从小区里驶出一辆豪华皇冠轿车，那辆轿车如同一条粗野的鱼一样一下子就从老人的背后闪过，但是车尾带着了老人背着的两个蛇皮袋，吕安在马路的另一边只听"砰"的一声响，他看见老人像一只风筝那样被弹起来，向马路的一侧跌去。那辆白色的豪华皇冠轿车戛然一下停在了二十米开外的地方，吕安快步上前，扶起了跌倒在地上的老人。这时从车里下来一个个子很高的司机，他仔细察看了汽车尾部，然后疾步向他们走来："老头儿！你把我的车碰坏了！你赔我的钱！你的袋子在我的车上划了一条道子，连漆都脱落了，你快赔我！你眼瞎了？你是个聋子吗？"那个身穿黑色翻毛皮夹克的司机气势汹汹地怒吼着，吕安感到一丝愤怒，他站起来，快步走到汽车的尾部，察看了一下，汽车尾部果然有一道十几厘米的线状擦痕，但吕安又回忆起了刚才那一幕，那完全应该是司机的责任。因为他车速太快，险些将老人撞倒。吕安转过身，向二十米开外的老人走去，这时他忽然看见那个司机在吼叫："才给五十块钱？不给两百元老子就打死你！死老头儿，把钱给我！"他手中挥舞着一张五十块的票子，另一只手在拉扯着那个老人，企图从他的口袋中再摸出一些钱来。这使吕安陡然之间感到了愤怒，他冲了上去，一把揪住了那个司机，他觉得那人的躯体很沉。这使他陡然之间回忆起了他刚去化工厂装卸那些巨大的管道的日子，但他的左脸猛地一沉，那个人朝他的脸上击了一拳，吕安眼前直冒金星，他内心中升起来一阵真正的愤怒，他立即用膝盖上顶，正中那个高大的司机的小腹。然后用力用左肘横击他的脖子，这两下快如电光石火，倏然之间那人就倒了下去，吕安又重重地在他的后脑上击了一拳，把他打瘫在地上了。吕安拍了拍手，感到了一丝畅快，他一把从那人的手中抽出了那张五十元的人民币，拉起了老人，笑了笑："走吧，看他还能再爬起来不。"他把钱塞给了老人，刘姓老人的眼睛中闪着惊恐："他没有死吧？"他问。吕安摇了摇头，冷冷地说："狗一样的家伙。我们走吧。"他帮刘姓老人把东西背好，这时暮色已降，那个司机呻吟着爬起来，但再也不敢找他们的麻烦。吕安站在刘庄小区金源中心写字楼下看着那个捂着肚子的司机走开，他这时觉得自己胜利了，这是替弱者打胜的一场战斗，狗一样的人，我必须给你喂拳头，他想。刘姓老人面色缓和了，他似乎有一丝感激，但他什么也没有说，两个人很快就陷入了苍茫暮色之中。

这是黑夜沉沉的光景，吕安跟着刘姓老人一起来到了他的住处。这是沿着一条城市的臭水沟延伸而去的边缘地带，沿着高低不平的地势，很多外来工盖了不少简易的砖房，他们就都生活在这里。每一户的门窗都透出灰暗的橘黄色的灯光，他们全都是闯入者，吕安想，他们携妻带女或者离开妻子儿女，成为这座庞大都市的垃圾场上的寄生物。而生活，生活的前景就如同那从窗户上透出的黯淡灯光一样仍旧给人以希望。刘姓老人看到了这些屋子，好像变得快活了起来，他招呼着吕安快一点儿前进，他们在野狗的追逐当中走了一里多路，老人打开了一间屋子的门。"到家了！"刘姓老人的喉咙里滚过一阵低沉的欢欣。他拉亮了灯，让吕安进去。这是一间十平方米的小屋子，但屋子倒很清洁，有一张床，还有一些日常用品，其他的什么也没有。吕安坐下来，他对自己今天要回去写的报道算是有了个底。刘姓老人给他倒了一杯水："我刚才可怕了，我怕你把那人给打死了。"吕安望着这个历经生活磨难的老头，这是真正的下层人，他全部的生活信条就是安贫乐道，不惹是生非。吕安居然有一丝感动。这座城市给他的反差太大，从五星级酒店的豪华总统套房到肮脏的城市边缘贫民区。这中间的差别他在一天一夜全都体会了。屋外的臭水沟的腥臭气从窗外流泻进来，吕安想吐，但他却忍住了。"其实我是个记者，大爷，我是为了写写您的。"

"记者？唉，不行哪，把我写到报纸上？可丢人哪。"老人的脸一下子红了，"我是个捡破烂的，有什么好写的，家里人看见了会笑哩。"

"不，你是一个自食其力的人。"吕安觉得喉头有些哽咽了，他这才发现了解释的困难，因为老人一下子非常紧张了，他不知道该如何向老人讲述，场面一时冷了下来。刘姓老人不停地搓手。"可别写我，可别写我，那可太丢人了……"他忽然想起了什么似的一跃而起，走到靠里的一面墙跟前，一下子掀开了墙上的一面白布，"学生，你看我的收藏！"他的两眼放出光来。

吕安只觉得自己的眼前一亮，那是一个镶进了墙的木头架子，像小书柜那样分了很多小格子，而在从地面到几近屋顶的距离中，小木格子里摆放的竟然全都是香水瓶！大大小小各式各样造型奇特别致的香水瓶构成了一个奇幻的世界。吕安向它们走去，他闻到了一种由千百种香水味儿混合起来的香气。那是香气的千姿百态与香气的极致，熏得他打了一个喷嚏。他觉得这些香水瓶真的是非常美丽，它们在灯光辉映下闪着迷人的光。那是一个被香化了的世界，由玻璃和气味构成的透明的国度，那是一个捡拾垃圾的老人所构筑的梦，玻璃梦，一个千姿百态的梦。他的目光中的欣悦与刘姓老人的欣悦是一致的，他叫了一声："太漂亮了，太美了！"

吕安回到住处已经是深夜了。他又和老人聊了许久，而这并不是为了采访，而是真正去倾听一个人，一个在生活的锤打下仍旧乐观的人。他觉得内心之中的温暖被唤醒了。那种浪迹都市的孤独已然消失，是的，生活的信念，就是前进，哪怕每天都得去闻臭水沟的气味，但生活毕竟可以有创造和守候。他进了屋子，发现屋子里所有的灯都亮着，他侧头看了看杨灵的屋子，她侧靠在床上睡着了。而客厅的桌子上则放着一个电火锅，正轻轻地冒着气泡。这时吕安才觉得自己饿坏了。他坐在了桌子边，抓过一个空碗去盛那火锅里的东西，门响了一下，杨灵睡眼惺忪地靠着门看着他。"刚回来？你就那么忙呀！人家专为你做了通心面，等了你两个小时你都不回来，死哪里去了嘛！"

吕安抱歉地笑了笑："我今天去采访，我和一个捡垃圾的老头儿生活了一天……"

"怪不得一身臭气，明天你是不是也要去捡垃圾了？嘿。"她嗔怒地瞪着他，走过来夺过他手中的空碗，帮他盛上了一大碗有肉条番茄和鸡蛋胡椒以及加了阿香婆调料的通心面，然后放到他面前，"吃吧，饿鬼。"

"你吃过了？"吕安问她，他发现她懒散的样子很动人，衬衣领子敞开了一角，露出了一部分淡色的胸部。他伸出手，将她的衬衣拉好。她的脸红了一下。

　　"早就吃了。"她不耐烦地说，忽然她又高兴了起来，"啊哈，告诉你吧，我又有工作了，我去国展中心的外企招聘会上应聘，结果我找到了工作，我明天就可以去芬兰的诺基亚卫星无线通信公司上班啦，月薪不低于三千元，嘿，我真高兴！"

　　吕安也笑了笑："太好了。我知道那家公司，他们是专门推展诺基亚无线移动电话和其他通信设备的公司，也许我会从你这儿买个便宜大哥大了。"又有了工作，这当然是一种高兴的事情，杨灵忽然想起来了什么似的："嗨，笨蛋，你不觉得屋子里发生了什么变化？"

　　吕安这才扫视了屋子一圈儿，他发现屋子里早已焕然一新，这显然是她收拾的。所有的东西，屋子里所有的东西全部都被弄清洁了，原来这间屋子也能如此干净！吕安几乎不太相信自己的眼睛，他还发现了旧冰箱上面放着的一个空花瓶，如今里面插满了红色和白色的梅花！"花，梅花，你从哪儿弄来的？"

　　"偷的，"她得意地说，"我下午跑到一家酒店的鲜花部，趁小姐不注意就偷了几枝。挺漂亮的吧？哪儿有我，哪儿就有鲜花，不管是偷的还是买的。"她又不耐烦起来，"你快吃饭吧，吃完饭我再理你。"

　　吕安觉得有些温暖，他发现从昨天开始，他的生活之中陡然增加了一些亮色，这些亮色原本就在生活之中存在，只是需要心灵去迎合，而这种迎合必须是应该从自己身上焕发出来的。他觉得通心面很好吃，很快他吃完了所有的面，去洗漱了一番，他觉得屋里的一切都非常清爽，这也许全应归功于杨灵。哪里有女人哪里空气都会发生变化，但我们只是像盟友一样，共同面对着城市的磨盘机。

"吃完了？快，洗碗去！"杨灵从她的屋子里出来，脑门上戴了一个棒球帽。吕安笑了一下，依言去厨房洗那些碗筷，这是他们早就有的约定。"不过，你真该有个人照顾了。你该找一个老婆了。但可不是我这样的，我其实是个马大哈。你为什么不娶上一个老婆，能照顾你的女人？"

吕安笑了笑："女人多现实啊，像我这样既没房子又没多少钱的外来户，一个城市的闯入者，有哪个女人愿意嫁我？她们早就钻进了汽车、洋房。你还不快点也找个大款傍着？"

他这句话刺伤了她，她脸上现出一股怒气。"你又在胡说了。我还偏要嫁给一个穷光蛋，像你这样的小知识分子我也不会嫁，嘿，要傍大款，我早就去傍了。"她叹了口气，"不过也不知道我还能挺多久。像我这种女孩，能付出与别人交换的东西可不太多。"

吕安抬起了头，他看到她的眉头罩上了一层忧郁。"别急，一切都会好起来的。什么事都不会坏下去。你明天要上班了，早点儿休息吧。"

"我觉得我们真是同病相怜。要不，我来照顾你吧。"她忽然认真地对他讲，但她的脸红了一下，"晚安。"她说完，转身进屋了。

吕安呆了一呆，他没弄明白她说了些什么。"晚安。"他擦干净手说。

他一大早就赶到报社去发他昨天晚上连夜写下的那篇纪实性报道，详细记述了他和捡垃圾的刘姓老人生活一天的实录。部主任表扬了他。"很好！照这样下去我们很快就把你所有的关系都转进来了。能不能与那个该死的化工厂头儿商量一下，少交一些钱？七千元才能赎身，实在是有点贵。三千元怎么样，报社给你掏了。"部主任是一个急性子，他也为吕安的处境着急，"不过就算关系转过来又能怎么样？还不是要房没房，要钱没钱。记者又怎么样？大多数都是臭狗屎，不过是饭碗一个罢了。你知道前一段时间有个什么谚语吗？'防火、防盗、防记者'，嘿，记者跟强盗都差不多了。当然，这个行当也不好干。不给钱，凭什么要给企业做宣传？报纸本身就是个产业。喂，报社马上要决定承包版面了，咱们部一年上交八十万，想怎么干就怎么干，这样更好。这样我就可以多给你们发钱。你瞧瞧我手下这几个兵。一个个多不容易啊，多不容易啊！"部主任自言自语，又像在和他说话，忽然吕安看见有一个人在窗外探头探脑的，他认出来那是赫建。他来找我干吗？吕安走出去，见赫建穿着一身笔挺的西装，旁边还站着一个挺漂亮的女孩。这个女孩有点儿瘦，但也属于清秀型的。

"吕安，这是我女朋友李梅，这是《生活服务报》我哥们儿吕安，我老向你提的，我最好的朋友了。"吕安朝李梅伸出手握了一下，把他们带到了会客室。"赫建，你今天挺精神的，发财了？"吕安问他。"当然，我给欧迪芬女式内衣写了两句广告词，结果就挣了三千块钱。我今天是来还钱的，给你那三百元。"吕安接过了钱："在那儿住得怎么样？"赫建面露神秘。"我已经，"他把嘴唇凑到了吕安的耳朵旁，"我已经和李梅同居了。我们住在洋桥附近。李梅，你给吕安说说我们的打算嘛。"李梅没有说话，"她是一个不错的厨师，你不知道她烧出的菜有多棒，她刚刚承包了一家菜馆，就在洋桥菜市场边上，有空你来坐一坐。"

吕安点了点头："我一定去，你的电影剧本写得怎么样？那篇叫作《闯入者》的东西？""我把它写成了一篇小说，今天我给你带来了，不过只是一个梗概，你先看看，能不能找个导演推荐一下？你不是采访过导演夏钢和周晓文、田壮壮吗？给我推荐推荐，全靠你了。"吕安接过稿子："好的，我一定会推荐的。但现在电影业也很不景气。这是一个大赔大赚的行业，是一个艺术工业，光写剧本，没戏。不如写好广告词，倒可以多赚些钱。"吕安这句话叫赫建有些丧气。他想了一会儿："那我和李梅先走了。你有空一定来我们的菜馆坐一坐。"他们站起来，吕安也不挽留，就送他们到电梯口，他悄悄对赫建说："李梅还挺漂亮的，你还挺有手段的。再见。"

吕安回到办公室，坐在自己的电脑前敲稿子，渐渐地他进入了工作状态，这是一种恍惚的状态，他觉得周围的确是一个人来人往的纷乱的世界。这幢楼真的是一个蜂巢，人人都在上下奔忙，为各种愿望、企图和目的，他们如同带翼的生物，在庞大的楼群中间飞行。幕墙玻璃如同一面城市的镜子，它几乎可以把城市的内脏都照出来。城市人是一种长有透明羽翼的小生物，他们喜欢成群地生活在由钢筋水泥构成的楼厦的蜂巢中，在这里酿蜜与排泄。吕安一边打着字一边想象着自己所处的楼厦就真的是一个蜂巢，在高处悬挂、晃荡，他有点儿头晕，他烦躁不安，也许他们人人都会蜇我一下的，身处有翼生物中间，他更加觉得孤独，鸟儿们已经全部从城市中消失，城市，人类的伟大杰作，这个由繁密的地下管线，比如排水系统、煤气供应系统与地下铁道，以及地面之上的所有楼厦、空中的无线电路和空中花园，所构成的庞大的空间，这就是人类生活的当代空间，一个纷乱而又死寂的世界，一个亲密而又孤独的群体，一个多样而又单一的构造，有翼生物在城市中飞翔、奔忙、生产、排泄与死亡。吕安觉得自己的大脑很累，他认为自己应该方便一下了，他停下来，拿起了赫建的故事梗概《闯入者》，躲到洗手间里，蹲在马桶上看了起来。

《闯入者》（一）

一个人坐在屋子里，这是一个男人还是一个女人？也许这是一个无头发的男人，他就坐在屋子里，或者他是一个光头的男人？他坐在那里，正在紧张地倾听着来自外面的声音，只要有风吹草动，他就会立即把头偏过去，竖起耳朵仔细地谛听。他的表情也会随着那声音的逼近或者消逝而变化。总之他被一种担心和恐惧给牢牢俘获了。他在害怕什么？他在期待什么？是闯入者，毫无疑问是闯入者！他在担心闯入者。可这是一间空空荡荡的房子，午后的阳光正一点点地将拖地窗帘的影子向后移去，他坐在屋子中央的一把椅子上，他时而皱眉凝思、时而起身烦躁地来回踱步，他很焦虑紧张，然后他又突然地站住，因为有一种可怕的声音正在向这里逼近，这是一种渐渐加重的喘息声，由远及近，配合着一下又一下沉重的脚步声，他听着听着，头发都快要竖起来了，他的心跳已开始了不规则的跃动，那会是谁？一个什么样的闯入者？坐在屋子里的人紧张得大气都不敢出。但是，那种巨大的喘息声在将近门口的时候，突然像一条侧身滑开的大鱼那样消失了。门外什么声音也没有了。他浑身的血聚到了头顶，又哗的一下散到全身去。他放松了。他重新坐到屋中间的椅子上，低头冥想。

可他为什么一个人待在这里？谁都不明白这一点。也许，对这间空屋子来讲，这个人也是一个闯入者。这间屋子一直空空如也，只有时间和灰尘在静悄悄地降落，但是有一天他闯进了这间屋子，成为这间屋子的闯入者，一开始他甚至有些扬扬自得，但是不久之后他就发现他已身陷空屋的重围之中。他开始注意来自屋外的任何一点动静，他开始期待和惧怕某个人、某种声音。只要有一种声音在向这间屋子靠近，他就会紧张万分。他发现在很短的时间内他的听觉已锻炼得异常敏感，他的耳朵也变长了。耳朵像蘑菇一样在向外向上长，越长越大，到现在，他几乎可以听得见灰尘降落的声音，那是小到极处的最轻微的磕碰。自从他由一个闯入者变成了一个屋子的主人之后，他对自身的处境越发地忧虑了起来。他惧怕外面的世界，因为那是一个喧哗的、浮躁的、焦虑的到处都是闯入者的世界，不像待在屋子里只有灰尘和时间一起慢慢地降落。但他拿不准是否有一天自己仍会按捺不住，大叫一声重新跑出去。这时候又有一种声音由远及近地逼了过来，那种声音柔软、沉重而又稳当，像某种巨大的猫科动物那样向这里走来。他紧张极了。他的额头上开始沁出晶亮的汗珠，他甚至开始怀疑自己是否一直在期待着一个闯入者，与闯入者的会面是他内心里的真正愿望？他拿不定主意，只觉得自己那血脉中的血液再一次地向头部聚去。但那类似于猫科动物的脚步声停下了。它是停在了门口还是已然离去？屋里的人张大了嘴巴，额上的汗珠迅速地滑落，他张开的嘴巴一点儿也没打算再重新合拢，他一动不动地坐在屋子里，仔细谛听着屋外的任何一丝动静，一动不动，如同一尊午后的雕像……

    吕安合上了赫建的这篇叫作《闯入者》的小说，穿好衣服走出了洗手间。他多少感到了一些乏味，但这篇小说所透出的内心的紧张却是如此真实，正与自己的心灵焦灼相暗合。写这种东西也许会发疯的，吕安想，赫建也许快变成一个内心分裂的人了，他就像他小说中写的那个人那样，为屋外的某种也许不存在的声音所牵动，总有一天赫建会疯狂的。他的眼前又浮现出了赫建的脸，这是四川男人特有的脸型，而且他还是个小个子，高中毕业一个人离开了家乡，蜗居在一所大学里一边自费攻读大学课程一边做着写作和发财梦。也许这类人也是黑压压的一群，生活在城市的夹缝地带苟延残喘。吕安想起了杨灵，他感到内心明亮了许多，仿佛有几根蜡烛点亮了他内心一些黑暗区域。他想起来郊区那个化工厂还要他交七千元"赎身费"才可放他出来，可这家报社却不见得会为他掏这一笔钱。生存！在城市的巨大积木间生存下去，这使吕安张了嘴巴，像渴求氧气的鱼那样呼吸了起来，为什么生存会这么难？他决定不再去想那么多了，他起身去照排中心看他打的稿子上版了没有。

傍晚时他干完了活回家去，一上楼道就听见有两个老太太在窃窃私语什么"东北虎"，莫非真有东北的老虎南下了？他一下子想起了赫建的电影小说中，有一个猫科动物的脚步声在向屋里的人逼近的情节，是什么样的动物逼近了我的家吗？他乘坐电梯上到十楼，走出电梯推开单元门，却发现正有几个警察聚在那里，那种闯入架势与他曾在赫建的房东被杀后的现场调查颇为相似，他的头一下子热了。警察冷冷地对他说："你要干什么？"

"我回我的家呀，我就住这儿，这一家。"

"你家被盗窃了，看一下你到底丢了些什么，写一个证明。"

吕安闯进了屋子，糟糕，屋子里被翻得乱七八糟，而杨灵正在屋子里收拾东西，见到吕安，她有点惊慌："这个小单元的三家住户全部被盗窃了。对门那家丢失了黄金首饰加上现金一共有三万多元，另一家丢了很多名贵的衣服，你看看你丢了什么，你的皮箱早被打开了。"吕安闯进自己的屋子，那个塑料模特儿还靠在屋子的一角，它一动不动，只是屋子里却被翻了个乱七八糟，几乎所有的东西都改变了它们原来的位置，他进行了一番迅速的检查，自己大约只丢了放在抽屉里的两百元现金。而他本来就没有什么值钱的东西。他走出自己的屋子："你丢了些什么？"

杨灵脸色阴郁，她的脸因失去了一些血色而变得苍白："我丢一些钱，有一千多块吧，我还丢了几件内衣。你说这盗贼偷我的内衣干吗？也许他是一个性变态吧。"

吕安没有说话，他写好了丢失的物品清单，叫杨灵一起签了字，交给了门外的警察。"平时一定要注意点，"那个警察收起了单子，"我们都传达了，说是有一些东北的失业工人，结成团伙南下作案，前天发生在方庄银行的一次抢钱事件，可能也是这种人干的。真他娘的，难道我们就抓不住他们？"那个警察有点儿憋气，"太猖狂啦，一下子把门都钻出一个大洞，你们对门那家的门板都给卸下来了。这也太猖狂了。"警察们做好了取证与侦查现场工作后迅速走了。杨灵和吕安坐在小客厅里愣了许久，停了一会儿，杨灵站起来："我去做饭。我买了一条鱼，你喜欢吃鱼吗？"

"喜欢，"吕安说，"不过我什么都不想吃。"今天的盗贼闯入使屋子里的空气变得凝固和紧张了一些，吕安觉得这些看不见的闯入者在最近像个影子一样笼罩着他的生活，你在明处而他们在暗处，可他又能有什么办法？"要我帮忙吗？"他走到厨房门口，问正手忙脚乱的杨灵。杨灵系着一件蓝色的围裙，在干活儿的时候她又恢复了她的俊俏。"不需要，因为你是个笨蛋，你只管等着好了。"她好像已经忘掉了盗贼的侵入带来的不快，"喂，你的生活中最近真的没有什么女人进入过吧？我看你床下的拖鞋都只有一双，为什么不再找个女朋友，像我这样帮你做做饭什么的？"

"如今的人大都变得很现实，女人也是如此，这当然无可厚非，比如嫁给一个有钱人，从古到今大多数女人在这一点的选择上可都是毫不含糊的。我现在有一种失败的感觉，我觉得我在生活的铁墙面前碰得鼻青脸肿。我真的不知道生活的内容、目的和意义。我一天比一天变得焦虑。我被欲望所充满，可这些欲望被满足之后又有一种深深的失落感。在生活的道路上我是进退两难，处在夹道中间，我总是想号叫，可号叫过后仍是一种沉寂，迎向你的只有沉默。"

"噢哟，一个哲学家，一个生活哲学家。"杨灵啧啧称奇，"快，帮我把米放进电饭煲里，我看你不是过得挺好的吗？总比那些下岗的女工好多了。我今天下午回来的时候在楼下看到一个四十岁左右的女人，跳着蹦着在冲着这幢楼的某个住户骂街，骂得可真难听，全是关于性生活什么的。据说这个女人就是羽绒厂的下岗女工，一个月只拿一百五十元生活费，她还有一个上高中二年级的孩子，丈夫也死了。这所有的生活重担都压在她一个人的头上。后来她的神经就有点儿不太正常了，其实她单位的头儿据说早就从这里搬走了，而她始终不知道，仍旧隔几天就到楼下来骂上一会儿。"

"可这也并不能怪她单位的头儿呀。现在好多国有企业都不景气，现在谁还去干工人呢。喂，在诺基亚电信公司干得怎么样？今天忙吗？"

"像个自动玩具，节奏可快了。"她一边细心地切着鱼肉，"我都担心我并不能真正适应这种工作。电动玩具，我不停地接电话、打文件、发传真，总之也挺累的。"她好看的眉头皱了皱，"不过，也蛮有趣的，人总是应该什么都尝一尝才是。把盐递给我。"

他们就这样聊着，他们像是一对年轻的夫妻那样为一顿饭在忙碌着，这使吕安多少感到了甜蜜。他们做好了饭，天已经完全黑了，城市的夜景在窗外无尽地铺展开去，她打开了屋里所有的灯，因为她说过她不喜欢黑暗，他铺好了桌布，他们一起吃着晚餐。从某种意义上讲，他们已越来越像伙伴，共同应付生活的伙伴，有着共同的处境，面对的是共同的敌人，但敌人却又是虚无的，未显形的。整座城市也许并不是他们的敌人，只是一个祭坛，在这个祭坛上，物是唯一被崇拜的宗教，人们为了物而将自己毫无保留地献给了这个祭坛。他们吃完了饭，不知为什么都没有过多的话了，他们默默地收拾碗筷，他们都感到累了。吕安洗漱完毕，打算去睡觉，他转身对杨灵说："晚安！"可他突然看见杨灵的眼角沁出了泪水，她正用一双茫然的眼睛看着他。他有些吃惊："你怎么啦？"她轻轻地俯下了头："我有些害怕，我害怕那些闯入者，那些'东北虎'，我不敢一个人睡了。"他想了想，定了定神："要不，我陪你睡？和我一起睡吧。"他似乎一下子想到了什么，他朝杨灵走了过来，他朝她伸出了臂膀，他拥她入怀，这使她感到他的臂膀还是如此有力。她轻轻投入他的怀抱。他们就这样相拥着来到了他的房间。一切都是在无言中进行的，只是她替代了原先那个塑料模特儿的位置。他和她都躺下来，就着黑暗中的微弱灯光，他伸出手擦去了沁在她眼角的一滴眼泪。他们都没有动，吕安觉得有些激动，但过了一会儿，他听见她发出了轻微的鼾声：她睡着了。他睁大眼睛看着天花板，那些使他激越、使他伤痛的往事蜂拥而至，他有些心潮起伏。他忽然觉得他和杨灵的命运如此接近，两个浪游者，两个闯入者，在今天两个人离得如此之近，像伙伴一样互相给对方以安全感和慰藉。他们都太累了，不一会儿他也睡着了。

但是在黎明的时候他被弄醒了，他觉得有一张嘴唇在寻找着他，他发现有一个温暖的躯体已经靠近了他，不用说，是杨灵。她的身体像一团火，贴紧他时使他灼热。他也找到了那一张沼泽般的嘴唇。她迎上去，吸住，像对应的某种橡皮活塞一样，这是黎明前的黑暗笼罩一切的时候。一些浪在他的身体内涌起，然后在不能自持的情况下，他们做了那事，然后，他又睡着了。

他又醒了，依稀记得刚才发生的事。他以为那也许是一个残梦，但他发现了床边上的一支玫瑰色的口红。

这天傍晚，杨灵再回来的时候，吕安就已非常自然地搂住她。他吻她，问候她。他们一同做饭，聊天，亲如真正的恋人。一张纸已经在他们之间捅破，吕安觉得他的生活之中也真正有了一个闯入者。这个闯入者将真正影响他的生活。他希望他能承担他们之间的一切，可她却把这句话先说了："你太需要一个女人的照顾了，我会好好照顾你的。"她温柔地对他说。到了晚上，他和她躺在了一起。这一夜他们聊了整整一夜，只是近距离拥抱着，任头发轻拂在他的脸上。他们向对方倾诉苦恼，诉说自己的追求，他告诉她他交不起七千块从郊区化工厂"赎身"的钱，如果是这样的话，他的记者梦就做不下去了。"可是我不能回到工厂去，我的皮肤过敏，而那里的空气充满了毒气，我的皮肤上经常起很多粉红色的疙瘩。"她在他耳边说："也许我会帮你想办法……第一次在亚太大酒店见到你，我就有点儿喜欢你。你可能发现不了你身上有一种浓重的忧郁之气，正是这种忧郁袭染了我，使我如此迅速地进入了你的生活！连我都感到吃惊！"他吻了吻她，感到心里踏实多了，这是他重新焕发生命活力的时刻，他感到了欣悦，在他内心积聚已久的孤独已悄然散去。他伸出手，把她拉入怀中。杨灵的身体滑得如同一条鱼。这是真正清新的肉体，他觉得自己和她一样，他们都完美如初，长久的焦虑不见了，这种清新的肉体与精神全面唤起了他早年关于幸福的全部感觉。他甚至以为这不是真实的，也许她仍是那个塑料人。他认真地触摸着她身上的每一寸肌肤，处处都充满了弹性，这是拥有青春的光泽与弹性的人才会有的，他放心了，他听着她淡淡的呼吸声，和她一同沉入睡眠的海底，像两条浑身发出了幽蓝色光泽的鱼，一起摆动优美的身体，义无反顾地朝大海的深处，那真正黑暗的地方奋勇前行。

生活！生活像一头猛兽，生活有时候也像是一头温柔的小羊，当吕安走在积木一样的大街上，他发现一切都已发生了变化，那些楼厦，那些高速公路与立交桥，那些时装人与塑料花朵，如今才第一次具有了生命的意义与活力。这使他明白也许外部世界、那个物的世界的每一个地方其实都是永远不变的，而真正改变一切，让一切重新获得意义的却正在于人的心灵。而心灵却是需要滋养的，心灵的这种滋养正是爱，只要你在爱着，你就会赢得一些东西。他又赶到报社，他从内心深处焕发了一种热情与激动，这叫同事都有些诧异。头儿又给了他几个选题，他不再感到劳累与压力。他去采访了。他还是活着的，他不会再去担心变成一个塑料人，躺在那里一动不动，直至上百年。

他和她像真正的伙伴那样开始了他们全新的生活，他们上班下班，他们有着共同停泊的小岛。这个小岛就是那套居于塔楼顶部的小屋。他们和和美美从不吵架像夫妻又像情人，但他们之间又没有任何约定。他们只是在一起，叫生活重现一丝橘黄的色彩。他不再觉得女人是一种奇怪的动物，是一种不可理喻的存在。她如此可感地和他共处。

一个月后，有一天她回来后脸色有些沉闷，她不停地听恩雅的歌，脸上弥漫着一些伤痛。他感觉到她一定碰到了什么，他问她可她不说。她开始抽烟了。她一连抽了好几根。早晨的时候她拿出了七千块钱，郑重地交给了他，说他可以拿去办理他的所有的人事关系，从那个化工厂里出来了。"你从哪儿挣这么多钱？"他愣了一下问。"我们发薪了，加上我的一点存款。"她对他柔和地说，"我说过我们应该一起承担一切，对不对？"他久久地看着她，感动与犹疑长时间笼罩着他。他最后还是接过了那笔钱："好吧，算我借你的，我一定会还你，我是多么……"他没有说下去。即使在生活中下沉，那么他也有了一个一起下沉的同行者。他笑了："我明天就去办理关系。"

"快过年了，我要回家去看看。我多想我的母亲啊！"她怔怔地说，"可是把你一个人留在这儿我多少有些不放心，你一点也不会料理自己的生活。你到什么时候才能真正料理好自己呢？"她有些忧愁地摸了摸他的脸，"我明天就回去了，我半个月都不会在北京，你会想我吗？"她的目光忽然透露出一丝疑问与探询。

"当然，"他说，"当然。可我在过年之前的前三天才能回家，我们太忙了。我的家乡在山村里，我连电话都没法打，你会嫁给我吗？"他看着她，正色说道。

她低头想了想，笑了笑："会的吧。不过我们要面对的事情如此多，其实人和人之间一切都是那么脆弱，我什么也承诺和预言不了，只是我们彼此之间是真正需要的！我当然能感受到这个！"她又扑入了他的怀中。他明白他已深深陷入爱恋而不能自拔。

第二天，她离开北京回乡探亲。这是北京寒冷的冬季，他站在月台上看着她乘坐的火车远去，内心有些失落。在随后的一些日子里，他办理好了所有的手续和关系，调入了《生活服务报》，他觉得心态稳多了。在过年的时候，他决定不回家了，因为他在城市之中仍是刚刚开始，一切都还是个零，他又面临了新的人生起点。在过春节的几天里，他每天都给她写一封信倾诉衷肠，但由于没留地址，他没有发出一封信，他把它们摞在一起，有厚厚的一沓了。他决心好好生活。因为他难得焕发出对生活的热情，以及对人的真正期待。他已越来越会料理自己了。那些日子他哪儿也没去，因为北京的风太大了。而在过年的那几天，他所有的朋友都已离开了北京，仿佛城市变成了半空的城市。他丧失了很多音信，他不知道他们怎么一下子就消失了。于是，他在家经常读书。赫建和他的女友也回四川老家了，他就去读他的电影小说《闯入者》。

《闯入者》（二）

一个人坐在屋子里，他总是心神不安。背景是雪白的墙壁，屋子里除了一把椅子在屋子的正中以外，再没有其他的任何人。而正有这样一个人坐在屋子里。他的年龄有二十几岁？三十几岁？四十几岁？没有人知道，但正有这样一个人，他当了一个闯入者闯入了这间空屋。但后来他就感到不安了，他总是幻听幻视，他的想象力过于发达，并且他为自己的这种想象力深深地折磨着，他的面孔已越来越苍老，他焦躁不安，他的听觉在这样的屋子里待着已越来越敏锐，他能分辨各种声音最细微的差别，整个外部世界的一切运动、一切人、一切事、一切云以及风中的动静，都已变成了各种声音向他涌来。他的耳朵还在生长，但他的视力却在退化，他的耳朵像他身上的某种寄生物一样在疯长，他走动，他屏住呼吸，他想象着又一个闯入者在逼近，或者远去，每当他再听不见逼近者的声音的时候，他会长长地呼出一口气，放松下来。

他为什么会变成一个害怕闯入者的人呢？这谁也不知道。也许他害怕这个到处都是闯入者的世界，所以有一天他就在一个僻静的屋子里待了下来，他决定在这里待上一段时间。他大部分时间都是坐着的，有时候他会深深地睡去，被梦境中的枝条所纠缠而不能自拔，这使他会在一阵惊悸中猛然醒来，心突突跳着，他会在一瞬间忘了自己身居何处。但旋即，现实世界的各种声音，在屋子外面重新响了起来，他立即又紧张了起来。他希望有他自己的一个世界，哪怕这个世界空空荡荡、家徒四壁，可这毕竟是他的领地。外面太嘈杂，太混乱，他不能把握这些，所以他退缩了，他向后退缩了，他待在屋子里哪儿也不想去。

这也许是一个永恒的意象：一个害怕闯入者的人坐在一间空屋里，这间屋子被真正的寂静所充满，但屋里的人却因这种寂静而更加清晰地听到屋外的声音，他是一个害怕声音的人。可他要把自己关在屋子里干吗？虽然这是一个领地，可这个领地里什么也没有呀！他要守着这样的地方干什么呢？比方说如果他是一个臆想狂，这样的人只有坐在屋子里才可以去想象闯入者的存在，那么这倒好理解了。有昼就有夜，有衰就有荣，有晨就有昏，有生就有死，有喧哗就有寂静，有期待者才会有闯入者，这难道不是相辅相成的吗？

　　春天的气息是伴随着三月的第一缕风来到的，吕安走在大街上，他觉得这样的季节、这样的年份都是全新的。杨灵已经从家乡回来了，她变得比过去稍微胖点儿，她当然在家里得到了较好的休息。赫建也来了，他好像变得更加焦虑了。有一天赫建气急败坏地找到了吕安，告诉他说自己的女友已经离开了他。"离开就离开了呗，"吕安轻描淡写地说，"天下没有不散的筵席。只当是她抛弃了你！""有人勾引她，那是一个洗车行的小老板，开着一辆豪华皇冠去她的小餐馆吃了几顿饭就勾引了她！"赫建气急败坏地说。"嘿，"吕安笑了笑，"女孩子是天上的野鸽子，野鸽子谁抓住就是谁的。重要的是你得确立你自己，你得实现你自己。""可我如何才能实现我自己呢？"赫建急得满头流汗，"你不知道我有多么爱她，她是我能够在这座城市中待下去的支柱与勇气，你不也一样吗？没有杨灵，你早就完蛋了。你能不能帮我和她谈一谈？你一定会帮我的，叫她回心转意。因为那个洗车行的老板对她并不是真心的，他也许只是想玩玩儿她，你一定要和她谈一谈！"

吕安沉默了。"好吧，"他答应了，"不过这种事谁都无能为力，我一定找她好好聊聊。你打算怎么办？"

　　赫建愣了一下，他被一种颓丧所笼罩了。"我不知道该怎么办。其实我对自己能不能在这座城市中生存下去毫无把握，我不知道，也许我会再回家去的。你把我的《闯入者》还给我吧。你看完了吗？"

　　吕安于是就按照赫建的请求约了他的女友李梅谈了一次，再次见到她吕安觉得她的变化很大。她变得有些俗艳了。看来她也越来越城市化了。吕安把她约在国际饭店的一层咖啡厅里坐下，李梅看上去长得还不错，吕安今天有更多的机会可以端详与观察她了。在典雅的大堂里李梅有点儿不自在，因为像她这样打扮的女人在这里出现会被人误认为"野鸡"，是那种以操持皮肉生意为生的暗娼。吕安要了两杯咖啡，他问她："你和赫建真的分手了？"她把坤包放在一侧："当然！我为什么不和他分手？我越来越不喜欢他了。一开始我们一同从四川老家来到了北京，由于是老乡关系，他给了我很多照料，我也觉得他这个人不坏，至少做个朋友也没什么，可他追我追得太紧，我只好就范了。实际上，我内心并没有完全接受他。你知道，两个穷人在一起会感到更穷，两个漂泊的人在一起也会感到更漂泊。但这倒是次要的，我发现到后来我有点儿喜欢他了，他这个人你与他相处时间长了，你就会为他的善良所打动，这种善良的人喜欢上了我，他把他并不多的一切，比如钱，比如依赖都给了我，我实在无法辜负他，于是我由最开始的冷淡他而变得接受他了。我还搬到他那儿，和他住在了一起。这对我来说也是需要勇气的！可我做到了，我处处关心他，我希望他能真正实现他自己，像他所说的那样，可他自己却变了。"

吕安问："他怎么变了？"

李梅说："他有一个缺点就是爱吹牛，把想象中的说成是现实已有的。比如他想当电影剧作家，立刻，他就像真的已成了个著名的剧作家，好多大导演，比如张艺谋、陈凯歌都求他为他们写剧本。这是他当面向我吹的。另一方面，我越对他好，他反而对我越来越坏，渐渐地他认为我是他的私有财产，我与男士通个电话他都不同意，他处处限制我的交往，可他并不懂我的心。到后来我弄明白了，他以拥有我而体现他的价值，如果没有我，那他什么也没有了。而实际上，一个男人，如果只拥有一个女人，而不去有更大的事业，又有什么意思呢？我感到很消沉，我对他的热情也在一天天消退，直到有一天我认识了一个洗车行的老板，于是，我决定离开赫建了。"

吕安问："不是因为洗车行老板有钱吧？"

李梅说："当然不是！因为这个男人更像个男人，我是如何来看待男人的呢？就是一个男人得有一种自信，一种从容面对生活的自信，赫建是没有的。他除了想完全占有我之外什么信心都没有。于是到后来他几乎虐待般地折磨我，从情感到肉体，他对我的感情是一种混杂着爱与恨的东西，可能他爱到了极点，也恨到了极点，于是他以折磨我为乐，并且每天都写下日记来自我欣赏。再这样下去，他会杀了我的！我想他会的，因为他捆过我，用鞋底打过我，用皮带抽过我，用黑布蒙住我的眼睛……"

吕安沉默了。他感觉到赫建有一种疯狂的念头在滋生。在此之前他还没有认真地去想过赫建，当他读着赫建的《闯入者》时，他感到赫建的心灵已极度焦灼，他最终也许会走向疯狂毁灭的，吕安想。也许可以把赫建作为一个特例，一个城市焦虑症患者进行分析与解剖，他明白他无力去挽救赫建和李梅的爱情，当这种爱情已异乎寻常地变成了征服与占有的关系时，那么这种关系就已经死亡了。

"问题是，你真的喜欢那个洗车行的老板吗？"吕安问她。

"我说不上，"她把目光投向了在大堂里出出进进的人群，"但他相对于赫建来说，是一个成熟和健康的男人，我不在乎永久。我只在乎今天。"李梅叹了口气，"在这座城市，我不过是个打工妹。我本来就没有什么好选择的，我希望我能学一门好手艺，比如我把做饭的手艺学会学精，就相当不错了。好了，我该走了，你还有什么要说的吗？"

"没有了。"吕安说。

"那我走了，为了躲开赫建，我又在南城开了一家餐馆叫'欣欣酒家'，在方庄的边上，有时间一定来坐坐哟！"李梅冲他一笑，扭着身体走了。

吕安坐着没动，他从包里取出赫建的《闯入者》，继续看了起来。这是一篇并不长的电影小说，一共只有四五千字。吕安一边吸饮着咖啡，一边在想着赫建，想着更多的他认识的进入这座城市奋斗的人。他久久地读着那篇小说，在这篇小说的后半部分，那个坐在屋里倾听闯入者临近的人终于精神崩溃了。他逃出了那间屋子。他进入发出了各种声音的世界中去。闯入者没有闯入之前他就已逃了出去，这样的结尾包含着怎样的深意呢？吕安苦苦地思索着，但他想不出个头绪来。

但是吕安再也没找到赫建，吕安呼了他他也没回电话。吕安觉得有些奇怪，但是不管如何，这一年的短暂的春天已经全面地来临，春天的气息带着风沙弥漫在这座城市的所有的地方。而吕安心中也洋溢着幸福。他和杨灵已几近如胶似漆，天天都在一起缠绵。吕安在报社也越干越起劲，他已被聘为报社的首席记者之一，每周都在采写震动城市的社会报道，而杨灵的工作也特别忙，一个月有时候竟有一个星期在外加班，而她不在屋里的时候，吕安反而有些睡不着了。他知道他的生活的确发生了相当大的变化，因为现在他们是一个两人世界，这种两人世界是需要培养的。

叫吕安感到不安的是杨灵对他特别好，几乎倾尽了所有的热情来爱他，而且，他们在很短的时间里就购置了很多家电和家具，这些东西一下子就把屋子给填满了。而如果靠吕安挣的钱，添置这些东西恐怕需要三年，而且还得不吃不喝。他们已经开始商量在今年夏天挑选一个时间结婚。"我再也不愿意漂泊了！"她惊呼着，热烈得像一只鸟，扑入吕安的怀里，"我要有个家了。我要和你一起有上一个家，我们当然会过得很好。对不对？你说呢？"吕安点了点头，他拥住她，他们一起来到窗前，眺望外面的城市风景，这是一片灯光的海洋，是人们的梦境飞翔的领地。城市是什么？他们想，它什么也不是，或者它是闯入者汇入的一个舞台，很多人都在这里表演他们的戏剧与生命经历，一些人走了，又有一些人走上台来，活着，死去……

"我不希望你为我花这么多的钱，"吕安摸着杨灵刚刚为他买的值一万多元的尼康牌相机对她说，"我不需要，我只要你这个人就够了。只要你和我在一起，我就不再需要其他的东西！"

杨灵看着他，目光深处有一丝不易察觉的忧郁。"不，就因为我爱你，因为我担心有一天会失去你……"

"不会的，这怎么可能呢？"吕安有些焦急地说。

"一切都在改变，就连婚姻也是一个幻象，什么事情也不好说。"杨灵轻轻叹了口气，这使吕安感到了极度不安，因为他异常敏感，他猜想杨灵心中一定有什么事没有对他讲。

"可我们再过两个月就要结婚的呀！"

杨灵沉默了一会儿。"对，是要结婚了。你最需要一个家了，"她有些黯然，"和你在一起，我没料到我是这么能干的。过去在家里我什么都不干，我什么也不会干。可现在为了照顾你这个大宝宝，我什么都学会了。咱们今天去看中法青年芭蕾舞表演吧！我上周就在百盛购物中心买了票，只是一直没有对你说。"

"好呀！"吕安说，"我也很久没去看过芭蕾表演了，咱们去吧。"

那天他们去北展剧场看了中法青年芭蕾舞的联合演出。那天的表演非常棒。杨灵和吕安都把手拍红了。他们回到家里已是午夜十二点，这天晚上，他们以饱满的激情做了爱。这是一个充满激情而又完美的夜晚。他们相拥而卧，直至天明，吕安没有觉察到杨灵的眼角滚落的两滴泪水。

第二天下午吕安在报社，报社跑法制的记者小黄给了他一大堆照片，说："你看看，这个人上次来找过你，可他现在变成了盗窃犯。这家伙挺有趣的，他费了半天劲弄开了一家的防盗门，进去后只偷了人家一双袜子，你说这种贼多么少见！"吕安愣了一下，他接过照片，他发现照片上竟是赫建！"你说他成了一个盗窃犯？"吕安问小黄，"他现在在哪儿？"

"被拘留了，但我听说不久就要把他送到精神病院去了。我也觉得这个人有点儿不正常，你说偷东西多偷一点儿不成吗？可他只去偷一双袜子，他一共弄开了十二户人家的防盗门，可就只偷了十二双袜子！连公安人员都觉得有些啼笑皆非。你和他熟吗？你难道没看出他有什么精神方面的毛病？"

"我和他很熟，他失恋了，他被一个女孩抛弃了。他这样做肯定与他的失恋有关。你打算如何处理？"

"在社会版发个趣闻呗，这种事又有什么大的新闻价值？"小黄收起了那几张照片，走了。吕安坐在那里长久地琢磨着。赫建也许一直想当个闯入者的，他闯入了这座城市，可是只能与下层的人们混在一起，他无法进入这座城市的上层，所以，再加上失恋，于是他就成了一个闯入者，一个闯入别人家里去偷一双袜子的闯入者。这事儿既滑稽又充满了悲剧意识，但这种事情却真实地在他的身边发生了。还有比这更能让他震动的吗？吕安有些颓丧，尽管他现在拥有着一份充满了信任的爱情，他仍有些颓丧，他呼了一下杨灵，他想与她聊聊这些，可她没有给他回电话，他看了一下表，离下班的时间已经不远了，他决定去喝上一点儿酒，他一旦感到心情不好就想去喝上一点儿。他坐上出租车的时候都不明白要去哪儿，司机于是一下子把他拉到了亮马河大酒店旁边的硬石餐厅去了，因为那里有着这一豪华地带最动人的摇滚乐和美式西餐。吕安从没有去过，但这一次他打算进去坐一坐。吕安走进去，要了两扎啤酒慢慢喝着，他坐在那里好久，一直到天已完全黑了，外面的人像潮水一样越来越多地拥进来，酒吧里的美国摇滚乐也响了起来，吕安又去要了一份黑椒牛柳慢慢吃着，他已喝得微醺，但他的身体已经随着那酒吧里的摇滚乐摆动了起来。他发现这座城市里的很多装束奇特的人已纷纷来到了这里，在这里成了午夜狂欢的人。他们从四面八方来，有很多都是外国人，这是一个极具国际化特色的餐厅，别致而又昏暗的灯光让一切暧昧不明。吕安坐在那里一边吃一边想着许多事。当然他一直在想着赫建的发疯。从某种意义上讲，赫建的发疯，他变成了一个入室"闯入者"，具有某种象征意义，可这象征意义到底有些什么？他一直在琢磨，他又喝了一扎啤酒，这是一杯苦麦芽啤酒，他让嘴里弥漫着苦涩的味道，他喝得有些摇摇晃晃，这时他忽然特别想念杨灵。他希望在这一刻能够见到她。他打算回家去，就立即起身，向外走去，但他忽然看见有一个穿黑色裙子的女孩的背影非常像杨灵，她跟在一个身穿白色西装的男人后面向外走。"杨灵！"他大叫了一声，"是你吗，杨灵？"那个女孩似乎回头看了他一眼，但她仍在快步行走。他快步上前，但动作过猛撞倒了一个正端着啤酒迎面走来的酒吧侍女，那个大托盘里的啤酒立即溅溢了出来，从他的脑袋上浇了下去，把他浇了个透心凉。

等到他再爬起来冲到餐厅的外面时，他却再也看不见那个女孩的影子了。眼前的三环立交桥上，汽车在疾驰，春天的气息疯狂地和风一起涌过来，他站在那里一动不动。

他赶到了家中。他躺在床上觉得头疼欲裂。他喝得太多了。这时天也在旋转。他口中呼唤着杨灵，一个仿佛是上帝送到他身边的轻灵女子，她带给了他全新的生活和全新的感受，他打算要娶的女孩。但这一天晚上她没有回来。

早晨醒来的时候吕安看了看表，他发现他身边并没有杨灵的身影。他隐约觉得昨天晚上他见过她，但他不敢肯定这一点。他不打算去上班了，他有一种预感，他也许就要失去杨灵了，或者说她是从天而降，又不翼而飞。他心如刀绞，一个人躺在床上一动不动。他后来又去楼下打了电话，寻呼杨灵。但杨灵一直没有音信。

他疲惫至极，这是又一个早晨。他赶到报社时部主任大发雷霆："你昨天为什么不来报社？有一个特大新闻要你去抓，告诉你，一直骚扰本市居民的一个叫'东北虎'的犯罪团伙已全部落网了。这些家伙前天晚上在亚运村入室作案，杀死了一个贸易商行的经理，但是这个经理的情人，她把'东北虎'中的一个打伤了。由于警察到得非常及时，那帮家伙一个也没跑掉。一共五个人。我要你跑的就是这个案子。你看看，又叫《北京青年报》他娘的跑了个头条！"吕安接过部主任手中的报纸和一些资料，那是关于"东北虎"犯罪团伙在犯罪现场的照片，但吕安一震，因为他分明发现死者，那个贸易商行的老板，正是前天晚上在硬石酒吧里他见到的那个穿白色西装的男人，照片上他血肉模糊，白色西装上全是血迹。而另有一张照片，被称为是那个死去的经理的情人的女人，则正是杨灵！照片上的她两眼含着一种平静与迷茫。

"这个女孩现在在哪儿？"他的声音在颤抖。

"她受了轻伤，在海淀医院检查治疗……"

吕安已飞身而起，他的心怦怦乱跳，他一边对自己说你千万不要慌，一边早已飞身向外奔去。"你到哪儿呀？这事儿我们不报道啦！你去采访一下取消保值储蓄率的居民反应吧！"部主任在他的身后喊着，但他已经听不见他说的话了。他冲了出去。

他决定立即赶到海淀医院，他打算要见到杨灵，问问她到底这一切是怎么回事，难道她真的是一个婊子吗？她真的和他开了一个认真的玩笑吗？吕安的内心里流着悲愤的泪水，他不知道这个世界怎么啦，为什么总有一种东西企图击碎他对生活的信条，叫他倒下去。但我必须见到杨灵，他想，我必须见到她。

他赶到了海淀医院，但医院的大夫告诉他杨灵上午已经走了，她只是包扎了一下，没有什么大的创伤。站在海淀路的马路边上，车水马龙的世界一片喧腾，可杨灵跑到哪儿去了呢？他两眼迷惘。

吕安像个塑料人那样躺在床上一动不动，这次四面的墙并没有要倒下来，相反它们正在向四边退去。吕安觉得自己仿佛躺在了祭台的中央。这完全是一个爱的祭台，而他就在这个祭台上受着煎熬。他想念着杨灵，想念着他和她度过的四个月的日日夜夜，而她却消失了。她如同从空中伸过来的一枝树枝，探进了他的生活，又重新弹了回去。吕安觉得自己应该坚强一些，但他就是从床上走不下来。在他的四周，整座城市正在愤怒地向上生长。城市是一片生长着的森林，而他却一次次迷失，找不到爱的家园，找不到回家的林中路。

一个星期后的一天，在办公室里他忽然接到了一个电话：
"喂，吕安……"

"杨灵！你在哪儿？你在哪儿？"

"……我不会再回到你身边了。你可能已经知道了所发生的一切，你肯定什么都知道了，对不对？……"电话那一头传来杨灵低沉的啜泣声，"我已无法再回到你的身边……"

"你现在在哪儿？我立即过去……"

"不，不用，"她镇定了下来，"其实这真的只是我的选择，这种生活也是一种生活，我当然希望我们会过得好一些，像这座城市中很多生活得幸福的人那样，可我却离你越来越远。我一天天和你在一起，我就一天天在背叛你。也许我该算作一个'鸡'——你一直不知道，我在失业以后，也就是说我从电视台离去以后，我并没有去诺基亚通信公司应聘，我只是为几个喜欢我的富有的男人……服务。吕安，我就是这样一个人……我欺骗了你，也许我该早让你知道，你也许会骂我堕落，可是说真的我这样的也许只是一种生活方式。我并没有觉得多么可耻，这只是一个女人选择的一种生活方式。可是我辜负了你，我知道，你是多么需要，也多么想要一个家呀。和你在一起，我也品尝到了真正的生活的幸福，我是说那种日常的幸福，但是，从骨子里我已经不是一个这样的人，这样的女人，你所期待的女人。我早已学会了叛逆，从小我就在干着和别的女孩不同的事，走着一条叛逆之路，也许我有我的道德标准，我希望我能自由生活，并且真正地漂流。因此，我必须过一种表层生活与隐蔽生活相分离的生活。我一直企图扮演一个白领、职业女性，在家又是贤妻良母，可从根本上我又要背叛这个形象，成为欲望的实现者。我当然要拥有物质的享受，这你不能给我，而我从其他男人那里得到了，可我也有情感，也有家的需要，我也从你那里得到了这些。但这两种生活并不是重合的，它甚至在有些时候还会发生冲突。有时候我自己常常就有一种撕裂的东西在拉扯着我的心，让人无所适从，无地自容……可我们之间的一切已经远去了，你会伤心的，对吗？你不会再接受我了，对吗？你唾弃我，对吗？"电话那边传来了杨灵轻轻的哭声。

吕安呆住了，他的大脑在一阵意识的闪动中出现了一片空白，他弄不明白他到底听到了些什么，但他终于弄明白了一切，他明白她和他的生活真的是一个幻影。她不过是一个闯入者，带着她自己的全部个性、经历与生活态度，她是偶然闯入他的生活的一朵云。现在她又要飘走了，他和她只是在以都市为背景的祭台上上演了一出不悲不喜的爱情剧，也许还有些滑稽，但它最终却是错位的。他让自己冷静下来，他说："我要见你，就是现在。"他不明白自己已经哭了。

"不。"

"我要见你，你在哪儿？"

"不。"

"我必须和你谈谈。"他感到心口一阵发闷。

"……没有必要了……"她又哭了，"我们其实是两种人……"

"你爱我吗？"他大声地吼着。

"……不知道，也许爱吧，可是……"

"我要见你！"

"不……再见，我曾经……我不过是你生活中的一个过客，我要走了。"

"你要去哪儿？"他有些急了。

"按我的方式去活着，浪游，漂流，被人所唾弃……"她挂断了电话。

吕安放下了电话，一屋子的人都愣愣地看着他，而他泪流满面。

　　夏季温热的风猛烈地吹着，吕安喝了很多酒但这次他却出奇地冷静。生活中有一头野兽，它在某一天会突然跳起来，然后狠狠地咬你一口，事情就是这个样子。当潮水退去，裸露出来的必然是更为坚硬的岩石。生活，生活总是像水在淘洗着泥沙，可最终会剩下些什么呢？他在想着这个问题。我已经在这里，在这些座庞大的城市里生活三年了，他想，我只是想成为一个站立着的男人，哪怕到处都是碎片，是情感的碎片，欺骗和背离，但我仍要前行。这是都市的炎热的夏夜，吕安一个人向已经落成并通车的北京西客站走去，那是亚洲最大的火车站，它像一座巨大的城堡一样向他逼近。他要去进行一个新的采访。在他的脑海中，交替闪现的仍是杨灵，他又一次爱过的女孩的面容，这使他感到了一阵心痛。但她却漂远了，她不愿再在他的生活中出现，哪怕他仍旧怀有这样的期待，她真的走了。在昨天，吕安卖掉了他和她共同生活过的那些器具，看见它们他只会增加痛苦与甜蜜交织的回忆。他搬离了那个地方。只是他仍旧带着那个塑胶女模特儿，带着塑胶模特儿在城市中穿行。

　　城市的风猛烈地吹着，吕安没有想到夏季的风也是这般猛烈。他向前走着。他来到了西客站。西客站灯火通明，像一个巨大的变形金刚立在那里，它是一道门户、一个出口。他看见又有一群人，从西客站的出口拥了出来，如同一股巨大的水流，新的水流，向这座城市拥进来。吕安站在那里，他看见了一张又一张的脸在他的眼前倏然闪现，他们是一个又一个的闯入者，带着期盼、渴望与全新的命运，来到了这座城市，使这座城市一阵阵战栗，并在战栗中构筑新的历史。吕安有了一丝兴奋，他看见有一个无家可归的流浪汉，正龟缩在一个栏杆下边。他从口袋里掏出了十块钱："嗨，我给你十块钱！"他一边喊着，一边向那个人递了过去，那个流浪汉瞪着一双幽深的眼睛看着他一动不动，但正在这时，一阵风吹走了他手中的那一张纸币，它旋即在黑暗中消失了。吕安愣住了，那个流浪汉笑了起来。"傻帽！"他对吕安说。吕安觉得血一下都聚到了脸上。他铁青了脸，搓了一下手，向西客站走去，他走进了那些拥入的人群，逆着那些闯入者的洪流向前走去，如同逆水行舟，不断地走向过去，并被推入未来。